O EXPERIMENTO DO AMOR VERDADEIRO

Também de Christina Lauren

Um pouco de aventura

CHRISTINA LAUREN

O EXPERIMENTO DO AMOR VERDADEIRO

Tradução
ALEXANDRE BOIDE

paralela

Copyright © 2023 by Christina Hobbs e Lauren Billings

Publicado mediante acordo com as autoras, aos cuidados de Baror International, Inc., Armonk, Nova York, Estados Unidos

A Editora Paralela é uma divisão da Editora Schwarcz S.A.

Grafia atualizada segundo o Acordo Ortográfico da Língua Portuguesa de 1990, que entrou em vigor no Brasil em 2009.

TÍTULO ORIGINAL The True Love Experiment
CAPA Faceout Studio/ Tim Green
FOTO DE CAPA Shutterstock
PREPARAÇÃO Marina Waquil
REVISÃO Valquíria Della Pozza e Luiz Felipe Fonseca

Dados Internacionais de Catalogação na Publicação (CIP)
(Câmara Brasileira do Livro, SP, Brasil)

Lauren, Christina
    O experimento do amor verdadeiro / Christina Lauren; tradução Alexandre Boide. — 1ª ed. — São Paulo : Paralela, 2023.

    Título Original: The True Love Experiment.
    ISBN 978-85-8439-352-7

    1. Ficção norte-americana I. Título.

23-170512   CDD-813

Índice para catálogo sistemático:
1. Ficção : Literatura norte-americana   813

Cibele Maria Dias — Bibliotecária — CRB-8/9427

Todos os direitos desta edição reservados à
EDITORA SCHWARCZ S.A.
Rua Bandeira Paulista, 702, cj. 32
04532-002 — São Paulo — SP
Telefone: (11) 3707-3500
editoraparalela.com.br
atendimentoaoleitor@editoraparalela.com.br
facebook.com/editoraparalela
instagram.com/editoraparalela
twitter.com/editoraparalela

*Este livro é uma carta de amor
escancarada ao nosso gênero de escrita.
Há romance nestas páginas.*

*E para Jennifer Yuen, Patty Lai,
Eileen Ho, Kayla Lee e Sandria Wong:
há um pouco de cada uma de vocês aqui.
Somos muito gratas pelo que vocês compartilharam
e esperamos tê-las deixado orgulhosas.*

Prólogo

FIZZY

"Eu sou a mais velha de três irmãos, mas costumo brincar que sou como a primeira panqueca feita na frigideira." Risadas se espalham pela plateia, e eu sorrio. "Vocês sabem como é, né? Aquela que sai meio errada, um pouco crua, mas mesmo assim é gostosa."

As risadas se intensificam, mas agora misturadas com alguns gritinhos e assobios, e eu caio na gargalhada quando me dou conta. "Estão vendo? E nem era minha intenção dizer nada sugestivo! Estou tentando ser profissional aqui, mas mesmo assim dou bola fora." Olho por cima do ombro e sorrio para a dra. Leila Nguyen, minha antiga professora de escrita criativa e pró-reitora do Revelle College, no campus de San Diego da Universidade da Califórnia. "Acho que é isso que dá convidar uma autora de livros de romance para fazer um discurso de formatura."

Ao lado da dra. Nguyen há outra pessoa tentando conter o sorriso. O dr. River Peña — um amigo próximo, lindo e genial, e talvez um vampiro — também é um dos convidados especiais de hoje; acho que ele está recebendo outro título honorário por ser uma espécie de prodígio sexy. Ele parece estar no lugar certo: colarinho engomado, calça social impecável visível sob a bainha da beca de doutor, sapato engraxado e um ar de austeridade que eu nunca consegui demonstrar. Daqui consigo ver a diversão por trás de seus olhos de cílios grossos e cheios de si.

Quando recebi o convite para discursar nesta cerimônia, River jogou na mesma hora uma nota de vinte dólares sobre a mesa e declarou: "Isso vai dar completamente errado, Fizzy. Me convença do contrário".

Com certeza ele e minha melhor amiga, Jess — sua mulher —, imaginavam que eu ia subir no palco e recitar *Os monólogos da vagina* para a massa acadêmica, ou que ia colocar uma camisinha em uma banana enquanto lembrava a todos que sexo seguro ainda é importante neste ano de nosso senhor Harry Styles — mas juro que sei fazer o papel de uma literata comportada quando a situação exige.

Pelo menos pensei que fosse conseguir passar da primeira frase do meu discurso sem soltar alguma coisa com duplo sentido — aquilo não foi nem intencional.

Quando me viro de novo para o mar de formandos vestidos de preto, azul e amarelo que se estende até onde a vista alcança no estádio da universidade, sinto uma onda de expectativa vinda daqueles jovens prestes a voar para a vida. Com muitas oportunidades pela frente. Com muita dor de cabeça para pagar o financiamento estudantil. Mas também com muito sexo gostoso.

"Minha irmã mais nova é neurocirurgiã", digo a eles. "E o meu irmão mais novo? Pois é, o sócio mais jovem da história do escritório de advocacia onde trabalha. Um dos meus melhores amigos, sentado aqui atrás de mim, é um geneticista famoso mundialmente." O astro da biotecnologia recebe uma sincera salva de palmas, e, quando a plateia volta a ficar em silêncio, eu arremato: "Mas querem saber de uma coisa? Apesar de tudo isso, nenhum deles jamais escreveu um livro chamado *Luxúria secreta*, então acho que a verdadeira história de sucesso está bem aqui, diante de vocês".

Sorrindo ao ouvir mais aplausos e gritinhos, eu continuo. "Então escutem só. Um discurso em um momento como este é uma coisa importante. A maioria das pessoas convidadas para soltar no mundo um grupo de jovens incríveis como vocês daria conselhos concretos sobre como encontrar seu lugar em uma cultura em constante transformação, ou recomendaria que amplificassem seu impacto no planeta reduzindo a pegada de carbono. Vocês ouviriam que devem sair daqui e mudar o mundo, e, claro — *façam isso*. Dou o maior apoio a esse tipo de ambição. Cidadão global: ótimo. Ecoterrorista: péssimo. Mas a dra. Nguyen não convidou um cientista inspirador que pesquisa mudanças climáticas nem um político carismático e cuidadosamente neutro. Ela convidou Felicity Chen, autora de livros cheios de amor, responsabilidade afetiva e positividade sexual, e sinceramente o único conselho profissional que sou qualificada a dar sobre consciência ecológica é frequentar a biblioteca do seu bairro." Mais uma onda de risadinhas. "Na verdade, a única coisa que me importa — a coisa mais importante no mundo para mim — é que, quando cada um de vocês chegar ao fim dessa jornada maluca, possa olhar para trás e afirmar com propriedade que foram felizes."

É um dia perfeito: ensolarado e de céu aberto. Os eucaliptos balançam do outro lado do campo e, respirando fundo no momento certo, na brisa quente e agradável de San Diego, é possível sentir o cheiro do mar a menos de um quilômetro e meio de distância. Eu passei a maior parte da minha vida adulta tentando valorizar a minha profissão, e a última coisa que quero é dar a impressão de que estou na defensiva. Estou aqui de beca e capelo lendo um discurso que digitei e imprimi para não começar a improvisar e fazer a coisa descambar para uma sessão de piadas sobre pintos, exatamente como River espera que aconteça. Quero que as pessoas sintam sinceridade nas minhas palavras.

"O que eu vou dizer a vocês é que vivam sua vida como se estivessem em um livro de romance." Levanto a mão quando os jovens formandos começam a rir, mas eu entendo que eles possam pensar que é uma piada, que estou só fazendo graça. "Escutem só." Faço uma pausa para criar um efeito dramático e espero os risos se calarem e a curiosidade tomar conta da plateia. "Um livro de romance não se resume a paixões desenfreadas. Até pode ser esse o tema, e não tem nenhum problema que seja, mas, no fim das contas, um romance não é só uma fantasia sobre ser rica ou linda, ou sobre ser amarrada na cama." Eu volto a ouvir as risadas, mas agora sei que capturei a atenção deles. "A grande questão é colocar as histórias felizes acima das histórias dolorosas. É se ver como protagonista de uma vida interessantíssima — ou talvez bem tranquila —, mas que está totalmente sob seu controle. A verdadeira fantasia, meus amigos, é a *relevância*." Faço outra pausa, exatamente como ensaiei, porque essa garotada foi criada sob a triste sombra do patriarcado, e considero minha missão neste planeta destruir essa instituição a marretadas. Essa verdade, a de que todos nós merecemos ser relevantes, precisa de tempo para ser absorvida.

Mas a pausa acaba se estendendo por mais tempo do que o planejado.

Porque eu não esperava que o meu próprio argumento me atingisse como um raio bem no centro do peito. Eu *de fato* vivi a minha vida adulta como se estivesse em um romance romântico. Gosto de sexo, dou todo apoio às mulheres que fazem parte da minha vida, tento pensar em formas de tornar o mundo ao meu redor um lugar melhor. Estou cercada de familiares e amigos próximos. Mas a minha relevância aparece principalmente no papel de melhor amiga, de filha dedicada, de uma transa casual inesquecível. O filé da minha história — a trama romântica, que inclui o amor e a felicidade — é um vazio. Estou de saco cheio de estar sempre me preparando para um primeiro encontro, e de repente me sinto tão cansada que minha vontade é me deitar aqui mesmo neste palco. Acabei de perceber, com uma força tremenda, que perdi minha alegria.

Observo o mar de rostos virados para mim, com os olhos bem abertos e atentos, e sinto vontade de admitir a parte mais triste de tudo isso: *eu nunca passei do primeiro ato da minha própria história*. Não sei qual é a sensação de ser relevante em todos os sentidos. Como posso aconselhar esses jovenzinhos a encarar a vida com otimismo porque vai ficar tudo bem? O mundo parece determinado a nos jogar para baixo, e eu nem me lembro da última vez que me senti feliz de verdade. Tudo o que estou dizendo a eles — todas as palavras esperançosas do meu discurso — de repente me parecem uma mentira.

De alguma forma, consigo vestir a máscara da Fizzy animadinha e dizer a esses formandos que a melhor coisa que eles podem fazer pelo seu futuro é escolher a comunidade certa. Digo que, se eles encararem o futuro com o otimismo de Ted Lasso, o mais novo namoradinho do mundo, vai ficar tudo bem. Digo que, se eles se esforçarem, se estiverem conscientes de que vão existir pontos cegos e altos e baixos, se admitirem suas vulnerabilidades, se aceitarem o amor das pessoas que são importantes na vida e as tratarem com sinceridade e honestidade, vai ficar tudo muito bem.

E quando desço do palco e me sento ao lado de River, ele põe alguma coisa na minha mão e a aperta. "Você arrasou."

Fico olhando por um tempo para aquela nota de vinte novinha e a devolvo discretamente para ele. Mantendo o sorriso no rosto, ciente de que ainda estou sendo observada por milhares de pessoas, eu pergunto: "Mas e se tudo isso for só papo furado?".

Um

FIZZY

APROXIMADAMENTE UM ANO DEPOIS

"Se você não estiver fantasiando com aquele barman gostosão, então não tem nenhuma justificativa para ignorar o que eu acabei de dizer."

Piscando algumas vezes, olho para Jess, minha melhor amiga, do outro lado da mesa e me dou conta de que estou hipnotizando a mim mesma girando a azeitona do meu martíni sem parar.

"Merda, desculpa. Eu dei uma viajada aqui. Fala de novo."

"Não." Ela ergue a taça de vinho com um gesto todo afetado. "Agora você vai ter que adivinhar."

"Adivinhar o que você planejou para a sua viagem à Costa Rica?"

Ela assente enquanto toma um gole.

Fico só olhando para ela. Jess e seu marido, o já citado River Peña, parecem estar sempre conectados por um raio laser sexual em constante vibração. A resposta aqui é bem óbvia. "Fazer sexo em todas as superfícies possíveis no quarto do hotel."

"Isso eu não preciso nem dizer."

"Um passeio entre felinos selvagens?"

Jess ainda está com a taça próxima aos lábios. "Que interessante o seu segundo palpite ser esse. Mas não."

"Um piquenique em uma casa na árvore?"

Ela demonstra imediatamente sua repulsa. "Comer no meio de um monte de aranhas? Sem chance."

"Surfe no casco de tartarugas?"

"Totalmente antiético."

Me sentindo culpada, eu faço uma careta. Até minhas conversas espirituosas com Jess estão perdendo o vigor. "Certo. Eu desisto."

Ela me observa por um instante antes de dizer: "Bichos--preguiça. Vamos visitar um santuário de bichos-preguiça".

Solto um suspiro de inveja e tento encontrar energia para expressar quanto essa viagem vai ser incrível, mas Jess estende o braço sobre a mesa e põe a mão sobre o meu braço para me interromper. "Fizzy."

Olho para o meu martíni pela metade para evitar seu olhar de preocupação maternal. Jess tem uma cara de mãe que sempre me faz sentir que preciso escrever imediatamente um pedido de desculpas, não importa o que eu tenha aprontado.

"Jessica", eu murmuro em resposta.

"O que está acontecendo aqui?"

"Como assim?", pergunto, apesar de saber exatamente do que ela está falando.

"Esse clima." Ela levanta a taça de vinho com a mão livre. "Eu pedi um vinho da Vinícola Tora, e você não fez nenhuma piada sobre parreiras grossas e compridas."

Eu faço uma careta. Nem me dei conta. "Admito que foi uma bela oportunidade perdida."

"O barman está te olhando desde que a gente chegou, e ainda não vi você passar seu contato pra ele pelo AirDrop."

Eu encolho os ombros. "Ele raspa a sobrancelha, faz aqueles riscos."

Assim que termino de dizer essas palavras, nós trocamos um olhar de puro choque. A voz de Jess sai em um sussurro dramático: "Sério mesmo que você está sendo...?"

"*Exigente?*", completo, com um suspiro.

O sorriso no rosto dela ameniza um pouco a preocupação em seus olhos. "Essa é a amiga que eu conheço." Dando um último apertão, ela solta minha mão e se recosta na cadeira. "Você teve um dia difícil?"

"Só andei pensando um pouco sobre umas coisas", admito. "Ou pensando demais."

"Você foi ver a Kim hoje, imagino."

Kim, minha terapeuta há dez meses e a mulher que espero que possa me ajudar a conseguir escrever, a construir uma relação com alguém e a voltar a me sentir eu mesma. Kim, que ouve todas as minhas angústias sobre amor e relacionamentos e inspiração porque, de verdade, eu não quero despejar todo o meu estresse no colo de Jess (ela e River estão casados há relativamente pouco tempo) nem da minha irmã Alice (que está grávida e já tem aborrecimento de sobra com seu marido, um obstetra superprotetor), nem da minha mãe (ela já se preocupa demais com os meus relacionamentos; não quero fazê-la precisar de terapia também).

Antes, quando eu sentia um descontentamento desse tipo, sabia que com o tempo ia acabar passando. A vida tem seus altos e baixos; a felicidade não é uma coisa constante nem garantida. Mas esse sentimento já vem se arrastando há quase um ano. É um cinismo que agora parece uma característica permanente da minha personalidade. Passei boa parte da minha vida escrevendo histórias de amor com o otimismo ilimitado de que a minha própria história de amor começaria na página seguinte, mas e se esse otimismo tiver desaparecido de vez? E se as minhas páginas tiverem acabado?

"Eu fui ver a Kim mesmo", falei, "e ela me passou uma lição de casa." Tirei meu Moleskine da bolsa e o sacudi, desanimada. Durante anos, esses diários coloridos foram meus companheiros constantes. Eu os levava para todo lugar que ia, escrevendo enredos de livros, trechos de diálogos divertidos, imagens que surgiam na minha cabeça em momentos aleatórios. Eu os chamava de cadernos de ideias e escrevia vinte, trinta, quarenta vezes por dia neles. Essas anotações eram a minha fonte de ideias. Por alguns meses depois que o meu cérebro de escritora de livros de romance travou na frente de milhares de universitários recém-formados, eu continuei carregando um caderno na esperança de que a inspiração viria. Mas, no fim das contas, vê-los na minha bolsa começou a me estressar, então deixei todos no meu escritório em casa, juntando poeira com o laptop e o computador de mesa. "Ela me falou que eu preciso voltar a andar com os cadernos", digo para Jess. "Que eu estou pronta para essa leve pressão de carregar um comigo e que só escrever uma única frase ou fazer um desenho já ajuda."

Ela demora um pouco para absorver a informação. Essa coisa de *escrever uma única frase* fica pairando entre nós. "Eu sabia que você não estava conseguindo ser produtiva", Jess comenta, "mas não imaginava que estivesse nesse ponto."

"Bom, não é uma coisa que acontece de uma hora para a outra. Durante um tempo, continuei escrevendo, mas não saiu nada de bom. E então comecei a me preocupar que pudesse ser uma coisa grave, e isso me fez pensar que eu tinha perdido minha chama criativa. E então pensar que talvez possa ter perdido minha chama criativa me fez pensar que talvez isso tenha acontecido porque parei de acreditar no amor."

Ela franze ainda mais a testa, e eu continuo falando.

"Não é que eu tenha acordado um dia e pensado: 'Uau, o amor é uma mentira'." Espeto a azeitona do meu drinque, depois uso o palito para apontar na direção dela. "Obviamente, você é uma prova de que não é isso. Mas quando vai ser a hora de admitir que talvez a *minha* vida amorosa não será como eu imagino?"

"Fizz..."

"Acho que eu posso ter passado do ponto do amadurecimento."

"*Quê?* Isso é..." Ela pisca algumas vezes, e seu argumento fica pela metade. "Bom, na verdade é uma metáfora muito boa."

"É o clássico dilema do ovo e da galinha. O bloqueio de escrita matou meu tesão pelo romance ou perder o tesão pelo romance me fez perder meu tesão pelo sexo?"

"Tem bastante tesão envolvido nessa situação."

"Quem dera! E, depois que você fica solteira por tanto tempo, nem sabe mais se tem condições de manter um relacionamento."

"Mas não é como se você quisesse um relacionamento", ela me lembra. "Eu não reconheceria Felicity Chen se ela deixasse de tratar sua vida sexual como um esporte radical."

Apontei para ela de novo, me sentindo energizada. "Exatamente! Esse é outro medo que eu tenho! E se eu já tiver esgotado os recursos locais?"

"Recursos... locais?"

"Eu brinco que já saí com todos os homens solteiros do Condado de San Diego — e talvez, sem saber, com alguns casados —, mas acho que tem um quê de verdade nisso."

Jess dá uma risadinha de deboche com a taça de vinho na boca. "Qual é."

"Lembra do Leon? O cara que eu conheci quando ele

derrubou uma travessa enorme de salada grega no meu pé no estacionamento do Whole Foods?"

Ela assente, dando um gole na bebida. "O cara de Santa Fe?"

"E o Nathan, que eu conheci num encontro às cegas?" Ela estreita os olhos. "Acho que lembro de ter ouvido esse nome."

"Eles são irmãos. *Gêmeos*. Se mudaram para cá juntos, para ficar mais perto da família. Eu saí com os dois num intervalo de duas semanas." Jess leva a mão à boca, segurando o riso. "Quando Nathan entrou no restaurante e se aproximou da mesa, eu falei: 'Ai, meu Deus, o que você está fazendo aqui?'."

Ela não consegue mais segurar a risada. "Mas com certeza isso deve acontecer com ele e com o Leon o tempo todo."

"Claro, mas aí no mês passado eu saí com um cara chamado Hector." Faço uma pausa para dar mais peso ao que vou dizer em seguida. "Ele é o primo de quem os gêmeos vieram morar mais perto."

Preciso admitir que a risada dela agora foi mais parecida com um grunhido. Esse tipo de coisa costumava ser divertido. A gente morria de rir — ter uma vida sexual dessas era demais. As Aventuras da Fizzy eram uma inspiração constante para mim — mesmo que um encontro fosse um desastre, eu ainda poderia transformá-lo em algo engraçado ou pelo menos em uma ideia para um diálogo. Mas, a essa altura, tenho seis livros parcialmente escritos sobre pessoas que se conhecem numa situação superbonitinha e então... nada. Tem uma pedra no caminho do "eu te amo" agora, um aviso de ACESSO PROIBIDO no meu cérebro. E estou começando a entender por quê. Porque, quando vejo os olhos de Jess brilharem toda vez que ela vê River, sou obrigada a admitir que nunca senti esse tipo de alegria reverberante com ninguém. E isso vem tornando cada vez mais difícil escrever sobre amor com alguma autenticidade.

Acho que nem sei qual é a sensação de ter um amor verdadeiro.

O celular de Jess vibra sobre a mesa. "É a Juno", ela diz, se referindo a sua filha de dez anos, a herdeira do posto de minha melhor amiga e uma das pessoinhas mais charmosas que já conheci. As crianças costumam ser um mistério para mim, mas meu cérebro por algum motivo insere Juno no mundo dos adultos — provavelmente porque ela é mais inteligente do que eu.

Faço um gesto para Jess atender a ligação enquanto meu olhar cruza com o de um homem do outro lado do bar. É um cara com uma beleza fácil e imediatamente reconhecível: cabelos escuros bagunçadinhos e caídos sobre um par de olhos claros e penetrantes, um maxilar tão afiado que poderia até cortar as minhas roupas enquanto ele beija o meu corpo todo. O paletó deixado sobre a cadeira, a camisa social esticada nos ombros largos e desabotoada no pescoço — ele tem a aparência desarrumada de um homem que teve um dia de merda, e a maneira como me olha me diz que está disposto a me usar para esquecer tudo isso. Os caras que lançam esse tipo de olhar costumavam ser meu ponto fraco. A Fizzy do Passado já estaria quase chegando na mesa dele neste momento.

Mas a Fizzy do Presente só consegue ser indiferente. Será que o meu barômetro interno de tesão pifou de vez? Dou uma porrada nele com uma marreta mental, imaginando que estou puxando pelo colarinho e arrastando corredor adentro o CEO Gostosão do balcão do bar.

Nada.

Olha só essa boca! Tão carnuda! Tão petulante!

Ainda nada.

Desvio o olhar e volto a me concentrar em Jess quando ela encerra a chamada. "Está tudo bem?"

"Preciso coordenar as aulas de dança e de futebol", ela responde, encolhendo os ombros. "Eu até falaria mais sobre isso, mas a gente cairia no sono antes da segunda frase. Mas, voltando ao Hector, o primo dos..."

"Eu não dormi com nenhum deles", vou logo dizendo. "Não vou para a cama com ninguém há um ano." Eu fiz as contas alguns dias atrás. É esquisito dizer isso em voz alta.

E deve ser esquisito ouvir isso também, porque Jess fica boquiaberta. "Uau."

"Um monte de gente fica um ano sem sexo!", protesto. "Isso é realmente tão chocante assim?"

"Pra você, *sim*, Fizzy. Fala sério!"

"Vi um filme pornô outro dia e não senti praticamente nada." Eu olho para o meu colo. "Acho que os meus nervos lá embaixo pifaram."

A preocupação dela se intensifica. "Fizz, querida, eu..."

"Na semana passada eu pensei em correr de chinelos, só para lembrar como é o barulho do sexo." Jess franze a testa de preocupação, e mudo de assunto na hora. "A resposta aqui é bem óbvia. Está na hora de apelar para a franja."

Por uma fração de segundo, percebo que ela está pensando em não me deixar alterar o rumo da conversa, mas acaba embarcando na minha. "Nós chegamos a um acordo bem claro de que crise nenhuma justifica uma franja. Me desculpa, mas o comitê das melhores amigas vetou."

"Mas imagina como eu vou parecer jovem. Descolada e disposta a tudo."

"Não."

Solto um grunhido e volto minha atenção para o outro lado, para a televisão do bar, onde a competição esportiva que estava passando acabou e o noticiário local está exibindo suas manchetes. Eu aponto para a tela. "O seu marido tá na tevê." Ela dá um gole no vinho, olhando para a versão bidimensional de River. "Isso nunca vai deixar de ser esquisito."

"A parte do marido ou a da tevê?"

Ela dá risada. "A da tevê."

E uma coisa fica bem clara pela expressão dela: a parte do marido já é tão natural quanto respirar. Isso porque a ciência, ou mais especificamente a invenção de River — um teste de DNA que classifica casais em níveis de compatibilidade Básico, Prata, Ouro, Platina, Titânio e Diamante, de acordo com toda uma série de padrões genéticos complexos e testes de personalidade —, mostrou que eles combinavam um com o outro tanto quanto era humanamente possível.

E eu fico mais do que feliz em admitir minha participação nisso. Jess só fez o teste que determinou a compatibilidade dos dois — o DNADuo — porque eu fiz uma versão inicial chegar às mãos dela. Onde está o carma positivo que eu mereço por isso? River transformou sua pesquisa de décadas sobre padrões genéticos e compatibilidade romântica no aplicativo DNADuo e na empresa bilionária GeneticAlly. Hoje a GeneticAlly é a galinha de ovos de ouro da indústria de biotecnologia e de aplicativos de relacionamento. A empresa de River não sai do noticiário desde seu lançamento.

Quando ele fala sobre a ciência envolvida soa como um tremendo blá-blá-blá, mas sua invenção realmente mudou a forma como as pessoas encontram alguém para amar. Desde que o DNADuo foi lançado, uns três anos atrás, já superou o Tinder em número de usuários. Alguns analistas esperam que suas ações ultrapassem o valor do Facebook, agora que a rede social associada ao aplicativo, uma plataforma chamada Paire, foi lançada. *Todo mundo* conhece alguém que conheceu seu par através de um *match* na GeneticAlly.

Tudo isso é incrível, mas, para alguém como River, que prefere passar o tempo trancado no laboratório a ficar presidindo reuniões com investidores ou respondendo a perguntas de jornalistas, acho que todo esse frenesi deve ser um pé no saco.

Mas, como o noticiário faz questão de lembrar, a GeneticAlly não vai continuar sendo um problema para River por muito mais tempo. A empresa está sendo vendida.

"Quando o negócio vai ser fechado?", pergunto.

Jess dá um gole no vinho, com os olhos ainda voltados para a televisão. "A previsão é segunda de manhã."

Eu não consigo nem imaginar como deve ser isso. O conselho diretor da GeneticAlly aceitou a proposta, mas tem um monte de outros acordos envolvendo direitos subsidiários que eu simplesmente não entendo. Só o que sei é que eles vão ficar tão ricos que Jess com certeza vai ser a encarregada de pagar os drinques esta noite.

"Como você tá se sentindo com isso?"

Ela dá risada. "Completamente despreparada pra como a vida vai ser daqui pra frente."

Fico olhando para ela, absorvendo a simplicidade dessa resposta. Em seguida, estendo o braço sobre a mesa e seguro sua mão. Seu pulso direito tem a outra metade da tatuagem que eu fiz — totalmente bêbada — de um verso de uma música do Fleetwood Mac, com uma grafia toda errada: *Thunner only happens* e *wen it's raining* é o que nos une para sempre. "Eu te amo", digo, agora bem séria. "E estou aqui pra te ajudar a comprar sua girafa particular."

"Eu prefiro uma alpaca."

"Você precisa pensar grande, Peña. Compra duas alpacas."

Jess sorri para mim, mas seu sorriso desaparece logo em seguida. "Você sabe que a Fizzy de sempre vai voltar, né?", ela pergunta. "Acho que você está numa fase de transição, e descobrir o que vem a seguir vai levar algum tempo."

Olho para o outro lado do bar outra vez, para o gostosão com o colarinho da camisa aberta. Procuro por alguma vibração no meu sangue, no mínimo uma leve empolgação. Nada. Desviando o olhar de novo, solto o ar bem devagar. "Espero de verdade que você esteja certa."

Dois

CONNOR

Um cara em um podcast chegou à conclusão de que o dia perfeito é composto de dez horas de cafeína e quatro horas de álcool. Eu posso até concordar com a parte da cafeína, mas a cerveja medíocre na minha frente parece mais uma tristeza líquida do que uma forma de escape. O que é estranhamente adequado para o dia que tive.

"Passar a fazer reality shows pode ser divertido", meu amigo Ash comenta distraidamente, com os olhos vidrados no jogo de basquete na tevê acima do balcão. "É meio o que você já faz, só que mais sexy."

"Ash", digo, fazendo uma careta e esfregando as têmporas. "Eu faço séries documentais sobre mamíferos marinhos."

"E programas de namoro são séries documentais sobre mamíferos *terrestres*." Ele sorri com a própria gracinha, olhando para mim e balançando a cabeça. "É ou não é?"

Solto um grunhido, e ficamos em silêncio de novo, voltando nossa atenção mais uma vez para a surra que os Warriors estão dando nos Clippers.

É raro eu ter um dia tão horrível no trabalho. Depois de ter começado de baixo no vespeiro que é Hollywood, sei que tenho sorte por trabalhar em uma produtora relativamente pequena de San Diego, a North Star Media. Obviamente, existem as frustrações inerentes a trabalhar longe do topo da pirâmide da indústria do entretenimento — os orçamentos pequenos, as dificuldades de distribuição e o simples fato de estar a quase duzentos quilômetros de Los Angeles —, mas, por outro lado, tenho autonomia nos meus projetos.

Ou pelo menos tinha até hoje, quando meu chefe, o tal Blaine Harrison Byron — um homem com um escritório cuja decoração inclui um pedaço de laje de concreto grafitado, uma estátua em tamanho real de uma mulher nua e, a aquisição mais recente, uma sela de couro novinha —, me disse que a empresa estava dando uma guinada importante, saindo do ramo das produções de conscientização social para fazer reality shows televisivos. Mas, também, é possível que um homem chamado Blaine Harrison Byron seja alguma coisa além de um grande e pretensioso imbecil?

(Eu até entendo que estou exposto a uma resposta nessa mesma linha — que um homem chamado Connor Fredrick Prince III não deveria se sentir no direito de atirar pedras em ninguém por causa de um nome pomposo —, mas não fui eu quem estragou a vida da minha equipe inteira por um mero capricho, então defendo firmemente o que disse.)

"Vamos falar mais sobre isso", Ash diz quando um comercial das lanchonetes Jack in the Box começa a passar na tevê. "O que foi que o seu chefe disse especificamente?"

Eu fecho os olhos, tentando me lembrar das palavras exatas de Blaine. "Ele disse que a empresa é pequena demais para ter consciência social."

"Em voz alta?"

"Em voz alta", confirmo. "Disse que as pessoas não estão a fim de se sentar no sofá depois de um dia duro de trabalho e se sentir mal por causa da embalagem plástica do sanduíche que comeram na hora do almoço, ou por causa de toda a água que é desperdiçada para gerar eletricidade para recarregar seus iPhones."

Ash fica de queixo caído. "Uau."

"Ele disse que quer que eu mire no público feminino." Dou um gole na minha cerveja e abaixo o copo, com os olhos fixos na mesa. "Falou que o Bravo é o canal a cabo número um do horário nobre entre as mulheres de dezoito a quarenta e nove anos por causa de dois reality shows famosos, e que essa faixa de público é a que mais gasta dinheiro. Por isso, os executivos podem aumentar o preço de exibição dos comerciais. Eles já colocaram o Trent, um dos meus colegas, para trabalhar em uma mistura de *Amazing Race* e *American Gladiators* que estão chamando de *Smash Course*. E agora querem que eu produza um programa de namoro."

"Tipo, mulheres competindo pra ver quem é a escolhida de um bombado besuntado de óleo", Ash comenta.

"Exatamente."

"Um bando de jovens da Geração Z seminus trancados numa mansão tentando transar."

"Sim, mas..."

"Mulheres lindas casando com um cara qualquer que nunca conheceram pessoalmente."

"Ash, não vou fazer isso de jeito nenhum."

Ele ri. "É só deixar o seu pudor britânico de lado. Finge que você é americano." Quando ele põe a cerveja na mesa de novo, percebo que abotoou errado sua camisa. Ashkan Maleki está com os cadarços desamarrados, com o zíper aberto ou mostrando algum outro tipo de desleixo pelo menos cinquenta por cento do tempo. É uma coisa cativante, mas não faço ideia de como ele faz para sobreviver todos os dias a uma sala cheia de crianças de seis anos sem papas na língua. "Todo trabalho tem seu lado negativo. A gente precisa respirar fundo e aguentar firme."

Eu conheci Ash quando Stevie, minha filha, estava no primeiro ano e ele virou o professor da turma dela no segundo semestre letivo. No fim, nós também frequentávamos a mesma academia e vivíamos nos encontrando nos lugares. Nos demos bem logo de cara, mas virar amigo dele foi um pouco como namorar escondido a professora da minha filha. Por sorte, quando o ano letivo acabou, Stevie foi para outra sala e minha amizade com Ash se manteve.

"Você adora dar aula", respondo.

"Na maior parte dos dias. As crianças são ótimas", ele explica. "São os pais que dão dor de cabeça."

Olho feio para ele, mas só de brincadeira.

Ash abre um sorriso e enfia uma batata frita na boca. "Não, você e a Nat eram legais. Stevie me contou umas fofoquinhas, mas nada de mais." Ele se inclina para a frente e baixa o tom de voz. "Você não ia acreditar nas coisas que as crianças me contam. Tem pais que são completamente malucos. Um deles chegou a ameaçar me bater porque o filho perdeu o concurso de soletrar da escola. Os pais estavam preocupados com a carreira acadêmica da criança."

"Que carreira acadêmica? Ele tem *seis anos.*"

"A palavra era *hirsuto.*"

"Nem eu sei soletrar isso."

"Pois é." A atenção dele se volta para a tevê de novo quando o pessoal ao nosso redor começa a xingar alguma coisa que aconteceu no jogo, e meu mal-estar profissional volta a se instalar.

Quando Natalia e eu nos divorciamos, oito anos atrás, concordamos em manter a guarda compartilhada da nossa filha. Isso significa que Stevie, agora com dez anos, passa os dias de semana na casa da mãe e os fins de semana e a maior parte das férias escolares comigo. Isso não costuma ser um problema, mas, por causa dessa reunião desastrosa com Blaine no fim da tarde, perdi a hora de ir buscá-la. Em determinado momento, fiz o típico cálculo do sul da Califórnia:

$$(\text{hora do dia}) \times (\text{obra na via expressa})^{\text{sexta-feira}}$$

E então avisei Nat que não chegaria a tempo.

Ela teve que levar Stevie junto para resolver umas coisas na rua e só voltaria para casa em algumas horas. Agora, além de uma carreira indo para o buraco, eu estava perdendo um tempo precioso com a minha pessoa favorita no mundo.

Inquieto, espio ao redor do bar e meus olhos se voltam para as duas mulheres que vi antes. Uma delas está de costas para mim, mas a outra, aquela com quem fiz contato visual logo depois de chegar aqui, é tão maravilhosa que não consigo parar de encará-la. Pequena, com cabelos bem escuros e reluzentes sob a luz acima da sua mesa, está usando um vestido preto justo, com as pernas cruzadas e um salto fino apoiado sobre a perna da banqueta do bar. Tudo nela tem um ar *cool*, o que é uma forma bem estranha de uma pessoa adulta se referir a outra, mas é a verdade. Ela fica toda animada quando fala, fazendo a amiga rir com bastante frequência. Eu deveria parar de ficar olhando, mas é melhor me distrair com uma mulher linda do que ficar obcecado por causa do trabalho.

Se eu fosse diferente, talvez a abordasse e propusesse a ideia de nos distrairmos juntos em algum outro lugar esta noite. Mas acabo sendo arrancado do meu devaneio por Ash, que me puxa distraidamente pelo colarinho por causa de alguma coisa que viu na tevê.

"Mas o que... *Ash*."

"Vai lá... Acerta essa!", ele grita. Mas sua expressão logo dá lugar ao desânimo. "*Nããão.*"

Ele desaba de novo no assento.

"Acabei de perder cinco dólares." Ele leva a mão ao bolso em busca do celular.

"*Cinco* dólares americanos?", pergunto com um sorriso.

"É melhor você parar com esse vício da jogatina."

"Não sei como, mas a Ella é muito fera. Não perde nunca."

"Você perdeu para a sua mulher?"

Ele ergue os olhos para mim enquanto digita uma mensagem. "Tô pensando em ir com ela pra Las Vegas."

"É melhor fazer isso antes de o bebê nascer — mulheres grávidas adoram cassinos enfumaçados."

Ele me ignora e põe o telefone sobre a mesa. "Vamos voltar para a sua crise profissional, pra eu poder ir pra casa. Sei que isso vai doer na sua alma bem-intencionada, mas acho que você precisa engolir esse sapo e fazer o reality show que o Blaine quer. Passar o resto do ano fazendo o bolo crescer, ou seja lá como ele tenha dito isso, e se der certo você vai poder pegar a sua fatia e fazer o que *você* quiser mais tarde."

Eu faço menção de protestar, e ele levanta a mão.

"Eu sei que você odeia isso. Sei quanto considera seu trabalho importante. Graças a você, faz dois anos que não jogo no lixo comum as embalagens de chiclete e as garrafas plásticas usadas. Nós vamos usar fraldas de pano, cara."

"Eu devo ser um amigo muito divertido."

Ash apoia os dedos sob o queixo. "Tô falando isso porque sei que você quer se manter fiel aos seus princípios. Quer fazer coisas importantes. Mas eu também sei que você não pode perder esse emprego. Hoje você perdeu só algumas horas com a Stevie. Imagina como seria se precisasse se mudar de volta pra Los Angeles."

Eu volto meu olhar para a minha cerveja. Só de pensar isso, meu estômago já revira. "Pois é."

"Então aceita e segue em frente."

"Não sei se é tão fácil assim."

"Qual é. Nós somos caras inteligentes. Vamos pensar em ideias para um programa bem sexy."

Eu pressiono as têmporas com os dedos, tentando tirar da cartola uma ideia brilhante. "Esse é o problema, eu não tenho nenhuma. E com certeza o mundo não precisa de mais programas como esse."

"Bom, o mundo pode não *precisar*, mas com certeza vai querer mais um: a Ella assiste a todos esses programas. O que você precisa é de uma nova abordagem." Ash se vira para olhar ao redor do bar e, quando faz isso, vejo a etiqueta da lavanderia ainda presa ao colarinho da camisa dele. Será que ele passou o dia todo assim? Com um suspiro, estendo a mão para arrancá-la. "Humm", ele diz, dando uma olhada na etiqueta antes de colocá-la sobre a mesa e voltar a atenção de novo para a tevê.

Eu sigo seu olhar e vejo que o jogo terminou e que o noticiário da noite já começou. O barulho do bar me impede de ouvir o que está sendo dito, mas as legendas informam que a GeneticAlly, a maior empresa de aplicativos de relacionamentos do mundo no momento, foi comprada pela farmacêutica Roche.

"Puta merda", Ash murmura, estreitando os olhos para ler alguma coisa na tela. "Isso é uma quantidade absurda de dinheiro."

Eu fico de queixo caído. "Nem me fala." Lembrando de uma coisa, eu me viro para Ash. "GeneticAlly... não foi assim que você e a Ella se conheceram?"

Ele assente. "Nós somos um *match* Ouro."

Um casal à nossa direita acaba de se acomodar em seus assentos. O clima entre eles é de decepção pesada. Um primeiro encontro fracassado. Eles se entreolham apenas quando pensam que o outro não está olhando, e um toque acidental de mãos leva a pedidos exagerados de desculpas, mas não a sorrisos tímidos. Nenhuma faísca de interesse. Pode parecer presunçoso da minha parte, mas eu poderia ir até lá agora mesmo sem medo de errar e dizer que eles não têm química nenhuma, sem chance. Qualquer um diria. Não conheço muito bem a GeneticAlly, mas sei que eles desenvolveram uma avaliação de compatibilidade que leva em conta as sequências presentes no DNA das pessoas. Eu diria que esse casal tem compatibilidade zero.

Erguendo o queixo, pergunto para Ash: "Você acha que aqueles dois são um *match* Ouro?".

Ele olha para eles por alguns segundos e leva sua bebida à boca. "Não. Não mesmo."

Olho de novo para a tevê, e uma ideia começa a surgir no fundo da minha mente. Preciso dar alguns telefonemas. Talvez ter um tempo livre seja uma coisa boa no fim das contas.

Três

CONNOR

Duas horas depois, estaciono na frente da casa de Natalia. É um belo imóvel — mas isso eu sei bem; sou um dos signatários do financiamento. Segundo o corretor, a arquitetura é uma releitura do estilo colonial espanhol, com paredes revestidas de estuque, telhado baixo e um pátio cercado com grades que Nat sempre deixa muito bem decorado para o Halloween. Mas onde antes havia apenas um triciclo e alguns desenhos a giz no cimento, agora há uma bicicleta de dez marchas e uma fileira de vasos com orquídeas que leva até a porta da frente. Natalia começou a se dedicar à jardinagem depois do nosso divórcio. Após a separação, ela desabrochou, assim como as orquídeas.

Esperando por mim na porta da frente está Baxter, o labradoodle chocolate de Stevie. Sim, nós somos o tipo de pais que compram um cachorro como um presente de consolação pelo divórcio. Ele late animadamente para alertar que um intruso entrou na casa e, ainda abanando o rabo, se deita para pedir carinho na barriga.

"Um dinheirão gasto em adestramento e você ainda é um péssimo cão de guarda", digo quando me abaixo para acariciá-lo. "Onde está todo mundo? E a Stevie? Você pode ir lá chamá-la?"

A porta está entreaberta, Baxter a empurra com o focinho e sobe a escada.

"Olá?", eu chamo. Está frio e silencioso lá dentro. A lição de casa de Stevie está espalhada na mesa de centro e há um cesto de roupas lavadas em cima do sofá. As paredes são cobertas de fotografias, algumas de Stevie e Natalia, umas poucas comigo. Tiramos fotos de Stevie no mesmo lugar e fazendo a mesma pose todo ano no aniversário dela, e vê-las todas agrupadas é como uma linha do tempo da sua infância. Ela é alta para uma menina de dez anos e bem magrinha. Tem a pele morena e os cabelos escuros da mãe, mas os olhos — que saíram a mim — estão mais verdes do que nunca.

Escuto passos na escada e, um instante depois, um corpo colide com o meu e dois bracinhos finos me envolvem pela cintura. Baxter está logo atrás dela. "Finalmente", diz Stevie, com a boca colada à minha barriga.

Eu me curvo para a frente e dou um beijo em seus cabelos. "Desculpa, chefe. Minha reunião atrasou. Você se divertiu com a sua mãe?"

Ela desaba no sofá de um jeito dramático. "A gente rodou a *cidade inteira*. Primeiro fomos na lavanderia, depois no correio, para mandar umas coisas para a *abuelita*, e depois no shopping, onde a mamãe foi fazer as unhas. Eu esqueci meu livro, então ela me deixou ficar vendo vídeos no celular, e a gente pediu comida chinesa."

Me sinto tomado pela culpa — minha constante companheira como pai de fim de semana.

"Desculpa, malandrinha."

"Tudo bem. Eu pintei as unhas." Ela mostra as mãos e balança os dedos com as pontas cor-de-rosa. Stevie não recusa nada que seja cor-de-rosa. "E eu sei que você é superimportante lá no seu trabalho."

Eu me sento na mesa de centro de frente para ela. "Tinha algumas coisas que não podiam esperar até segunda-feira."

"Aposto que era uma coisa incrível", ela diz, toda ardilosa. "Você tem as *melhores* ideias e faz os *melhores* documentários." Eu fico desconfiado. Assim como a mãe, Stevie é uma ótima negociadora. O problema é que eu quase sempre só descubro que estou negociando quando já dei minha aprovação para alguma coisa. "Qual é a pegadinha?"

"Pegadinha nenhuma. É que você é incrível mesmo, só isso." Ela faz uma pausa. "Ah, eu quase esqueci!" Ela se inclina para a frente, milagrosamente rejuvenescida. "O Wonderland vai vir pra cá!"

Wonderland, a atual obsessão de Stevie, é um grupo de música pop que conquistou todas as paradas de sucessos e premiações musicais do país. Nos aniversários, Natais e outras ocasiões que exigiam algum presente, Stevie pediu coisas relacionadas ao Wonderland. O rosto dos membros da banda está em tantas de suas camisetas que eu poderia reconhecê-los no meio de uma multidão sem nenhuma dificuldade.

"Vai vir se apresentar aqui, é o que você está dizendo?"

"Sim! A gente pode ir no show? Por favor?" Ela segura as minhas duas mãos e faz seus olhos parecerem duas luas cheias. "Pode ser meu presente de aniversário."

"Seu aniversário foi em janeiro. Estamos em maio."

"Humm", ela diz, recalibrando o discurso. "E se eu virar uma aluna nota dez?"

"Você já é uma aluna nota dez."

Sua expressão de espertinha diz com clareza: *Exatamente*. Como o otário que sou, pego meu celular. "Certo. Onde eles vão tocar?"

A intensidade vibrante de Stevie cresce ainda mais. "No Open Air!"

"Calma", eu digo com delicadeza. "Estou só olhando. Você conversou com a sua mãe sobre isso?"

"Ela disse que tudo bem se você me levar."

"Claro que disse." Quando o site carrega, um banner gigante aparece no alto da página: WONDERLAND: A TURNÊ DE FORBIDDEN GAME. "Um título como 'Forbidden Game' dá margem a muitos questionamentos."

Stevie revira os olhos. "Pai."

Rolo a tela até as datas de San Diego e vejo o aviso vermelho de ESGOTADO por cima do link para a compra. Viro o celular para ela, que fica desanimada na hora.

"Sinto muito, malandrinha. Talvez da próxima vez, né? Além disso, o show começa às oito, e a sua hora de dormir é oito e meia." Ela faz bico, e eu me abaixo para olhá-la nos olhos. "Vamos ver se alguém vai transmitir por streaming, assim podemos ver juntos."

Ela fica decepcionada, mas reage bem. "Podemos comprar as camisetas da turnê e pedir pizza?"

"Claro. Agora pegue as suas coisas e vamos lá."

Ela pula do sofá e sobe a escada com suas pernas compridas ainda meio desengonçadas. Juro que está mais alta do que quando a vi no domingo. O cachorro vai correndo atrás.

"Onde está a sua mãe, aliás?", eu grito atrás dela.

"Está lá fora. O Insu está construindo um galpão no jardim do quintal, e ela está lá assistindo." Ela olha para mim do alto da escada. "Ele é bem forte."

"Eu percebi."

Insu é o namorado de Natalia. Ele tem vinte e seis anos... sim, isso mesmo. Nós demoramos alguns anos para deixar de cair nas armadilhas da guarda compartilhada, mas agora nos tratamos com mais carinho e respeito do que em nossa época de casados. Ver Nat se apaixonar de novo aliviou um peso que eu nem sabia ao certo que estava carregando. O fato de a pessoa em questão ser quase um adolescente (sei que é exagero, mas quem ficou sem ninguém aqui fui eu, então mereço poder dar umas alfinetadas) me trouxe um tipo de alegria inesperada.

Ouço os passos de Stevie no andar de cima, e então ela fica em silêncio, provavelmente arrumando as coisas para ir comigo. Sozinho, começo a caminhar de um lado para o outro na sala de estar, e minha mente acaba voltando ao meu dilema profissional.

Eu poderia fazer uma mistura de programa de conscientização ecológica e reality show, mas a verdade é que quero que meus colegas documentaristas fiquem bem longe de tudo isso. Demorei anos para ganhar a reputação que tenho e desconfio que uma corrida de aventura pela selva seja capaz de pôr tudo por água abaixo em dois tempos. Isso sem contar que Blaine quer fazer uma coisa lasciva e sexy, e nada no meu repertório atual pode ser definido nesses termos.

Vou ter que pensar fora da minha caixinha habitual. Programas de namoro já foram explorados ad nauseam, então um novo reality show precisaria de um belo chamariz para se destacar em meio a todos os outros. Eu sou um amador entrando em uma trilha já bastante percorrida, só que, quanto mais penso a respeito, mais interessante me parece a ideia que tive no bar depois de ouvir a notícia sobre a GeneticAlly. Meu instinto me diz que existe potencial ali, mas ainda falta alguma coisa...

De repente me vejo diante de uma das várias estantes de livros de Nat. Sem dúvida, Stevie herdou esse gene de *fangirl* da mãe, mas, enquanto minha filha é fanática por estrelas do pop, Natalia é uma leitora ávida de livros de romance. Logo à primeira vista, percebo que a estante na minha frente tem mais de duas dúzias de livros da mesma autora. Eu pego um deles.

Volúpia em alto mar, de Felicity Chen.

A capa mostra duas pessoas muito bonitas abraçadas no convés do que parece ser um navio pirata. É uma ótima foto — chamativa, sexy, cenográfica —, e, quando abro o livro, encontro uma versão ainda mais detalhada da imagem reproduzida no miolo. Passo os olhos pela sinopse: um herdeiro perdido, uma heroína brandindo uma espada, um país à beira da guerra e um tesouro escondido que pode salvar todos. Quando vejo a orelha do livro, fico paralisado. A foto da autora é a da mulher maravilhosa do bar.

No computador da família, faço o login com a senha e digito *Felicity Chen* no mecanismo de busca. A tela imediatamente se enche de resultados. Entrevistas publicadas, *fanfics*, contas em redes sociais, anúncios de sites de varejo e a página da sua editora. Clico em um dos resultados mais recentes e vejo um discurso de formatura do Revelle College da UCSD.

Quando passos se aproximam pelo piso de madeira atrás de mim, já vi o discurso e meia dúzia de trechos de entrevistas, li três resenhas da *Entertainment Weekly* sobre as obras dela e conferi boa parte de seu *feed* no Instagram. Felicity Chen é engraçada, carismática, inteligente e fala muito bem em público. Com certeza ficaria bem à vontade diante das câmeras de tevê...

Natalia fica desconfiada. "Por que a minha autora favorita está por toda parte nessa tela?"

Eu viro a cadeira na direção da minha ex. "O que você sabe sobre ela?" As minibiografias de Felicity têm uma ausência frustrante de detalhes pessoais, e a Wikipédia também não ajuda muito. "Ela é solteira?"

"Se vocês saírem e você ousar bagunçar a cabeça dela de alguma forma e o novo livro não sair, posso ser obrigada a te matar."

"Eu não quero sair com ela, Nat."

"E você quer sair com *alguém*, por falar nisso? Você sabe que não precisa virar monge, né?"

"De novo essa conversa."

"Aquilo que a Stevie viu..."

Eu enfio dois dedos na boca e solto um assobio estridente. "Cartão amarelo, Garcia."

Nat cai na risada. A sem-vergonha sabe muito bem que eu fiquei traumatizado quando Stevie, aos quatro anos, me pegou no flagra com os tornozelos de uma garota apoiado nos meus ombros. Foi a primeira e última vez que convidei alguém para ir à minha casa quando Stevie estava lá, e não sei se algum dia vou me recuperar daquilo. Juro que ainda vivo esperando pelo dia em que essa memória reprimida vai vir à tona e a minha filha nunca mais vai conseguir olhar na minha cara de novo.

"Eu sinto muito", Nat diz, apesar de não parecer sentir coisa nenhuma. "É só pôr uma sineta na porta do quarto dela. Funciona direitinho."

Aponto com o polegar para o monitor do computador. "Vamos nos concentrar aqui?"

Os olhos dela se voltam para o rosto de Felicity na tela. "Ah, sim, tenho quase certeza de que ela é solteira. Ela já falou sobre isso em entrevistas. Por quê?"

"Eu queria a participação dela em um programa."

Nat levanta as sobrancelhas. "Para um documentário sobre livros de romance e feminismo ou alguma coisa assim?"

Eu dou risada. "Não."

"Do que você está rindo?", ela pergunta, fechando a cara. *Cuidado*, eu penso comigo mesmo. Nat já brigou comigo no passado porque eu falei mal do tipo de livro que ela lia. Não quero entrar em um campo minado quando na verdade só preciso de uma ajuda. "Desculpa, não é nada com você. É que talvez eu faça um programa de namoro."

Os olhos dela se arregalam. "Um... *o quê?* Qual é o foco da North Star? Primeiro foram os seriados e os filmes para a tevê, depois os documentários sobre ecologia, e agora programas de namoro?"

"É o Blaine", eu explico, e para Natalia isso já basta. Blaine está sempre pulando de um projeto para outro, a depender de para quem anda dando ouvidos, que, no momento — compreensivelmente —, são os executivos que pagam nossos salários. Existe uma boa chance de eu ter sido contratado porque uma certa (agora ex) esposa estava preocupada com os mamíferos marinhos. "Ainda não é nada certo, só estou explorando umas possibilidades." Eu não quero deixar mais uma pessoa preocupada com isso, então mudo de assunto. "Como está o Insu?"

"Ótimo", ela diz, se jogando no sofá exatamente como nossa filha faria. "Ele vai me levar pra jantar amanhã, que é nosso aniversário de namoro."

"Ah, legal, então ele tirou a carteira de motorista?" Eu abro um sorriso. "Nossa, como eles crescem rápido." Na verdade, eu gosto de Insu — ele é bem mais maduro do que eu era na sua idade, adora Natalia, e Stevie gosta dele também —, mas não vou perder a chance de tirar um sarrinho.

"Ele é só sete anos mais novo que você."

"Então é oito mais novo que você. Espero que você mantenha o armário de bebidas trancado."

Uma almofada acerta minha cabeça bem no momento em que Stevie aparece com suas coisas, com Baxter e sua bolsa de roupas para o fim de semana a tiracolo.

"Está pronta, malandrinha?"

"Estou. Eu te mandei o link das camisetas da turnê", Stevie avisa. "É melhor não demorar muito, porque pode acabar."

Pego meu celular de novo. "Sim, senhora."

"Isso por acaso tem a ver com o Wonderland?", Nat pergunta.

"Infelizmente, os ingressos do show já esgotaram, mas vamos comprar umas coisinhas pra compensar."

Nat me lança um olhar de *que alívio, né?* por cima da cabeça de Stevie enquanto se despede dela com um abraço. E, por alguns segundos, o arrependimento toma conta de mim. Com certeza eu perco milhares de momentos adoráveis e corriqueiros como esse todos os dias. Eu poderia estar vivendo essa vida com elas. Seria uma coisa platônica e sem nenhuma paixão, é verdade, mas haveria estabilidade e amor. Eu achei que devia ter outras coisas me esperando pela vida afora, mas, na verdade, minha vida amorosa não está muito diferente da que eu tinha na minha época de casado.

Mas agora é tarde demais para recomeçar, e a verdade é que vou perder isso e muito mais se não arrumar um jeito de fazer essa porra de trabalho.

Quatro

FIZZY

Na primeira vez que me reuni com um produtor para discutir a adaptação de um dos meus livros para o cinema, fiquei tão empolgada que mal dormi na noite anterior. Passei horas decidindo o que vestir. Contei para todo mundo que uma obra minha ia virar filme. Separei cinco horas para percorrer os quase duzentos quilômetros entre San Diego e Los Angeles e depois tive que pagar quarenta dólares de estacionamento para ter um lugar onde esperar, porque cheguei três horas adiantada. Fiquei sentada no carro imaginando o que usaria no tapete vermelho, quem poderia ser escalado como meu protagonista e como seria vê-lo na telona pela primeira vez. Cheguei com um sorriso aberto, muitos planos e grandes esperanças.

A parceria não foi a lugar nenhum, nem a reunião seguinte ou a outra depois dessa, e até as conversas que *foram* produtivas acabaram encalhadas na fase de pré-produção durante anos. Aprendi da maneira mais difícil que todo mundo em Hollywood está sempre muito empolgado com novos projetos, mas só até a hora em que é preciso pôr a mão no bolso. Agora já conheço a rotina de cor; a reunião que a agente que cuida dos meus direitos para produções audiovisuais marcou para mim esta manhã na North Star Media, uma produtora que nem conheço, não me provoca a menor descarga de adrenalina.

A assistente administrativa da North Star é uma moça boazinha e bonita de vinte e poucos anos que me oferece café e um donut de uma pequena loja local, que está disposto em uma caixa cor-de-rosa sobre sua mesa quando chego. Penso em responder a algumas mensagens nas redes sociais enquanto espero, mas só o que as leitoras querem são notícias sobre o livro novo, e não tenho nada a dizer sobre isso. Acabo guardando o celular e me ocupo com um donut em vez disso.

Olhando ao redor, sou obrigada a admitir que a vibe em uma pequena produtora de San Diego é bem mais praiana e tranquila do que as paredes de vidro ou o estilo propositalmente industrial dos escritórios de LA. Mas, quando o cara com quem vou fazer a reunião sai do escritório, lembro que Hollywood é Hollywood, mesmo em San Diego.

Tenho a impressão de que o conheço de algum lugar, mas não sei de onde — não é o tipo de cara que frequentaria os meus cafés ou bares favoritos. O cabelo dele está tão bem penteado que de longe parece até uma peruca de boneco de Lego. Acabo me distraindo com sua altura, então não ouço seu nome, mas sorrio como se tivesse escutado. Dentes brancos e perfeitos, olhos com o tipo de brilho que ganharia um efeito sonoro em um desenho animado e músculos bem definidos e flexionados sob a camisa social branca. A beleza dele é óbvia demais. Se estivesse escrevendo um livro, eu imediatamente o colocaria na categoria Executivo Milionário Gostosão. Infelizmente, meu catálogo mental me alerta sobre três coisas importantes sobre esse arquétipo de herói romântico: ele vai ficar um tempão falando sobre o esporte que praticava na faculdade, seja lá qual for. Ele é, na melhor das hipóteses, um feminista de fachada. E, seguindo nessa linha, ele não gosta de fazer sexo oral em mulheres.

Mas eu o acompanho até seu escritório mesmo assim, porque, se continuar na recepção, vou acabar comendo mais um donut.

A sala do Executivo Milionário Gostosão é organizada e minimalista. Ao contrário dos escritórios de outros executivos da indústria cinematográfica, não tem quadrinhos raros autografados e emoldurados nas paredes, um livro de fotos de tênis vintage ou uma parede da vaidade com pôsteres de suas produções. Ele tem algumas fotos em preto e branco do que parece ser o litoral da região central da Califórnia e alguns porta-retratos virados para o seu lado na mesa, e fora isso todas as paredes e superfícies são lisas e limpas.

O gostosão entediante faz um gesto para eu me sentar em uma das cadeiras de couro caríssimas agrupadas ao redor de uma mesa de centro baixinha, e eu tento ser discreta ao fazer isso, mas o rasgo da minha calça jeans acaba ficando na pior posição possível no joelho, e o som do tecido cedendo domina o ambiente. Durante um momento, percebo que ele está tentando decidir se deve fazer algum comentário a respeito.

Ao que parece, escolhe ficar quieto e se contenta em sorrir. Acrescento o item *sorriso simpático* à descrição de seu personagem. "Obrigado por ter vindo aqui hoje, Felicity."

"Ah. Um britânico." Sinto a primeira cosquinha lá embaixo em muito tempo e atualizo meu arquivo mental.

"Nascido e criado em Blackpool."

"Eu não sei onde fica, mas é um belo nome para um covil de piratas."

Ele solta uma risada grave e retumbante. "Fica no noroeste da Inglaterra."

Eu assinto com a cabeça, olhando ao redor, tentando entender por que um homem como esse largou sua cidade natal de piratas e acabou em uma sala tão sem graça e interessado nos meus livros. Uma jornada e tanto. Quando os meus olhos encontram o rosto dele de novo, não consigo afastar a sensação de que já o vi antes. "A gente se conhece de algum lugar?"

Ele fica hesitante, e sua boca começa a formar uma palavra, mas sai outra, com um formato diferente. "Acho que não. Mas minha ex-mulher é uma grande fã sua."

Acabo soltando uma risada involuntária e indelicada. "Olha, preciso admitir que esse é o elogio mais esquisito que já ouvi na vida."

Até mesmo a careta que ele faz parece perfeita demais para ser verdadeira. "Desculpa. Acho que foi um jeito estranho de dizer que fiquei bem impressionado com você. Natalia é bem exigente com seus gostos, e ela tem todos os seus livros."

Sinto uma das minhas sobrancelhas se levantar.

"E eu acabei virando fã também", ele admite e — ah, não, dessa vez acabou indo longe demais. Seria bem mais interessante, para variar um pouco, ouvir de um cara desses: *Eu não li seus livros e gosto de tirar sarro do seu gênero de escrita quando estou com os meus amigos, mas os livros de romance têm a maior base de consumidores do mercado editorial, e eu quero faturar em cima disso.*

Eu abro um sorriso de mostrar os dentes. Está na hora de pegá-lo na mentira. "E qual é o seu favorito?"

"Acho que você deve esperar que eu diga *O castelo da guarda* ou *No fim da estrada*, porque tem bastante ação nos dois, mas para mim é *Parzinho básico.*"

Ah, então sua linda assistente é boa em fazer pesquisas no Google. Deve ser por isso que eu estou aqui. "*Parzinho básico*, então."

O Britânico Gostosão abre as mãos em um gesto magnânimo. "É uma ideia inteligente, Felicity, e apareceu no momento perfeito."

Talvez ele mesmo não seja muito bom em procurar coisas no Google: todo mundo que me conhece, seja no nível pessoal ou no profissional, sabe que na minha vida inteira eu só fui chamada de Felicity pelos meus antigos professores do colégio, e mesmo assim só no primeiro dia de aula, ou então quando ia levar bronca.

Enfim, apesar de achar que eu sou tonta, ele tem razão — a história apareceu *mesmo* no momento perfeito. Eu escrevi *Parzinho básico* bem na época que a GeneticAlly lançou o aplicativo DNADuo, e a publicação coincidiu perfeitamente com o período em que essa tecnologia começou a ganhar cada vez mais popularidade. O livro, sobre dois inimigos jurados que acabam se revelando um *match* Diamante, ficou um tempão na lista dos mais vendidos. Mas, depois que uma pequena produtora não conseguiu emplacar uma série baseada na história, os direitos de adaptação voltaram para mim no mês passado.

"Bom, Ted..."

"Connor."

"... eu vou ser bem sincera", aviso, ignorando o que ele disse porque seu nome realmente não faz a menor diferença aqui. "Os direitos estão disponíveis, e eu não me oponho a trabalhar com quem queira transformar o livro em um filme ou uma série, mas esse projeto é especial para mim por uma série de razões, a minha preocupação é que..."

Ele levanta uma de suas mãos enormes. "Desculpe interromper. Mas é que... não foi por isso que eu marquei esta reunião."

Fico confusa no mesmo instante. E talvez um pouco

irritada comigo mesma por não ter lido o e-mail que recebi da minha agente. "Quê?"

"Eu não quero produzir uma adaptação de *Parzinho básico*." O Britânico Gostosão balança a cabeça. "O que eu gostaria de saber é o que você acharia de ser a protagonista de um novo programa de tevê."

Ao ouvir isso, eu enrugo a testa, preocupada. "Eu sou escritora."

"Eu sei."

"Pensei que estivéssemos falando a mesma língua aqui." Eu estendo um dedo e aponto para ele e para mim. "Mas pelo jeito não estamos nos entendendo bem."

Ele ri e, além do som sexy que ressoa em seu peito, revela uma covinha em uma das bochechas.

Alto, britânico *e* com uma covinha? Nunca confie em um clichê.

"Nós gostaríamos de oferecer a você o papel de figura central em um futuro reality show de namoro."

Eu olho fixo para ele. "Eu?"

"Sim."

"Em um programa de namoro?"

"Sim."

"Em que a pessoa que namora sou *eu*?"

"Sim."

"Isso é alguma espécie de piada?" Fico imediatamente desconfiada. E então tudo se encaixa na minha cabeça. Eu saí algumas vezes no ano passado com um diretor de teatro comunitário que garantia ter ótimos contatos no universo do audiovisual. Talvez eu não devesse ter duvidado tanto dele. "Foi o Steven que pediu para você fazer isso?"

"Steven?"

"Eu não lembro o sobrenome dele", admito. "Mas imagine

o arquétipo do universitário bonitão que toca guitarra e acrescente uns vinte anos à cara dele."

O Britânico Gostosão franze a testa. "Eu não... É, não mesmo. Não tem Steven nenhum envolvido em nada disso."

Ah, sim, claro. "Billy? Ele trabalhava na Paramount." Imito alguém musculoso. "Um marombeiro? Que raspa *todos* os pelos do corpo?"

Ele balança a cabeça, perplexo. "A ideia não..."

"*Evan*." Dou um tapa no braço da poltrona. "É claro!" Eu olho para o Britânico Gostosão. "Ele adorava uma pegadinha. Terminei com ele porque tinha uma tatuagem do Bart Simpson abaixo do quadril, tipo, *bem* abaixo mesmo, e eu não conseguia chupar o cara sem ficar pensando *Ai, caramba*. Cortava o clima, sabe."

"Eu..."

"Tivemos uma discussão séria no fim, mas mesmo assim ele me lembrou de adiantar o meu relógio em uma hora naquela noite por causa do horário de verão." Eu dou risada. "Basicamente falei que aquela tatuagem horrível estava arruinando a nossa vida sexual, e o que ele respondeu foi, tipo: *Que chato, mas cuidado para não acordar atrasada amanhã*." Volto minha atenção de novo para o Britânico Gostosão. "Então, pensando bem, ele é um cara legal demais pra fazer uma coisa dessas. Você pode me falar se..."

"A ideia não foi de nenhum desses homens", ele fala em um tom pausado. "Eu estou mesmo desenvolvendo esse programa, que vai acontecer de verdade, e você é a primeira pessoa que procurei para conversar."

Fico totalmente sem reação.

"Mas... algum desses homens é seu namorado *atualmente*?", ele pergunta.

"Eu nunca sei quando usar essa palavra", admito, ignorando o leve tom de desaprovação na voz dele. "Namorado é alguém com quem você transa mais de uma vez? Existe um namorado de uma noite e nada mais? Um namorado de fim de semana? Ou é preciso definir isso depois de um certo tempo saindo juntos? Mas, seja como for, não. Não estou namorando nenhum desses caras, de jeito nenhum."

O Britânico Gostosão limpa a garganta e se inclina para a frente para ajeitar melhor um livro na mesa de centro. "Certo."

Fico olhando para ele, segurando um sorriso.

"Você estaria interessada em ouvir a premissa do programa?", ele pergunta depois de aparentemente terminar de se recompor do choque.

Resolvo deixá-lo proferir todo seu discurso, já que ele parece ter se preparado tanto para isso. "Fique à vontade, Colin."

Ele espera um pouco antes de falar e, quando o encaro, vejo a decepção em seus olhos. Não sei o que eu fiz, mas fico satisfeita de qualquer forma. Se eu recebesse um dólar toda vez que decepciono um homem branco de terno, estaria zilionária.

Ele se recompõe e começa: "Eu sempre achei fascinante a ideia de casamentos arranjados..."

"Minha nossa."

"... já que a maioria deles, mesmo hoje, é muito bem-sucedida."

Certo, isso realmente não era o que eu esperava ouvir.

"Quando nós deixamos as pessoas que conhecemos escolherem nosso parceiro, elas costumam se sair muito bem. Mas um dia desses também me dei conta de que, como a maioria de nós já viu muitas histórias de amor — na vida, nas telas, na literatura —, devemos ser bons em identificar sentimentos verdadeiros. Você não acha?"

Eu encolho os ombros. "Na verdade, fico impressionada com a capacidade de inteligência emocional muitas vezes tão pequena dos adultos."

"E se nós colocarmos você em uma casa com doze homens..."

"Agora, sim, você está falando a minha língua."

"... todos tentando ganhar seu coração..."

"Humm, continua."

"... mas, em vez de você escolher quem vai ficar na competição a cada semana, abrirmos uma votação entre os espectadores nas vinte e quatro horas seguintes à exibição de cada episódio para definir quem continua e quem sai. Quem for eliminado vai descobrir no início do episódio seguinte."

"Então você vai deixar o público votar e escolher com quem eu vou ficar? A minha opinião não conta nada?"

Ele inclina a cabeça de um lado para o outro. "Não é bem assim. A audiência vai ter que ler suas reações. Mas eu espero que as opções sejam ótimas, porque tem uma coisa que pode deixar tudo mais interessante: vamos escalar os participantes com base nas pontuações de compatibilidade no DNADuo. Eu imagino que você saiba o que é isso, não?"

Meu coração quase para de bater. É a tecnologia criada por River. "Ah, sim, sei bem."

"Algumas compatibilidades vão ser baixas, e outras mais altas", ele explica. "Mas vamos garantir que tenha pelo menos um *match* Ouro ou até mais que isso no elenco. A grande sacada é ver quem é capaz de escolher melhor sua alma gêmea: a tecnologia ou o público."

Preciso me segurar para esconder quanto estou chocada. "Você está falando sério mesmo?"

O Britânico Gostosão faz que sim com a cabeça. "Seus livros são best-sellers internacionais, Felicity. Você tem leitoras de todas as idades e condições socioeconômicas — e suas maiores fãs estão justamente na faixa que é o público-alvo dos reality shows. Essa confluência pode ser bem vantajosa tanto para a venda dos seus livros como para os nossos índices de audiência."

Fico olhando pela janela. Eu estava errada: não foi nem um pouco agradável ele ter sido tão direto sobre o motivo para me querer aqui. Ele está atrás de mim porque a minha especialidade — livros de romance com final feliz — dá audiência. Esse homem não tem como saber que eu não acredito mais em romance, mas, considerando o ramo em que trabalha, ele me diria que isso não faz diferença, desde que o programa consiga despertar o interesse do público. Isso me deixa ainda mais pessimista em relação ao amor.

"Sei que vários desses programas de namoro são cínicos ou manipulados", ele continua, parecendo estranhamente ler os meus pensamentos, "mas acho que esse pode ser diferente. Porque é com *você*. Eu já estou bastante intrigado em relação a você, e é a primeira vez na vida que nós conversamos; os espectadores vão sentir esse mesmo interesse. E suas leitoras vão *querer* que você encontre um amor."

Isso me atinge como uma flechada no coração. Minhas leitoras queridas realmente querem que eu encontre um amor, e pelo jeito essa é a única coisa que não tenho como oferecer a elas. Bom, isso e um livro novo.

O Britânico Gostosão se inclina para a frente e me encara com seus olhos verdes sinceros e suaves. "Eu realmente acredito que as mulheres querem ver outras mulheres encontrando a felicidade."

Quando me volto de novo para ele, sinto alguma coisa esfriar dentro de mim. "Isso é uma coisa bem bacana de se dizer, mas por que soa irônico quando você diz?"

Ele parece perplexo por um instante, e o choque fica estampado em seu rosto. "Eu... Não, eu estava falando sério."

Eu me preparo para me levantar. "Obrigada pelo convite. Mas não estou interessada."

Cinco

CONNOR

Felicity vai embora de uma forma tão abrupta que o impacto faz meus pensamentos se chocarem contra o meu crânio e fico simplesmente com o olhar perdido, mudo. Eu sabia que uma mulher tão linda e bem-sucedida como ela poderia não se interessar pela ideia de protagonizar um reality show, mas de forma nenhuma esperava que a proposta fosse deixá-la revoltada. Se eu não consigo nem vender a ideia do programa sem me sair terrivelmente — e misteriosamente — mal, então que chance eu tenho de torná-lo um sucesso?

"Que porra foi essa?", pergunto na direção da porta aberta um instante antes de uma cabeça aparecer e meu chefe me abrir um sorriso artificialmente branco.

"Você tem um minutinho?"

Olho para o relógio. "Preciso subir pra conversar com a Shazz em cinco minutos."

Blaine entra na sala, enfiando a mão no bolso e remexendo em umas moedas que guarda lá dentro. "Acabei de falar pelo telefone com o Bill", ele me conta. Bill Masters é o cfo da empresa, uma das poucas pessoas de quem Blaine tem medo. "A diretoria realmente quer fazer esse programa de namoro acontecer." Ele faz uma pausa dramática, abrindo um meio-sorriso pretensioso. "Eles vão te dar um milhão e meio."

"De dólares?"

"Não, Connor, de garotas de programa. É claro que é de dólares."

Demoro um pouco para absorver o que está acontecendo. "Eles vão me dar um milhão e meio pra isso, mas não querem ceder quarenta mil para o meu documentário sobre biodiversidade?"

Ele respira fundo pelo nariz e solta o ar com força, como se sua paciência estivesse prestes a se desfazer como uma camada de gelo perigosamente rachada na superfície de um lago. "Como eu falei, amigo, todo mundo quer fazer isso acontecer. Por falar nisso, a Barb da programação deve ter uns belos favores pra cobrar, porque conseguiu cavar um espaço no horário nobre da ABC." E em seguida acrescenta: "Aos sábados".

O horário de sábado à noite na tevê aberta literalmente não tem nada de nobre.

Ao ver a expressão no meu rosto, Blaine comenta: "Olha, com esse cronograma, demos sorte de não ter ido parar na sexta-feira. Eles tiveram um problema de produção com um seriado novo, e nós conseguimos fechar esse espaço antes que o horário fosse preenchido com outra coisa. Agora me dá alguma notícia boa. Ouvi dizer que você estava em reunião com uma possível protagonista..."

"Estava", digo, indicando a porta com o queixo para mostrar que ela tinha ido embora. "Ela não se interessou."

"Por causa da grana?" Ele parece incrédulo. Para Blaine, esse seria o único motivo lógico para alguém recusar uma proposta assim. "Tem gente que é burra demais pra reconhecer uma boa oportunidade."

"Nós nem chegamos a falar sobre dinheiro. Só não era a pessoa certa, eu acho." A ficha de ter sido rejeitado finalmente está caindo, e estou mais decepcionado do que esperava. Por um momento, enquanto ela estava sentada na minha frente, eu mal conseguia acreditar que uma reviravolta maluca do destino poderia trazer a mulher que eu tinha visto no bar na semana passada para o meu escritório. E, obviamente, foi inevitável pensar no quanto seria interessante trabalhar com uma escritora sexy e bem-sucedida no lugar de cientistas desiludidos e mais queimados de sol do que o que seria aconselhável.

"É sua função encontrar a pessoa certa", ele avisa, ríspido.

"Eu queria encontrar alguém com uma ligação bem forte com o público-alvo", explico, tentando redirecionar minha irritação para algo mais produtivo, "mas talvez estivesse pensando muito fora da caixinha. Talvez precise seguir por outro caminho."

"É só seguir o caminho de sempre: pernas, peitos, boca."

Ah, Blaine. O típico representante de uma geração de acéfalos de terno. Eu me limito a limpar a garganta em resposta.

"Alguém do sexo frágil que esteja disposta." Ele insiste. "É só disso que nós precisamos. Me mantenha informado." Blaine bate com os nós dos dedos na minha mesa. "Preciso ir."

E, com a mesma rapidez com que apareceu, ele vai embora.

"Mas que merda de dia", eu digo na direção da porta aberta, e outra cabeça aparece, me dando um puta susto. "Meu deus do céu."

Meu colega produtor Trent Choi estende o braço e me mostra o relógio. "Nós temos aquela reunião com a Shazz em três minutos."

Pobre Trent. Sem dúvida, é a única pessoa que leva o horário das reuniões a sério por aqui. "Certo", eu digo. "Eu tava falando com o Blaine."

"Ah, é?" Ele dá uma olhada rápida por cima do ombro. "Você tem um minutinho?"

"Claro."

Entrando na sala, ele encosta a porta até deixar apenas um pedacinho do corredor visível. "Estou começando a ficar com medo de ir pra rua se o *Smash Course* flopar."

Faço uma careta, lamentando a situação. "O que o Blaine disse?"

"Que se o programa flopar eu estou na rua."

"Pelo jeito você fez uma leitura correta da situação." Ele sente o baque, e eu tento amenizar o impacto. "Se serve de consolo, eu tô no mesmo barco. Ele me escalou pra fazer um programa de namoro."

"Pelo menos essas coisas fazem sucesso. Quem é que assiste a desafios de esportes radicais?"

"Literalmente todo mundo, Trent." O coitado é um tremendo nerd.

"Vou passar seis semanas viajando", ele reclama. "Seis semanas em um ônibus com um bando de atletas de fim de semana suados e entupidos de testosterona querendo matar uns aos outros, e depois vou ter que voltar pra cá e editar o material pra fazer parecer que foi uma coisa divertida."

"Sinto muito, cara." Dou um tapinha no ombro dele. Eu entendo essa angústia. Esses programas atraem muitos olhares, mas não sei se é o tipo de atenção com o qual estamos preparados para lidar. Se o meu programa de namoro for uma bosta, estou fodido. E, se não for uma bosta, não sei se vou poder voltar a produzir as coisas que quero. Acho que é um consolo não ser a única pessoa atolada nesse lamaçal.

"Com certeza vai dar tudo certo. Uma coisa de cada vez, né? O que eu preciso agora é encontrar alguém" — eu faço sinais de aspas no ar — "'do sexo frágil que esteja disposta' a fazer logo essa porcaria."

Seis

FIZZY

Sempre existe o risco de se interpretar mal o que foi dito quando se ouve apenas o fim de uma conversa, mas, nesse caso, não há margem para equívocos.

... encontrar alguém do sexo frágil que esteja disposta a fazer logo essa porcaria.

Eu tinha voltado para carimbar o meu tíquete de estacionamento, mas acabo me esquecendo de fazer isso de novo quando três explosões simultâneas ocorrem dentro da minha cabeça. A primeira é por causa do palavreado, tão absurdo que o Britânico Gostosão imediatamente deixa de ser um herói romântico de qualquer tipo e vira um vilão que preciso derrotar. A segunda conclusão é que esse programa vai existir de qualquer jeito, não importa o que eu faça. Ele vai usar o aplicativo de River para produzir esse lixo e retratar com gosto a protagonista como uma mulher desesperada para encontrar uma alma gêmea, como se fosse impossível que ela pudesse estar bem sozinha, porque os executivos televisivos se recusam a atualizar sua visão a respeito das mulheres há quarenta anos.

A terceira explosão é a mais poderosa. Por menos que eu goste desse homem, não dá para ignorar que ele me ofereceu um holofote. Quantas vezes já me peguei pensando por que, se os homens querem tanto saber o que as mulheres desejam, simplesmente — hã, sei lá — *não perguntam diretamente para elas?* O Britânico Gostosão me deu a chance de garantir que esse programa não seja um desastre para todas as mulheres que cometerem a temeridade de apertar o play no episódio um. Eu posso estabelecer os termos e o formato, e conduzir a discussão sobre o que significa construir um relacionamento e se apaixonar.

Vou até a sala do produtor, escancaro a porta entreaberta e vejo sua expressão passar de irritação a horror assim que percebe que escutei o que ele disse.

"Você quer mesmo que eu faça parte disso?", pergunto sem rodeios.

Ele engole em seco e olha para o outro cara presente na sala, que parece querer abrir um buraco no chão e sumir. "Acho que você é a única pessoa capaz de transformar esse projeto em uma coisa que valha a pena."

Não sei se ele está falando isso por pura ignorância ou por consideração. "No elevador, eu me dei conta de que talvez a minha resposta tenha sido precipitada demais."

Ele fica parado me olhando, sem entender nada.

"Eu posso fazer o programa, desde que seja nos meus termos."

"Termos?", ele repete. "Por exemplo?"

Eu me esforço para manter o contato visual. Na verdade... não faço ideia de que termos são esses. "Vou mandar as minhas ideias através da minha agente. Se quiser que eu participe do programa, vai ter que concordar com tudo o que ela te passar."

Ele parece não se sentir desconfortável com o silêncio, prefere pensar antes de falar, e sou obrigada a admitir que admiro isso, porque é uma coisa que nunca fui capaz de fazer.

"Posso confiar que os seus termos vão ser razoáveis?", ele pergunta por fim. "E que você vai levar o público-alvo em consideração?"

Puta merda, de novo me tratando como uma tonta. "Literalmente a *única* coisa que me interessa nisso tudo é o público." O tom de irritação na minha voz é mais do que perceptível. "Acho que nós dois não temos as mesmas prioridades. Além de saber que a maior parte é do 'sexo frágil' — seja lá o que essa merda signifique —, acho que você não faz ideia de quem é o seu público-alvo."

"Felicity, isso que você acabou de escutar..."

Eu levanto uma das mãos para calá-lo. Não preciso ouvir seu pedido de desculpas; afinal, não estou fazendo isso por ele. "O que eu quero ouvir é um sim ou não, Corey. A escolha é sua."

Ele vira a cabeça para o outro lado, mostrando seu maxilar bem definido e seu pescoço comprido. Por fim, se volta de novo para mim. "Então vamos nessa."

Eu estendo o braço para cumprimentá-lo. "Ótimo." Com uma compreensível hesitação, ele me oferece um aperto de mão protocolar tipicamente britânico.

Ajeito a bolsa no ombro e me viro para ir embora, mas ele volta a falar. "Só mais uma coisa, se você me permite."

Eu me viro de novo.

"Meu nome é Connor." Desta vez ele não sorri quando os nossos olhos se encontram. "Não é Ted, nem Colin, nem Corey. É Connor."

Esse imbecil acabou de me pôr no comando. E não tem a menor ideia do que fez. Eu posso chamar esse pobre coitado do que eu quiser.

No fim das contas, o nome dele é o que menos me interessa. Porque agora preciso descobrir quais são os meus termos, como arrumar tempo para esse circo de reality show estando três meses atrasada na entrega do meu livro novo e como lidar com o fato de que esse olhar firme, simpático e atencioso dele não parece nem um pouco com o de um vilão.

Sete

CONNOR

"Alguma notícia sobre o cronograma?", Natalia pergunta lá da cozinha. "Nós já pagamos o aluguel daquele chalé em Yellowstone, mas eu não quero levar a Stevie pra longe se você tiver tempo livre pra ficar com ela."

Ao meu lado, vestindo sua nova camiseta do Wonderland e com uma tiara rosa na cabeça, a criança em questão vasculha entre dezenas de peças minúsculas acinzentadas, determinada a encontrar a curvatura da orelha de um elefante e a ponta da cauda de um leão no nosso quebra-cabeça com o tema África Selvagem Depois da Chuva. Fico me perguntando quais são as chances de que um elefante e um leão adulto fiquem em tamanha proximidade na natureza, mas isso parece um detalhe irrelevante.

"Infelizmente não", respondo. Já estamos em junho; as férias de verão deveriam estar programadas e definidas a essa altura, mas, com meu cronograma de filmagens ainda incerto, tudo permanece em aberto. "Desculpa, Nat, eu sei que isso é um saco. Estou negociando com os agentes da Felicity há semanas. Pode fazer seus planos que eu me viro."

Nat cruza a sala e serve nosso almoço antes de se sentar no chão à minha frente. Normalmente, minha filha e eu ficamos na minha casa no fim de semana, mas o círculo social de Stevie está em um momento de expansão contínua, com uma festa de aniversário hoje à noite e outra amanhã de manhã. Guarda compartilhada significa fazer concessões, e eu não me incomodo de ficar aqui se for para passar um tempo com ela.

A comida também não é nada mal. O cheiro está ótimo; nos dois anos que Nat e eu passamos casados, fiquei extremamente mal-acostumado a ter comida caseira disponível sem nenhum esforço. Quando nos separamos, tive que aprender a me virar — não podia alimentar uma criança só com miojo e fast food todo fim de semana. Quando não sou eu mesmo que preciso preparar, aprecio ainda mais o valor de uma refeição.

"Como estão as coisas com ela?", Nat pergunta, desviando minha atenção da tigela de *pozole* fumegante.

Não compartilhei muita coisa com Nat porque na verdade não tenho muito para contar. Felicity só se comunica comigo através de intermediários — advogados e agentes. Ela está pegando pesado comigo, e claramente de propósito.

Ponho um bocado de comida quente demais na boca e faço uma careta. "Ela aceitou com relutância."

"E quais são as condições dela?"

"A agente dela ficou de me mandar."

"Nossa, que empolgação a sua."

Limpo a boca com um guardanapo. "Queria perguntar uma coisa pra você. Eu fiz essa proposta pra ela umas semanas atrás. Foi só uma sondagem — ela poderia ter recusado, mas não fez isso. Não é estranho que ela ainda pareça estar... meio que... querendo me testar?"

Com uma risadinha, Nat põe um pouco de comida na boca e remexe em sua tigela com a colher. "Não sei muita coisa sobre a vida dela... Tipo, ela só mostra o que quer que as pessoas saibam. Parece ser uma pessoa brincalhona, divertida e aventureira, mas um reality show não parece ser a praia dela. Deve ter algum motivo para ela estar com o pé atrás, e, se ela acha que você não está entusiasmado com o projeto, é melhor você ir mudando de atitude." Natalia olha bem para mim. "Você é um cara maravilhoso, Conn, mas está dando uma de esnobe, como se estivesse se rebaixando por fazer isso."

Volto minha atenção para o quebra-cabeça. "Como pode ser esnobismo se é a mais pura verdade? Eu jamais faria isso se o Blaine não tivesse me forçado."

Reconheço meu erro assim que essas palavras saem da minha boca. Até Stevie solta um assobio sombrio por entre os dentes.

Natalia me dá uma encarada. "Connor, você me acha burra?"

"Quê?", retruco, horrorizado. "Claro que não. Você é a pessoa mais inteligente que eu conheço."

"Bom, *eu* assisto a reality shows. E leio livros de romance. E, quando você fala esse tipo de coisa, parece que está me diminuindo." Ela aponta com o queixo para Stevie, e eu percebo que o recado é: *Principalmente quando faz isso na frente da nossa filha.*

"Só estou dizendo que isso não é do *meu* gosto. Não tem problema nenhum você gostar."

Ela arregala os olhos. "Nossa. Obrigada, hein?"

"Não foi isso que eu quis..."

Ela faz um gesto com a mão. "Você já assistiu a algum programa de namoro ou leu algum livro dela desde que assumiu esse projeto?"

"Eu comprei os livros."

Isso não parece impressioná-la.

"E *também*", continuo, todo orgulhoso, "pedi pra Brenna fazer um relatório sobre os cinco títulos mais vendidos da Felicity."

Stevie balança a cabeça de novo. Natalie fecha a cara, decepcionada.

"Certo, agora entendi o que está parecendo", digo. "Eu sou o executivo babaca que empurra todo o trabalho para a assistente, o que é uma atitude de merda. Mas, Nat, o programa não é sobre os livros da Felicity. É sobre *ela*. O que importa aqui é o carisma que ela tem, essa capacidade de cativar as pessoas. É o público torcer por ela."

"Sério mesmo que você não percebe que ela só tem um público que torce por ela *por causa* do conteúdo desses livros?"

Antes que eu possa responder, ela continua: "Se você me dissesse que não gosta das músicas do Wonderland, eu diria: 'Tudo bem, cada um na sua'. Você já ouviu todas elas um monte de vezes, então seria uma opinião embasada. Mas, como nunca leu um livro de romance nem assistiu a um reality show, só tem uma opinião baseada no que você *acha* que essas coisas são".

Eu encaixo mais uma peça do quebra-cabeça, juntando a orelha do elefante com sua cabeça. "Ora, Nat, você é obrigada a admitir que esses livros são um tanto previsíveis."

"Por quê? Só porque o casal sempre termina junto?"

"Exatamente."

"Essa é uma convenção do gênero, Connor", ela responde. "Você saberia disso se tivesse se dado ao trabalho de pelo menos fazer uma pesquisa no Google."

Eu a incentivo a continuar falando quando percebo que ela tem mais a desabafar sobre isso. "Vai em frente. Pode falar tudo o que pensa."

"Você se refere a esses livros como o meu 'prazer vergonhoso'. Não percebe quanto isso é condescendente?"

"Sim, mas você não sente prazer lendo esses livros?", pergunto, confuso. "Onde está a condescendência nisso?"

"Sim, mas por que eu sentiria vergonha de ler uma coisa que me dá prazer?"

Quando abro a boca para responder, ela me lança um olhar que equivale a um tiro de advertência para o alto.

"Você trata as coisas de que eu gosto como bobagens ou como um passatempo qualquer", ela continua. "O que eu estou querendo dizer é o seguinte, Conn: você me perguntou por que ela está em dúvida quanto à sua postura. Mas, se até eu consigo ver essa condescendência — mesmo sendo alguém que conhece todas as suas outras qualidades e que sabe que você é uma ótima pessoa —, como você pode esperar que alguém que nem te conhece e que tem uma carreira construída em torno de uma coisa que você despreza veja você de outra forma?"

Eu fecho os olhos enquanto absorvo o recado. Uma vez trabalhei em um projeto em que uma das pessoas entrevistadas afirmou que a intolerância é uma consequência da falta de curiosidade, e isso ficou gravado para sempre dentro de mim. E mesmo assim estou julgando coisas de que não sei quase nada a respeito? "Ok, você tem razão."

"Leia um dos livros dela." Nat pega sua colher de novo. "Se você tiver a mente aberta, pode até acabar gostando."

Eu sei que ela tem razão, e quando estou prestes a dizer isso meu celular vibra em cima da mesa com a chegada de um e-mail. Assim que abro a mensagem, minha mente aberta vai para o espaço. "Mas que porra é essa?"

"Pai." Stevie olha feio para mim.

"Desculpa, mas..." Eu aponto para o telefone. "É a lista

de condições da Felicity." Dou uma olhada rápida no texto. "Ela quer que as filmagens se limitem a quatro dias por semana." Levanto os olhos da tela. "Pensei que fosse um padrão as pessoas ficarem isoladas enquanto gravam esses programas. Pros resultados não vazarem."

"É assim no *The Bachelor*", Stevie confirma.

Nat estende a mão para ajeitar a tiara de Stevie. "Quem diria que saber como esses programas funcionam poderia facilitar o trabalho dele?"

Stevie dá uma risadinha.

"Podem parar, vocês duas", respondo, e continuo lendo o e-mail. Imediatamente percebo que seria bem mais fácil escalar uma protagonista interessada apenas em fama e exposição. Mas estou decidido a fazer isso com alguém que tenha algo a dizer.

Me dou conta de que estava esperando que os termos dela fossem coisas corriqueiras na indústria do entretenimento — a possibilidade de passar um tempo longe das câmeras, uma lista de exigências nutricionais, uma verba de marketing, um figurino com peças de estilistas específicos, a máxima exposição possível de seus livros —, mas não tem nada disso aqui. As exigências dela parecem uma espécie de desafio. "Ela passou uma lista bem específica para a escalação do elenco." Eu olho para Nat. "Superbonzinho?"

"Ah", Natalia diz, com uma empolgação contida. "*Ah*, Fizzy Chen, puta que pariu, você é a minha *heroína*."

"*Mãe*. Olha a boca."

Eu enrugo a testa diante do telefone. "'Gostoso e burro'? É adequado dizer isso?"

Nat cai na gargalhada, quase perdendo o fôlego de tanto rir.

"E vai demorar um século para discutirmos esses pontos

todos. Eu só posso falar com a agen..." Eu me interrompo quando chego ao fim do PDF escaneado e vejo um recado escrito à mão por Felicity no fim da página:

Me manda uma mensagem se tiver alguma dúvida. Boa sorte! Acho que você vai precisar.

Oito

FIZZY

"Sinceramente", diz Jess, sentada à minha frente no Twiggs, "se quem estivesse com o nariz enfiado no celular fosse eu, você ia me pedir pra ver a putaria também ou então pra largar isso."

Nos velhos tempos, tínhamos o costume de nos encontrar no café Twiggs algumas vezes por semana para trabalhar. Eu escrevia feito uma louca, e Jess se ocupava com seus números. Nós conseguíamos ser (na maioria das vezes) muito produtivas. Hoje em dia, essas sessões são mais cerimoniais: Jess está tirando o verão de folga, e é mais fácil eu parir uma zebra do que escrever uma cena de beijo arrebatadora. Mas, embora a vibe seja mais casual do que profissional, as palavras de Jess são a deixa para eu guardar o celular na bolsa e voltar a desfrutar do tempo que tenho com a minha melhor amiga. Infelizmente, porém, mesmo que Oscar Isaac estivesse pelado aqui ao nosso lado, eu não sei se conseguiria desviar os olhos dessa troca de mensagens. É como ver em tempo real Connor Prince III mergulhando em uma espiral de insanidade.

Darcy?, ele escreve. Não sei nem o que isso quer dizer.

Eu escondo a risada com a mão e digito: Pense em alguém taciturno.

"Felicity."

Balançando a cabeça, eu digo para Jess: "Acho que você não vai querer saber o que eu estou fazendo." Meu celular vibra de novo.

"Sexo por telefone?"

"Ainda melhor."

O que você quer dizer com nerd gato?

Sério mesmo que eu preciso
explicar isso pra você?

Certo. Coroa charmosão?

Questões paternas mal resolvidas.

Vampiro?

Deixo escapar uma gargalhada, e alguns dos outros clientes habituais me olham feio. Tinha até me esquecido dessa pérola. Mas dessa vez cheguei tão perto de cuspir meu café para o outro lado da mesa em cima de Jess que ela finalmente tenta tomar o telefone da minha mão, e preciso me esquivar para terminar de digitar a minha resposta.

Use a criatividade.

Ponho o meu celular cuidadosamente sobre a mesa. "Oi, amiga."

"Não vamos nem fingir que estamos trabalhando hoje?"

Olho para a cadeira onde deixei todas as minhas coisas quando cheguei, meia hora atrás. Nem me dei ao trabalho de tirar o notebook da capa. Não é à toa que não estou conseguindo produzir nada. Sorrindo para ela, digo: "Juro que é coisa de trabalho".

"Ã-ham."

Jess sabe que estou evitando as redes sociais e os e-mails de trabalho como o diabo foge da cruz, então seu ceticismo é compreensível. Eu explico melhor: "O Britânico Gostosão recebeu os meus termos para participar do reality show hoje, e ele tem algumas dúvidas".

Jess franze a testa. "O que foi que você fez?"

"Como assim o que foi que eu fiz? Por que você vai logo presumindo que eu aprontei alguma coisa?"

"Vejamos", Jess responde, segurando sua xícara com as duas mãos e se inclinando para a frente. "Teve uma vez que você me convenceu a ir a uma praia de nudismo no seu aniversário e, quando vi, estávamos andando peladas em uma área privativa."

"A culpa foi do GPS, não minha."

"Você me algemou na cama pra fazer uma pesquisa para um livro e só depois se deu conta de que tinha esquecido a chave em casa."

"Você só ficou sozinha por, tipo, meia hora, e mesmo assim eu fiz questão de garantir que estivesse muito bem hidratada!"

"Certo, e quando você me fez sair com um cara que estava em liberdade condicional?"

"Por fraude fiscal! Não era um assassino nem nada do tipo."

"Sério mesmo, Fizzy?"

"Bom, quando você junta tudo desse jeito fica parecendo que eu sou terrível de verdade!"

Ela não diz nada, só fica me olhando.

Por fim, eu assinto com a cabeça, porque afinal *é justo*. "Eu só estou tentando deixar o programa mais legal." Ela se mostra ainda mais cética, então eu lembro: "Você é que não quis saber mais sobre esse reality show pra não precisar esconder nenhuma informação do River". Previsivelmente, ele surtou quando, algumas semanas atrás, enquanto comíamos um hambúrguer, eu comentei que tinha sido convidada para protagonizar um programa de namoro baseado em sua pesquisa científica seríssima. Ele ficou olhando fixo para o prato e depois começou a andar de um lado para o outro. Eu garanti que não havia a menor possibilidade de que a North Star Media aceitasse as minhas condições, e River ficou um pouco mais tranquilo. Mas também me pediu que não tocasse mais nesse assunto.

Isso significa que não posso contar nada para Jess também, ou ela vai entrar em combustão espontânea por estar escondendo alguma coisa do marido. É só por isso que ela está fingindo que não está interessada.

A verdade é que, se você perguntar para Jessica Marie Davis Peña qual é seu programa de tevê favorito de todos os tempos, ela vai dizer *Breaking Bad* ou *Downton Abbey*, porque são respostas socialmente aceitáveis. Ninguém diz que seu programa favorito é *Casamento à Primeira Vista*, assim como ninguém admite que seu restaurante predileto é o McDonald's. Mas tem *alguém* consumindo os 550 milhões de Big Macs que eles vendem por ano. Jess devora esse tipo de reality show e se entretém com uma taça de vinho na mão no sofá gigantesco na sala de sua casa. Não importa o que River queira que aconteça, Jess não tem como não se interessar por esse assunto. Ouso dizer até que ela está animadíssima, apesar de fingir que não.

O que significa que não vai demorar muito para ela ceder. Em três... dois...

"Estou quase com medo de perguntar quais são os seus termos", ela comenta, batendo com o dedo casualmente na lateral do notebook sobre a mesa. "Se eu conheço bem você, deve ser uma loucura."

Quando levo a xícara à boca, percebo que meu café já esfriou. "Isso foi uma pergunta?"

Ela ajusta os óculos de leitura. "Não."

"Então tá."

Olho para o meu celular e vejo que chegaram mais mensagens.

Você quer que pelo menos dois pretendentes tenham experiência com tricô?
Eu não entendi esse termo de rescisão unilateral: poetas.
Felicity, pensei que você fosse fazer exigências razoáveis nesta negociação.
Você pode conversar agora?

Dou uma risadinha, digitando como se estivesse trocando mensagens sexuais.

Desculpa. Estou bem ocupada agora.

Quando fica bom pra você?

Depende. Você tá dentro ou vai desistir?

Ouço um barulho quando Jess joga os óculos na mesa, aceitando a derrota. "Me conta tudo logo, vai."

"Mas é sobre o programa de namoro. River pode não gostar."

"Ele pode chorar em cima das pilhas de dinheiro que vai ganhar."

"Tem razão", eu digo, dando uma gargalhada. "Bom, caso você já não tenha percebido: eu sou uma gênia."

"E muito modesta também."

"Escuta só", digo a ela. "Quanto mais penso nessa ideia, mais eu gosto dela. O executivo Britânico Gostosão quer que eu participe de um reality show de namoro, certo? Quer me enfiar em uma casa com doze caras, me deixar toda gostosa e pedir para o público decidir a cada semana quem deve ser eliminado."

"Certo", Jess responde, balançando a cabeça.

"A grande sacada, claro, é usar o DNADuo pra encontrar vários tipos de *matches* pra mim", explico.

Ela se recosta na cadeira, cruzando os braços. "Três semanas atrás, você não queria sair com cara nenhum. Agora vai morar em uma casa com doze?"

"Doze picas no auge da virilidade atrás de uma Fizzy? Eu sou de carne e osso, Jess. Como posso dizer não pra isso?"

Ela balança negativamente a cabeça e me encara por cima da xícara de café. "Você já prestou atenção nas coisas que fala? Tipo, pelo menos uma vez?"

Eu ignoro esse comentário. "Falando sério agora: doze homens podem ser um exagero. Até mesmo pra mim." Faço uma pausa. "Nem acredito que estou dizendo isso. Mas estou. Então vou sugerir que cortem pra oito. Também não gosto da ideia de ficar presa em uma casa durante todo o período de filmagens, então avisei o Britânico Gostosão que daria quatro dias da semana pra isso, e durante esses dias os heróis românticos e eu vamos só... sair juntos. A cada semana a plateia vai eliminar alguns deles, e eu vou aprofundando a relação com os que sobrarem. Vamos nos conhecer como se fosse na vida real, com as coisas do dia a dia acontecendo ao nosso redor."

Jess franze a testa. "Eles vão topar uma coisa dessas? O objetivo desses programas não é criar uma experiência mais intensa, de proximidade forçada? Voltando pra vida real vocês não iam acabar conversando com as suas famílias sobre o programa pra ouvir conselhos e opiniões?"

"Sim, mas é assim que as coisas funcionam! Se eu saísse com algum deles na vida real, nós dois voltaríamos pra casa e conversaríamos com as pessoas sobre o encontro. Principalmente se for legal, vamos querer falar a respeito e incluir nosso círculo mais próximo nessa empolgação. Estou cansada dessa coisa de um romance acontecendo em um vácuo, dessa ideia de que, se você encontrar seu par ideal, não precisa de mais nada na vida. Isso não é um jeito saudável de viver um amor! Quero namorar um cara que tenha o apoio da família e dos amigos dele, e não alguém que diga que todo mundo na sua vida precisa aceitar essa pessoa nova que ninguém faz ideia de quem é, mas que ele jura que é sua cara-metade depois de três semanas de convívio. Essa gente nunca leu um livro de romance? O apoio do círculo mais próximo de convívio é, tipo, no mínimo meio caminho andado para um final feliz!"

"Minha nossa, Fizzy, respira um pouco."

Faço uma pausa e dou um gole no meu latte de baunilha morno para me acalmar. "Mas isso... essa coisa de estruturar os encontros é fácil. Quer ouvir a melhor parte?"

"Não, claro que não. Só os detalhes sem graça, por favor."

"Eu mandei uma lista de arquétipos de heróis românticos que o Britânico Gostosão precisa colocar no elenco do programa se quiser que eu participe."

Ela fica bem séria. "Como é que é?"

"Eu mandei uma lista de vinte arquétipos: nerd gato, professor, astro do rock, militar de elite etc. Ele vai escalar oito heróis românticos que se encaixem nessas categorias."

Diante da expressão de descrença dela, eu acrescento: "Não é tão difícil assim".

Jess estende a mão para mim. "Me deixa ver essa lista."

Pego meu celular e o passo para o outro lado da mesa. Os olhos azuis de Jessica esquadrinham a lista, e então ela recomeça do início, lendo alguns em voz alta. "Um príncipe?"

"Ou alguém da realeza de alguma forma", respondo, enquanto examino casualmente uma das minhas unhas. "Eu não sou tão exigente."

Depois de uma pausa, ela solta um risinho de deboche. "Rebelde escocês. Minha nossa, Fizzy."

"Continua lendo."

"'Alguém do passado?" Ela cai na risada. "Isso é que é ser específica. Sério que é isso mesmo que você quer?"

"Sinceramente, não quero nada disso, mas, se eles conseguissem fazer isso acontecer, seria ótimo. Não estou conseguindo escrever uma palavra sequer ultimamente, o que significa que a seção de 'Em breve' do meu site está recebendo tantos visitantes quanto a minha periquita. Mas se eu puder atingir o público das histórias românticas com esse programa, minhas leitoras — e a Amaya — vão ficar contentes." Minha agente literária, Amaya Ellis, é uma mulher incrível, que vale mais do que seu peso em ouro, e simplesmente não merece a dor de cabeça que eu virei para ela neste último ano.

"A Amaya acha que isso é uma boa ideia?", Jess questiona, sem acreditar.

"Eu não diria isso, mas ela e a minha agente de direitos audiovisuais acham que seria uma ótima exposição. E, como literalmente não tenho mais *nada* rolando, fui aconselhada a 'levar a hipótese em consideração'. Ela também me lembrou que o motivo que me levou a fazer o DNADuo, pra começo de conversa, foi pesquisar para um livro e que o programa também poderia servir pra isso."

Ela ergue os olhos por um instante. "E também tem a coisa de encontrar a sua alma gêmea..."

"Ah, sim, claro", respondo, observando enquanto ela examina a lista e vai ficando um pouco mais tranquila. "E então, o que você acha? Eu pensei bastante sobre isso."

"Isso está na cara." O olhar dela se detém em um item. "Um vampiro? Você acha mesmo que eles vão conseguir um vampiro?"

"O Britânico Gostosão também implicou com esse. Mas isso é problema deles, né?"

Ela levanta as sobrancelhas e me encara por cima do celular. "Um dominador?"

"É preciso respeitar as convenções do gênero."

Ela lê mais um pouco, escondendo o sorriso com a mão. "Vinte por cento ou mais precisam ter feito terapia, e trinta por cento precisam ter uma amiga mulher com quem nunca transou? Fizzy, você é uma troll." Ela dá uma risadinha. "Nada de poetas."

"Essa pode ser a melhor ideia que eu já tive. Mas, infelizmente, nunca vai rolar."

Ela inclina a cabeça de um lado para o outro, em um gesto que diz *talvez sim, talvez não*. "E o que vai fazer se ele concordar com os seus termos?"

Eu minimizo essa possibilidade, acenando com a mão. "Não vou alimentar muitas esperanças, não. Mas, se rolasse, eu ia ter que me preparar e mergulhar nessa de cabeça." Fico pensando no que acabei de falar. Na verdade, eu nem tinha imaginado a possibilidade de que o Britânico Gostosão pudesse aceitar esses termos ridículos. Eu estava segura atrás das minhas exigências absurdas; escalar qualquer outra mulher no planeta Terra tornaria o programa bem mais simples e fácil de fazer. Pensar na hipótese de participar *mesmo* de um programa como esse, ainda que só por um instante, faz meu estômago se revirar. Eu teria que ser engraçada, cativante e — puta merda — deliberadamente falsa sobre a intenção de estar aberta para um amor.

"Não existe a menor chance de que ele me queira tanto assim pra aceitar tudo isso."

"Eu até concordaria com você." Jess me devolve meu celular, apontando com o queixo para uma mensagem de texto que acabou de chegar do contato cadastrado como McGato Britânico. "Mas parece que ele acabou de topar."

Nove

CONNOR

Quando Felicity Chen volta ao meu escritório para uma nova reunião, parece bem mais disposta a entrar no jogo. Em vez de botas e calça jeans rasgada, está com um terninho preto feito sob medida e uma expressão que deixa claro que sem dúvida pretende discutir questão por questão daqui em diante. Ela recusa educadamente o café que Brenna oferece e vem até a minha mesa, onde estou de pé para cumprimentá-la.

"Felicity, que bom ver você."

Ela me oferece um aperto de mão e um sorriso largo. Incrivelmente, ela é capaz de fazer esse jogo de negociações absurdas parecer uma coisa divertida. "Pode me chamar de Fizzy. Ninguém me chama de Felicity, a não ser o cara do Departamento de Trânsito."

Eu dou risada. "Muito bem, Fizzy."

Em vez de se sentar em uma cadeira diante da minha mesa, ela se acomoda em um dos pequenos sofás de couro ao redor da mesa de centro. Lembro de ter lido uma vez que pessoas confiantes não usam os móveis da forma mais convencional. Elas se sentam de lado e passam o braço por cima da cadeira mais próxima ou se sentam na beirada de uma mesa. Fizzy não está fazendo nada disso, mas ainda assim é a confiança em pessoa. Sua postura é tranquila, uma perna está cruzada sobre a outra, as mãos cruzadas casualmente na altura do pulso, e ela batuca com o indicador e com o polegar como se estivesse fazendo algum tipo de contagem regressiva. Seus sapatos são de camurça, de um tom chamativo de azul, com saltos de no mínimo doze centímetros. Preciso me esforçar mais do que gostaria para não fixar meus olhos em seus tornozelos expostos.

"Como você está?", pergunto, afastando os olhos daquele ponto de atração.

"Estou ótima."

Me sento diante dela, tentando transmitir a mesma confiança despreocupada. Em geral, sou confiante. Em geral, não é fácil me constranger. Mas a dualidade da intensidade do seu comportamento com a naturalidade com que conduz o próprio corpo é uma distração bem forte.

"Obrigada por aceitar conversar", ela diz. Seus cabelos estão presos em um coque; algumas pequenas mechas se soltaram, caindo suavemente sobre o pescoço comprido e delicado. Ela está com pouca maquiagem, eu acho, mas seus lábios são de um vermelho suave e perfeito. Mesmo que o programa acabe virando um circo, essa mulher vai ficar linda na tela.

"Imagina, claro." Eu engulo em seco, tentando disfarçar a tensão na voz. "Ainda temos muito que definir." Um eufemismo. Os termos que recebi da agente não fizeram o menor sentido para mim, mas Nat me disse para confiar nela, então aqui estamos nós. Sinto que estou entrando em um beco escuro e enevoado, contando apenas com um jornal enrolado para me proteger de ataques surpresa à mão armada. Ou vai ser um projeto inconveniente mas de curta duração que vai me abrir o caminho com Blaine, ou o maior erro da minha carreira. "Mas, antes de entrarmos em detalhes", eu proponho, "queria perguntar se você tem alguma experiência com o DNADuo. Os perfis dos usuários são confidenciais, claro, mas nosso departamento jurídico precisa saber se existe algum *match* Ouro anterior que deve ser excluído ou acrescentado à categoria de 'alguém do passado'."

"Eu conheço bem o aplicativo", ela responde, passando a mão na coxa para ajeitar um pequeno amarrotado na calça. "E, hã, eu parei de conferir meus *matches* antes que aparecesse um Ouro."

"Certo." Faço as minhas anotações, sentindo que existe algo além aqui, mas ela não parece disposta a dizer mais. Fechando meu caderno, encontro os olhos dela do outro lado da mesa. "Bom, se você acha que existe alguma coisa que vale a pena mencionar, me avise. Nós não precisamos conhecer todo o seu histórico de relacionamentos, mas também não quero deixar você em uma posição constrangedora com alguém que já conheceu e de quem não gostou."

"Obrigada." Ela assente com a cabeça, mas sem deixar de me encarar.

Sentindo uma necessidade de fazer alguma coisa diante daquele escrutínio, eu me sento mais para a frente no sofá e estendo a mão para servir um copo d'água para cada um de nós da jarra deixada na mesa de centro. "Tem alguma coisa que você queira discutir?", pergunto.

"Não consigo sacar você."

"O que você gostaria de saber?"

"Qual é a sua história?" Ela leva um dedo pensativamente aos lábios cheios. "O site da North Star não diz muita coisa. No Google não tem muita coisa sobre você. Só sei que você fazia documentários e foi criado como um jovem pirata no norte da Inglaterra."

Eu dou risada ao me lembrar da nossa primeira conversa. "Blackpool. Isso mesmo. Precisei sair do ramo da pirataria e da pilhagem aos quinze anos, quando meu pai americano me trouxe para os Estados Unidos."

"Aos quinze anos." Ela faz uma careta. "Que dureza."

Foi mesmo, mas não vejo por que nos estendermos sobre isso. "Estudei cinema na USC e acabei aqui. E, sim, até recentemente eu fazia documentários. Sobre mudanças climáticas oceânicas, fauna marinha, essas coisas."

"Estudou cinema na USC e acabou em uma pequena produtora em San Diego", ela comenta. "Ou você não é muito bom no que faz, ou tem um motivo pessoal para estar aqui. Parece uma questão importante se vamos trabalhar juntos."

Eu abro um sorriso e me recuso a aceitar a provocação. "Eu tinha um ótimo cargo na Sony, em LA. Me mudei pra cá porque minha ex-mulher arrumou um emprego, e eu queria ficar mais perto da nossa filha."

Sua expressão muda — se ameniza —, e ela pega o copo d'água sobre a mesa. "Por que você concordou em fazer esse programa? De mudanças climáticas oceânicas para um reality show de namoro? Não é uma transição das mais naturais."

"Eu fui incumbido dessa produção."

"Então está sendo obrigado a fazer o programa."

Decido ser sincero. Nós mal nos conhecemos, mas já percebi que não quero que essa mulher me pegue mentindo. "Realmente, não teria sido a minha primeira escolha."

"E você está pelo menos um pouco empolgado com esse trabalho?"

Pego a minha água e dou um gole enquanto formulo uma resposta que seja ao mesmo tempo sincera e animadora: "Vamos dizer o seguinte: estou realmente feliz por você ter topado".

Isso a faz abrir um sorriso enorme e radiante. "Disso eu sei. Você aceitou todas as minhas exigências absurdas."

"Se você acha que são absurdas", respondo, colocando o copo de novo sobre a mesa, "por que fez essas exigências?"

"Porque são engraçadas. Vão deixar o programa diferente. Engraçado. Todo mundo precisa rir um pouco." Disso eu não discordo. "Na reunião anterior você disse que um dos motivos pra me convidar era nosso público-alvo, que é praticamente o mesmo. Me fala um pouco mais sobre isso."

"Mais ou menos oitenta por cento das pessoas que assistem a programas de namoro se identificam como mulheres entre dezoito e cinquenta e cinco anos, mas metade delas tem por volta de quarenta e cinco. É um perfil parecido com o das leitoras de livros de romance. As histórias românticas são responsáveis por um terço das vendas de ficção, e mais ou menos quarenta por cento desse mercado é composto por mulheres com mais de quarenta e cinco anos, o que significa que nada menos que doze por cento dos livros de ficção são comprados por mulheres com mais de quarenta e cinco anos que consomem romances." Faço uma pausa, me perguntando o que mais ela poderia querer que eu dissesse. "Esse não é o público-alvo dos meus trabalhos anteriores, mas estou aqui para aprender."

O olhar de Fizzy tem uma intensidade que só vi antes nos executivos mais poderosos de Hollywood. "E o que isso significa?"

Ela não está sendo grosseira, mas não gosto de ficar na defensiva, de ter que tomar cuidado com o que falo porque ainda não temos um contrato assinado, e preciso disso antes do fim desta reunião. Depois de analisar as ideias de Fizzy, Blaine me deu dois meses de pré-produção e cinco semanas de filmagens, com episódios finalizados indo ao ar ao fim de cada semana. Isso significa um trabalho insano de edição a cada poucos dias. Nunca encarei esse tipo de pressão antes. Já perdemos muito tempo esperando as exigências dela e esperando a aprovação do nosso departamento jurídico. Não tenho mais prazo para recomeçar do zero.

"Significa que estou me dedicando a estudar esse público-alvo como faria com qualquer outro", digo a ela. "Com pesquisa de mercado. Nesse caso, estudando as outras coisas que esse grupo de pessoas faz em seu tempo livre."

Ela segura um risinho, e eu me recosto no assento, respirando fundo e me preparando para o que vem pela frente. "Me pergunte o que você realmente quer saber, Fizzy."

"Eu não quero fazer parte disso se a única pesquisa que você faz é ler relatórios da Nielsen. Os seus documentários ajudaram a me convencer da sua seriedade, mas por que você? Por que isso? Por que você *nisso*?"

"Ao que parece, a produtora está em um momento de transição." Eu encolho os ombros, decidindo pela transparência. "Somos uma empresa pequena. Não tem muita gente trabalhando aqui. Provavelmente foi por isso que me escolheram."

"Você leu alguma coisa que eu escrevi ou me convidou porque viu alguns livros meus na prateleira da sua ex-mulher?"

"Eu estou acabando de ler *Parzinho básico*. É divertido, sexy, criativo e..." Eu me interrompo, tentando encontrar uma palavra que parecia estar na ponta da língua. Comecei a ler porque Nat me aconselhou, para entender por que ela gosta tanto de livros de romance, para tentar captar o motivo de Fizzy ter um público leitor tão grande. *Se eu conseguir entender isso*, pensei, *vou conseguir encontrar a essência de que precisamos para fazer desse programa um sucesso.*

83

"E?", Fizzy insiste, com um ar de sarcasmo, como se estivesse à espera de um insulto para concluir a minha lista.

"Alegre." Isso me sai naturalmente. "Sua escrita transmite muita alegria."

Percebo que toquei em um ponto importante. Ela se inclina para a frente, parecendo mais satisfeita. "Pois é. Agora estamos chegando a algum lugar. Um romance romântico *é* uma forma de alegria. E o que traz alegria pra *você*?"

"Minha filha. Meu trabalho em geral." Eu procuro alguma coisa mais ampla, mas conversar com uma escritora de sucesso sobre alegria e coisas significativas me dá a sensação de que a minha vida é uma rotina sem fim. "Futebol. Pedalar na montanha. Praticar esportes."

Enquanto digo essas coisas, entendo o motivo da pergunta: na prática, nada disso me qualifica para falar especificamente com esse público. É verdade que, além do tempo que passo com Stevie, nada mais na minha vida me traz alegria. A maior parte do que faço, percebo agora, é só uma forma de passar o tempo quando estou sozinho e não envolve buscar uma conexão significativa.

Penso no capítulo do livro de Fizzy que li ontem à noite. Era uma cena de amor em que a heroína romântica acabava admitindo que estava assustada com a rapidez com que as coisas estavam acontecendo. Não que esse tipo de conflito seja inovador, mas foi escrito demonstrando tamanha vulnerabilidade e autoconsciência, depois da cena de sexo mais quente que já li na vida, que me deixou pensativo a noite inteira. Fizzy é seu alter ego, sua face brincalhona e sarcástica, mas estou começando a ver que Felicity Chen é inteligentíssima — brilhante, aliás, sem dúvida — e preciso oferecer a ela mais do que um sorriso confiante e respostas comedidas. Ela sabe como ler as pessoas e, no momento, precisa ser convencida de que não vai trabalhar com um estereótipo bidimensional da indústria do entretenimento de Hollywood. "Sei que pareço ser um tédio." Eu dou risada. "Ler seu livro me fez tomar consciência da banalidade estéril que se tornou a minha vida. Sou um pouco workaholic", admito, escolhendo as palavras, porque raramente converso sobre coisas pessoais com desconhecidos, e nunca com colegas de trabalho. "Mas não sou um ególatra. Convidei você porque sei da sua conexão — literal e figurativa — com esse público. Quero que esse trabalho seja um sucesso."

"Eu também quero." A postura de Fizzy relaxa, e ela se recosta no assento. "Escuta só, Papai Gostosão. Eu preciso confessar uma coisa. Sou muito amiga de uma pessoa envolvida no desenvolvimento da tecnologia do DNADuo. Ele não ficou muito contente com a ideia desse programa, mas, pela maneira como o negócio foi estruturado, não tem nenhum poder de veto em relação ao seu uso pela mídia."

"Isso vai ser um problema?", pergunto, ignorando por ora que ela acabou de me chamar de Papai Gostosão e o fato de que até algumas semanas atrás eu teria me espantado com esses termos.

"Não. Mas esse programa precisa ser inteligente. Precisa ser interessante. Precisa ser irreverente. Precisa ser sexy, e real, e cativante."

"Concordo."

Um indício de vulnerabilidade transparece nas palavras que ela diz a seguir: "O problema é que, apesar de ter acabado de interrogar *você*, sou obrigada a admitir que não sei nem se eu sou a pessoa certa pra fazer isso".

Ah.

A sensação de poder que sua postura transmite, o brilho em seus olhos — tudo isso tinha diminuído sem que eu me desse conta. Repasso aquelas palavras na minha mente. "Eu entendo perfeitamente que você queira fazer um bom uso dessa tecnologia, considerando sua relação pessoal com os criadores, e jamais jogaria nas suas costas toda a responsabilidade pelo sucesso do programa. Mas, pelo pouquinho que te conheço, sei que você vai agradar em cheio aos espectadores. Você tem essa qualidade mágica que é uma coisa rara, Fizzy. Com certeza você sabe disso — é algo que está na sua escrita, e está na sua forma de se comunicar com as pessoas também."

"Bom, obrigada. Mas não." Ela leva as mãos aos olhos. "Eu já fui divertida. Tinha sempre um milhão de ideias. Era espontânea, e brincalhona, e sexy, e inspirada. Só que não me sinto nada disso há um tempão."

Minha pulsação desacelera e, em seguida, dispara como um foguete pela minha garganta. "Sei... E o que você quer dizer com isso?"

Eu realmente fiz todo esse esforço para ela desistir na última hora?

"Alegria", ela diz, ainda escondida atrás das mãos, que em seguida põe sobre o colo.

"Quê?"

Fizzy respira fundo e solta o ar bem devagar. "Eu assino esse contrato que está na sua mesa com uma única condição."

"Qual?"

"Nos dois meses que temos antes do início das filmagens, nós dois vamos sair deste escritório, manter distância dos nossos computadores e redescobrir a nossa alegria."

Dez

FIZZY

Por enquanto, nem sombra de alegria. Pego uma blusa listrada em preto e cinza e a atiro com um gesto um tanto raivoso na montanha de roupas que está se formando sobre a minha cama.

"Eu devo estar maluca." Estou indo à minha primeira sessão de autógrafos em meses. Não estou me sentindo eu mesma, estou com medo de que os meus talentos tenham me abandonado de vez, vou ter que encarar minhas leitoras e parecer feliz e animada com o meu próximo (e inexistente) livro o máximo que puder, e, em um momento de fraqueza, convidei o Papai Gostosão Britânico para uma busca impulsiva por alegria. Como se fôssemos bons amigos.

"*Deus do céu*. Me diz por que eu fui falar pra esse executivo de tevê vir me buscar pra essa noite de autógrafos se eu poderia muito bem ir com o meu próprio carro."

Na porta do meu quarto, minha irmã mais nova põe mais um punhado de batata chips na boca e mastiga ruidosamente antes de responder. "Porque você vive entrando em disputas de poder com os homens pra não parecer vulnerável?"

"Uau, obrigada, Alice." Pego um vestido preto com mangas transparentes no meu closet.

"Eu tô errada?"

Minha resposta sai abafada enquanto eu luto para entrar no vestido. "Não."

"Ah, e a Amaya ligou de novo enquanto você tava no banho."

Fazendo uma careta, me preparo para o pior. "Você atendeu?"

"Claro que não. Eu é que não quero ouvir gritos na minha orelha."

Entro de novo no closet para procurar um sapato. "Ela não foi contra a minha participação no programa, e nós conseguimos um adiamento do prazo de entrega do livro novo, mas preciso montar um cronograma de escrita mais concreto, e ainda não sei como fazer isso."

"Sério mesmo que você vai fazer esse negócio de reality show?", Alice pergunta, tentando fingir um tom casual. Minha irmã grávida e supercompetente foi orientada a pegar mais leve no trabalho e já está mais do que entediada. É por isso que está me seguindo pela minha casa em vez de relaxar com os pés para cima na dela. E desconfio que ela está menos interessada no sucesso desse programa do que no fato de que vai ser a maior oportunidade de xeretar de sua vida.

"Eu assinei o contrato, então sim."

"A mamãe e o papai sabem que..."

Eu saio do closet a tempo de interrompê-la. "Não, e pode deixar que eu conto."

Sinto minhas entranhas se contraírem só de pensar nessa conversa. Trinta e sete anos e ainda com medo de decepcionar os pais. Eles vieram de Hong Kong no início dos anos 1980, então obviamente já viveram tempo suficiente nos Estados Unidos para se sentir à vontade com boa parte dos valores ocidentais. Mas, considerando que minha mãe ainda acha que meus romances são apenas um ensaio para uma obra-prima literária que tem certeza de que ainda vou produzir, na verdade não imagino como ela vai reagir à notícia de que vou sair com oito homens num reality show. Apontando para a cama, digo para Alice: "Você prometeu que ia relaxar".

Ela encontra uma parte do colchão sem nada em cima e se acomoda. "O papai não vai estar no evento de hoje?"

Eu interrompo minha luta para encontrar o puxador do zíper, que me faz lembrar que é por isso que não uso este vestido há tanto tempo. "Ai, é verdade."

"Então deixa o tal produtor contar pra ele", ela sugere. "E ele que conte pra mamãe."

Ninguém seria capaz de prever que um homem cuja única orientação sexual que deu para as filhas adolescentes foi, enquanto estávamos lavando a louça certa noite, colocar uma mão no ombro de cada uma e dizer, todo constrangido, "sua virgindade é sagrada", algum dia seria o pai orgulhosíssimo de uma autora de livros de romance dos mais picantes. Ele se aposentou dois anos atrás e — assim como Alice com sua orientação do médico para pegar leve — imediatamente ficou entediado até os ossos. Workaholic que era, em vez de passar setenta horas semanais em seu laboratório no instituto Scripps, meu pai agora passa o tempo lendo três livros por semana, caminhando um total de quase cinquenta quilômetros, ajudando Peter, meu irmão mais novo, a restaurar seu Karmann Ghia antigo, jogando xadrez com os amigos e mantendo o jardim de sua casa impecável. Isso sem falar nos deslocamentos até a casa de Alice para entregar os chás de gravidez que minha mãe descobre na feira, e a qualquer um dos três filhos para levar refeições que sua mulher decide preparar quando entra em um frenesi culinário.

Meu pai também é uma figura querida em todas as minhas sessões de autógrafo no sudoeste americano. As leitoras adoram tirar fotos com ele e pedir que assine os livros também. Algumas imagens em que ele finge ler *O desejo mais obscuro do pirata* ou *Trabalho obsceno em alto-mar* chegaram a viralizar na internet.

Portanto, a ideia de Alice faz sentido: apresentar meu pai ao Britânico Gostosão, deixar que ele venda seu peixe e que a minha mãe receba a informação da boca do marido. Bum, genial.

"Me conta mais sobre esse cara", Alice pede, me vendo pelejar com o zíper quebrado. "Como ele é?"

"Alto." Tento pensar em mais detalhes. "Hã. Cabelo escuro. Bem-vestido."

"Estou perguntando se ele é *legal*", ela diz, aos risos.

"Hã, acho que sim..."

"Ele está empolgado com o programa?"

"Não é o que parece."

"Quanto tempo vão durar as filmagens", ela pergunta.

"Cinco ou seis semanas, e depois eu escolho com quem quero fazer uma viagem para algum lugar caríssimo no final."

"Ai, meu Deus, e o casamento do Peter? Você vai conseguir ir?"

Nosso irmão mais novo vai se casar em algumas semanas, e ao que tudo indica vai ser um grande circo de opulência com um dos cardápios mais absurdos que já vi na vida. Sendo da família ou não, eu não perderia um jantar de oito pratos por nada.

"Eu vou estar lá, *ah mui*. Esse negócio não vai interferir em nada disso."

Paro diante do espelho para uma avaliação rápida. O vestido está ótimo — dá uma boa levantada nos peitos e é confortável. Mas o problema não é exatamente a roupa. É saber que se trata da minha primeira aparição pública em seis meses, que preciso encarar minhas leitoras e sorrir e fingir que está tudo bem e que o lançamento do próximo livro está logo ali, e que o tal produtor vai ver tudo isso, e que foi minha ideia pedir para ele me levar.

Foi estranho eu ter feito isso. Ele vai vir à minha casa. Eu preciso convidá-lo para entrar? Não é necessário, né? Faz séculos que alguém que não seja Jess, Juno ou um parente põe os pés aqui.

"*Mui mui*, a minha casa parece a de alguém que deixa o gato subir em cima das bancadas da cozinha?"

Alice se senta na cama. "Você tem um gato agora?"

"Estou falando sobre a vibe do lugar."

"Hã... não?" Alice volta a deitar sobre as almofadas decorativas e a comer suas batatinhas. "Mas nós podemos conversar sobre esse programa? Como *é* essa coisa?"

"Eu vou sair com uns caras que eles escolheram usando a tecnologia do DNADuo, e os espectadores vão votar para decidir com quem eu sou mais compatível... Quer parar de comer isso na minha cama?"

Ela me ignora e pega mais algumas, falando de boca cheia. "Mas por que você precisa participar de um programa de namoro?"

"Eu não *preciso*. É que..." Eu me interrompo, sem saber como explicar para a mulher mais competente que conheço que estou empacada com a minha escrita e com a minha vida sexual, e que a minha única certeza na vida é que amo as minhas leitoras, a minha família e os meus amigos, e que fazer esse programa é uma forma de lidar com duas dessas questões. Eu sou como a biruta de vento em uma família de bússolas hipermodernas.

Minha irmã e sua linda barriga de grávida me seguem até a cozinha, onde abro o pesadelo que é a minha gaveta de tralhas velhas para encontrar um alfinete com o qual consiga puxar o zíper quebrado. Vejo o canto reluzente de uma embalagem lacrada de camisinha e a puxo de baixo de uma avalanche de clipes de papel e lápis quebrados.

Esse momento parece uma metáfora perfeita.

"Você guarda camisinha na sua gaveta de tralhas velhas?"

"Repete essa pergunta e presta atenção na ironia", eu respondo.

Ela dá uma risadinha atrás de mim, e me sinto invadida por uma onda de orgulho. A vida de Alice nunca saiu dos trilhos, nem por um segundo. Aos quinze anos, ela fez uma lista de realizações que incluía objetivos, idades e às vezes até locais específicos.

... Entrar em Stanford aos dezoito, formatura aos vinte e dois, depois medicina na Johns Hopkins, residência médica em San Diego, casamento aos trinta, primeiro filho aos trinta e cinco...

Por enquanto todos os itens foram cumpridos à risca, *menos madrinha de casamento de Fizzy aos vinte e oito.* (Ela riscou esse com um marcador permanente preto alguns anos atrás, e nós comemoramos a chegada do meu livro à lista de best-sellers do *New York Times* em vez disso.) Mas a gravidez não tem sido uma de suas melhores experiências, e me pergunto se ela não está se sentindo um pouco como eu neste momento, diante de um futuro de uma complexidade imprevisível, cheio de pontos cegos e incertezas assustadoras.

"Você já se sentiu meio perdida na vida?"

Ela aponta para o barrigão de gestante. "Essa criança ainda nem chegou, e não lembro mais quem eu era seis meses atrás. Sério mesmo que eu corria todo dia de manhã? Por diversão?"

"Eu ando meio sem rumo ultimamente", admito, e com certeza é estranho para ela ouvir isso. "Acho que esse programa pode ser uma forma de voltar a me encontrar. Mesmo que seja um fiasco gigantesco, pelo menos é uma coisa *diferente*."

"Eu te entendo", ela diz, pensativa. "Ando sonhando com saltos de paraquedas ultimamente."

"Você?"

Ela assente com a cabeça. "Às vezes eu salto em cima de um mar de Oreos. Na noite passada foi cerveja."

Isso me faz rir, e eu me viro para envolvê-la com os braços. "Me diz que eu não estou cometendo um grande erro."

"Não está, não. Na verdade, eu escrevi isso na minha lista, sabia? Fizzy participa de um reality show maluco de namoro aos trinta e sete e se diverte como nunca."

Onze

FIZZY

Uma vantagem inesperada de levar um Papai Gostosão para a minha primeira sessão de autógrafo em vários meses é que as leitoras ficam bem menos preocupadas em saber quando meu próximo livro vai ser publicado e muito mais interessadas em saber quem é aquele homem enorme me rondando. Percebo alguns murmúrios e olhares na parte de perguntas da plateia do evento, mas, quando os livros começam a ser assinados, todo mundo na fila só quer saber de tentar entender quem é o bonitão de quase dois metros de altura que está conversando com meu pai.

Sei disso porque todos os pescoços estão se virando na direção dele enquanto a fila vai serpenteando em meio às prateleiras da livraria. Várias pessoas chegaram inclusive a me perguntar. Minhas respostam foram desde "É o meu guarda-costas" até "É o meu noivo por correspondência".

Mas eu entendo, sério mesmo. A visão do Papai Gostosão Casual que bateu na minha porta hoje mais cedo me pegou de surpresa também. Não era o mesmo cara de camisa engomada e escritório arrumadinho. Essa versão do Britânico Gostosão está mais para lenhador gostosão, com uma camisa de flanela ligeiramente desbotada, jeans gastos e tênis nos pés, um detalhe muito apreciado. Os cabelos estão caídos sobre a testa; os olhos parecem inacreditavelmente radiantes para alguém que está parado em um canto de uma livraria sem fazer nada. Em *Para viagem*, eu descrevi os olhos do herói romântico, Jack Sparling, dessa maneira — "iluminados de dentro para fora", acho que foi isso —, mas nunca tinha visto algo assim pessoalmente.

A não ser quando...

Minha mente é empurrada de volta para o passado e cai no momento com Jess, alguns meses atrás no bar, quando olhei para o outro lado do salão e o meu olhar cruzou com um cara de terno, cabelos bagunçados, um queixo com ângulos bem marcados. Ele me olhava como se quisesse me pegar no corredor e me comer até o mês seguinte.

Será possível que é o mesmo cara? Não acredito que havia tudo isso escondido debaixo daquela maçaroca de cabelo empastado de gel, sorriso de comercial de pasta de dentes e terno preto impecável.

Olho para o meu colo, querendo que essa sensação dure um pouco mais. Mas ela passa, e estou de volta ao presente, com uma leitora me perguntando se está tudo bem.

"São gases", digo com um sorriso, e ela dá aquela risada típica de *Ah, Fizzy*, e pega seus livros autografados. Mas ainda estou sentindo o eco do interesse na parte inferior do meu corpo. Esse arrepiozinho no meio das pernas foi porque eu estava pensando em Jack Sparling? Algumas das cenas de sexo mais divertidas que já escrevi foram *mesmo* com ele, aquele safado, sem-vergonha.

Ou será que foi... por causa *dele*? Intrigada, olho para Connor mais uma vez.

Ele está tão entretido com o meu pai que mal parece perceber que a minha salivação mental está voltada na sua direção. Eu sabia que ele se daria bem com o intrépido dr. Ming Chen. Meu pai é um homem inegavelmente carismático com um milhão de histórias para contar em qualquer situação e com a risada mais contagiante que alguém pode ouvir na vida — é meio que uma gargalhada que vem da barriga e, sendo bem sincera, deveria ser gravada e registrada com a marca Felicidade©. Mas o que me surpreende é quanto Connor está falando. Não vejo meu pai em um arroubo poético, contando piadas nem precisando conduzir a conversa. Quando dou umas espiadas rápidas e furtivas, vejo Connor tagarelando na maior parte do tempo e meu pai caindo na risada. É quase como se Connor tivesse histórias para contar.

Quase como se ele fosse... *interessante*.

Ele também está sorrindo, e a forma como isso acentua as linhas de expressão ao redor dos seus olhos e ameniza os ângulos do seu rosto faz o arrepiozinho subir para mais perto do meu peito também.

Mas a palpitação no coração é abafada por uma frieza que, por reflexo, se espalha pela minha pele, em uma mistura de pânico e choque. *Espera aí*, meu cérebro interrompe. *Eu não quero* gostar *dele*.

"Quem é aquele cara ali com o papai Chen?", uma leitora pergunta, colocando uma considerável pilha de livros sobre a mesa. Uma rápida olhada me diz que os únicos que faltam são os da série Alto Mar, que, eu reconheço, é cheio de piratas fantasticamente obscenos, e é uma verdade universalmente reconhecida que piratas não são para qualquer gosto. Eu consigo entender o lado dela.

"É o namoradinho novo do meu pai", respondo, o que me rende outra risada de *Ah, Fizzy*, ainda mais porque é bem esse momento que o meu pai escolhe para vir me dar um beijo e dizer que está indo para casa. Está na cara que me ouviu falar que ele tem um namorado novo, e sabe que é melhor ignorar isso. Depois de receber aplausos entusiasmados, ele sai da livraria.

"Falando sério, quem é ele?", a leitora insiste, se inclinando para que eu possa fazer uma confissão sussurrada.

Nós ainda não fizemos nenhum anúncio sobre o programa, então não posso ser muito específica. Mas só falar que é um amigo geraria muito burburinho.

"Ele é da equipe da editora." Encolho os ombros, sabendo que ela queria uma resposta mais suculenta. Durante o tempo que levo para autografar a pilha de livros, tenho a oportunidade perfeita de superar meu momento de *argh, sentimentos.*

Isso é bom, na verdade, tento me convencer, enquanto faço minha assinatura cheia de floreios. *A questão aqui não são os sentimentos! Você está vivenciando um redespertar da Fizzgina, e já estava na hora. Você precisa voltar a sentir esses arrepiozinhos se quiser ter algum sucesso com esse programa. Precisa disso se quiser ter a esperança de escrever um livro de romance de novo! Tudo bem reconhecer que Connor é bonitão. O fato de reconhecer isso significa que está um passo mais perto de voltar a ser a Fizzy de sempre!*

O estímulo mental funciona. Quando devolvo a pilha de livros, sinto o brilho de um sorriso sincero no rosto.

Quando o número de pessoas presentes diminui, volto a encontrar Connor, sozinho na seção de livros de terror, com uma expressão de fascínio enquanto folheia um livro de capa dura. Parece prestes a lamber a página.

"Vamos precisar fazer um teste de compatibilidade de DNA entre você e essa edição especial de *Salem*?"

"Eu não sabia que isso tinha sido lançado", ele responde, passando um dedo comprido pela lombada. "Esse foi um dos primeiros livros que me lembro de não conseguir largar. Essa edição é maravilhosa."

Por que é tão sexy quando ele diz *maravilhosa* desse jeito? Como se estivesse olhando para uma amante, encantado? Eu esperava encontrar mais de perto alguma coisa que fizesse a atratividade diminuir — pele maltratada, cheiro esquisito, dentes amarelados que por algum motivo deixei passar —, mas, para a minha irritação, nada disso é verdade. Ele tem cheiro de homem gostoso com um vestígio do desodorante que está usando, seja qual for. Aposto que se chama Ice Zone ou Sports Hero ou Silver Blade, e me sinto enojada comigo mesma por ter gostado. Não consigo nem mais ver o arquétipo do Executivo Milionário Gostosão em Connor. Ele é pura gentileza e músculos. Lenhador Gentil é o novo nome dele. Por que colocar uma gota de gel nesses cabelos? Eu deveria fazer um favor à humanidade e fingir que o conheço bem o suficiente para dar uns conselhos sobre estilo para ele.

Só por diversão, fico me perguntando se, em uma escala de *Vai fundo, garota*, a *Só se você nunca mais quiser arrumar trabalho de novo*, seria tão ruim assim se eu fosse para a cama com o produtor do meu reality show de namoro. Para voltar à velha forma, essas coisas.

Fechando os olhos com força, faço uma reformatação mental. Fico feliz em ver a velha Fizzy colocando a cabeça para fora da toca de novo, mas ela é mandona e até eu sei que transar com Connor Prince iii seria não só catastrófico em termos profissionais, mas provavelmente uma experiência surpreendentemente medíocre. Só pode ser, né? Essa vibe de lenhador gostosão de hoje é uma coisa inédita, mas os ternos e o cabelo de Lego estão lá no dia a dia. Minha primeira trepada depois de um período de seca deveria me deixar mancando e em período de recuperação por um fim de semana inteiro, com uma garrafa tamanho família de Gatorade e os filmes da Nancy Meyers como companhia.

"Por que você está me olhando assim?"

"Assim como?", pergunto, imediatamente mudando a minha expressão, fosse qual fosse, e abrindo um sorriso tranquilo.

Ele franze a testa e percorre rapidamente o meu rosto com os olhos à procura do que tinha visto um instante atrás. "Esquece."

É hora de redirecionar a conversa: "Se divertiu hoje?".

"Sim", ele admite. "Você é divertida. Suas leitoras são muito animadas. Dá pra ver que gostam de você de verdade."

Ele tem razão, e, olhando para trás, fico irritada comigo mesma por ter me sentido tão apreensiva antes de vir. Mãos suadas, respostas estridentes demais para as perguntas que ele fez por educação no carro, exagerando nas explicações enquanto entrávamos na livraria. Connor estava calmo e à vontade ao meu lado, uma presença estável e impassível contrastando com o meu estresse agitado. Mas, assim que a livraria ficou lotada, minha pulsação desacelerou e me senti em casa.

"As leitoras de livros de romance são o meu tipo de pessoa favorito no mundo." Eu sorrio para ele. "Dá pra ver quanto elas amam as coisas que amam. Elas demonstram isso — é segunda-feira, e veja só quanta gente resolveu sair de casa, encarar o trânsito, talvez tendo que pagar alguém pra ficar com os filhos, só pra vir aqui?" Faço um gesto ao meu redor, com a livraria agora vazia. "Tinha de tudo aqui hoje. Donas de casa, advogadas, freelancers, cientistas, aposentadas, estudantes."

Ele solta um assobio, olhando para o caixa como se tivesse se lembrado de alguma coisa. "Eu vi uma pessoa com dois exemplares de cada livro seu."

"E eu já tinha assinado todos três vezes antes, mas ela continua aparecendo em todos os eventos locais pra dar um oi e pegar mais um autógrafo."

"Ela não comprou nenhum livro?"

"Ela comprou um livro hoje, mas não um dos meus." Ao ver sua expressão de surpresa, eu acrescento: "As *fangirls* marcam presença, Connor. Elas são fiéis."

Ele assente, enquanto me observa. "Deu pra ver."

Com um sorriso, digo: "Que bom que você interrompeu por um tempinho o seu flerte com o meu pai pra estudar o público-alvo do programa."

O nível de animação de Connor parece subir um pouquinho. "Pois é, mas foi difícil. Seu pai é *formidável*."

"Literalmente o ser humano mais fofo que já existiu no mundo."

"Aliás, eu não sabia que você ainda não tinha contado pra ele sobre o programa. Espero não ter criado um constrangimento entre você e os seus pais."

"Não, na verdade eu estava usando você como escudo mesmo."

Ele me lança um olhar de falsa reprimenda que me agrada mais do que deveria. "Ele gostou da ideia", Connor conta. "Mas já avisou que não vai contar pra sua mãe."

"*Merda*."

Connor dá risada. "Precisamos arrumar um jeito de trazer ele."

Um calafrio se espalha pelos meus braços. "Para... para o programa de namoro? Meu pai?"

Ele assente com a cabeça, pensativo. "Visitas à família com os finalistas, talvez."

Meu estômago se revira. "Ei, isso..." Estou prestes a dizer *isso é assustador*, porque a ideia de submeter vários homens ao escrutínio da minha mãe me dá vontade de me jogar embaixo de um ônibus. Mas, pela primeira vez desde que começamos a conversar sobre isso, existe um brilho nos olhos de Connor que parece autêntico e, se passar um tempo com meu pai fez isso com ele, eu é que não vou jogar o balde de água fria. "Que ótima ideia", respondo com um sorriso amarelo.

Connor ri. "Não se preocupe, nós vamos pensar em alguma coisa. No momento, estamos só especulando um monte de ideias pra ver o que pode dar certo."

A adrenalina parece se dissipar toda de uma vez na minha corrente sanguínea, então eu me encosto em uma prateleira, soltando o ar devagar. Sessões de autógrafo são um paradoxo: a mais energizante e gratificante das experiências, mas também a mais exaustiva. Quero que todo mundo que vem até a mesa se sinta a pessoa mais importante na minha vida porque, por esses poucos minutos, elas são. Mas manter esse nível de energia pode ser cansativo. E o estresse de não saber se algum dia vou lançar um livro novo só colabora para me deixar acabada.

E morrendo de fome.

Levo as mãos aos olhos e sinto a aproximação dele. "Está tudo bem?"

Respirando fundo para me recompor, eu... Puta merda. Eu realmente gosto muito do cheiro desse desodorante Ice Zone Sports Hero Silver Blade.

"Tudo ótimo." Quando abaixo as mãos, umas luzinhas começam a piscar na periferia do meu campo de visão. O único sinal de adrenalina que resta é o que sinto quando olho bem para ele, todo altão, lenhador e com aqueles olhos reluzentes. "Mas prestes a ficar ainda melhor."

Penso comigo mesma para não parecer interessada demais quando ele levanta uma sobrancelha e diz: "Fale mais sobre isso".

"Se você confia em mim, vamos nessa."

Doze

CONNOR

Tenho a forte impressão de que o tipo de instruções que Fizzy passa são aquelas que avisamos para as crianças não seguirem cegamente: confie em mim, assine aqui, coma isto. Mesmo assim, aqui estou eu, saindo com ela da livraria e entrando no carro, com o qual ela vai me levando na direção sul até um lugar que vende taco em San Ysidro, bem na fronteira com o México.

Num estacionamento qualquer na frente de um edifício qualquer, ela desce, se alonga, soltando um gemido de alegria, e abre um sorriso malicioso para mim. "Está pronto para ter uma experiência que vai mudar a sua vida?"

"Hã... sim?"

Enquanto a vejo andando tranquilamente na direção do edifício em seu vestido preto e sapatos de salto, sinto algo avassalador nela. Em termos objetivos, Fizzy é uma mulher miudinha, mas tem a habilidade de marcar sua presença como eu nunca fui capaz de aprender a fazer. Sempre fui mais alto que os outros garotos da minha idade, mas, por ter sido criado só pela minha mãe, sentia medo de parecer impositivo demais em qualquer sentido. Era uma tendência minha que deixava meu pai maluco nas raras ocasiões em que ele vinha me visitar. Ele vivia me dando sermões sobre entrar nos lugares como se fosse o dono do pedaço, sobre a importância de não passar despercebido. Quando eu fiz catorze anos, já tinha bem mais de um metro e oitenta e a questão de não passar despercebido deixou de fazer sentido, ele resolveu começar a criticar outras coisas: minha falta de ambição, meu respeito absoluto pelos outros, meu lado protetor em relação à minha mãe. Mais tarde, foi minha carreira, meu casamento às pressas, meu emprego.

Só que, por mais que meu pai seja cansativo, tenho quase certeza de que a admiração por Fizzy seria uma das poucas coisas que poderíamos ter em comum.

"Eu vou fazer nossos pedidos", ela avisa, falando por cima do ombro. "Vou levar alegria à sua boca, Lenhador Sexy. Confie em mim."

"É uma situação que pede confiança?"

Ela ignora meu comentário e, enquanto vai fazer nosso pedido, eu olho para as minhas roupas. Passei de Britânico para Papai Gostosão e, agora, para Lenhador Sexy. Não sei ao certo se essa transição de apelidos sinaliza uma boa decisão em termos de visual, mas me troquei três vezes antes de ir buscá-la hoje, o que levou Stevie a me perguntar se eu tinha um encontro.

Não é um encontro. Lógico que não. Mas essa proximidade com Fizzy me faz querer impressioná-la como se fosse.

Enquanto ela pede, escuto as palavras *lengua*, *cabeza*, *buche* e *tripa* e me dou conta de que vou comer coisas que nunca coloquei na boca antes. Com um saco de papel bem cheio em uma das mãos e uma bandeja de papelão com dois copos na outra — além de um leve aceno de cabeça me dizendo mais uma vez para confiar nela —, voltamos para o carro e rodamos alguns minutos por uma estradinha que nos leva até uma área de reserva de vida selvagem à beira-mar.

Na mesa de metal desgastada com vista para uma praia vazia, Fizzy abre o saco e vai tirando uma variedade enorme de tacos. "Pode escolher." Ela aponta para cada um para descrever o recheio — vai de carne com cacto e barriga de porco a tripas, cabeça e língua de vaca. Quando dou a primeira mordida no de barriga de porco, ela me observa cheia de expectativa, esperando uma reação.

Soltando um grunhido involuntário baixinho, sinto os meus olhos se fecharem. O gosto inconfundível do queijo cotija e do limão, com pedaços crocantes de carne e uma tortilha caseira e macia — esse é de longe o melhor taco que já comi na vida.

Meus sentidos demoram um pouco para se reajustarem, e percebo que ela ainda está me olhando.

"Gostou?", ela pergunta, abrindo um sorriso de alegria.

"Bom pra caramba." Eu limpo a boca. "Você vai ficar só olhando?"

Fizzy desvia os olhos para a seleção diante de si, escolhendo o que tem a língua. "Eu gostei de ver você assim. Fora daquele escritório, sem aquele terno. Essa é uma vibe bem melhor." Ela aponta para as minhas roupas. "Ainda é o Papai Gostosão, mas sem aquele lance de CEO empertigado."

"Não sei se algum colega já me chamou de Papai Gostosão alguma vez."

Ela dá de ombros. "Você não me escolheu por causa das minhas boas maneiras."

"É verdade." Eu abro um sorriso, bebendo um gole do refrigerante. "Mas você parece sempre disposta a pegar no meu saco."

Ela cai na risada. "Não sei se era exatamente isso que você queria dizer."

"Pelo amor de Deus." Eu olho para cima, fingindo irritação, e então termino meu taco, que não é muito grande. "Você entendeu o que eu quis dizer."

Preciso me segurar para não ficar olhando vidrado enquanto ela come. Fizzy solta gemidinhos de satisfação enquanto mastiga, lambe um pouco de molho do canto da boca e observa a comida que tem nas mãos com os olhos cheios de prazer. Só nessa primeira vez que passamos um tempo juntos, eu já vi dois lados diferentes de Fizzy: efusiva e simpática em público, e essa versão ainda brincalhona, mas de um jeito mais íntimo e menos escandaloso. As duas versões são carismáticas, sensuais, hipnotizantes. No começo, eu estava ressentido por ter sido escalado para esse programa, e depois resignado. Agora estou sentindo uma pontinha de empolgação com o desafio de capturar nas câmeras esse tipo de magia que ela demonstra.

Você vai fazê-la sair com outros homens.

Esse lembrete esmaga todos os demais pensamentos, e eu pisco algumas vezes para afastá-lo da cabeça. "Eu andei pensando em uma coisa para o programa."

Ela me olha e dá risada. "Espero que tenha sido mais de uma."

"Essa é mais especificamente sobre o título. O que você acha de *O Experimento do Amor Verdadeiro*?"

"Acho que estou brava por não ter tido essa ideia antes."

Uma explosão de orgulho se espalha pelo meu peito. "Ótimo." Pego um taco que não sei do que é. "Então, recapitulando: vamos escalar oito arquétipos de heróis românticos. As filmagens vão ser de segunda a quinta, com a sexta reservada para a edição, e transmissão no sábado. A votação vai ficar aberta por vinte e quatro horas depois de o episódio ir ao ar, e na segunda-feira vamos revelar para o elenco quem conseguiu passar para a rodada seguinte."

Ela solta um gemido satisfeito enquanto dá mais uma mordida.

"E", eu continuo, "acho que precisamos deixar claro desde já que o programa não vai ter muita produção. Não estou falando da parte estética, mas de linhas narrativas mesmo. Ando pensando bastante sobre isso e quero fazer uma coisa diferente mesmo, na medida do possível. Pelo que eu entendi, alguns desses programas são roteirizados desde o primeiro episódio, o que me faz duvidar da sinceridade do relacionamento que nasce ali. Como os espectadores vão decidir o resultado, precisamos dar a eles a narrativa mais honesta que pudermos."

Ela assente, lambendo os lábios de novo, e isso faz meu foco se dissipar um pouco. Fecho os olhos com força por um instante para recuperar o fio da meada. "Como não vai ser um programa muito extenso, você só vai ficar presa mesmo por umas cinco semanas."

"Presa, é?" Fizzy abre um sorriso. "Parece divertido."

"Você é um caso sério mesmo."

Ela ri. "Acho que foi por isso que você me escolheu."

"Eu te escolhi porque suas fãs te amam. Mas, sim, estou animado pra fazer isso em parte por causa dessa sua ousadia."

"Animado?" Ela larga o guardanapo amassado e apoia os cotovelos na mesa. "Isso é novidade."

Eu dou uma mordida, mastigo. "Pois é, fazer o quê? Estou cada vez mais envolvido."

"Estou vendo."

"Eu sei que isso é importante pra você", digo a ela. "Quero que você saiba que pra mim também é."

Fizzy respira fundo, abre a boca para falar, mas depois parece mudar de ideia. "Você disse que se mudou pra cá aos quinze anos, é isso?"

Uma certa inquietação começa a se espalhar pela minha corrente sanguínea, e dou uma mordida no taco para adiar o que desconfio que vai ser um interrogatório gentil, mas bastante cirúrgico. "Sim, é isso mesmo."

"E sua mãe é que é britânica?"

Eu assinto com a cabeça. "Ela mora com meus avós agora, perto de Blackpool, mas conheceu meu pai quando veio estudar nos Estados Unidos. Ela engravidou, mas ele ainda não estava muito interessado em ser pai. Visitava mais ou menos uma vez por ano só pra dar as caras e apontar o que ela estava fazendo de errado."

"Uau, parece ser um cara legal, hein?"

"Uma mistura de insuportavelmente egoísta com incansavelmente zeloso."

Ela ri ao ouvir isso. "Por que você foi morar com ele?" Eu estreito os olhos, pensando se quero me aprofundar nessa questão, e ela abre um sorriso ao se sentir observada. "Que foi?", Fizzy pergunta. "É uma história de *escândalo*?"

"Um pouco, talvez."

"Ah, agora você precisa me contar."

"Minha mãe e eu sofremos um acidente de carro sério quando eu tinha doze anos. Nos recuperamos bem, mas a coisa toda deixou a minha mãe muito abalada."

A expressão de Fizzy fica séria. "Ai, não."

"Por... alguns anos", eu explico, "minha mãe não saiu de casa. Eu precisava ir pra escola, claro, e peguei um trabalho ou outro. Mas ela estava sofrendo de um caso grave de ansiedade. Foi nessa época que me interessei por cinema, então não fico ressentido por causa da solidão, mas olhando pra trás percebo que perdi muita coisa na minha adolescência." Antes que a conversa fique deprimente demais, decido encerrar o assunto: "Enfim, meu pai apareceu por lá quando eu tinha quinze anos e não gostou do que viu. A essa altura ele estava casado e tinha filhos com a minha madrasta, mas no fim minha mãe acabou concordando que eu precisava de uma mudança de ares e me deixou morar com ele até ter idade para ir para a universidade."

"Você ainda vai para a Inglaterra?"

"Claro", respondo. "Passo alguns Natais por lá. Sempre converso com a minha mãe. Ia voltar de vez depois que me formei na faculdade, mas a vida tinha outros planos."

"E como estão as coisas hoje?", ela pergunta. "Você casou de novo? Ou está saindo toda noite, curtindo a vida de solteiro gostosão?"

Eu limpo a garganta, franzindo o rosto enquanto ajeito o guardanapo no meu colo. "Eu... não. Nenhuma das duas coisas", admito. "Minha filha ainda é pequena. Só fico com ela nos fins de semana e trabalho até tarde na maioria das noites, então... não. Quer dizer, não saio muito." Percebo que estou tropeçando nas palavras, então direciono meu olhar para um bando de pássaros bicando alguma coisa na areia.

"Qual é o nome dela?"

Fico feliz que ela me deixe mudar de assunto. "Stefania Elena Garcia Prince." Fizzy segura o sorriso, e eu dou risada. "Pois é, eu sei. Meu sobrenome parece sempre um penetra na festa. Mas ela é uma figura. Meio princesa, meio gênio do mal."

"Parece ser o meu tipo de garota."

"De verdade, eu tenho medo do dia em que vocês se conhecerem. Acho que Nostradamus escreveu algo a respeito."

Quando a olho, percebo que ela está me avaliando. Seus olhos escuros estão arregalados e cravados no meu rosto.

"Enfim, acho que a gente devia falar mais sobre você, e não sobre mim."

Ela não desvia o olhar quando os meus olhos encontram os dela. Além disso, sua voz fica um pouco rouca quando ela diz: "Eu conto qualquer coisa que você quiser saber". Isso me faz desconfiar de que estou absolutamente, irrevogavelmente e inegavelmente encrencado.

Treze

FIZZY

Imagino que todo mundo tenha o anjinho em um ombro e o diabinho no outro, mas, no meu caso, eles são bem reais, e o diabinho adora aparecer.

Eu sei que é uma estupidez flertar com Connor. Sei que é absurdo ter desejos sexuais por esse homem em particular, mas faz tanto tempo que ninguém me atrai que me sinto como um cachorro faminto vendo um pedaço de carne suculento.

Connor passa a língua nos lábios, que aperta entre os dentes, e percebo que está reagindo ao peso do meu olhar. Pisco e direciono minha atenção para as ondas quebrando na areia lisa.

Preciso me controlar. Por mais que esteja contente de sentir um friozinho na barriga em meio a uma estagnação sexual cristalizada, provavelmente não é uma boa ideia reagir a esse primeiro impulso. Principalmente se for com alguém cujo objetivo profissional é encontrar minha alma gêmea.

"Bom", ele diz depois da estranha e prolongada troca de olhares, "vamos começar pela parte mais fácil."

Eu me alongo e finjo que estou estalando o pescoço.

"Me conta o que você procura em um cara."

Respirando fundo, eu olho para as ondas à distância, pensativa. "Você já entrou num supermercado com fome?"

Connor dá uma risada, entendendo do que estou falando. "Já."

"Tábua de queijos, cenouras, batatinhas, molho, cereais de chocolate, biscoitos. O que apetecer no momento."

"Entendi."

"Eu descreveria a minha energia em termos de relacionamentos assim. Não tenho um tipo específico, mas talvez isso seja parte do problema."

Ele assente com a cabeça, mas resolve ficar em silêncio. Mais uma vez: sexy.

"No começo, eu fiz o teste do DNADuo só por diversão", conto. "Sabe como é, testar uma nova tecnologia da perspectiva de uma autora de livros de romance. Dei alguns *matches* e saí com todos eles. Queria ver se um *match* Básico era muito diferente de um Prata *na prática*."

"E era?", ele pergunta.

"Era, sim, mas, nos romances, o amor costuma desafiar e superar as nossas ideias preconcebidas. Então, se alguém me dissesse que eu tinha um *match* Titânio, será que eu não ia acabar subconscientemente me esforçando mais pra fazer a coisa dar certo do que com um Básico? Esse sempre foi o meu maior problema com essa tecnologia."

Ele balança a cabeça e solta um ruído, concordando. "Faz sentido."

"Acho que esse programa é a forma perfeita de me recolocar na busca por alguém. Não vou saber que tipo de compatibilidade tenho com os candidatos. Isso não vai ficar na minha cabeça. Simplesmente vou deixar rolar, e o público que se preocupe com o resto. Quer dizer, se não estou conseguindo fazer a coisa acontecer sozinha, por que não aceitar a ajuda de um bando de desconhecidos?"

"E você nunca mais deu uma chance para o aplicativo? Não usou nenhuma vez nos últimos anos?"

"Ah, eu andei um tempo sem muito interesse em sair com alguém. Meu desejo de encontrar um parceiro foi pelo ralo mais ou menos na mesma época dessa leva de encontros marcados pelo DNADuo... mas não teve nada a ver com o app, na verdade."

Ele parece refletir um pouco sobre essas últimas palavras antes de finalmente questionar: "E teve a ver com o quê?". Connor abre um sorriso. "Se não for perguntar demais."

"Ah. Bom..." Existem poucas coisas que eu detesto, mas no topo da lista estão dizer a palavra *úmida* em voz alta, pessoas que falam coisas como *fds* e *sdds* em conversas de verdade e meu relacionamento breve, mas intenso, com um homem chamado Rob. "Mais ou menos na época em que o DNADuo foi lançado, fui a uma festa com uma amiga e conheci um cara. Ficamos juntos por um tempo, e achei que estivesse tudo bem, até que descobri que ele era casado."

A expressão de curiosidade dele desmorona. "Ah."

"Foi horrível. Eu fiquei arrasada e tudo o mais que se pode se esperar de uma situação dessas. Mas aí, pouco mais de um ano atrás, a esposa dele veio tirar satisfações comigo."

Connor faz uma careta. "O que aconteceu?"

"Não foi de propósito... quer dizer, ela não estava me investigando nem nada do tipo. Só calhou de eu ter um encontro no mesmo lugar onde ela estava. Ela me reconheceu de umas fotos no celular do Rob, eu acho, veio até a minha mesa, contou que os dois estavam divorciados e que eu estava livre pra ficar com ele se quisesse."

"Puta merda", ele murmura.

"Em qualquer outra situação, eu teria dito que não, que não queria saber dele de jeito nenhum, que nem sabia que o Rob era casado quando saía com ele... mas fiquei completamente travada. Uma coisa é cometer um erro e conviver com isso de uma forma abstrata. Ver as consequências dele bem diante dos seus olhos é outra completamente diferente."

"Deve ter sido uma situação horrível. Eu lamento muito que isso tenha acontecido com você, Fizzy."

"Eu tinha passado um tempão me perguntando o que poderia ter acontecido com os dois. Ela perdoou o cara? Eles se separaram? Pelo menos essas respostas eu tive. Mas enfim..." Pego meu copo, e o gelo balança contra o isopor quando proponho um brinde. "Minha terapeuta conseguiu reformar a cozinha dela com a grana que eu gastei pra processar tudo isso, então também teve um lado bom."

Connor abre um sorriso ao ouvir isso. "Dá pra entender por que você não quis saber de homens por um tempo, então. Mas e agora? Você está pronta para um relacionamento?"

Um longo silêncio se segue a essas palavras, e eu me sinto encurralada por essa pergunta como se estivesse diante de um beco sem saída. Sei que encontrar alguém para mim é o objetivo do programa, mas ainda não internalizei tudo isso. Se Connor e eu formos bem-sucedidos nessa empreitada, vai ser mais do que um mero entretenimento para o nosso público-alvo. Eu posso acabar encontrando um amante, um namorado, um companheiro de vida. Sinto um calafrio subir pela minha espinha, e Connor percebe quando estremeço.

"Acho que sim", respondo, desejando que seja verdade.

Connor amassa a última embalagem de taco e a joga no saco de papel. "Quando você conheceu esses *matches* Básico e Prata, me diz o que estava procurando. O que deu certo? O que não rolou? Enfim, quem eu preciso procurar quando começar a seleção de elenco amanhã?"

"Bom, eu quero saber em quem eles votaram e a opinião deles sobre diversas questões políticas e sociais. Sei que deveria dizer que preciso aprender a ir além disso, mas sei que não é assim que a minha cabeça funciona. Tem coisas que são inegociáveis pra mim, e assuntos abertamente políticos não estão nos questionários do DNADuo."

Ele pega o celular e começa a digitar no bloco de anotações. "Eu concordo."

"E acho que eu quero o mesmo que a maioria das mulheres: alguém que me faça rir e que não se leve tão a sério. Alguém que seja ambicioso, mas gente boa, que me apoie e me incentive a fazer o que gosto. Mas, acima de tudo, quero que um seja completamente louco pelo outro."

Olho para o mar e penso no rosto de Jess quando vê River. É a mesma forma como os olhos do meu pai se iluminam quando ele vê minha mãe; e como meu cunhado se derrete todo por Alice. Eu sei reconhecer o amor — e já escrevi a respeito muitas vezes —, só nunca o senti de verdade.

Ele me encara do outro lado da mesa. Não há nenhum tipo de julgamento ou pena em seus olhos, só empatia e compaixão. "Acho que são pedidos bastante razoáveis."

"Eu não faço ideia de como vai ser, mas espero atender às suas expectativas para o programa. Eu tinha começado a me perguntar se talvez ficar sozinha não fosse o melhor pra mim. Estava mais inclinada nesse sentido naquele primeiro dia que conversamos no seu escritório, sabe?"

"Ah, sim", ele responde, compreensivo.

"E também acho que nós dois topamos entrar no projeto por motivos que iam além de nós mesmos."

Ele me olha nos olhos, e percebo sua confirmação silenciosa.

"Eu fiquei com medo de que a North Star não tivesse a menor ideia do que estava prestes a fazer", complementei. "E achei que você era um babaca."

Dessa vez o "ah, sim" dele vem acompanhado de uma risada.

Eu sorrio para ele. "Está vendo? Ideias preconcebidas. Não acho mais isso, se você quer saber."

Connor abre um sorriso. "É bom saber, sim, obrigado."

Só não digo o restante em voz alta: que, além de não achá-lo um babaca, na verdade estou me sentindo profundamente atraída por ele e me perguntando se vou conseguir ignorar isso pelo bem do programa.

Eu me conheço. É bem pouco provável.

Nós recolhemos nossas coisas, e eu uso o banheiro público enquanto ele me espera ali perto. Quando volto, ele está encerrando uma ligação no celular. "Tudo certo?", pergunto.

"Só estava dando boa-noite pra minha filha." Ele faz um gesto para voltarmos ao carro. Acho que é uma das noites mais bonitas de que me lembro nos últimos tempos. O ar está quente e úmido; a brisa salgada nos envolve como uma capa gentil.

"O tempo tá perfeito", comento, aproveitando esse último momento para absorver tudo. Finalmente estou voltando a ser eu mesma, e a minha parte mais instintiva sente vontade de me jogar nos braços dele e de agradecer, dizer que ele nem imagina quanto me ajudou simplesmente sendo atraente e tranquilo e um bom ouvinte. Mas consigo conter o impulso e digo apenas: "Quero rechear uma torta com essa felicidade e comer com sorvete". Fecho os olhos e finjo pegar pedacinhos do céu. "Nham, nham, nham."

Quando o encaro, percebo que ele está me olhando com uma expressão indecifrável.

Uma névoa carregada de eletricidade se estabelece ao nosso redor, e não sei para onde olhar. Meus olhos continuam atraídos para ele, para seu pescoço ou para seus lábios, para seus ombros ou para aquelas mãos enormes. Não estou acostumada com essa zona nebulosa, em que eu sinto atração por ele e acho que ele sente por mim — ainda que eu não tenha certeza —, mas não podemos fazer nada a respeito. Minha vida romântica, eu me dou conta, sempre foi muito preto no branco. Aceitar ou recusar. Ir para a cama ou não ir. Sem sutileza, nada de nuances.

Quando chegamos ao carro, ele estende o braço na minha direção, e só depois de eu inclinar o rosto percebo que ele não está vindo me beijar. Está abrindo a porta para mim. Mas não se afasta imediatamente. Fica me olhando, parecendo um pouco perdido.

"Hora de ir pra casa?", ele pergunta.

"Acho que sim."

Mesmo voltando de San Ysidro, o trajeto parece curto demais, e olho pela janela quando o carro para diante da minha casa. Connor me olha do assento do motorista, e de repente parece haver um convite para uns amassos, esse contato visual, esse olhar que se suaviza e analisa os contornos do meu rosto. Mas então ele respira fundo, se vira para o outro lado e sai do carro.

Certo.

Eu saio também, e nós fazemos uma longa e infeliz caminhada até a porta da frente. "Está tudo bem?", pergunto.

"Tudo ótimo."

"Foi uma noite e tanto, hein?"

Ele ri, mas não diz nada.

Já estamos na minha varanda. "Vamos fingir mesmo que não teve um clima de encontro?"

Ele se vira para mim. "Um bom treino pra você" é sua péssima resposta.

Eu estendo o braço, desafiando-o a recusar meu toque, mas isso não acontece. Ele me deixa afastar seus cabelos da testa. "Você devia deixar assim mais vezes."

"Tá bagunçado."

"Tá ótimo."

"Fica entrando nos meus olhos", ele diz, falando mais baixo.

"É sexy."

Ele fecha os olhos. "Fizzy."

"Entra comigo."

Lentamente, ele abre os olhos e se fixa na minha boca. "Pra quê?"

"Você sabe pra quê."

Ele ri, mas não por diversão ou deboche. É um riso de derrota. De concordância. E por um instante fico eufórica.

Mas então ele diz: "Você sabe que não dá".

"Tecnicamente dá, sim. Meu contrato me proíbe de sair com outras pessoas ou ter qualquer tipo de envolvimento romântico com alguém só durante as filmagens. Eu verifiquei."

"Fizzy. Nós não podemos, de jeito nenhum."

Ele enfia as mãos nos bolsos. Apesar de estarem escondidas, é como se estivessem estampadas nas minhas retinas, e só consigo pensar naquelas mãos grandes me agarrando, me empurrando para trás, impositivas e seguras, me pressionando contra uma parede ou me jogando em uma cama. Seus braços fortes me envolvendo, aqueles dedos compridos explorando meu corpo. Quero senti-lo em cima de mim, bloqueando toda luz. Só quero sentir o calor e o cheiro da pele dele e ouvir o ruído áspero que ele solta quando goza.

"Por que não?" Observo sua garganta enquanto ele engole em seco.

"Você sabe por que não. Nosso objetivo é encontrar a sua alma gêmea. Eu já..." Ele se interrompe. "Não dá."

"O programa ainda nem começou. Você pode considerar isso um dever de casa." Eu ponho uma das mãos na cintura dele. Nossa, ele é todo durinho. "Redescobrir a alegria. Prometo que você vai gostar."

"Não é essa a minha preocupação."

"Já faz tempo de mais", eu admito. "Estou tão aliviada por *querer* isso. Eu..."

"Fizzy."

"Confia em mim. Eu sei muito bem separar as coisas."

"Aí é que está", ele fala, e se inclina para me dar um beijo suave e ao mesmo tempo definitivo no rosto. "Eu não."

Catorze

CONNOR

O que um homem pode fazer depois de receber uma proposta sedutora de uma das mulheres mais bonitas de San Diego e recusá-la?

1. Bater a cabeça na parede porque é um idiota por achar que sexo casual não é para ele.

2. Se masturbar tantas vezes imaginando como poderia ter sido que acorda no dia seguinte um pouco esfolado.

3. Ir para o trabalho — onde sua missão é encontrar a alma gêmea da mulher que ele deseja, e aparentemente esse desejo é mútuo — porque seu sustento e estar próximo de sua filha dependem disso.

4. Lembrar-se de encher a cara depois.

E planejar uma bebedeira para mais tarde é aconselhável, considerando que o meu antes familiar local de trabalho agora parece um clube da cueca.

Os caras estão por toda parte: no saguão, nas salas de reuniões e casualmente — ainda que de um modo deliberadamente sensual — recostados nas divisórias dos cubículos.

Diante de mim estão todos os possíveis fenótipos masculinos — engravatados de terno, surfistas de bermuda, tatuados de calça jeans rasgada, caras fofos de macacão — e todos eles têm potencial para a ser a alma gêmea de Fizzy. Que maravilha.

Meu celular toca quando estou quase chegando à minha sala. Respiro fundo para me acalmar, ainda sem saber se vou ser capaz de apagar algum incêndio esta manhã, mas relaxo quando vejo a foto de Nat e Stevie na tela.

"Alô..."

"Eu preciso te pedir um favor", Nat diz sem rodeios.

"Diga lá."

"O Insu foi convidado pra dar uma palestra em uma convenção em Las Vegas no fim de semana e me chamou pra ir junto. Eu teria que ir na quinta-feira, então queria saber se..."

"Claro. Você sabe que eu posso buscar a Stevie mais cedo sempre que precisar."

"Obrigada", Nat diz com um suspiro de alívio. "Ela contou que você tinha um encontro ontem à noite, então achei melhor perguntar."

"Eu disse pra ela que *não* era um encontro." Enfatizei isso várias vezes, inclusive. Talvez eu devesse estar preocupado por minha filha de dez anos estar tão interessada na minha vida amorosa, mas estou atolado até o pescoço com um monte de solteiros entre vinte e seis e quarenta e oito anos para entrevistar, então não tenho tempo para isso. "Foi uma coisa de trabalho", eu explico. "Com a Fizzy", acrescento.

Ela fica em silêncio. Quase consigo ouvir o sorriso de Nat e me arrependo na mesma hora de ter entrado em detalhes.

"Ah", ela comenta. "Então ela já virou *a Fizzy*."

Meu primeiro instinto é dizer para Nat que não foi nada de mais, só que nunca fui capaz de esconder nada dela. Nós viramos adultos juntos. E nossa vida está interligada para sempre, por causa da Stevie. Ela já viu o que tenho de melhor e de pior, me conhece mais do que ninguém e me ama mesmo assim. Entro em uma sala vazia e fecho a porta atrás de mim.

"Não é bem o que parece." Mas então por que meu coração está batendo como se eu tivesse subido os oito andares até aqui de escada, e não de elevador? "Certo, talvez seja, mas não pode ser. Nós saímos depois da sessão de autógrafos dela e conversamos sobre o programa durante o jantar. Depois ela, hã... me convidou pra dormir na casa dela."

"Está me dizendo que você e *Felicity Chen*..."

"Eu disse que não, Nat." E isso soa tão estúpido quanto da primeira vez. "Falei que não dava. Sou o produtor do *programa de namoro* do qual ela vai participar."

"Certo", ela diz, processando a informação. "Tudo bem, eu entendo, mas..."

"Não tem nenhum 'mas'. Mesmo que eu quisesse, não posso."

"E você *quer*?"

"A resposta mais fácil é sim. A resposta mais realista, assim como a minha situação no momento... é bem mais complicada."

"E como ela reagiu? Ficou chateada?"

Eu não tenho a pretensão de achar que a proposta de Fizzy foi algo mais que um lance momentâneo de atração mútua e vontade de resolver uma questão incômoda para ela. Mas é bom saber que não foi só a minha imaginação. "Não acho que ela tenha ficado muito chateada, não." Fizzy pode ter o homem que quiser. Não vou me iludir — nem me torturar — pensando que foi algo além disso. "Enfim", eu digo, mudando de assunto, "claro que posso ficar com a Stevie quanto for preciso. Passar mais tempo com ela é sempre bom. E com certeza vou precisar de uns favores quando o programa começar. Por falar nisso", eu olho no relógio, "preciso desligar."

"Obrigada, Conn. Essa palestra é importante para o Insu. E é em Vegas! Vai ter compradores do país inteiro por lá."

"Mande os meus parabéns pra ele." Insu e um amigo abriram uma pequena empresa de desenvolvimento de software alguns anos atrás e estão trabalhando em um jogo que usa realidade virtual. Ele deve estar empolgadíssimo com a oportunidade. "Não sei se ele tem idade pra jogar no cassino, mas divirtam-se mesmo assim."

"Você não disse que precisava trabalhar?"

Nós desligamos, e eu vou para a minha sala, parando diante da porta.

Minha assistente eficientíssima, nascida e criada no Kansas, está com dois homens em excelente forma física movendo sua mesa para o outro canto de seu espaço de trabalho.

"Bom dia, Brenna", eu digo.

Ela se vira, com o rosto vermelho. "É um bom dia mesmo!"

Trent aparece com uma pasta e a chave do carro ainda na mão. Parece tão cansado quanto eu.

Confuso, ele observa o caos ao nosso redor. "Que diabos está acontecendo?"

"Testes de elenco", eu explico. "Estamos escolhendo os participantes do meu programa de namoro, *O Experimento do Amor Verdadeiro*."

Ele continua olhando ao redor, e imagino que sua expressão perplexa seja bem parecida com a que estava estampada no meu rosto dez minutos atrás.

"O que você está fazendo aqui, hein?", pergunto. "Pensei que fosse passar seis semanas em um ônibus."

Ele passa uma das mãos no rosto cansado. "Tenho uma reunião com o departamento jurídico e volto hoje mesmo. Estou sem dormir há quatro dias; os participantes nunca calam a boca, e são tantas regras! Você sabia que o seguro pra esse tipo de programa tem cláusulas até sobre os diferentes níveis de eficiência dos protetores genitais?"

Brenna inclina a cabeça, confusa. "Diferentes níveis... ah."

"Pois é." Ele balança a cabeça. "Eu nunca vou perdoar o Blaine por acrescentar expressões como 'luxação testicular' ao meu vocabulário." Diante de nossas expressões horrorizadas, ele acrescenta: "É tão assustador quanto parece. Aprendam com os meus erros e não pesquisem sobre isso no Google".

Brenna empurra Trent suavemente na direção da cozinha. "Por que você não toma um cafezinho antes da sua reunião?" Trent continua resmungando sobre fraturas penianas enquanto eles seguem pelo corredor.

"Agradeça por estar fazendo um programa de namoro, Connor", ele diz por cima do ombro.

Mais tarde naquela manhã, estou reunido com Brenna, Kathy — a produtora de elenco — e Rory — a diretora do programa — na maior sala de reuniões da North Star. Conseguimos contratar uma celebridade do YouTube chamada Lanelle Turner para ser a apresentadora do programa — um trabalho intermitente que só exige que ela apareça no começo e no fim de cada episódio —, mas ainda temos o grosso do trabalho do dia pela frente, incluindo uma lista de marmanjos com aproximadamente setenta nomes.

Fizzy fez questão de dizer que não tem um tipo físico favorito, mas, andando pelos corredores da North Star Media hoje, acho que dá para dizer que esses caras fazem o tipo de *todo mundo*.

Nosso primeiro herói romântico em potencial é Isaac Moore. Alto e forte, negro, com cabelos bem curtos e um sorriso tão cativante que deixa Brenna vermelha da cabeça aos pés quando a cumprimenta. Isaac tem duas irmãs, coleciona jogos de tabuleiro antigos e trabalha com programação e desenvolvimento de IA.

Eu faço uma anotação, marcando o item "nerd gato".

"O que isso significa exatamente?", Kathy pergunta, olhando-o por cima de seus óculos com aros de tartaruga. Ela tem cinquenta e poucos anos, cabelos ruivos cacheados e um diamante tão grande no dedo anelar que imagino que seu braço esquerdo seja bem mais forte que o direito. Kathy foi contratada como consultora; ela não faz seleção de elenco para o tipo de filmagens que costumo fazer — o que é óbvio, aliás, já que as coisas que faço geralmente só envolvem mamíferos marinhos —, então nunca trabalhamos juntos antes. "Programação e desenvolvimento de IA?"

"Eu trabalho com sistemas de inteligência artificial que criam e implementam algoritmos de engajamento. Mais especificamente, eu programo as questões de ética e responsabilização associadas a esses sistemas."

"Então, é tipo... lidar com trolls no Twitter?", Kathy pergunta.

"Exatamente." O sorriso dele vira uma risada discreta. "É."

Brenna dá mais uma risadinha, e eu olho para ela. *Segura a onda.* Até Rory, que quase nunca sorri, levanta os olhos de suas anotações. Eu também nunca tinha trabalhado com Rory, mas já a conhecia de nome. Ela dirigiu alguns dos programas não roteirizados mais populares dos últimos anos e parece ser legal, apesar de um tanto intensa. Tem fama de ser meio temperamental no set de filmagens, mas, quando seu nome foi citado, Blaine se agarrou à ideia como um cachorro que encontra um osso e só sossegou quando ela assinou o contrato. Que, aliás, não foi nada barato, mas, graças à nova mania da North Star de esbanjar dinheiro, isso não foi um problema.

Nós fazemos juntos a entrevista com Isaac, perguntando sobre sua família, seus motivos para querer entrar no programa, suas inclinações políticas — essa parte a pedido de Fizzy. Eu escuto tudo, fazendo anotações e perguntas adicionais enquanto a câmera filma ao fundo.

"Isaac, o que você acha que os homens procuram em alguém?", pergunto.

Ele inclina a cabeça, pensativo, apoiando as mãos na mesa. "Acho que a maioria dos homens quer uma pessoa que seja inteligente, carinhosa e gentil. Aberta a aventuras. O que eu quero é uma companheira. Alguém com quem dividir as coisas boas e ruins, pra dar risada e curtir, pra respeitar e apoiar, e pra compartilhar as coisas que são importantes pra nós."

Ele é perfeito. Charmoso, interessante, atencioso e solícito. Consegue até usar um colete de lã sem parecer ridículo. Fizzy vai adorá-lo.

Sei que é irracional, mas já odeio esse cara. Ele está dentro.

O candidato número dois está com uma calça jeans escura e justa, uma camiseta de banda preta e desbotada e um tênis All Star velho. É isso que Fizzy considera um "vampiro"? Por algum motivo, acho que não. Assim que ele sai, escrevo *não* ao lado de seu nome.

Durante as horas seguintes, o processo basicamente se repete — um monte de caricaturas com um ou outro que vale a pena no meio. Alguns são descartados logo de cara: o potencial "bad boy tatuado" que obviamente só está aqui para aparecer na televisão; um Darcy que tem cem por cento de probabilidade de aparecer em uma passeata de supremacistas brancos; um "CEO milionário" terrivelmente clichê que parece ter passado pó branco embaixo do nariz de propósito para encarnar o personagem.

Estou bem interessado nos nomes que Fizzy nos passou para a cota de "alguém do passado". Gostaria de dizer que meus motivos para isso são altruístas, mas nem minha mãe acreditaria nisso. No fim, porém, essas entrevistas se revelam as mais frustrantes. Não existe um fio condutor ou uma característica em comum que eu possa estabelecer entre os homens dessa lista que se apresentaram. Alguns são boa-pinta, outros não. Alguns têm dinheiro, outros não. A maioria deles é simpática o suficiente. Nenhum grande mistério sobre Fizzy é revelado, e continuo tão perplexo e fascinado por ela quanto no começo. Mas acabamos colocando um tal de Evan Young entre os favoritos, e não demoro nem dois minutos para sacar que foi o sujeito que Fizzy mencionou na nossa primeira conversa. Aquele com a tatuagem ridícula do Bart Simpson.

Ele aparentemente juntou os cacos de sua vida sem Fizzy: voltou a estudar para se formar em engenharia e, quando não está na faculdade, tem um emprego de meio período como barista em uma pequena cafeteria. Evan também é atraente e charmoso e, como Fizzy falou, muito gente boa. Não tem nada além de coisas boas para dizer sobre a ex-namorada.

Mal consigo esperar para ver a cara dela quando ele

127

aparecer. Vou ficar tentado a murmurar um *Ai, caramba* no ponto eletrônico.

No fim do dia, já reduzimos nossas principais escolhas a sete, com todos os principais arquétipos de Fizzy contemplados, menos um: o "superbonzinho".

O último entrevistado é Nick Wright. Depois de um longo dia de espera, ele deve estar tão cansado quanto nós, mas entra na sala com um sorriso largo e inabalável no rosto. Segundo a ficha, tem um metro e noventa de altura, oitenta e três quilos, gosta de beisebol e tem uma pequena clínica veterinária em Orange County. Na verdade, parece ter saído de uma das páginas dos livros de Fizzy. Vimos vários homens bonitões hoje, mas Brenna e Kathy soltam um suspiro audível quando Nick entra na sala. Fazemos as perguntas de sempre, e ele tem todas as respostas certas. Já ficou noivo, mas o relacionamento terminou quando ela precisou se mudar para o exterior e, por comprometimento com seus funcionários e seus clientes, ele decidiu ficar. É o mais velho de cinco filhos, sente que casamento é a única coisa que está faltando em sua vida e faz tricô enquanto vê séries policiais da bbc para aliviar o estresse de um longo dia de trabalho. Sim, encontramos nosso "superbonzinho".

"Nick, o que você acha que os homens procuram em alguém?", eu pergunto, chegando à última pergunta.

Ele abaixa os olhos e sorri, parecendo paradoxalmente um cara tímido e um híbrido criado em laboratório de Chris Evans com o James Bond da era Pierce Brosnan. "Acho que a maioria das pessoas diria que os homens querem alguém que faça eles se sentirem bem consigo mesmos", ele começa. "Mas eu quero alguém que me desafie." Em seguida, apoia os braços bronzeados e bem torneados sobre a mesa. "Meus avós são casados há sessenta anos e, quando meu avô vê minha avó, fica parecendo um adolescente tentando entender como foi que a menina mais bonita da escola deu bola pra ele." Nick ri. "É isso o que eu quero. Continuar tão perdidamente apaixonado aos oitenta quanto era aos trinta. Estar com quem eu amo e simplesmente... sentir alegria."

Eu me pergunto como é possível que justamente *esse* seja o momento em que tudo finalmente parece real. O programa vai começar, Fizzy vai conhecer e sair com esses caras e, se nossos esforços derem certo, vai ser um sucesso. Fizzy vai se apaixonar, e eu vou conseguir manter o meu emprego e continuar em San Diego.

Quando volto para o momento presente, todo mundo está se levantando. Kathy acompanha Nick até o corredor e fecha a porta atrás dele. "Puta merda", ela diz, com os olhos arregalados, chocada. "Isso foi ótimo, né? Ele foi tão bem assim mesmo?"

"Eu nem pisquei enquanto ele falava." Brenna fica de pé e dá uma volta ao redor da mesa. "Imaginem quando ele estiver na tela com a Fizzy!"

"Imaginem quando ela estiver com o Dax! Ou com o Evan! Ou com o Isaac!", continua Kathy. "Eu nunca vi um elenco de reality show como esse." Ela se vira para Rory. "E já fizemos o teste de todos eles no DNADuo?"

Rory assente com a cabeça. "Todos eles têm compatibilidade. Temos uma boa margem para trabalhar."

"Todos eles são tão... *reais*", comenta Kathy. "Autênticos, é o que eu quero dizer."

"Se a Fizzy não se casar com nenhum deles, eu caso." Brenna se vira para mim. "Connor, esse programa vai bombar."

Rory ainda está olhando para a porta por onde Nick acabou de sair. "Eu tinha as minhas dúvidas, mas... acho que pode rolar."

Elas têm razão, penso. As peças estão se encaixando, e, se meu instinto não estiver errado, talvez dê certo mesmo.

Consegui exatamente o que eu queria. E não tenho ninguém em quem botar a culpa além de mim mesmo.

Quinze

FIZZY

Se vou ter filhos ou não é uma coisa que ainda está em aberto, mas o que já pode ser afirmado sem sombra de dúvidas é que eu sou a pessoa adulta mais constrangedora que já pôs os pés em um jogo de futebol de crianças.

Nem mesmo Jess e River querem ser vistos comigo. Eles avançam para mais adiante no campo, arrastando cadeiras, um *cooler* e uma tenda de praia até o local mais distante possível de onde nós estacionamos. Sei que não é porque eu me declarei a FÃ NÚMERO UM DA JUNO em letras pretas enormes em uma camiseta rosa-choque, pois se trata de uma verdade objetivamente comprovável — só mesmo a fã número um dela usaria isso em público. Mas minha pequena dançarina decidiu experimentar uma coisa nova e, apesar de ser firme o bastante para não tremer de medo, segundo boatos ela não conseguiu dormir direito nas noites anteriores ao seu primeiro jogo de futebol. Então, se eu puder ser a pessoa mais idiota por aqui, talvez Juno não se preocupe demais se pisar na bola. Tenho uns pompons na minha bolsa de lona também, mas só para o caso de emergência. Espero que não seja preciso apelar para isso.

Mas quando todo mundo se ajeita na lateral do campo, percebo que posso ter exagerado na dose. A coisa toda não parece ser tão séria assim. Como seria de esperar, tem uma menina parecendo uma profissional, com chuteiras brilhando de novas e os cabelos presos com fitas que combinam com o uniforme. Os pais dela também são fáceis de identificar — o casal que fica tirando um milhão de fotos do aquecimento e gritando palavras de incentivo e instruções do outro lado do campo. Mas, no fim das contas, é só um grupo de meninas de dez anos, então também tem a garota que obviamente pegou emprestado o short do irmão mais velho, que está amarrado com toda força na cintura e vai até bem abaixo dos joelhos, e a menina cujos pais devem entender tanto de esportes quanto eu, porque levaram a filha para jogar futebol usando calça jeans.

Vejo Juno no meio de um grupinho de garotas reunidas perto de um homem enorme, que está agachado, desenhando alguma coisa em uma prancheta. Ele está distante demais para eu poder vê-lo direito, mas tem cabelos escuros e braços que parecem pôr à prova a elasticidade da camiseta nas mangas.

"Eita, *olá*." Faço binóculos com as mãos e finjo dar um zoom. "Uh-lá-lá."

Eu estou desse jeito desde aquele jantar com Connor. Como uma cadela no cio. Não falei nada a respeito com Jess porque acho que ela ficou tão desconcertada quando admiti minha falta de libido e inspiração que corre o risco de me fazer entrar em uma roubada. Está sendo difícil me controlar e não mandar todo dia para Connor uma mensagem do tipo *E agora, rola?*. A última coisa de que preciso é de Jess praticamente berrando "*Você merece uma bela transa!*" todo dia na minha orelha.

"Aquele é o treinador", Jess explica, puxando e prendendo um dos pés da tenda de praia no gancho.

"Vou te dizer uma coisa, uma filha minha jamais faltaria a um jogo sequer."

Ela ri. "Ele é um dos pais, na verdade. O pai da Stevie." Stevie é uma das novas amigas da Juno e, apesar de só tê-la visto algumas vezes, sei que as duas se divertem muito juntas. São inteligentes, muito fofas e uma companhia mais legal do que a maioria dos adultos que conheço. Quem diria que tinha gente fazendo crianças tão incríveis ultimamente?

Eu ajusto meus binóculos imaginários. "Bom, o pai da Stevie é um partidão."

"É mesmo."

River entra debaixo da tenda de praia com três cadeiras dobráveis em uma das mãos. "Quem é um partidão?"

"Você." Jess se inclina para beijá-lo. "E o Connor."

Acho que River também está avaliando a afirmação. E *acho* que ele diz: "O pai da Stevie? Concordo com vocês". Mas não tenho certeza, porque meus neurônios pararam de funcionar.

"Você disse Connor?", pergunto, com um frio na barriga.

Jess está distraída tentando abrir uma cadeira que parece emperrada. "Isso, Connor Prince. É ele o treinador em quem você está de olho."

"Não."

Jess levanta os olhos lentamente para mim, pressentindo o perigo. "Hã... sim?"

"Não pode ser." Eu trato de dar um sumiço nos meus binóculos imaginários.

"O que está acontecendo com você?", River me pergunta, aos risos.

"Aquele... aquele ali é o pai da *Stevie*?" Aponto à distância para o gigante cuja sombra agora sou obrigada a admitir que lembra muito a silhueta do homem que eu queria que me pegasse em cima da bancada da cozinha naquela noite. "Aquela Stevie encantadora, que me contou uma tremenda história triste sobre aquecimento global e tartarugas marinhas, o que me fez doar uma boa grana pra Oceanic Society?" Puta merda, as informações batem mesmo.

Solto um grunhido e me sento na cadeira que Jess acabou de conseguir abrir.

"Fica à vontade", ela me diz, sarcástica, abrindo a outra e se sentando ao meu lado.

"Eu devia ter imaginado essa reviravolta", resmungo. "Eu sou o quê, uma escritora ou uma porta?"

"Alguém pode me dizer o que tá acontecendo?", River pergunta.

Jess encolhe os ombros. "Não olha pra mim."

"Vocês sabem o que esse Connor faz da vida?", pergunto a eles.

Franzindo o rosto, Jess admite: "Acho que a Juno falou alguma coisa sobre ecologia...".

Olho para River. "E você?"

Ele leva a mão ao peito, surpreso. "Eu?"

"Sim. Você mesmo."

"Como assim, eu mesmo?"

"Connor Prince III é o criador e produtor-executivo do meu programa de namoro, aquele que usa a maior obra da sua vida como principal gancho."

Jess leva a mão à boca quando diz: "Ai, meu Deus, você tem transado com o *Connor* esse tempo todo?".

"Eu ando me comportando melhor ultimamente. Só convidei o cara pra entrar depois da sessão de autógrafos."

A expressão no rosto de Jess mostra que ela entendeu muito bem o que eu quis dizer, mas ela tenta me ajudar. "Por favor, me diz que foi pra entrar e tomar um café."

"Não, pra entrar na minha *vagina*."

River se engasga com a água que está bebendo.

"Mas, para o azar dele, ele recusou."

O assobio baixo e prolongado de River diz algo como *Que constrangedor*.

"Mas tudo bem", eu digo. "Sinceramente, foi até bom que um de nós estivesse com a cabeça no lugar. Eu estava me sentindo sexy pela primeira vez depois de muito tempo e ele estava por perto, só isso."

Boa tentativa, Pinóquio.

Minha melhor amiga balança a cabeça com um ar de dúvida. "Sei, ele só estava *por perto*, um Adônis musculoso por quem você se deixou atrair só porque sua seca se estendeu por tempo de mais."

"Que bom que você me entende", eu digo, fingindo gratidão.

"Espera aí, me desculpa, mas só agora estou me dando conta de uma coisa." Jess leva os dedos das mãos à testa. "Você chamou para a sua cama o cara que comanda o programa que vai servir para encontrar a sua *alma gêmea*?"

"Foi só uma coisa do momento", eu garanto. "Uma noite e nada mais."

"Eu interajo mais com a Natalia, porque é ela que fica com a Stevie durante a semana", Jess comenta. "Mas Connor parece ser um cara muito legal. Não parece do tipo 'uma noite e nada mais'."

"Você está tentando me dizer que caras legais não se deixam levar pelo momento?" Dirijo meu olhar irônico para River. "Porque isso acontece, sim. Não é, Gênio Gostosão?"

Ele trata de se ocupar abrindo o *cooler* e dizendo, distraidamente: "Desculpa, só um minutinho".

"Eu só estou dizendo", Jess continua, "que você achava

o cara um babaca. Se referia a ele como Milionário Gostosão, depois Britânico Gostosão..." Ela se interrompe, estreitando os olhos para mim. "Você tentou encaixar o Connor em um estereótipo, não tentou?"

"Em minha defesa, ele não é uma pessoa fácil de sacar logo de cara. Antes ele tinha uma vibe diferente... com certeza era um Executivo Milionário Gostosão quando conversamos pela primeira vez."

"Connor? Duvido", ela protesta.

"Bom, está na cara que eu não vou ganhar essa discussão hoje, quando ele está mostrando as pernas musculosas num short e usando uma camiseta uns quatro tamanhos menor, mas você precisa acreditar em mim quando digo que a primeira impressão que Connor me passou foi de uma mistura de Kendall Roy com boneco de Lego, inclusive o cabelo."

Como sempre, minha boca grande acaba falando demais. Quando acabo de dizer essas últimas palavras, percebo que a sombra enorme diante de nós não é da tenda de praia.

"Bom", Connor diz, "pelo menos me diz que eu sou o Lego Batman ou o Salva-Vidas Gostosão."

Dezesseis

CONNOR

Tenho certeza de que só pode ser imaginação minha quando a vejo do outro lado do campo. Mas lá está ela, às dez da manhã em um sábado: Felicity Chen, falando sobre a minha camiseta ser muito justa e as minhas coxas muito... expostas. Prefiro ignorar a comparação com Kendall Roy, mas esse comentário sobre as pernas musculosas vou levar comigo para o túmulo.

Antes de hoje, pensei que fosse impossível constrangê-la. Fizzy fala o que pensa, pega o que quer e sem pedir desculpas por nenhuma das duas coisas. Mas quando enfim se vira na minha direção, está visivelmente sem jeito.

"O Batman tem uma masculinidade meio tóxica demais pra mim", ela responde, afastando os cabelos do rosto. Parece um gesto casual e despreocupado, mas lembro que ela fez isso no bar naquela primeira noite e me pergunto se não pode ser uma demonstração de ansiedade.

"Mas Lego Salva-Vidas pode ser", ela continua, o olhar percorrendo o meu peitoral. "Os dois são trabalhadores dedicados e claramente têm braços fortes."

"Obrigado... eu acho. E, só para constar, esta camiseta não é pequena demais."

Os cantos da boca de Fizzy se curvam para cima, e todos

os sinais de constrangimento desaparecem e são substituídos por uma expressão de desafio. "Não foi uma reclamação."

"Tecnicamente não tem nada inapropriado acontecendo aqui", alguém diz, "mas acho que seria mais seguro tapar os olhos das meninas." Sigo aquela voz feminina e só então percebo o casal de espectadores logo ao lado: Jess e River, os pais de Juno. Leio as palavras na camiseta de Fizzy, e de repente tudo faz sentido.

"Espera aí, você conhece a Juno?"

"Conheço." Ela lança um olhar acusador para Jess antes de se virar para mim. "O que eu não sabia era que *você* conhecia ela."

"Ela e Stevie jogam no mesmo time de futebol." Mostro o apito pendurado no meu pescoço. "Eu sou o treinador."

"Oi, Connor", Jess me diz, sem se preocupar em fingir que não estava escutando e vindo direto até nós.

"Oi, Jess." Então me dou conta. "Ah, o River deve ser o amigo que a Fizzy falou que estava envolvido com a tecnologia do DNADuo. Agora entendi."

"E você deve ser o gostosão da tevê de quem a Felicity não para de falar." Jess se vira para Fizzy com um sorriso exagerado. "Agora entendi."

Eu seguro o sorriso, pressentindo que tem alguma história rolando aqui e que Jess está executando uma desejada vingança.

"Tá bom, Jessica", Fizzy diz. "Agora pega o seu marido bonitão e vai se sentar pra lá."

Ainda sorrindo, Jess se despede com um aceno e volta para a sombra.

River estende a mão e trocamos um rápido cumprimento. "Connor", ele diz.

"River."

Ele abre a boca, mas, depois de uma rápida olhada na direção de Fizzy, parece mudar de ideia sobre o que falar. "Boa sorte com o jogo", ele diz, antes de ir se juntar à esposa. Não conheço bem nenhum dos dois; Jess sempre foi simpática e sempre é a primeira a se oferecer para dar caronas e lanches para as meninas. Só vi River uma ou duas vezes, e nunca conversamos direito.

Quando voltamos a ficar sozinhos, o silêncio parece pesar entre nós.

"Você disse que o nome dela era Stefania", Fizzy diz com um tom acusador.

"Stevie é o apelido dela", eu explico. "Ficar gritando 'Stefania Elena Garcia Prince' pela casa seria meio cansativo, você não acha?"

O silêncio volta a se instalar. Não é exatamente constrangedor, mas é *impossível* de ignorar. Eu posso ter dito não para Fizzy na frente da casa dela, mas nós dois sabíamos que minha vontade era entrar. Como seguir em frente depois daquilo?

Uma brisa sopra sobre o campo, sacudindo as folhas das árvores e arrastando sombrinhas e cobertores para a grama. Quando levanto a mão para afastar os cabelos da testa, Fizzy segue meu movimento com os olhos. Lembro que ela falou que eu deveria deixar mais desse jeito, que ela gosta assim.

Limpo a garganta para conduzir a conversa para uma direção menos perigosa. "Eu esqueci de te contar: o casting foi ótimo. Acho que encontramos nossos heróis românticos."

O rosto dela se ilumina. "Ai, meu Deus, me conta tudo. Espera, primeiro me diz que todos são absurdamente gatos."

Fico um tanto perplexo com esse entusiasmo todo e com quanto isso me desagrada.

"Mais do que o suficiente para fazer a audiência bombar",

eu respondo. "Não posso contar muito, porque os contratos não estão fechados, mas selecionamos oito participantes. Todos eles arquétipos aprovados."

Ela está prestes a responder quando vejo um vulto e dois pequenos tornados colidem contra nossos corpos. Stevie olha para mim, com os braços envolvendo a minha cintura. Juno está abraçando Fizzy.

"A gente pode ir tomar sorvete depois do jogo?", Stevie pergunta.

Eu me abaixo para beijá-la na cabeça. "Claro. Que tal você cumprimentar a Fizzy primeiro? Ela vai ser a estrela do programa em que eu estou trabalhando."

Eu a viro, e Stevie inclina a cabeça para me olhar. "Eu já conheço a Fizzy", diz Stevie. "Ela já levou a gente pra casa algumas vezes."

Fizzy estende o braço para enrolar com o dedo a ponta dos cabelos compridos de Stevie. "Às vezes nós paramos no caminho pra tomar um chocolate quente. E às vezes para uns drinques. Depende do dia."

As duas meninas dão risadinhas, mas então algo chama a atenção de Stevie — um adesivo colado na parte de trás do celular de Fizzy — e ela se aproxima para ver mais de perto. "Você nunca me disse que gostava do Wonderland!"

"Ela adooooora eles", Juno responde.

"Como assim, nós nunca falamos sobre isso?", Fizzy pergunta. "Essa banda é uma das minhas alegrias na vida!"

Olho mais de perto para o pequeno logo holográfico e me pergunto como deixei aquilo passar, já que é a mesma imagem que estampa mais ou menos metade dos pertences de Stevie. Provavelmente porque, quando estou com Fizzy, a última coisa em que presto atenção é no celular dela.

"Você já viu um show deles ao vivo?", Fizzy pergunta.

Stevie faz que não com a cabeça. "Eu nunca fui num show na minha vida."

"Eles vêm pra cá em duas semanas! Você devia ir!"

"Os ingressos estão esgotados", eu respondo.

Fizzy afasta esse detalhe fazendo um gesto com a mão. "Eu posso arrumar ingressos pra gente. Já saí com um executivo da administração do estádio e vou dizer uma coisa pra você..." Ela se interrompe, notando a minha apreensão com o que vai sair da sua boca a seguir, então se limita a dizer: "Enfim, eu tenho um contato".

"Vai ser bem tarde da noite." Já consigo me imaginar carregando Juno e Stevie dormindo no meu colo pelo estacionamento gigantesco. "Elas vão estar exaustas no dia seguinte."

Ela solta um risinho de deboche. "Já é verão! Além disso, ficar exausta depois de passar uma noite berrando até não aguentar mais é um rito de passagem para uma *fangirl*." Ela me lança um olhar silencioso de súplica e acrescenta baixinho: "Alegria, lembra?".

Suspiro, incapaz de resistir a todas essas garotas e seu poder de persuasão. "Se a Fizzy diz que tem um contato..." Eu hesito por tempo suficiente para o meu bom senso me tirar dessa. O que não acontece. "Acho que vamos ver o Wonderland."

"Vamos *mesmo*?", Stevie e Juno gritam em uníssono, já começando a pular.

"Vamos, sim!"

"Você é o melhor pai do mundo", Stevie diz, me abraçando.

"Agradeça à Fizzy, não tenho nada a ver com isso, meu amor."

E, enquanto vejo Stevie abraçando Fizzy, não consigo evitar a sensação de que isso é uma péssima ideia por um milhão de razões. A última coisa de que preciso é passar *mais* tempo com Fizzy. Momentos felizes, cheios de alegria e empolgação, com Fizzy. Sinto um calafrio só de pensar.

"Vai ser o máximo", ela diz, enquanto as meninas cantam e dançam ao nosso redor. Ela abre um sorriso enorme para mim, o que me faz pensar em efervescência, empolgação e *alegria* de sobra.

Dezessete

FIZZY

Não posso nem reclamar com Jess que essa situação toda acabou caindo no meu colo, já que ela estava lá quando eu claramente me ofereci para levar duas meninas de dez anos e um Papai Gostosão Treinador Sexy a um show do Wonderland. Mas as filas de pessoas esperando para entrar são tão absurdas que eu bem que gostaria de ter em quem jogar a culpa. Confiro meu Instagram enquanto esperamos. Respondo mensagens de leitoras e nem penso em abrir meu e-mail. A cada segundo que passa, o número de corpos ao nosso redor só cresce. Só há oito portões, e trinta mil pessoas tentam entrar ao mesmo tempo. Sem grades de separação nem um esboço de sinalização para mostrar onde a fila começa e termina, as pessoas simplesmente vão se enfileirando, contornando postes e fazendo caminhos sinuosos com base na confiança de que a pessoa na frente acha que a pessoa à sua frente está no lugar certo.

E totalmente desconfortável, com os dentes cerrados, Connor está pensando a mesma coisa. Com certeza ele consegue enxergar por cima da cabeça de todo mundo na multidão, mas eu não, e Stevie e Juno, minúsculas em meio à massa gigantesca de corpos, estão com os olhos arregalados, confusas. À medida que o tempo passa, vai se instalando um pânico, como se a multidão sentisse que o Wonderland estava prestes a subir no palco e corrêssemos o risco de perder tudo.

Puxo a manga da blusa de Connor pedindo para ele se agachar e me ouvir. "Me coloca em cima dos seus ombros."

Ele se inclina para mais perto, sem me entender. "Desculpa, não entendi."

"Pra eu poder ver onde a fila termina. Estou com medo de que tenha um monte de gente furando fila, e eu não vou deixar as meninas perderem o show."

Ele não pensa duas vezes e se agacha. Com Juno e Stevie me ajudando, aos risos, eu subo naqueles ombros largos e musculosos. Connor fica de pé aparentemente sem esforço, me levantando a quase dois metros do chão.

Solto um gritinho apavorado, me segurando ao seu queixo com as duas mãos. "Eu retiro tudo o que já disse na vida sobre querer ser alta."

Connor ri. "Fica tranquila, eu tô te segurando." Ele agarra as minhas panturrilhas, me ajeitando gentilmente para apoiar as minhas pernas sob seus braços. Além do caos diante de nós, presto atenção no pescoço forte de Connor entre as minhas pernas e na incrível estabilidade que seus ombros me proporcionam. Fico me perguntando se ele sente o meu calor também e se está pensando no mesmo que eu, em como é gostoso ter sua cabeça no meio das minhas pernas.

Eu poderia ficar aqui a noite inteira, mas o dever me chama. "Certo, já entendi tudo. Pode me pôr no chão."

Ele faz isso, mas me lança um olhar de interrogação quando ficamos os dois de pé de novo. "Ajudou?"

"Muito." Ponho a mão sobre a cabeça de Juno e me abaixo para ficar na altura dos olhos dela. "Eu já volto."

E então me embrenho no meio da multidão.

* * *

Vinte minutos depois, estamos do lado de dentro, com cervejas na mão, no pequeno camarote que o executivo que uma vez pediu para ser chamado de "doutor" na cama reservou para nós, e vendo June e Stevie dançarem encantadas na parte externa com divisórias de vidro ao som da música que sai dos alto-falantes enquanto o show não começa.

Connor está sorrindo para mim como se eu fosse uma super-heroína, mas na verdade só precisei levar a sobrecarregada equipe de segurança até o portão de entrada, onde um monte de gente estava furando a fila e entrando na frente de todo mundo. Quando eles resolveram o problema, a fila começou a andar, e a entrada foi tranquila e organizada.

"Você poderia ter sido pisoteada", ele comenta.

"Era bem pouco provável." Dou um gole na minha cerveja e limpo a espuma da boca. "Quando estou em uma missão, eu fico bem maior. Aposto que eu parecia ter um metro e noventa enquanto atravessava aquela multidão."

"Você não tem medo de nada?"

Eu rio quando Juno e Stevie ensaiam um rebolado. Aquelas bobinhas. "Não." Mas, reconsiderando, olho bem para ele. "Espera, tenho, sim. Tenho medo de em algum momento ter feito sem querer uma chamada pelo FaceTime para alguém enquanto me masturbava e a pessoa do outro lado, por motivos de perplexidade e educação, não ter me contado, então posso viver o resto da vida sem saber se isso já aconteceu, mas sempre suspeitando que sim, isso pode ter acontecido."

Connor fica só me olhando.

"Que foi?", pergunto. "Você nunca se preocupou com isso?"

Ele sorri, balançando a cabeça e levando o copo plástico à boca.

Uma rara onda de vergonha me invade. Sei que não sou uma pessoa fácil de lidar, mas acho que, mesmo que Connor me achasse insuportável, não deixaria isso transparecer. Ele não poderia. Simplesmente abriria um sorriso e aguentaria firme, como talvez esteja fazendo agora mesmo. Ele precisa me aguentar porque quer que o programa dê certo. Caso contrário, vai perder o emprego e provavelmente vai ter que se mudar para longe e ficar a duas horas de viagem da filha, aquela pequena concentração de energia acumulada que está pulando, pipocando como fogos de artifício em noite de Ano-Novo.

"Desculpa", eu resmungo com a boca no copo.

"Pelo quê?"

"Pelo lance da masturbação", murmuro, e então acrescento com um sorriso: "E pela piadinha sobre o Kendall Roy no jogo de futebol. Você não é nem de longe tão problemático".

Isso o faz cair na risada. "Não tenha tanta certeza assim. E agora *eu* é que estou preocupado de ter feito uma chamada no FaceTime sem querer para alguém no meio de uma punheta."

Fico só olhando para ele, me sentindo grata por essa tentativa de aliviar a tensão, mas emocionalmente obliterada pela imagem mental que agora está rodando no HD do meu cérebro.

Connor encolhe os ombros, dando mais um gole na cerveja, e uma onda de afeto me invade quando mais uma vez percebo quanto é tranquilo conviver com ele e quanto gosto de verdade desse cara.

As palavras saem da minha boca antes que eu possa pensar muito no que estou dizendo: "Desculpa por aquela noite também".

"Aquela noi... *ah*." Uma tensão se instala imediatamente. Connor olha para longe, espremendo os olhos. "Ah, não. Você não precisa se desculpar por aquilo."

"Preciso, sim."

Me esforço ao máximo para não preencher o silêncio com piadas, gracinhas e até comentários sobre o tempo. Deixo o constrangimento se instalar, desejando que ele veja que também consigo ser séria e sincera, apesar de aparentemente ser péssima nas duas coisas.

"Eu recusei por várias razões", ele diz, por fim, e a minha vergonha chega a níveis abissais.

"Por favor, não se sinta obrigado a listar item por item."

Ele se vira para mim com uma expressão bem séria. "Mas nenhum desses motivos tem a ver com falta de interesse. Me desculpe se não deixei isso claro."

"Ah." Sou obrigada a interromper o contato com aqueles olhos hipnóticos. De repente, não resta nada no meu cérebro além do ruído estático de milhares de músicas sensuais se sobrepondo umas às outras. Connor não faz ideia de que está brincando com um fogo difícil de conter, de que o flerte é a minha linguagem do amor e de que eu não transo há muito, muito tempo. Sinceramente, eu só me desculpei para ser educada.

"Me conta mais sobre Jess e River", ele diz, mudando de assunto na hora certa. "De onde você conhece eles?"

"Jess é minha amiga da vida toda. River frequentava a mesma cafeteria que a gente toda manhã, e os dois ficavam naquele vai-não-vai estilo *Orgulho e preconceito*. Eu forcei a barra pra ela fazer o teste do DNADuo. Juro pra você, se não fosse por mim, ela ainda estaria solteira. Eu devia ganhar honorários pelo trabalho de casamenteira."

"Eu ainda não estava prestando muita atenção nessa tecnologia quando a empresa surgiu", ele comenta, "mas eles têm uma compatibilidade bem alta, não?"

"Diamante. Uma pontuação de noventa e nove, pra ser mais exata, a mais alta da história da empresa. Os executivos até pagaram pra ela conhecer ele. Sinceramente, nem eu teria conseguido escrever um final feliz melhor."

Cometo o erro de deixar meus olhos percorrerem seu corpo inteiro. Ele parece estranhamente agitado e, quando tira o suéter por cima da cabeça e o dobra sobre as costas do assento, meu cérebro entra em curto-circuito por um instante.

Um novo sentimento invade minha corrente sanguínea: afeto. Pisco várias vezes enquanto vejo no peito dele vários rostos masculinos sorridentes sob a palavra WONDERLAND escrita de forma estilizada. "Você está usando uma camiseta do Wonderland?"

"Stevie e eu passamos na banquinha enquanto você e Juno estavam naquela fila gigantesca do banheiro."

Eu dou uma risadinha. "*Banquinha*. Quem vê pensa que não é um negócio milionário."

Ele sorri. "Nós não estamos em uma busca? Em uma busca por alegria? Tô fazendo um esforço aqui."

Por um instante, fico sem palavras. Sinto um aperto no peito, como se tivesse uma corda comprimindo os meus pulmões, ao vê-lo usando essa camiseta. E não só usando, mas fazendo isso com orgulho. Eu sempre concordei com Jess que é o máximo River ser um pai tão bom para Juno, mas a verdade é que eu não sei como é realmente sentir isso. Eu fico feliz por ela, assistindo de lado. Quero ter uma família, claro, mas não sei como isso pode acontecer. A equação *conhecer alguém* + *se apaixonar* + *ficar juntos por tempo suficiente para ter filhos* não parece uma matemática aplicável a mim. Talvez meu papel seja o da tia que todo mundo procura quando precisa aprender a aplicar delineador nos olhos, esconder uma ressaca dos pais ou chorar pela primeira decepção amorosa. Acho que toda criança precisa de alguém que as ama incondicionalmente, mas não tem nenhuma obrigação biológica de fazer isso. Sentir atração por um pai orgulhoso está provocando reações estranhas e dolorosas no meu corpo.

É só atração, lembro a mim mesma. *Não é nada de mais.*

"Eu não sabia que a 'banquinha' tinha tanta variedade de tamanhos", comento, forçando minha voz a atravessar o nó na garganta. Cometo o erro de passar distraidamente a mão na camiseta, movida pela curiosidade, e noto como seu corpo é durinho sob o tecido. "Pelo menos assim não fica parecendo que você acabou de sair de uma loja de roupas infantis." Santo bíceps. Eu afasto os dedos como se tivesse encostado no fogo.

"Essa questão dos tamanhos é bem confusa", ele admite.

Dou um pequeno passo para trás, esperando que a minha pele esfrie um pouco. "Eu comprei uma camiseta G feminina um tempo atrás, pensando em usar para dormir. Fica parecendo uma roupa de mergulho em mim."

Ele ri. "Deve ser por isso que essa aqui estava sobrando. A vendedora disse que é o último tamanho a esgotar. A maioria das fãs..." Ele ergue a mão para me poupar do trabalho de corrigi-lo. "Ou melhor, *eu* pensei que as fãs eram todas meninas da idade da Stevie e da Juno." Connor faz um gesto para eu segui-lo até onde as garotas estão, na beirada do camarote, com vista para a plateia. Vemos um grupo de mulheres vestidas dos pés à cabeça com artigos do Wonderland mais abaixo. No camarote à nossa esquerda, estão uns casais de trinta e poucos anos, recostados no gradil como nós, rindo e bebendo seus drinques. O da direita tem um grupo de garotas adolescentes e um pai solitário mexendo no celular. E quando olho mais longe vejo mulheres de todas as idades, um grupo de homens com colares de LED cantando junto com a playlist pré-show, além de duas senhoras de cabelos brancos tirando fotos diante dos telões. "É como uma sessão de autógrafos sua", Connor comenta.

"Só que com um pouquinho mais de gente", eu respondo aos risos.

"Por enquanto." Ele se vira para mim, e seus olhos se fixam por um breve momento na minha boca. "Quando o mundo conhecer você, Fizzy, as pessoas vão se apaixonar."

Dezoito

CONNOR

Stevie sempre foi uma criança espontânea, movida pelas emoções. Ela está sempre dançando pela casa, vira estrelinhas nos corredores do supermercado e ficou tão emocionada quando trouxemos Baxter para casa que o abraçou e chorou sobre seu pelo macio de filhote por uma hora. Estou acostumado com seus gritos de alegria nos passeios de montanha-russa na Disneylândia e com as risadinhas incessantes em seu quarto quando chama uma amiga para dormir. Mas nunca vi minha filha desse jeito.

O show ainda nem começou, mas Stevie e Juno já estão de pé, dançando e cantando com o restante da plateia ao som dos videoclipes exibidos no telão. Fizzy estava falando sério quando disse que tinha contatos. Estamos em um camarote, em um lugar alto o bastante para ver toda a arena, mas não muito distante do palco. Também temos comida grátis, bebidas — inclusive *alcoólicas* — e um banheiro privativo. Daria até para morar aqui.

E Fizzy... Eu não consigo tirar os olhos dela. Racionalmente, sei que é um ato de autossabotagem ficar pensando em como ela está linda ou em como seu pescoço fica tentador com os cabelos presos desse jeito, mas meu cérebro não parece estar nem aí para isso.

Quando ela subiu nos meus ombros do lado de fora, foi como tirar o pino de uma granada. Eu conseguia sentir seu calor através do tecido do short; a força de suas coxas comprimindo meu pescoço desencadeou uma onda de desejo no meu corpo, algo que eu preferiria não sentir na frente de milhares de pessoas. Queria estar sozinho com ela, passar os dedos pelo interior das suas coxas, sentir aquele calor com a minha mão. Queria me ajoelhar e mostrar com a minha boca quanto me arrependi de ter ido para casa sozinho naquela noite. Emprego? Quem precisa de um emprego?

Mas, obviamente, não estávamos sozinhos. Bastou olhar para Stevie — com os olhos cravados em Fizzy e faiscando de admiração — para a realidade voltar a se impor.

Por sorte, os gritos estridentes interrompem meus pensamentos, as luzes se apagam e a arena explode em um ruído inacreditável. É quase alto demais para suportar. Sei que o som não tem cor, mas, quando fecho os olhos, vejo estrelas amarelas e vermelhas por trás das pálpebras. É ensurdecedor, um trovão tangível que se move pelo meu peito, fazendo o chão tremer. Stevie e Juno estão pulando sem parar junto a um coro que grita o nome do grupo.

Fizzy me puxa mais para perto, me segurando pelo antebraço. Vejo seus lábios se moverem, mas é impossível ouvir em meio à cacofonia enquanto ela aponta o queixo para as meninas. Balanço negativamente a cabeça, ela fica na ponta dos pés e eu me abaixo, sentindo sua boca se mexer perto da minha orelha: "Que bom que você está aqui pra ver isso".

"Eu queria poder pôr um pedômetro nelas e medir quantas calorias vão ter queimado no fim disso aqui."

"Espera só até o show começar."

Ela está tão perto que me pergunto como vou conseguir pensar em outra coisa além disso, mas, quando a primeira nota ressoa em meio à escuridão, minha atenção é facilmente atraída. Eu nunca escutei uma música do Wonderland por iniciativa própria, mas é impossível estar aqui e não se deixar levar pela ansiedade coletiva que nos cerca. Essa é a alegria de que Fizzy estava falando. A adrenalina compartilhada, toda essa gente reunida pelo mesmo motivo. Até os pais perto de nós ficaram de pé para ver, alguns procurando a melhor posição para enxergar melhor, curiosos para ver o motivo de tanta comoção.

Efeitos pirotécnicos explodem no palco, e o grupo aparece em meio a uma reação retumbante da plateia. Quando a música começa, Fizzy, Juno e Stevie conhecem as letras do começo ao fim. E fico surpreso ao constatar que eu também conheço a maioria. As meninas se deixam contagiar pela música e pela euforia do ambiente. Fizzy dança sem o menor constrangimento. De alguma forma, Stevie parece prever toda a sequência do show. Conhece o *set list*, sabe quando os músicos vão se aventurar no meio da plateia e o momento exato em que vão passar na nossa frente. Fico tão animado que, quando ela pega seu pequeno cartaz, eu me ofereço para segurá-lo para deixá-lo mais alto.

Durante o intervalo antes do bis, suado e surpreendentemente exausto, volto para a parte interna do camarote e vou ao banheiro. Quando saio de novo, Fizzy está preparando uma bebida. Ainda é possível ver as meninas, mas estamos separados delas por uma divisória de vidro que abafa um pouco o ruído do show.

Eu me junto a Fizzy no bar, encho minha garrafa de água e fecho os olhos enquanto dou um gole longo e gelado.

Quando volto a abri-los, ela está me observando de novo. "E então?" Ela se recosta casualmente no balcão. "Qual é o veredicto?"

"Pra ser sincero, eu esperava muito barulho, trânsito e duas meninas de dez anos cansadas e ranzinzas — o que com certeza vamos ter que encarar —, mas também pensei que fosse detestar tudo. Eu estava errado. Já pode se gabar agora."

"Você estava dançando", ela diz com um sorriso.

"Estava só me *balançando* um pouco."

Ela deixa essa passar. "Eu sou bem seletiva com as pessoas que trago para um show, mas você se saiu bem, Papai Gostosão. Talvez seja convidado de novo, se eu precisar de companhia algum dia. Mas costuma ter menos meninas de dez anos, mais bebida alcoólica e às vezes uma tatuagem absurda no fim da noite."

"Eu mal posso esperar", respondo, e olho de novo para as meninas, sentindo o impacto inesperado do elogio de Fizzy. O grupo volta para cantar mais uma música, e Stevie olha para trás, procurando por mim. Essa é a favorita dela, a que ouço no meu caminho para o trabalho toda segunda-feira por ter sido a última que ela ouviu no domingo à noite. Ela aponta para o palco, empolgadíssima, antes de se virar de novo para a banda.

"Ela é louca por você", Fizzy comenta.

Não sei por que essa palavra faz meus olhos arderem. A maioria dos filhos ama seus pais. Eu não gosto do meu pai, mas o amo mesmo assim, do meu jeito. É um amor misturado com decepção e mágoa e mais um monte de sentimentos complicados, mas ele existe. Ser *louca* por alguém significa amar incondicionalmente, e saber que é perceptível que Stevie sente isso por mim apesar de todas as minhas falhas me deixa tão orgulhoso que fico até sem fôlego.

Se Fizzy percebe isso, faz a gentileza de não comentar nada. "Obrigado por ter me forçado a vir junto", eu digo. "Nunca tinha visto a Stevie desse jeito."

Fizzy lança um olhar carinhoso para as meninas. "Sem dúvida ela está feliz."

"Como ela sabia tudo o que ia acontecer? O *set list*, o que cada um ia estar usando? Onde ela aprendeu tudo isso?"

"As *fangirls* são assim mesmo", Fizzy responde, encolhendo os ombros. "É do mesmo jeito que você descobre quando a Shimano vai lançar um câmbio novo para a sua mountain bike toda equipada."

Minha atenção se volta para ela e abro um sorriso. "Olha só você, falando de bicicletas."

Ela pega um cookie, parte em dois e me entrega metade. "Dá pra dizer que sou uma especialista em digitar coisas no mecanismo de busca do Google." Ela olha para o cookie. "Até fui atrás de fotos suas."

"Minhas?"

"Sim, tipo no set, praticando mountain bike." Ela faz uma pausa, encolhendo os ombros de leve. "Com namoradas."

"E então?" Eu me inclino sobre o outro lado do balcão, segurando o sorriso. Ela é tão transparente. "O que foi que encontrou?"

Um dos lados de sua boca se contrai, formando uma covinha em sua bochecha esquerda. "Nada. Seu nome no Instagram é um monte de letras e números aleatórios que eu só consegui encontrar porque sei que Jess conhece Natalia, que marcou você em uma postagem, tipo, cinco anos atrás. Você tem quatro seguidores e duas publicações. Foi ao mesmo tempo um alívio e uma decepção."

"A questão aqui deveria ser a *sua* vida amorosa, Fizzy."

"Isso é injusto", ela diz, com um sorriso fácil, mas seus olhos estão bem sérios quando me encaram. "Agora que estamos ficando amigos, não é certo pensar só em encontrar alguém pra mim e não pra você."

Olho para o palco. O show está terminando, e o Wonderland está se despedindo. Nada de bom pode sair disso. Nós dois sabemos, mas mesmo assim estamos aqui. "Bom, eu ficaria surpreso se existissem fotos minhas com mulheres em algum lugar. Eu não tenho saído muito ultimamente."

"Você já tentou o DNADuo?"

"Eu? Não mesmo", respondo, balançando a cabeça. "Não porque não acredito nem nada do tipo. É que... se eu encontrasse um *match*, iria querer levar a sério, o que não estou em condições de fazer agora."

"Jess estava na mesma situação. Com a Juno", ela responde, esclarecendo melhor. "Não estava interessada em se envolver com ninguém antes que ela entrasse na faculdade."

"Sei bem como é."

"Vou dizer pra você o que disse pra ela: isso daria um livro chato pra caralho."

"Bom, quem sabe um dia", respondo. "Tentei sair algumas vezes quando Stevie era mais nova, mas qualquer mulher que valha a pena vai querer mais do que passar uma ou outra noite juntos no meio da semana. Além disso, a pessoa com quem eu me envolver ganha de brinde Stevie e Nat."

"Faz quanto tempo que vocês se divorciaram?"

"A Stevie tinha dois anos."

"Ah, nossa. Ela era bem pequena."

Houve um tempo em que, quando ouvia um comentário assim — por mais que não tivesse maldade nenhuma —, eu mergulhava em uma espiral de culpa. Stevie era *mesmo* bem pequena, e o divórcio foi a coisa mais difícil que já fiz na vida, mas isso não significa que não era também a coisa certa a fazer. "Pequena mesmo."

"Mas você e a Nat se dão bem hoje? Ouvi a Stevie falar com a mãe algumas vezes, e acho que já nos encontramos na saída da escola. Ela é bem gata."

Eu dou risada. "É mesmo. E tem um namorado bonitão e muito, muito jovem que deve estar prestes a pedi-la em casamento a qualquer momento."

"Que bom pra ela." Esse momento se estende, tenso e carregado. Fico esperando que ela desvie o olhar. Isso não acontece. Em vez disso, ela estala a língua em um gesto de solidariedade. "Pena que você não é bom em separar as coisas."

Eu decido que está na hora de ser mais direto. "Na verdade, eu não sou bom nessa coisa de sexo casual."

A palavra *sexo* se acende como um lança-chamas entre nós, e ela sorri. "Bom, eu quis dizer que pena *pra mim* que você não sabe separar as coisas."

Eu dou risada. "Você é mesmo um perigo, Felicity."

"E você gosta disso."

Finjo pensar a respeito, e ela fica na ponta dos pés, rugindo bem na minha cara.

Por fim, resolvo ceder. "Você é ok."

Ela volta à posição normal e se recosta no balcão ao meu lado. "Quanta simpatia", ela comenta.

"Suportável."

"Talentosa e carismática."

"Mandona e cheia de opiniões."

"Sua nova melhor amiga. Pode admitir."

Ela põe a mão ao lado da minha. Meu dedo mindinho começa a formigar ao sentir a proximidade do dela. Se eu me afastar agora, posso tentar fingir que foi por acaso. Mas não vai colar, então em vez disso ponho meu dedo sobre o dela.

Fizzy envolve meu dedo com o dela. Um calor se espalha por mim, assim como uma vontade de me virar para ela, prensá-la contra o balcão, levantá-la, me colocar entre suas pernas e...

Eu respiro fundo. "Minha nova melhor amiga."

Dezenove

FIZZY

Juno não é mais uma criancinha.

Isso significa que, quando paramos o carro na frente da casa de Jess e River com as duas meninas largadas como sacos de batatas no banco traseiro, eu não tenho como carregar Juno até a porta.

Na verdade, não sei nem se consigo *me* arrastar até a porta no momento. Sem querer me gabar demais, já escrevi cenas com uma tensão sexual tão intensa que era capaz de fazer o ar fumegar, mas nada se compara aos últimos vinte minutos do trajeto de volta no carro com Connor.

"Deixa comigo." Connor está do meu lado e se inclina para soltar o cinto de segurança de Juno.

Suas coxas se flexionam sob a calça jeans, e seu ombro se tensiona contra o algodão macio da camiseta novinha enquanto ele levanta com facilidade a criança adormecida do assento. "Desse jeito eu vou acabar literalmente ovulando", resmungo.

Ele se vira, ajustando o peso dela sobre o ombro. "O quê?"

Dou uma leve tossida, cobrindo a boca. "Eu sabia que elas iam acabar literalmente desmaiando."

Connor me olha com ceticismo, mas parece acreditar que, se estou me controlando, é melhor assim. Ele se vira e segue para a entrada da casa quando faço um gesto para que vá na frente.

A porta se abre quando estamos quase chegando. Jess aparece, iluminada por uma luz quente e dourada, e ao que parece não nota que estou prestes a subir pelas paredes. River surge atrás dela e estende os braços para pegar Juno do colo de Connor, que murmura um "Está firme aí?" antes de soltá-la.

Meu coração quase pula para fora da boca.

A garotinha demonstra algum nível de consciência ao enlaçar o pescoço do pai com os braços e murmurar: "Obrigada, tio Connor".

Eu me recomponho o suficiente para me fingir de ofendida. "Ei, e *eu*? Alô, quem foi que descolou os ingressos?"

Ela responde com um grunhido sonolento enquanto é carregada para o quarto.

Com Juno entregue e Stevie dormindo no carro, Connor desce alguns dos degraus da frente da casa e olha para mim por cima do ombro. "Vamos?"

Eu começo a segui-lo, como se houvesse um cordão invisível nos atando, mas então fico hesitante. Penso no calor do interior do carro e no clima relaxante criado pela música. Penso nas mãos grandes de Connor segurando o volante com força, como se estivesse agarrado a um cipó pendurado na beira de um abismo. Penso em seus antebraços musculosos e percebo que quando ele está dois degraus abaixo de mim ficamos da mesma altura. Penso nos seus olhos brilhando de alegria ao ver a filha tão contente e na sensação dos seus ombros sob as minhas pernas quando ele me levantou. Penso no grunhido de derrota que ele soltou antes de dizer *Minha nova melhor amiga* e na possibilidade de não conseguir me segurar se tiver que passar mais um segundo que seja ao seu lado no carro. Sou uma mulher de carne e osso, afinal de contas, e quero Connor Prince III me esmagando como se eu fosse uma flor delicada sob uma árvore caída.

Mas de um jeito sexy.

"Acho que vou dormir aqui mesmo hoje", digo para ele.

"Sua casa fica no meu caminho", ele me garante. "Não me custa nada."

"Não é isso."

Ele estreita os olhos. E entende tudo: estou deixando claro que o motivo para recusar a carona é que não é esse tipo de rolê que desejo fazer com ele.

Em vez disso, prefiro conversar com a minha melhor amiga sobre essa química sufocante que existe entre nós.

"Tem certeza?", ele diz, com um sorrisinho.

"Ah, tenho", respondo. "Pode acreditar que sim."

Com os olhos ainda sorridentes, ele diz boa-noite para Jess e leva seu corpo gostoso correndo pelo restante dos degraus na direção do carro.

Nós ficamos olhando para ele, sem nem piscar, como se fosse o último episódio de *Round 6*, e então finalmente consigo expelir umas quinze toneladas de ar dos pulmões. "Minha nossa."

"Você está enrascada."

Eu a sigo para dentro da casa, tirando os sapatos. "Não estou enrascada. Estou desperta. Revitalizada."

"Ah, claro."

"Jessica, escuta bem o que eu vou te dizer: Connor é um catalisador. Uma faísca. Um aperitivo pra minha libido. Você não está contente? Eu tinha virado um robô sem emoções. Isso não dá um programa de tevê muito interessante."

Jess se joga no sofá. "Lembra quando eu tive aquele namoro falso com o River?"

"Claro que sim. Toda vez que ele entrava no Twiggs, parecia que você ia comer o cara com os olhos."

"E, mesmo assim, eu jurava que não estava a fim dele."

Entendo o que ela está querendo dizer, mas não concordo com a comparação. "Sim, mas você estava só se iludindo. Já estava começando a se apaixonar por ele."

"Assim como você com o Connor."

"De jeito nenhum", retruco. "Você estava se apaixonando pelo River. Eu só quero um livre acesso ao pau do produtor gostosão."

River, que estava entrando na sala naquele momento, dá meia-volta e desaparece no corredor. "Boa noite", ele grita.

"Volta aqui! Eu valorizo a sua opinião!" A única resposta que recebo é o som dos passos dele se afastando. Abro um sorriso para Jess. "Ops."

Ela balança a cabeça, irritada. "Por que você continua insistindo que tudo se resume a sexo casual?"

"Será que é porque o meu último relacionamento de verdade foi com um cretino e porque nos últimos três anos eu estive decidida a fazer literalmente qualquer coisa pra não correr o risco de destruir outro casamento?"

"Você pode até achar que está brincando, mas é verdade. Rob era *mesmo* um cretino. O vilão era ele. Você não fez nada de errado."

É verdade. Teoricamente eu sei, apesar de ter demorado todo esse tempo para realmente acreditar nisso. Finalmente consegui superar a dor provocada pela mentira dele (mesmo que sempre haja um asterisco furioso junto ao nome dele). Me sento ao lado dela no sofá. "Eu sei."

"Nem todo cara é um Rob."

"Bom, é o que eu espero, porque preciso manter o otimismo com a ideia de que vou conhecer a minha alma gêmea diante das câmeras em breve."

Ela se levanta, atravessa a sala até o carrinho de bebidas todo ornamentado e serve uma dose pequena de uísque para cada uma. "Então você está confiante de que a equipe do Connor fez um bom trabalho na escolha do elenco?"

"Acho que sim." Pego o copo com um sorriso e dou um gole, sentindo o calor descer pela garganta e se alojar suavemente no meu estômago. "Fiquei com a impressão de que ele foi muito, muito exigente."

"Isso é bom." Ela gira a bebida na mão. "Ele parece ser um cara bem atencioso." Jess faz uma longa pausa. "Imagino como deve estar sendo pra ele. Hoje fiquei com a nítida impressão de que ele está a fim de você também."

"É, eu acho que ele sente uma atração por mim." Inclino o copo e observo a luz batendo no líquido cor de âmbar. "Ele admitiu que o motivo pra ter recusado minha proposta não foi falta de interesse."

"Claro que não, olha só pra você."

"Agora que estou respirando em uma atmosfera sem o Connor e consigo pensar direito, acho que talvez fosse melhor não saber", confesso. "Saber que ele também sente uma atração por mim me transformou em um demônio. Eu quero arrancar as calças dele."

Ela balança a cabeça para mim. "Se concentra no programa. Quando as filmagens começam?"

"Daqui a cinco semanas."

"E o cronograma já está definido?"

Assentindo, dou mais um gole na minha bebida antes de responder. "Ele me mandou hoje de manhã, pra saber se eu tinha alguma observação a fazer. Na primeira semana, vou sair pra tomar café com os caras. Nós vamos gravar depoimentos sobre como foi, depois o programa vai ao ar e o público vota pra eliminar dois deles, considerando com quem rolou a melhor vibe, e assim por diante. Os dois últimos participantes vão conhecer a minha família. Estou preferindo fingir que essa parte não vai acontecer." Jess me lança um olhar solidário, de quem me deseja boa sorte. "Depois disso vem a final, quando vamos descobrir se a plateia vai escolher a alma gêmea prevista pelo teste do DNADuo. O vencedor pela votação popular ganha cem mil dólares, e eu vou poder escolher com qual dos dois vou fazer uma viagem pra Fiji. U-hu!"

"Que engraçado, não estou sentindo essa empolgação na sua voz."

Eu cavo a minha mente e as minhas entranhas procurando uma resposta. "Eu estou empolgada, sim, claro."

"Fizzy, isso que você vai fazer é uma coisa incrível! Oito heróis românticos competindo pelo seu coração!"

"Pois é, eu sei", resmungo. "Mas a minha cabeça está presa entre as coxas do Connor. É isso o que eu quero, pelo menos uma vez, antes de conhecer outro tipo de príncipe." Jess dá risada, e eu apoio a cabeça no encosto do sofá, com um suspiro. "Eu juro. Só preciso matar essa curiosidade pra poder parar de pensar nisso."

"Esse é literalmente o papo furado que você mais despreza em um romance."

Levantando a cabeça de novo, eu lamento: "Sim, mas quem podia imaginar que isso acontece na vida real?".

"Ninguém!", ela retruca com um grito. "Porque não acontece!" Jess joga as mãos para o alto. "Certo, falando sério agora. Chega de encontros com ele."

"Mas não são encontros", eu argumento. "São *excursões da alegria*."

"Fizzy, fala sério."

"Que foi? É sério! O cara trabalha com documentários sobre preservação da natureza. Eu queria que ele conhecesse o *meu* público."

"E você acha que agora ele já conhece?"

Um calafrio se espalha pelo meu corpo. É quente, mas mesmo assim inquietante. "Conhece, e acompanhar ele abrindo os olhos pra esse outro lado da indústria do entretenimento e gostando foi... Enfim, foi legal. Não só porque ele é um gato. Eu gosto da companhia dele. Ele é divertido. É engraçado. E acho que a minha parte favorita é que ele não se deixa intimidar por mim. Ouso dizer que ele até gosta desse meu jeito."

Eca. Sentimentos.

"Isso também é importante para um produtor", Jess comenta.

Com um grunhido, eu me deito de lado no sofá ao lado dela. "Se ele me comesse logo de uma vez, eu já teria desencanado dessa história."

Jess passa os dedos pelos meus cabelos, arranhando bem de levinho meu couro cabeludo. "Aí é que está. Acho que não teria, não."

Vinte

CONNOR

Eu deveria ter previsto que os extremos para Fizzy são a regra, e não a exceção, e que o tempo que passaríamos juntos seria divertidíssimo, mas também torturante. Ao longo de várias semanas, enquanto *O Experimento do Amor Verdadeiro* começava a tomar forma, Fizzy e eu saímos toda sexta-feira em nossa busca contínua por alegria. Pegamos um trem para ir até o Broad Museum e falar sobre uma alegria mais tranquila e introspectiva. Visitamos a Last Bookstore ali perto, onde ela me compra uma edição de colecionador de *Salem*, e eu compro para ela uma capa emoldurada de um de seus livros de romance favoritos. Na semana seguinte, ela arruma ingressos para a equipe toda ir assistir a uma apresentação ao vivo de *The Rocky Horror Picture Show*. Chego em casa naquela noite e bebo um pouco mais do que deveria, em um esforço para não ficar pensando em como ela se ilumina quando se solta; em como ela canta mal, mas faz isso com tanto gosto que eu adoro ver; em como ela retribui o carinho da equipe, sempre em dobro; e em como estou começando a achar abominável a perspectiva de que ela encontre um amor verdadeiro daqui a algumas semanas.

As filmagens têm início oficialmente amanhã, mas, mesmo sabendo que meu dia de trabalho começa antes mesmo de amanhecer, tenho um último lugar que quero visitar com ela.

Fizzy e eu estamos na via expressa, com as janelas abertas, sentindo o vento quente bater. Um sol alaranjado e enorme começa a descer no horizonte. É nossa última saída em busca de alegria — pelo menos a última que planejamos, e tenho certeza de que a ideia que tive na verdade é bem estúpida. Vamos estar sozinhos, no cair da noite, só com os sons das ondas ao nosso redor. Já consigo até imaginar Fizzy correndo descalça na areia, dando o bote, forçando a barreira patética que coloquei entre nós.

Torrey Pines é uma faixa de areia de pouco mais de sete quilômetros na costa entre Del Mar e La Jolla. O trânsito está estranhamente tranquilo, e chegamos ao estacionamento quando o sol começa a mergulhar na água. Quando estaciono e encontro Fizzy na frente do carro, mais uma vez me surpreendo com sua beleza ao vê-la com uma calça jeans simples, camiseta, tênis e uma blusa de lã felpuda no braço.

Tem muita coisa rolando no programa, mas tem momentos como este, em que a vejo andando na direção da areia e esqueço todo o resto. Quando ela fala sobre alguma coisa que adora ou quando cai na risada, quando discute com alguém ou quando deixa transparecer suas pequenas brechas de vulnerabilidade, eu me pego pensando nos motivos para desistir e ceder. Talvez seja inevitável. Talvez ninguém precise saber. Talvez eu esteja me preocupando demais e isso *não* estrague tudo. Nós dois somos adultos; já transamos com outras pessoas antes e não passou disso. Talvez eu consiga, *sim*, separar as coisas.

Durante o dia, as pessoas pulam de parapente e asa-delta das falésias de areia à distância, e banhistas, surfistas e nadadores lotam a praia. Agora ela está quase vazia, com apenas alguns gatos-pingados espalhados pela areia ou sentados sobre as pranchas no mar, oscilando com a maré. A luminosidade parece mudar a cada segundo, como uma tela que vai do azul para o roxo e então para o vermelho e para o laranja.

"Certo." Fizzy se espreguiça, deixando aparecer a pele entre a camiseta que sobe e a cintura da calça jeans. "Uma praia."

Eu sorrio ao ouvir o desdém em sua voz. "Não é muito fã, então?"

"Ah, não, eu entendo, é lindo." Ela se senta na areia. "Mas é meio como fazer sexo menstruada. Dá muito trabalho, e não é uma coisa que você queira fazer todo dia, mas, enquanto está rolando, você pensa: 'Ei, até que não é tão ruim assim'."

"Minha nossa, Fizzy", eu digo com uma risadinha.

Ela olha para mim. "Que foi?"

Me sento ao lado dela, tentando controlar o afeto que sobe como uma onda pelo meu peito. "Acho melhor nem entrar nesse assunto."

Ela dá risada, tira os tênis e afunda os dedos na areia fria e úmida. "Agora que já sabemos o que eu acho da praia, explica o que estamos fazendo aqui."

"Bom, eu cresci à beira-mar, então trouxe você aqui porque me sinto totalmente em paz quando estou no litoral, mas hoje a questão não é bem a praia. É o momento."

Ela apoia o queixo nos joelhos e abraça as pernas enquanto escuta. Ao nosso redor, o sol já mergulhou no horizonte, e o céu escurece como um hematoma.

"Meus fins de semana com a Stevie são meio que iguais", explico. "Nós andamos de bicicleta, levamos o Baxter ao parque ou a um lugar onde ele possa correr e brincar, vemos filmes, fazemos os trabalhos da escola e cozinhamos juntos.

O básico. Quando ela tinha uns seis anos, o Baxter precisou fazer uma cirurgia e não pôde vir com ela no fim de semana. Decidimos tentar uma coisa diferente. Montamos um piquenique, viemos ver os surfistas e acabamos ficando quase o dia todo. Devíamos ter ido embora quando o sol se pôs — estava esfriando, e eu sabia que a Stevie ia estar da pá virada no dia seguinte —, mas ela estava se divertindo tanto, correndo e virando estrelinhas na beira do mar, que eu decidi ficar mais um pouco. Depois que anoiteceu e estávamos juntando tudo para ir embora, eu vi um brilho azulado na água, e depois mais outro. Quando as ondas quebravam, parecia que havia centenas de vagalumes nas ondas."

"Ah, eu sei o que é." Ela estala os dedos, tentando lembrar a palavra. "Bioluminescência. São algas, certo?"

"Isso. Alguns tipos de algas usam a bioluminescência para se proteger dos predadores. Então, quando alguma coisa se move na água ou se aproxima demais, elas acendem esse brilho azulado para assustar." Eu aponto. "Olha ali."

Ela se inclina para a frente e segue meu olhar até o local onde um surfista está voltando sem pressa para a areia, deixando um rastro azulado atrás de si. "Parece até que é de mentira", ela diz.

"Eu lembro do deslumbramento da Stevie e da minha vontade de guardar o momento num potinho pra reviver tudo aquilo quantas vezes quisesse."

Fizzy se vira para mim. "Essa é a resposta que você devia ter me dado lá no seu escritório."

"Que resposta?"

"Quando eu perguntei o que te traz alegria."

Meus olhos se voltam como ímã para sua boca. "Mas, nesse caso, como eu teria conseguido monopolizar você por todas essas semanas?"

Ela ri.

"Além disso", continuo, "eu nunca perguntei o que traz alegria pra *você*."

Fizzy se inclina na minha direção e esbarra o ombro no meu. "Isto aqui. Passar esse tempo com você."

"Mas e antes que eu virasse a melhor coisa que aconteceu na sua vida?"

"Jess e Juno. Minha família. Viagens." Ela respira fundo. "Sexo. Escrita."

"Ainda está empacada?"

Ela assente com a cabeça. "Nem lembro da última vez que abri um arquivo no Word."

"Sendo justo, você andou ocupada. Nós tínhamos um reality show inteiro pra planejar."

"Mas talvez isso seja só uma desculpinha conveniente." Ela pega um pedaço de alga marinha e o arrasta na areia. "Toda ideia que eu tenho acaba perdendo força antes mesmo de eu começar a escrever."

"Não posso falar que entendo como é, mas não é algo que dê pra resolver com terapia?"

"Ah, sim, claro", ela responde. "Mas já estou cansada de falar as mesmas coisas o tempo todo na terapia e não chegar a lugar nenhum. Eu faço uns exercícios de escrita, mas fico com a sensação de que é uma coisa tão inútil." Ela fica olhando para a água por um bom tempo. "Eu sei que vou ficar bem se não voltar a escrever. Sei que a morte da minha escrita não significa a *minha* morte. Mas sinto falta dessa parte de mim. Eu gostava dela, e não sei mais se vou conseguir encontrá-la de novo. E levar isso pra terapia só piorou tudo, se é que isso faz sentido."

"Faz, sim."

"Eu geralmente consigo lidar com a maioria das coisas,

mas isso..." Ela balança a cabeça. "Nessa eu me dei mal. Tinha perdido interesse por todo e qualquer homem até vo..." Ela se interrompe e estreita os olhos na direção do mar. "Até, sabe como é, aparecer o lance do programa."

Até você, era o que ela ia dizer. Sinto um aperto desconfortável no coração.

Ela limpa a garganta. "Mas, sim, histórias de amor. Meu bloqueio atual se resume a isso."

"Talvez sua mente precise viver uma, em vez de escrever a respeito."

"Olha só você, produtor." Ela sorri para mim. "Trazendo a solução ideal pra nós dois."

Fico observando enquanto ela vira o rosto para o céu, de olhos fechados, e respira fundo. Finalmente, nesta última noite juntos antes da minha empreitada de encontrar alguém para ela amar, eu consigo admitir.

Estou me apaixonando por ela.

"O que eu posso dizer?", murmuro. "Estou aqui pra isso."

Vinte e um

FIZZY

Eu admito sem problemas que sou tagarela, mas também lido bem com o silêncio. Jess e eu já passamos vários dias de trabalho sentadas uma diante da outra sem falar nada, só produzindo. Adoro os momentos tranquilos com Juno no meu sofá, com a cabecinha dela no meu colo enquanto lê. Adoro a serenidade a céu aberto em uma trilha com o meu irmão Peter ou a paz nos momentos de lazer jogando majong com a minha mãe. A verdade é que você nunca vai conhecer alguém que adora livros e odeia silêncio.

Mas, depois do fluxo tranquilo e intimista da nossa conversa de hoje à noite, o silêncio com Connor pesa. Estamos lado a lado na areia, com as pernas estendidas e os dedões do pé apontados para o céu. Ele dobrou a barra da calça, expondo os pés, os tornozelos e a parte inferior das panturrilhas. Suas pernas são bronzeadas e musculosas, sem muitos pelos. Ele está recostado nas mãos, com o rosto erguido para sentir a brisa do mar... É como se estivesse oferecendo o corpo para ser admirado. O peito geométrico de super-herói. O pescoço comprido e com tendões salientes, os ombros largos e firmes. Sinto meu cérebro gritar pensamentos desesperados, do tipo *Seu corpo é surreal*, e *Quero suas mãos em mim*, e *Me come aqui na areia*.

Mas o que me surpreende é que o silêncio também traz

pensamentos mais suaves. Coisas como *Eu gosto de verdade de você*, e *Você é meio que a minha pessoa favorita no mundo ultimamente*, e *Eu queria estar empolgada para amanhã, mas só consigo desejar que esta noite não acabe*.

Esse último pensamento, claro, surge bem no momento em que Connor tosse discretamente, quebrando o silêncio. "Então", ele diz, abrindo um sorriso tímido para mim, mostrando que percebe quanto a atmosfera ficou carregada, que existe algo quente e tangível entre nós no ar, mas que talvez, se ignorarmos, isso vai acabar se dissipando. "Pronta pra amanhã?"

Respirando fundo, ajeito a minha postura. Certo. Recomponha-se, Fizzy. "Estou. Espero conseguir dormir hoje à noite. Não quero de jeito nenhum aparecer inchada e com olheiras amanhã."

"Eu ia dizer", ele continua, com um sorriso, "que você estava calma demais para alguém prestes a protagonizar um programa de televisão."

"Não vou negar que venho fazendo limpezas de pele regulares desde que concordei em participar disso e que investi uma boa grana em sutiãs levanta-peito." Ele ri. "Mas já fiz tantas sessões de autógrafos em que as pessoas postam fotos minhas dos piores ângulos possíveis que não faz sentido querer fingir que sou uma supermodelo agora."

"Você não precisa fingir", ele responde. "Ver você é sempre de tirar o fôlego."

Nós dois ficamos imóveis, apenas olhando o movimento das ondas enquanto o eco dessas palavras paira ao nosso redor. Minha pulsação para por um instante e então dispara, fazendo a veia do meu pescoço saltar. Quase consigo sentir nele a vontade de que as ondas cheguem até aqui e levem esse momento embora.

"Enfim." A voz dele parece retumbante neste momento, me distraindo dos meus pensamentos. "Você parece mais animada para o primeiro dia de filmagens, pelo menos. Isso é bom."

Ainda estou abalada pela declaração que ele fez. Connor é firme como uma rocha, e quanto mais tempo passo com ele, mais percebo quantas vezes me sinto como uma folha soprada ao sabor do vento das minhas decisões impulsivas, da minha inconstância no trabalho e até dos meus estados de ânimo. *Ver você é sempre de tirar o fôlego*, foi o que ele disse. E não faz sexo casual, não é bom nisso. Claro que não. Infelizmente, essa é uma parte do que me faz gostar dele. Ele encara o mundo com firmeza, com convicção. Estou tão atraída por ele que parece que existe um campo magnético ao seu redor.

"Estou animada", admito, cautelosa. "E sei que você fez um trabalho impecável na escolha do elenco. Dito isso, espero que algum participante desse grupo me desperte pelo menos uma fração do que estou sentindo hoje."

Mantenho os olhos voltados para a água, mas sinto quando ele se vira para mim.

"Como assim?", ele pergunta.

Em vez de responder, eu me ajeito e, me movendo devagar o bastante para ele me impedir se quiser, monto em cima dele, me acomodando na parte superior de suas coxas. "É que, tipo, eu sinto uma atração insana por você."

Com Connor, sinto uma coisa que não quero rotular ainda, mas que já estou morrendo de medo de perder.

"Fizzy."

"Diga."

Ele me olha com os olhos semicerrados e então se ajeita para colocar a mão quente no meu quadril. "Nós já não decidimos que isso não é uma boa ideia?"

Seu tom de voz não é acusatório. É gentil, movido pela curiosidade e talvez até por um pouquinho de desejo.

"Sim." Eu engulo em seco, tentando controlar a minha vontade. "Mas eu estava aqui pensando na vontade que sinto de te tocar e no medo que eu tenho de voltar pra casa hoje à noite e nunca mais voltar a me sentir assim."

Connor se inclina para a frente, ficando a milímetros do meu rosto. "Você acha mesmo que isso pode acontecer?"

"Não sei", admito. "Antes eu me sentia atraída pelas pessoas o tempo todo. Adorava sexo. Gostava muito desse meu lado divertido e aventureiro. Mas com você... estou me sentindo eu mesma, só que em uma versão mais centrada."

"Isso é bom, querida", ele responde, com gentileza. "E acho que talvez eu possa acrescentar que isso também é uma forma de crescimento pessoal." O vento sopra mais uma mecha de cabelos sobre o meu rosto, e ele a prende atrás da minha orelha em um gesto carinhoso. "Você é muito mais do que a sua persona de escritora brincalhona, sexy e aventureira. É tudo isso, claro, mas também é uma mulher profunda e sensível em muitos níveis, e eu me pergunto se o que você anda sentindo ultimamente tem menos a ver comigo e mais com entrar em contato com esse seu outro lado."

Não consigo nem piscar, capturada pelo seu olhar. Meu sangue parece vibrar com o que ele acabou de me dizer. "Essa provavelmente é a coisa mais profunda que alguém já me falou."

Ele ri. "De qualquer forma, fico feliz por você ter lembrado que é uma pessoa sexual antes que o programa comece. Por saber que você consegue se conectar com alguém dessa maneira."

"E aqui estou eu", digo, com um sorriso. "Me conectando com você."

Seu olhar procura o meu por um instante, e sua expressão se suaviza. "Uh-hum."

"Não estou pedindo pra você me beijar nem nada disso. Só queria sentir essa proximidade com você pelo menos uma vez." Estendo o braço e traço o contorno de sua orelha com a ponta do dedo. "Eu vou sentir sua falta a partir de amanhã."

Isso o faz sorrir, mas ele dirige o olhar para a minha boca. "Mas a partir de amanhã nós vamos nos ver mais ainda."

"Você entendeu o que eu quis dizer."

"Sim, entendi."

"Eu vou ter que compartilhar você", digo. "Vai ser esquisito."

É a maneira como ele inclina o queixo, eu acho. Só o suficiente, um pequeno gesto como quem diz *vamos lá, então*.

Eu me aproximo lentamente, dando a ele a oportunidade de se afastar. Ele não faz isso e, no segundo em que nossos lábios se encontram, fico com a desnorteante sensação de nunca ter beijado antes. Connor é um homem enorme, quente e forte, sólido como uma rocha sob mim. Sua boca é suave e firme, decidida e flexível. O prazer se espalha como uma flecha cravada no meu peito, e em um instante nosso simples beijo se incendeia, e todos os sentimentos reprimidos se expressam através do movimento das nossas bocas.

Minha nossa.

É o melhor beijo da minha vida.

Ele inclina a cabeça, deixando tudo ainda melhor, mais profundo, afastando os lábios para envolver os meus, com uma das mãos no meu quadril para me puxar mais para perto e outra subindo pelo meu pescoço e segurando meu rosto.

Eu sei reconhecer um momento passional — já houve

ocasiões em que saí esbarrando em paredes e quebrando móveis —, mas isso é diferente. É mais do que desejo e instinto; é conexão e anseio escancarados. Sentindo o corpo de Connor sob mim, confirmo que sem dúvida nós seríamos capazes de quebrar minha casa inteira, mas essa vontade é mais íntima também, mais preciosa; um fogo que vem das profundezas do meu ser. Eu me derreto toda ao sentir sua respiração trêmula contra a minha boca e os grunhidos silenciosos que ele sufoca quando passo a minha língua na sua, quando envolvo seu pescoço com os braços, enfiando as mãos nos seus cabelos. Sinto meu peito se contrair quando sua mão abandona meu quadril e começa a subir por dentro da minha blusa, com sua palma enorme alisando minhas costelas, segurando meu peito e puxando meu sutiã para baixo enquanto ele me beija com tanta vontade com aquela boca tentadora. Imagino que, se é para fazermos isso só uma vez, ele queira me sentir por inteiro. Eu também quero, e pressiono sua mão, solto gemidos encorajadores, mordo de leve seu lábio inferior, seu queixo, seu pescoço.

O mar continua rugindo atrás de nós, as ondas quebrando na areia. Minhas mãos passeiam pela largura dos seus ombros até seu abdome liso e plano. O rosto dele está vermelho sob a luz da lua, os lábios inchados e mordidos, os olhos carregados de luxúria. Uma marca surge na pele de seu pescoço, vívida como se eu tivesse pichado meu nome ali. *Este lugar aqui pertence a Felicity Chen.* Quero deixar a minha marca no seu corpo todo, torná-lo meu. Estendo a mão para o espaço entre nós, sentindo seu formato sólido, e minha mente enlouquece quando percebo o que estou apalpando. Ele é grande, e meu corpo se contrai de repente, sinto um vazio dentro de mim.

Começo a remexer os quadris, me esfregando nele,

mas, em vez de aliviar um pouco a vontade, isso me deixa ainda mais louca. Sua boca procura pelo meu beijo, engolindo o som que emito quando ele se ergue um pouco mais, e o formato grosso do seu pau faz a pressão exata no lugar onde mais preciso. Suas mãos agarram a minha bunda, me empurrando para mais longe e depois puxando para mais perto, para trás e para a frente, sem parar. Sei que eu poderia até gozar assim. E nesse momento, no limiar do prazer, fico dividida entre deixar meu corpo ávido fazer o que quer ou arrastá-lo para o carro e prolongar essa sensação, fazendo tudo com mais calma.

Mas, antes que eu possa desabotoar sua calça, ele afasta minha mão e me puxa pelos quadris de novo, arqueando o corpo na minha direção.

"Me leva pra casa", eu peço. "Eu te quero demais, Connor. Só uma vez."

Ele respira fundo contra o meu pescoço, de boca aberta, com a marca do meu nome estampada na sua pele. Ele parece fazer um esforço monumental para se afastar de mim só o suficiente para conseguir me olhar, a poucos centímetros do meu rosto, mas isso basta para o vento frio e úmido que sopra do mar ocupar esse espaço. Seus olhos se tornam mais lúcidos, e ele respira fundo antes de encostar a cabeça no meu ombro e soltar um suspiro trêmulo.

E, por fim, ele diz simplesmente: "Não".

Por dentro eu me sinto como uma fera com dentes afiados. Minhas mãos com garras enormes agarram as grades, sacudindo a minha jaula. "Por quê?"

"Fizzy. Não dá." Mesmo assim, ele não me solta. Me puxa para junto de si e me abraça. Connor respira devagar, e sinto seu corpo se expandir junto ao meu, mas em seguida ele parece murchar. "Simplesmente não tem como."

Em seus braços, com sua respiração profunda estabelecendo um ritmo também para mim, meu desejo febril se acalma.

"Não precisa ser nada mais do que dois amigos matando uma vontade e uma curiosidade", eu murmuro.

"Infelizmente, acho que seria muito mais que isso."

Fico paralisada, me sentindo impactada por aquelas palavras.

"Fizzy." Um sentimento de resignação nos envolve. "Eu realmente preciso que esse programa dê certo", ele diz baixinho. "Não me arrependo de nada do que aconteceu aqui, mas isso não pode continuar."

Me inclinando para trás, eu fecho a cara, contornando com o dedo sua testa, seu nariz reto, seus lábios, e solto um grunhido. "Tudo bem. Só me leva pra casa que vou revirar a minha gaveta pra encontrar o maior vibrador que eu tiver."

Ele dá risada, e eu o abraço de novo, tentando expressar toda a minha gratidão. Connor é incrível. Penso nesse amigo que tenho agora, esse homem receptivo, curioso e estável. Eu posso não tê-lo, mas pelo menos não vou perdê-lo.

"Eu me diverti na nossa busca por alegria", digo com a boca colada ao seu pescoço.

"É", ele responde. "Eu também."

"Mas foi você que encerrou uma pegação absurdamente gostosa, então tem a obrigação de me carregar até o carro."

"Ah, é mesmo?"

"Não sou eu que faço as regras. Eu só obedeço."

Consigo sentir o alívio na risada quente que ele solta junto aos meus cabelos. "Tudo bem, então."

Depois de alguns movimentos desajeitados, roçando em partes sensíveis e encostando o rosto nos meus peitos, ele consegue ficar de pé com as minhas pernas envolvendo sua cintura e meus braços enroscados em seu pescoço. Com um último beijo no meu rosto, Connor carrega nossos corpos superestimulados de volta para o estacionamento.

Vinte e dois

CONNOR

Eu não dormi nada ontem à noite. E com isso não quero dizer que fiquei rolando na cama e acabei cochilando já quase na hora de acordar. Deixei Fizzy em casa, senti uma crise interna terrível quando ela entrou e fechou a porta, dirigi direto para casa, tentei ler algumas coisas para o trabalho, não consegui me concentrar, fui para a cama, repassei todos os detalhes do momento em que ela montou em cima de mim, bati uma punheta — e depois outra debaixo do chuveiro — e em nenhum momento entre o instante em que pisei em casa até a hora em que coloquei a chaleira para esquentar de manhã consegui pregar os olhos.

São só seis da manhã, mas a sensação é de que o dia já tem umas cem horas.

Graças a nosso orçamento ridiculamente alto, nosso set de filmagens para os próximos dias é um café aconchegante no Gaslamp Quarter. Temos o lugar inteiro à disposição, mas pagamos os funcionários para cuidar do serviço de buffet e contratamos atores para ficarem conversando discretamente nas outras mesas. É um lugar simpático, com um toldo verde na frente, obras de artistas locais nas paredes e mesas e cadeiras propositalmente diferentes umas das outras espalhadas pelo salão. O balcão é de madeira, bonito e antigo, e tem uma vitrine com doces de dar água na boca. Os baristas estão ganhando um bom dinheiro para manter todo mundo cafeinado, e o cheiro de café e açúcar — além dos três espressos que já tomei desde que cheguei — quase basta para me fazer esquecer que eu poderia ter transado com Fizzy em uma praia californiana ontem à noite.

Enfim, agora é hora de encontrar a alma gêmea dela, vamos lá?

Ela está absurdamente linda hoje, claro. Quando a vejo entrar, meu coração despenca do meu corpo e escorre pelas tábuas do assoalho. Fico aliviado ao constatar que ela seguiu as instruções que demos — com Fizzy, nunca se sabe — e chegou com roupas confortáveis, sem maquiagem. Mas, por algum motivo, vê-la assim charmosamente despojada, com a cara lavada, revigorada e animada, torna as coisas mil vezes mais difíceis para mim.

A equipe a aplaude enquanto ela é conduzida para os fundos, onde as pessoas que vão cuidar de seu visual montaram uma pequena estação de trabalho. Três mulheres a rodeiam, uma concentrada na maquiagem, outra escovando seus cabelos e a terceira mostrando as opções de figurino. Tudo ao meu redor vibra com uma energia lá no alto, mas eu me sinto como uma pedra estagnada no meio de uma correnteza, sem sair do lugar.

Porque, em meio ao caos, existe outra observação a ser feita: ela ainda não olhou para mim. Além de um aceno casual quando chegou, não houve mais nada. Obviamente, precisamos de um bom clima de trabalho no set. A última coisa que queremos é que alguém sinta a tensão criada depois de tudo o que aconteceu nas últimas semanas. Mas o que talvez seja ainda mais importante é que eu *gosto* dela. Mais do que isso, até. Não quero que as coisas fiquem estranhas entre nós.

Contornando o balcão, peço duas bebidas e vou até onde ela está, olhando para a tela do celular com a testa franzida.

"Está tudo bem?", pergunto.

Ela fecha o aplicativo do e-mail e guarda o celular na bolsa. "Por acaso você tem um livro inédito bem sexy, prontinho e à mão? Eu só preciso pegar emprestado, humm, pra sempre, e de uma permissão pra publicar com o meu nome."

Dissipando o constrangimento com humor. Isso é a cara dela.

"Não tenho, desculpa." Estendo um café para ela. "Mas isto eu tenho."

Ela inclina o copo e vê as palavras *latte de baunilha* escritas com uma bela caligrafia na lateral. "Como você sabe o que eu gosto de tomar?", ela pergunta.

"Foi o que você pediu depois do Broad."

Ao ouvirem isso, as pessoas da equipe de beleza se afastam — fico me perguntando se surgiu um clima de *Mais privacidade, por favor* entre nós — e dou um gole no meu cappuccino. Apesar de saber que mais cafeína é a última coisa de que eu preciso agora.

Um dos caras da equipe de som chega com o pequeno microfone de lapela de Fizzy na mão. "Pronta?", ele pergunta.

Ela assente, ele estende a mão na direção da camisa de seda de Fizzy, e as palavras simplesmente saem da minha boca: "Pode deixar que eu faço isso, amigo".

Ele me entrega o equipamento sem dar a menor indicação de ter captado o som de irritação na minha voz. Mas Fizzy percebeu. Seu sorrisinho é mais sonoro do que qualquer gargalhada poderia ser.

"Não começa", eu resmungo com um sorriso, entregando o fio. Faço um gesto para ela passá-lo por baixo da blusa e tirá-lo pelo decote. Uma sensação reverbera no meu braço, enviando impulsos elétricos para as pontas dos meus dedos. Lembro do seu seio preenchendo a minha mão, a respiração ofegante que ela soltou quando segurei seu mamilo duro entre o polegar e o indicador.

Ela pega a ponta do fio pela abertura da camisa e o estende para mim.

Eu prendo o clipe do microfone na parte da frente da sua camisa da forma menos invasiva possível. Sem levantar os olhos, pergunto: "Como você está, Fizzy?".

"Estou bem, Connor", ela responde como um robô, e quando olho para o seu rosto percebo que está sorrindo para mim.

"Ainda continua um perigo, pelo que estou vendo." O dorso da minha mão roça sem querer em seu pescoço e em sua clavícula, o que a faz respirar fundo. "Desculpa", murmuro.

"Tudo bem", ela sussurra de volta em um tom brincalhão, enquanto eu prendo o fio ao microfone.

A tensão pulsa entre nós. Sua pele tão macia e suave, lisinha, dá vontade de beijar. Assim de perto, sinto o cheiro sutil de seu xampu e creme corporal. Fico até zonzo. Me recompondo, ajusto a gola da camisa dela para esconder o microfone.

"Você não vai querer falar sobre ontem à noite?", ela pergunta do nada.

Atrás de mim, ouço uma tossida, um suspiro de susto, uma risada abafada e um pigarro. Uma olhada por cima do ombro confirma que todos os membros da equipe com fones de ouvido estão ouvindo tudo o que falamos. "Sobre as orientações que eu passei sobre a programação de hoje?", pergunto.

Quando se dá conta do que está acontecendo, Fizzy assente de leve com a cabeça e, então, com mais convicção na voz, diz: "É! Sobre isso, *claro*! Do que mais eu poderia estar falando?".

Olho para ela segurando o riso e me inclino para desligar o microfone. "Acho que não vamos nem precisar ajustar o volume."

Ela faz uma careta. "Você precisa me dar um sinal ou coisa do tipo quando quiser que eu me comporte. Sutileza nunca foi meu ponto forte."

"Acho que seria melhor se comportar o tempo todo quando estamos no set de filmagem do seu programa de namoro."

Ela estala os dedos e aponta para mim. "Boa ideia. É por isso que você é o chefe."

Na parte da frente da camisa de Fizzy tem uma espécie de crachá personalizado com a logomarca de *O Experimento do Amor Verdadeiro* e o nome dela acima da inscrição HEROÍNA. Os heróis vão usar um desses também, com seu nome e seu arquétipo. É só uma forma divertida de fazer o programa chamar atenção, mas também serve como um lembrete de quem *eu* devo ser. Na verdade, não haveria espaço suficiente para tudo o que eu preciso lembrar: CONNOR PRINCE III, PAPAI GOSTOSÃO SÓ EM MOMENTOS DE DESCONTRAÇÃO, PRODUTOR- -EXECUTIVO, E NÃO NAMORADO, NEM MESMO AMANTE, ENTÃO NADA DE COBIÇAR A HEROÍNA.

"Mas então. Sobre ontem à noite", eu começo, e o rosto dela fica sério, com uma ruga de preocupação se formando em sua testa. As palavras simplesmente evaporam do meu cérebro. "O que significa... quer dizer, foi incrível, e sei que você sabe disso, estou só confirmando..." Ela me encara, cheia de expectativa, e seu olhar se ameniza ao me ver tropeçando nas palavras. "Só que é melhor que não aconteça de novo."

Fizzy assente com a cabeça. "Concordo totalmente. Inclusive, fui para casa e não pensei mais nisso, nem uma vez. Muito menos duas vezes seguidas."

Eu olho feio para ela. "Será que podemos pelo menos levar a sério o que estamos fazendo aqui?"

Rory dá um aviso de dois minutos para a filmagem, e Fizzy faz algum tipo de gesto de escoteira.

"Estou levando a sério, prometo. Melhores amigos e mais nada. Mas posso dizer só mais uma coisa antes de você ir?"

"Claro."

Ela aponta para o microfone. "Tem certeza de que essa coisa está desligada?"

Com um olhar de aborrecimento, pego o fio solto no colarinho da camisa para mostrar para ela. "Está desconectado."

"Eu prometo que vou fazer o meu melhor. Não precisa se preocupar com o meu comprometimento com esse projeto." Um sorrisinho sedutor se desenha nos seus lábios. "Mas uma coisa eu preciso dizer..." Seus olhos passeiam pelo meu corpo, se detendo no zíper da calça antes de voltarem lentamente para o meu rosto. "Meus parabéns."

Ela bate de leve e amigavelmente no meu peito, sorri e vai para a sua posição, me deixando sem reação.

Será que... ela acabou de elogiar o meu pau?

É estranho o meu rosto estar todo quente, já que sei muito bem que a maior parte do sangue do meu corpo acabou de fluir na direção oposta. Desconcertado, aproveito para jogar meu copo na lixeira, que um barista esvazia de bom grado. Por mais surpreendente que Fizzy possa ser, é sempre interessante conviver com alguém que fala o que pensa. As coisas estão estranhas? Vamos falar sobre isso. Queremos transar e não podemos? Vamos aceitar isso e seguir em frente. Nunca tinha conhecido ninguém como ela.

Enquanto Rory grita suas ordens e passa instruções para Fizzy, mostrando a ela suas posições, uma movimentação intensa se inicia no set. O pessoal do cabelo e da maquiagem se apressa para fazer os retoques finais, o microfone de Fizzy é testado mais uma vez, e os figurantes vão para seus lugares. Existe uma vibração no ar, uma expectativa pulsante. Vai dar tudo certo. O programa vai ser um sucesso, eu sinto isso no fundo do meu ser. Vai ser difícil abrir mão de Fizzy, mas vou conseguir.

Eu me sinto tranquilo, no controle da situação, criativamente vivo. Respirando fundo, reservo um momento para apreciar todo o trabalho que nos trouxe até aqui e para me orgulhar de ter assumido esse desafio. E, porra, me sinto bem com isso.

Então a porta do café se abre, e o primeiro herói romântico de Fizzy entra.

Vinte e três

FIZZY

Eu sou bem versada na arte da negação. Por exemplo, fico sempre surpresa quando chega a época de declarar e pagar os impostos. Quando canto no caraoquê com Jess e Juno tenho certeza de que minha voz soa como a da Adele. Acredito firmemente que, se ando quatro quarteirões para comprar meu café matinal, fiz por merecer um cookie.

E hoje também. Eu sabia fazia tempo que ia participar desse programa, mas é só quando a maquiadora, Liz, chega para dar os retoques, as luzes aquecem minha pele e o falatório no set vira um murmúrio que me dou conta: *Puta merda, talvez eu pareça ridícula na tevê. Talvez eu não recupere meu charme natural. Talvez eu seja sem graça ou chata ou velha demais para esse tipo de coisa.*

Liz se afasta um pouco, examinando a maquiagem que aplicou com um olho tão clínico que começo a me sentir uma parede que está recebendo uma camada de reboco. Logo atrás dela vejo Connor, que está com a atenção fixa em uma das câmeras enquanto conversa baixinho com a diretora. Ele parece bem tranquilo, pronto para o trabalho. Deve estar pensando sobre este momento há semanas, criando uma estratégia para todo o período de filmagens, e aqui estou eu, só agora me dando conta de que estou prestes a participar de um programa de tevê.

"Sério mesmo que estou fazendo isso?", pergunto a Liz, que está acocorada diante de mim com vários pincéis entre os dedos. "Este programa? Hoje mesmo?"

"Hã... sim?"

"Certo", murmuro, atordoada. "Legal, legal."

Sinto que ela está me observando enquanto meu olhar está fixo em um padrão bem interessante na madeira do piso. "Está tudo bem, Fizzy?"

"Não." Olho para seu rosto apavorado e me dou conta do que acabei de dizer. "Ou melhor, *sim*. Estou ótima."

Ela desaparece em seguida, ainda com uma expressão desconfiada. Ai, meu Deus. Eu estou em um programa de televisão. Por que não usei uma máscara facial ontem à noite? Por que deixei que me vestissem com essa calça tão justa? Por que beijei Connor? Por que estou olhando para ele agora? Tem câmeras apontadas para mim, para capturar minha reação ao primeiro herói romântico que vai passar por aquela porta. Eu deveria estar ofegante de expectativa, mas estou com os olhos grudados no perfil de Connor, fascinada com como ele fica lindo quando está todo concentrado.

Ai, meu Deus, isso vai ser um desastre completo. *Foco, Fizzy.*

A diretora me chama até sua cadeira, próxima de uma das câmeras maiores. Já conversei com Rory várias vezes, mas aqui, cercada de câmeras e luzes, fico impressionada mais uma vez com quanto ela parece jovem. Não deve ter mais de trinta anos e, com sua calça jeans rasgada, a camiseta preta do Black Keys e os cachos compridos e escuros escondidos sob um boné desbotado, é a encarnação da vibe relax de Hollywood. Mas o que eu mais gosto nela — e o que mais parece irritar Connor — é que ela chama ele de *bróder* o tempo inteiro sem a menor intenção de ser irônica.

"Certo, Fizzy", ela diz. "É só fazer o que você normalmente faz em um primeiro encontro que já está ótimo."

Nada seria capaz de me impedir de observar a reação de Connor a esse conselho potencialmente escandaloso, e, exatamente como eu esperava, ele está segurando um sorriso. Em seguida, ele fala ao microfone: "Siga esse conselho com bom senso e moderação".

Minha gargalhada explode no momento em que alguém pede silêncio e ecoa um pouco antes de todos se calarem. Estou em uma mesa para dois no centro do salão, toda arrumada e pronta para os primeiros três encontros do dia. As luzes portáteis são ajustadas perto de mim, mas fora do enquadramento, e o calor já está sufocante, mas é intensificado pela pressão provocada pelas expectativas de todos. Quer dizer, eu já fui o centro das atenções antes. E geralmente me saio bem. Já dei palestras e participei de mesas-redondas em várias convenções, fiz aparições em programas de tevê locais e discursei diante de plateias no mundo todo. Mas isto aqui é diferente. É uma megaprodução televisiva, um mundo de fantasia. É o tipo de programa que muitas pessoas implicantes e intolerantes consomem e criticam e julgam e questionam: *Por que ela?*. Assumi uma responsabilidade imensa e agora que já é tarde demais para desistir... de repente não me sinto preparada.

Com um esforço, viro o rosto para a entrada do café quando um homem lindo de ascendência asiática abre a porta e entra com um sorriso de tirar o fôlego. Seus olhos encontram os meus, e seu sorriso se torna ainda mais largo e sincero.

Ele está usando calça jeans preta, uma camiseta também preta, e seus braços estão cobertos de tatuagens que sobem até seu pescoço, passando a gola da camiseta. Quando ele se aproxima, vejo que em seu crachá está escrito:

DAX: O BAD BOY TATUADO

Eu engulo a risada, mas um sorriso surge no meu rosto. Preciso me controlar com todas as forças para não me virar para Connor, deixando-o ver no meu rosto quanto isso me agrada e vendo quanto ele deve estar orgulhoso de ter acertado em cheio. Connor trabalhou bastante por isso. Realmente me ouviu.

E, por falar em ouvir, Dax está aqui, então me levanto, o cumprimento com um abraço discreto e recebo em troca um beijo de leve no rosto.

Com um compreensível constrangimento, nós nos acomodamos cada um de um lado da mesa e estendemos a mão para pegar nossa água ao mesmo tempo. O gelo tilinta no vidro do copo quando o erguemos para dar um gole. Mais do que cientes da presença das câmeras, e da equipe técnica, e das luzes, e do espetáculo totalmente antinatural que é tudo aquilo, Dax e eu rimos enquanto bebemos.

Eu não queria seguir nenhum script, mas agora me arrependo de não ter ensaiado alguma coisa — literalmente qualquer coisa — para dar início a esse primeiro encontro. No sábado, milhões de pessoas vão se sentar diante da tevê e me ver toda sem graça neste momento.

Mas, se existe uma pessoa no mundo que é uma expert em encontros, essa pessoa é Fizzy Chen. Então eu deixo de lado esse pequeno instinto apavorado e olho bem nos olhos de Dax. "Eles capricharam na escolha, pelo que estou vendo."

Ele ri e me olha rapidamente de cima a baixo. "Eu que o diga."

Estendo a mão por cima da mesa. "Prazer em conhecê-lo, Dax."

"O prazer é meu, Felicity."

Ele segura minha mão por um tempinho a mais, com um ar de flerte. Sua voz é naturalmente grave e um pouco rouca, os dedos grossos e ásperos, a palma calejada. Tudo nele sugere que se trata de um cara durão, e eu gosto disso. É um equilíbrio perfeito entre o atraente e o pecaminoso. Muito bem, Connor.

Mas será que peço para Dax me chamar de Fizzy? Gostei de ouvir o nome Felicity na voz dele. Parece uma coisa safada e brincalhona ao mesmo tempo, e é esse o papel atribuído a ele, que parece tê-lo incorporado direitinho. E penso no público que vai assistir, que só tem acesso aos meus pensamentos se eu os expressar em voz alta, e não quero que ninguém pense que a formalidade é um sinal de desinteresse.

"Todo mundo me chama de Fizzy", digo a ele, encerrando o aperto de mãos. "Mas gostei do jeito como você falou Felicity."

"Felicity, então."

Abro um sorriso de concordância. "Então você é o bad boy tatuado..."

Ele assente com a cabeça.

"A parte das tatuagens é autoexplicativa. Mas por que bad boy?"

"Vamos ver se você consegue adivinhar."

Eu me inclino para a frente, observando-o bem. Seu olhar tem uma certa ousadia, uma confiança indisfarçável. Levo em conta as mãos calejadas. "Por ser destemido, talvez? Aposto que você curte esportes radicais."

Dax dá risada. "Paraquedismo, escalada, eu topo tudo."

"Puta merda." Dou um tapa na mesa. "Eu sou boa nisso."

Um assistente de produção mostra um cartão vermelho por cima do ombro de Dax, um artifício que Connor criou para me lembrar de não sair falando palavrões como um caminhoneiro. Isso também me lembra que Connor está bem aqui vendo tudo, que as mãos *dele* são enormes e quentes, e que ele enfiou uma delas por baixo da minha blusa ontem à noite, apertando meu peito, passando o polegar em torno do meu mamilo enquanto seus beijos se tornavam mais urgentes e menos suaves.

Foco, Fizzy.

"Eu queria saber uma coisa", eu digo, me inclinando mais para perto no intuito de tirar da mente a imagem dos ombros largos de Connor.

Dax se inclina para a frente também, abrindo um sorriso malicioso. "Manda ver."

"Qual é a sua tatuagem mais feia?"

Quando ele inclina a cabeça para trás e cai na risada, surpreso, me dou conta de que a antiga Fizzy repararia em seu pescoço comprido, no toque masculino do pomo de adão pronunciado e em mais uma centena de coisas, porque ele é muito gato. A antiga Fizzy mandaria as regras para o espaço, planejando encontros clandestinos com esses participantes depois das filmagens. Meu trailer no beco ao lado do café viria bem a calhar.

Agora, não importa quanto ele seja carismático ou quanto eu aprecie seu sex appeal, a ideia de ver Dax mais tarde não me anima nem um pouco. Só o que consigo fazer é me esforçar para não olhar para Connor para ver a expressão em seu rosto enquanto prosseguimos com nosso flerte.

Mas, no fim, em termos objetivos, o encontro com Dax acaba sendo ótimo. O bom humor com que ele me mostra uma tatuagem realmente horrível de uma sereia no ombro me diz muita coisa sobre seu senso de humor e sua disposição para ficar de boa diante das câmeras, o que torna a conversa genuinamente agradável. Ele é da terceira geração de uma família de imigrantes coreanos, já ganhou uma porção de competições de BMX (o que com certeza vai impressionar as pessoas que, ao contrário de mim, entendem alguma coisa de BMX) e, para minha surpresa, se revela um gourmand que tem amigos no ramo dos restaurantes na cidade toda.

O próximo herói romântico, como se isso fosse possível, é ainda melhor.

ISAAC: O NERD GATO

Ele entra no café — um homem negro de mais de um metro e noventa usando óculos —, e murmúrios de admiração ecoam pelo salão.

Ele se senta à minha frente, com seu crachá de herói romântico preso a um peitoral claramente bem delineado sob a camiseta branca lisa, e consegue falar sobre inteligência artificial de um modo que faz essa tecnologia parecer só um pouquinho assustadora antes de voltar sua atenção para mim de forma sincera e genuína. Quando enfim recupero minha capacidade de falar, conversamos sobre livros, brigas entre irmãos, memes favoritos e nosso incômodo compartilhado por ainda precisarmos resolver coisas pessoalmente no banco ou no correio. Pela primeira vez em mais de uma hora, esqueço que as câmeras estão registrando cada expressão que aparece no meu rosto. Gostei dele e, no fim do nosso tempo juntos, lamento de verdade que ele precise ir embora.

O terceiro encontro é o primeiro fiasco.

BENJI: O CAUBÓI

Em termos de aparência, Benji — que prefere ser chamado de Tex — é uma boa escolha, mas a energia entre nós flui de um jeito todo errado. Vejo Connor andando nervosamente de um lado para o outro atrás de uma pilha de monitores enquanto lutamos para estabelecer um diálogo, interrompendo um ao outro, fazendo tentativas simultâneas de preencher o silêncio. Quando ele me pergunta o que meu pai acha da minha profissão de autora de livros de romance, respondo questionando o que sua mãe acha de ele ganhar a vida montando em cavalos e percebo a expressão confusa que aparece em seu rosto.

Quando felizmente o tempo termina e Tex vai embora, já estou no piloto automático. Sem pensar, vou direto até Connor, que está diante do monitor, analisando as filmagens. Ele se vira ao sentir minha mão sobre seu braço e me segue até um canto mais escondido do café.

"O que foi?", ele pergunta, preocupado, e se abaixa um pouco para me olhar nos olhos. "Está tudo bem?"

Percebo que na verdade não preciso de nada. Estava só seguindo um instinto de me aproximar dele, de alimentar esse monstrinho dentro de mim que só se acalma na presença dele. Eu só quero que ele me acalme.

E dessa vez eu tomo o cuidado de desligar o microfone. "Eu só queria dar um oi."

Ele sorri. "Oi."

"E com *você*, está tudo bem?"

"Ah, sim", ele responde. "Por quê?"

Vejo a mentira estampada em seu rosto, na testa franzida, mas talvez esteja imaginando coisas e o problema não seja ele me observar em encontros com outros caras depois da nossa pegação que quase entrou em combustão, e sim a pressão de seu ganha-pão estar em perigo e dependendo do sucesso deste projeto.

"Nada, não. Então tá." Olho para além dele, pela janela do café para a rua, onde algumas pessoas se aglomeram, curiosas com o que está acontecendo aqui dentro, com o motivo para haver todas aquelas câmeras em posição. "Você pareceu um pouco estressado quando a conversa com o Tex não engrenava de jeito nenhum."

A risada grave de Connor provoca um arrepio no meu braço. "Estava ficando meio constrangedor mesmo, o que não é bom para a televisão. Mas quando você começou a explicar para ele o que era BDSM, voltamos ao terreno do bom entretenimento."

Fico toda envaidecida com o elogio. "Então acho que é uma boa ter alguns tapados, né?"

"Com certeza. Se a química for boa com todo mundo, ninguém se destaca." Ele coça o queixo. "Você pareceu ter se dado muito bem com o Isaac."

"Claro que sim. Você fez um trabalho incrível na escolha do elenco."

Ele abre um sorriso tenso. "Que bom."

"Mas", eu complemento, "sabe o que me ocorreu hoje?"

"O quê?"

"Você deve saber com quem eu tenho o melhor *match* no teste do DNADuo."

Ele balança a cabeça. "Não."

"Sério?" Eu fico aliviada. Porque eu iria atormentá-lo sem parar para descobrir. O tempo todo mesmo.

Connor ri. "É sério, sim. Eu sei a faixa de porcentagem, e sei que temos compatibilidades promissoras aqui, mas só Rory sabe quem tem a pontuação mais alta." Nós dois olhamos para a diretora, que parece estar usando essa pausa para falar um monte de coisas para Brenna. Connor volta sua atenção para mim. "Mas você pode ficar à vontade para especular nos seus depoimentos confessionais."

"Quando vai ser isso?"

"Vamos gravar o primeiro amanhã à noite, depois do último encontro. Pode ser?"

"É você que vai conduzir essas entrevistas?"

"Eu?" Em um gesto adorável, ele aponta para o próprio peito. "Por quê?"

"Porque você é bonitão e tem sotaque britânico. Não sei se você sabe, mas as garotas adoram essas duas coisas."

"Mas eu sou um produtor."

"Não, você *jura*?", eu retruco, sarcástica.

Ele ri. "Você vai fazer esses depoimentos sozinha no trailer. Só precisa dar uma recapitulada em cada encontro. Vamos ajudar fazendo umas perguntas pelo ponto eletrônico e..."

"Vocês vão me colocar sozinha em um lugar com uma câmera e simplesmente presumir que vai dar tudo certo?"

Connor fica imóvel e solta o ar com força pelo nariz. Ele levanta a mão e acena para Brenna, que vem correndo. "O que você acha da nossa apresentadora, Lanelle, entrevistar a Fizz..."

"Eu quero você, Connor." Olhando para Brenna, eu me apresso em dizer: "Isso soou meio estranho. Estou falando em termos estritamente profissionais".

"Eu não faço a menor ideia do que está acontecendo aqui", ela responde, "mas vocês acabaram de interromper uma conversa em que Rory estava me contando que perdeu um papel com o telefone de alguém importante na boca do palco em um show do Social Distortion e a plateia inteira parou para ajudá-la a procurar. Eu estou tão feliz por estar aqui."

Connor e eu fazemos um silêncio solidário, como a ocasião merece, e então ele abre um sorriso de quem pede desculpas. "Fizzy, eu não posso aparecer no programa. Você já conheceu a Lanelle?"

"Sim, e ela é ótima. Mas conheço melhor você. E isso vai transparecer na tela."

"Eu não sou ator", ele responde.

"E eu não sou atriz." Estendo a mão, apontando para o topo da sua cabeça e passando por todo seu corpo firme e durinho. "E está enganando a si mesmo se acha que isso tudo não foi feito para aparecer diante das câmeras." Eu me viro para Brenna. "O que você acha? Imagina a reação do público feminino."

Sem perceber que estava sendo chamada como mediadora, Brenna parece mais interessada em ouvir um pouco mais sobre as aventuras de Rory nos shows de rock.

"Bom", ela responde, franzindo o rosto, "errada a Fizzy não está. Você é tão gato quanto qualquer um dos heróis românticos — e estou falando isso com base em uma avaliação totalmente objetiva e respeitosa do meu chefe, claro. E vocês dois têm uma boa química."

Eu aponto para ela. "Dê um aumento para essa mulher."

"Eu..." Connor diz, mas eu ataco de novo, desta vez de forma decisiva.

"Você mesmo disse que quer um programa mais espontâneo. Onde é que inserir depoimentos editados para fazer parecer que estou falando com o público, sendo que não estou, se encaixaria nesse conceito? Vamos conversar de verdade! Os espectadores deveriam me ver ouvindo as perguntas e reagindo em tempo real."

Connor passa a mão no rosto, incomodado, e então volta seus olhos verdes para mim. "Tudo bem, então. Mas eu tenho uma condição."

"Uma negociação. Gostei disso."

"Eu estava pensando em uma coisa. Seria ótimo se o River aparecesse no primeiro episódio para explicar ao público a ciência por trás do teste."

Eu solto uma gargalhada. Quanta ingenuidade. "Você não conhece River Peña. Ele iria preferir morrer a fazer isso."

"Foi o que imaginei", ele responde. "Mas também sei quanto você pode ser persuasiva."

Um momento de silêncio desconfortável se estabelece entre nós.

"Eu só vou ali rapidinho...", Brenna aponta para trás de si antes de seguir na direção oposta.

Eu volto a encarar Connor. "O River prefere fingir que isto não está nem acontecendo. *Ninguém* consegue ser tão persuasiva assim."

"Por experiência própria, sou obrigado a discordar."

Connor abre um sorriso malicioso e, apesar de não haver nada que eu gostaria mais de fazer do que ficar aqui flertando com ele o dia todo, sou obrigada a admitir que o homem tem razão. "Não sei se consigo convencer o River a fazer alguma coisa, mas essa é realmente uma boa ideia, sem dúvida. Não prometo nada, mas vou tentar."

"O mesmo vale para o depoimento. Não prometo nada", ele diz, estendendo a mão para mim, "mas vou tentar."

Connor segura a minha mão, e as balançamos uma vez... duas vezes... e, com certa relutância, as soltamos. Ele olha rapidamente para trás e então de novo para mim. "Tudo bem com você?"

Faço que sim com a cabeça e observo enquanto ele vai conversar com Rory. Liz me encontra e me pergunta se eu preciso de mais alguma coisa. Respondo que não, mas isso não é exatamente verdade. Preciso dar um jeito de fazer Connor Prince III parar de me fazer querer ficar perto dele o dia todo, e preciso disso para ontem.

Vinte e quatro

CONNOR

Acordo antes do nascer do sol na terça-feira e tenho um breve momento de alegria profissional antes que o medo se instale sobre mim como uma nuvem negra. As filmagens de ontem foram ótimas — excelentes, na verdade —, mas, se eu achava que ver Fizzy flertando com um monte de bonitões interessantes na minha frente seria difícil, estava subestimando a situação. Foi insuportável. E nós só estamos começando.

A verdade é que, se achamos que tínhamos feito boas escolhas durante a seleção do elenco, essa percepção foi multiplicada por dez ao vê-los diante das câmeras com Fizzy. Houve alguns momentos de constrangimento, e ela não se deu bem com todos eles, mas sua química com alguns foi surpreendente, palpável o suficiente para transparecer na sala de controle, onde os mandachuvas viam tudo pelos monitores. Eles me parabenizaram no fim do dia com cifrões estampados no rosto, pressentindo que vem coisa boa pela frente. Eu deveria estar empolgadíssimo, estimulado pelo entusiasmo deles e tramando uma forma de capitalizar em cima disso. E até estou.

Mas também estou um tanto enciumado.

Fazer exercício é a melhor forma de distrair a minha

mente das coisas. E acordei tão cedo que tenho um tempinho para matar inclusive depois da minha corrida matinal. Ligo para Stevie para ver se ela está bem preparada e para desejar boa sorte na prova sobre as capitais dos estados. Acabo de desligar e estou saindo pela porta quando meu telefone toca. Achando que é Stevie de novo, atendo sem pensar.

Não é ela.

"Oi, pai." Eu desço os degraus da frente já correndo. "Estou indo para o trabalho. Posso ligar para você mais tarde?"

"É rapidinho."

Detenho o passo na entrada para carros na frente da casa, respirando fundo para me acalmar. É sempre a mesma merda: o tempo dele vale mais que o meu; a ligação é sempre urgente. E até já sei o que vem pela frente. Entro no carro, o celular se conecta ao bluetooth, e a voz do meu pai sai pelos alto-falantes do carro. "Eu conversei com a Stefania na semana passada, e ela comentou que você está fazendo um reality show para a tevê. É isso mesmo?" Não preciso contar mais nada para ninguém na minha vida, porque a minha filha se encarrega disso para mim. Também não sei o que me irrita mais: ele ter ficado remoendo isso por uma semana ou a última vez que nos falamos ter sido mais de quatro meses atrás. Fico contente por ele ter uma relação melhor com Stevie do que comigo — mas nem tanto, porque sei que no caso do meu pai tudo sempre tem um preço. "Quando conversamos, você disse que estava trabalhando em outro documentário sobre conservação de espécies."

Esse é o tipo de conversa que prefiro não ter com meu pai em momento nenhum, menos ainda hoje. "A empresa está tentando diversificar este ano. E eu faço parte desse projeto."

"Em LA tem lugares bem melhores para trabalhar, Connor."

Eu olho pelo para-brisa. "Pai, pode esquecer. Eu não vou morar em LA. Eu veria a Stevie uma vez por mês, e olhe lá."

"As crianças são bastante adaptáveis", ele diz e, como não respondo nada, continua: "Escuta só, eu sei como você está se sentindo. Você poderia ter vindo trabalhar comigo desde o início, começando em cargo de executivo logo de cara, com um salário de sete dígitos por ano, mas tudo bem. Você estava fazendo um trabalho importante". Consigo até ouvir as aspas que ele faz no ar ao dizer isso e sufoco o palavrão que sinto vontade de soltar. Essa conversa nunca dá certo. "E agora preciso engolir a ideia de que o meu filho deixou uns duzentos mil na universidade só para poder filmar um bando de donas de casa?"

Eu seguro o discurso furioso que já está na ponta da minha língua, sabendo que isso não faria a menor diferença. "Não são donas de casa, pai. Além disso, é o único projeto desse tipo em que vou me envolver. A companhia estava em busca de colocação em outros segmentos, e eu fui escalado para ajudar nisso. É uma produção de alto orçamento, e eu já tenho sinal verde para fazer meu próximo documentário quando o programa terminar."

Faço uma careta ao ouvir o tom orgulhoso na minha voz, uma tentativa patética de ganhar a aprovação dele.

"E depois? Você continua aí disponível para a próxima vez que eles quiserem..."

"*Pai*. Assunto encerrado."

Ele se cala imediatamente. Eu quase nunca levanto o tom de voz com meu pai.

Não muito depois do lance ocasional com a minha mãe, ele se casou com a namorada com quem vivia terminando e reatando durante os anos de faculdade, e eles tiveram filhos. Quando eu vim para os Estados Unidos, morei com eles por dois anos. Meu pai é multimilionário, dono de uma das maiores construtoras do país, e, para mim, um adolescente criado por uma mãe solteira e sem grana, dinheiro era sinônimo de poder. Ele era intimidador e bem rígido; meu pai e eu nunca brigamos porque, assim como meus dois meios-irmãos, nunca tive coragem de responder para ele, que ficava lá nos dando sermão da mesa do jantar enquanto fingíamos comer um macarrão que sempre tinha passado do ponto. Saí de lá assim que pude, quando consegui uma bolsa parcial na UCLA e fui trabalhar de garçom para pagar o restante das anuidades, e depois fiz minha pós-graduação em cinema na USC.

Pensei que, quando Stevie nascesse, ele fosse ver aquela garotinha perfeita e magicamente se transformar em um ser humano decente, mas é claro que não foi isso o que aconteceu. Ele ama a neta da maneira que é capaz de amar, mas a única vez que me elogiou por alguma coisa foi quando Nat e eu nos separamos, e até isso foi pelo ralo quando vim morar em San Diego para ficar perto delas. Nas palavras dele: que tipo de homem faz isso?

"Tudo bem", ele responde. "Que programa é esse? *The Bachelor* versão 10.0?"

Será que Fizzy também passa por esse tipo de coisa quando descobrem que ela é uma autora de livros de romance? Vem logo uma comparação com o nome mais famoso que as pessoas conhecem nesse ramo? "É, pai. Mais ou menos isso. Escuta, eu preciso desligar. Estou entrando em Mission Hills, e aqui o sinal do celular não é muito bo..."

Eu encerro a ligação, fingindo que a linha caiu.

Quando chego ao set, minha pressão arterial já está de volta ao nível mais normal ao qual vai ser possível chegar hoje. E fico surpreso porque sinto que minha pulsação está se estabilizando por outro motivo: Fizzy está aqui.

Não seria certo dizer que o set está bem parecido com o de ontem porque na verdade está *exatamente* igual. Queremos fazer parecer que os encontros aconteceram todos no mesmo dia, então os doces no balcão foram repostos por outros idênticos, as pilhas de xícaras foram arranjadas da mesma forma e os atores estão nos mesmos lugares que estavam quando encerramos os trabalhos. Até Fizzy está com a mesma roupa, a blusa macia de seda e a calça preta justa — e ainda mais bonita, como se isso fosse possível.

Apesar do começo de manhã que tive, estou só um pouco hipercafeinado quando o primeiro herói romântico do dia entra no set.

EVAN: ALGUÉM DO PASSADO

Se tem uma coisa que dá para dizer sobre Felicity Chen é que ela não decepciona. Quando Evan põe o pé dentro do café, o olhar de Fizzy vai direto para a região da virilha de Evan antes de se virar para mim. Eu consigo segurar o riso, mas Fizzy não tem a mesma sorte. Ela solta o que só pode ser descrito como uma gargalhada vigorosa que literalmente faz Evan deter o passo. Um burburinho de risos se espalha pela equipe, e Fizzy leva a mão à boca. Rory olha para mim, claramente querendo saber se deve refazer a cena de entrada de Evan. Faço que não com a cabeça, confiante de que Fizzy consegue contornar a situação com uma piada e criar um ambiente de leveza entre os dois. Mas é Evan que me surpreende, continuando a andar até ela, parando diante da mesa e abrindo um sorriso divertido.

"Não se preocupe", ele diz, rindo de si mesmo, apontando

para o próprio quadril. "Aquilo já era. Bart Simpson não mora mais aqui."

Ela cai na risada. "Melhor assim, pode acreditar." Fizzy fica de pé e contorna a mesa para abraçá-lo. "Deve ter um monte de gente vendo isso sem entender nada", ela comenta quando os dois se acomodam de frente um para o outro.

Evan abre um sorriso tímido e baixa os olhos para a mesa, vermelho de vergonha. A alguns passos de mim, uma das moças da equipe suspira.

Levantando os olhos de novo, ele sorri para Fizzy. "Então essas pessoas precisam saber que eu tinha uma tatuagem de péssimo gosto no *pior* lugar possível, e Fizzy foi a única pessoa sincera o bastante para me dizer isso. Inclusive, eu deveria agradecer a ela pelos comentários que recebi noventa por cento das vezes em que fiz sexo depois que nós terminamos."

Fizzy dá risada, levando a mão à boca. "Eu fico contente por todas as pessoas envolvidas."

"Por falar nisso..." Ele aponta para as luzes e câmeras voltadas para os dois. "Como está sendo esse lance de ter virado celebridade?"

"Sabe como é", ela responde, "eu só venho aqui para ser embelezada por profissionais do ramo enquanto me trazem um pretendente atrás do outro. Já estive em situações piores." Ela sorri, já bem mais calma a essa altura. Não percebo nenhuma faísca de paixão entre os dois, apesar de eles se sentirem bem à vontade um com o outro, o que o público com certeza vai adorar. "E você, o que anda fazendo ultimamente?"

"Depois que nós terminamos eu resolvi pôr a minha vida em ordem", ele conta com um sorriso. "Fui trabalhar como barista em meio período e me aprimorar como pessoa indo estudar na UCSD. Já estou lá há oito anos."

"Oito anos é bastante tempo de aprimoramento pessoal."

"Tem um monte de gente que faz oito anos de faculdade", ele retruca.

"O tipo de gente que tem vaga exclusiva no estacionamento com a palavra *doutor* na frente do nome."

Evan se inclina para a frente. "Por acaso você andou conversando com a minha mãe?"

A equipe precisa se esforçar para segurar o riso, e eu solto um longo suspiro de alívio. Fizzy é sem dúvida nenhuma uma estrela.

ARJUN: O SR. DARCY

O segundo pretendente do dia aparece com um terno Gucci sob medida e sapatos de couro de crocodilo que custam mais do que o primeiro carro da maioria das pessoas. Fizzy visivelmente não fica nem um pouco impressionada. No fim do encontro, ela me lança um olhar que a essa altura eu já sei reconhecer como algo tipo: *O sr. Darcy era antipático, mas uma boa pessoa. Esse cara é um egomaníaco.*

O pretendente número três é promissor.

COLBY: O MILITAR DE ELITE

Colby tem bem mais de um metro e oitenta e é uma massa compacta de puro músculo. Seus cabelos pretos estão cortados bem curtos, e seu bronzeado é uma mistura de pele naturalmente morena e manhãs passadas encarando o mar agitado em Breakers Beach. Quando ele se senta diante de Fizzy, preciso engolir a irritação que sinto ao ver quanto os dois ficam bem juntos. Mas a conversa entre eles é... bom, sendo bem sincero, um tédio. Fizzy se esforça para tentar conduzir algo que vá além de perguntas e respostas mornas, mas não consegue superar o suspiro de susto quando ouve que ele não leu nenhum livro desde o lançamento de *O Código Da Vinci*, em 2003.

O produtor dentro de mim precisa que esse seja o próximo cara a ser chutado.

Mas o cara que beijou Fizzy duas noites atrás secretamente deseja que o set inteiro arda em chamas. Infelizmente, isso não acontece. E entra em cena:

NICK: O SUPERBONZINHO

Nick é exatamente como se mostrou na entrevista e, quando entra, traz consigo uma aura de simpatia e sensualidade que parece irradiar pelo salão. Fizzy começa a se levantar, aparentemente sem sequer se dar conta, assim que o vê. Eles se cumprimentam com um longo abraço, e fico com a sensação de que estou testemunhando uma conexão imediata. É o tipo de intimidade que me faz querer ver os dois transando, mas os meus instintos logo repreendem duramente a minha mente.

A equipe está encantada. Em determinado momento, Nick conta sobre uma ninhada de cachorrinhos que estão à sua espera no consultório, e Fizzy o faz prometer que vai mantê-la atualizada sobre o estado de saúde dos bichinhos.

Em um ato de autopreservação, eu me desligo do restante do encontro.

Em seguida, quem vem é:

JUDE: O VAMPIRO

Ainda não sei ao certo o que Fizzy estava esperando

quando pôs *vampiro* na lista de arquétipos, mas espero que Jude cumpra bem o papel. Acho que ele pode inclusive surpreendê-la. Jude entra e chega até ela com poucas passadas. Com um sorriso, Fizzy se levanta e o cumprimenta com um abraço. As orelhas dele brilham com brincos prateados, ele tem um piercing no lábio *e* no nariz, e está vestido de preto da cabeça aos pés. Ele tem o mesmo jeito descolado de Fizzy.

Jude puxa a cadeira para Fizzy antes de se acomodar na dele, e fico observando a situação, cheio de expectativa.

"Então você é o meu vampiro." Fizzy dá uma boa olhada nele. Uma das câmeras dá um zoom para mostrar quando ela cruza as pernas sob a mesa, com o sapato de salto alto casualmente encostando na perna dele. Ótimo para a audiência, péssimo para a minha saúde mental.

"Pelo jeito é isso mesmo", ele diz com um sorrisinho. "Que bom finalmente conhecer você, Fizzy. Estava ficando nervoso. Não dá pra acreditar, mas você é ainda mais bonita pessoalmente."

Não é possível detectar nem um pingo de falsidade nessa declaração. Observando tudo ao meu lado, Brenna solta um gemidinho de encantamento antes de cobrir a boca. Por fora, permaneço totalmente impassível. Por dentro, estou mandando o vampiro Jude para aquele lugar.

Ele levanta o café em um brinde. "Que seja o primeiro de muitos encontros."

Visivelmente encantada, Fizzy bate a caneca na dele, e os dois bebem.

"Me conte mais sobre você, Jude. O que exatamente um vampiro faz da vida hoje em dia?"

"Eu sou flebotomista, acredite se quiser", ele diz com um sorriso presunçoso.

E aí está. Nossa, como eu vinha esperando por esse momento.

Fizzy dá um tapa na mesa e solta uma risada escandalosa de surpresa. Seus olhos se desprendem só um pouco de Jude e se voltam para mim do outro lado do café.

Essa risada é só para mim.

Vinte e cinco

Transcrição do depoimento confessional do episódio um

Connor Prince: Fizzy. Como você está?

Fizzy Chen: Melhor agora, que você está aqui.

Connor: [risos] Como é o nosso primeiro programa, precisamos explicar para os telespectadores o que estamos fazendo aqui. Meu nome é Connor Prince e sou um dos produtores de *O Experimento do Amor Verdadeiro*. Me perdoem se pareço um pouco nervoso. Não estou acostumado a aparecer diante das câmeras.

Fizzy: Um erro que eu fico muito feliz por ter corrigido.

Connor: Como alguns de vocês que estão assistindo já devem ter descoberto a essa altura, Fizzy pode ser bastante persuasiva.

Fizzy: Você não é a primeira pessoa a dizer isso.

Connor: Claro que não. Agora que você já conheceu todos os nossos heróis românticos, como está se sentindo?

Fizzy: Como eu estou me sentindo? Vejamos. No meu livro *Sonhos no paraíso*, a protagonista, Jacqueline, está presa em uma ilha há três anos, depois de um naufrágio. Ela é durona, então consegue aguentar firme, mas quando é resgatada e se encontra em segurança na cabine do capitão do navio, está tão faminta e enlouquecida pelas delícias que encontra a bordo que se entope de comer a ponto de esquecer o próprio nome. Eu estou me sentindo um pouco assim.

Connor: Bom demais pra ser verdade?

Fizzy: Talvez.

Connor: O herói romântico desse livro não é o médico do navio?

Fizzy: Isso mesmo! Ele fica ao lado dela a noite inteira e oferece seus cuidados-barra-transas para ajudar em sua recuperação.

Connor: [risos] Essa história é a sua cara, Fizzy.

Fizzy: Vou encarar isso como um elogio.

Connor: Ótimo, porque é mesmo. Nós não queremos influenciar nossos telespectadores, que vão começar a votar assim que o episódio terminar. Mas me conte suas primeiras impressões sobre os heróis. Vamos começar por Dax, nosso bad boy tatuado.

Fizzy: Ah, coitado do Dax. Por ser o primeiro, ficou com a Fizzy mais tensa e perdida.

Connor: Você não aparentou estar nem um pouco nervosa. Eu diria que vocês dois se conectaram bem.

Fizzy: Eu também acho. Não vou pular de paraquedas, fazer escaladas nem praticar luta livre com ursos, mas ele foi ótimo.

Connor: Em seguida veio Isaac, o nerd gato.

Fizzy: Também foi ótimo. Você reparou naqueles braços?

Connor: Acho que o país inteiro reparou naqueles braços.

Fizzy: Então o país inteiro tem muita sorte. Seria demais pedir que ele venha sem camisa da próxima vez?

Connor: Acho que um pouco. Vocês pareceram se entender muito bem.

Fizzy: Também achei.

Connor: E depois foi a vez do herói número três, Benji, mais conhecido como Tex, o nosso caubói.

Fizzy: Sei que não posso tentar influenciar o voto do público, então podem cortar esta parte se quiserem, mas ele perguntou o que o meu pai acha de eu ser uma autora de livros de romance. Foi meio inadequado, e esquisito.

Connor: Seguindo em frente! Depois veio Evan, alguém do passado, e o único dos nossos heróis que você já conhecia antes do programa.

Fizzy: Isso mesmo. Nós namoramos por alguns meses quando tínhamos vinte e tantos anos. É um cara muito gente boa.

Connor: Mas que tinha uma tatuagem bem vergonhosa.

Fizzy: "Ai, caramba."

Connor: Pois é. Mas ele pareceu grato pelo feedback que recebeu de você.

Fizzy: [risos] É porque o Evan é muito de boa. Ele vê o copo sempre meio cheio.

Connor: Eu diria que você também.

Fizzy: Depende do que tiver no copo...

Connor: Muito engraçadinha. E teve também Arjun, nosso sr. Darcy. Comentários?

Fizzy: Só que eu aposto que ele separa as meias em gavetas de acordo com a cor.

Connor: [risos] E quanto a Nick, o superbonzinho?

Fizzy: Esse arquétipo pode passar a impressão errada, de que se trata de uma pessoa que é um capacho, então é bom explicar que não é nada disso. O superbonzinho é um herói romântico que é gentil e companheiro. Ele prioriza sempre o que é melhor para a heroína.

Connor: Certo.

Fizzy: E, quer saber, por trás desse seu terno, você tem algumas dessas tendências também. São muitas camadas aí, Connor Prince III. Eu diria que tenho dificuldade de categorizar você.

Connor: Você já me conhece. Eu sou como uma cebola.

Fizzy: Ou um bolo. Mas, voltando ao Nick, gostei dele.

Connor: Isso é bom, e tenho certeza de que o público percebeu. Agora me fale um pouco sobre Colby, o militar de elite.

Fizzy: Eu realmente gostaria que ele tivesse um repertório um pouco maior de leitura.

Connor: [risos] Com certeza ele ia se beneficiar disso também. E depois tivemos Jude.

Fizzy: O vampiro. Ele foi bem divertido.

Connor: Senso de humor é importante pra você?

Fizzy: Ah, com certeza. Preciso de alguém que não se leve tão a sério, que consiga se divertir mesmo fora de sua zona de conforto.

Connor: Dançar como se ninguém estivesse olhando?

Fizzy: Ou cantar em um show de uma boy band como se ninguém estivesse ouvindo.

[risos dos dois]

Vinte e seis

FIZZY

Pelos vinte primeiros minutos depois de chegar à casa de Jess na sexta à noite, vou descarregando sem parar todos os detalhes que consigo recordar dos oito encontros. O rosto, as roupas, a voz, o trabalho de cada um dos heróis românticos, se gostei deles, sobre o que falamos, que tipo de piadinhas eles fizeram.

Quando descrevo o momento hilário em que o meu ex entrou no café, com um sorriso presunçoso naquele rosto bonito — e um ainda maior no de Connor —, Jess balança a cabeça, reconhecendo que sabe de quem estou falando.

"Evan era aquele com a tatuagem que você detestava?", ela pergunta. "O que tem uma risada gostosa?"

"Uma atualização, ele *era* o cara da tatuagem. Já se livrou daquilo. E, sim, é aquele sino-americano que jogava softball com o meu irmão. Incluí o nome dele na lista porque os meus relacionamentos passados são um campo minado e o Evan é gente boa, apesar de não fazer muito meu gosto em termos sexuais. Mas agora estou agradecendo a mim mesma pela ideia de colocá-lo no jogo", explico. "Ele é ótimo e, se os outros caras se revelarem uns imprestáveis, pelo menos o Evan e eu podemos passar umas férias divertidas em Fiji."

"*Ou* até fazer algo mais sem a presença do Bart Simpson pesando entre vocês."

"Talvez."

"Certo, um ranking, então. Quem é o seu favorito até agora?"

"Isaac, provavelmente. Ele era..." Faço uma pausa dramática e balanço a cabeça como que para clarear os pensamentos. "Ele é tão gostoso, Jess. E tão interessante."

"Entendiiiii." Ela se inclina para a frente, devorando a fofoca. "E rolou um clima? Uma fagulha? Sinos tocando?"

"Sei lá. Isso é o público que vai decidir, eu acho." Se Jess captou o subtexto aqui — de que mesmo após a primeira rodada de encontros não estou acreditando muito que posso me apaixonar por um desses fantásticos heróis românticos porque não consigo parar de pensar no produtor-executivo que está vendo tudo dos bastidores —, ela não demonstrou nada. Está ocupada demais se divertindo com as minhas aventuras amorosas. Como nos velhos tempos.

"Então nós vamos ver o primeiro episódio juntas amanhã?"

"Preciso checar com o Connor se ele não estava planejando ver comigo, mas, se não, sim."

Jess estreita os olhos. "Juntos, só vocês dois?"

"Não", eu respondo, mas com um tom de incerteza, como se fosse um *talvez*.

"Fizz", ela diz em tom de alerta.

"Ei, ele pode ter planejado alguma coisa!"

"Por que ele iria querer assistir só com você?"

"Não, não, é que..." Solto o ar com força e faço uma careta. "Certo, eu tenho que te contar uma coisa, mas você não pode ficar brava comigo, de jeito nenhum."

"Com esse tipo de aviso, fica difícil fazer alguma promessa."

"Então eu não vou contar."

"Então tá."

"*Então tá.*"

Nós nos encaramos e ficamos nesse impasse até eu desviar o olhar e fingir que estou examinando o esmalte das unhas. Em geral, a chance de cada uma ceder é meio a meio, mas, considerando que sou eu quem detém a informação — e sei que ela passou as últimas oito horas fazendo um cansativo trabalho de analisar estatísticas envolvendo números gigantescos —, estou confiante de que posso ganhar essa.

O silêncio que nos cerca parece vibrar na frequência de algum som espectral. A planilha de hoje deve ter sido dureza, porque ela desiste bem antes do que eu esperava. "Tá, eu não vou ficar brava, só me conta logo."

"No domingo à noite", eu começo, me inclinando para a frente, "na noite anterior ao início das filmagens, Connor e eu fizemos nossa última excursão em busca de alegria."

"Encontro, você quer dizer."

"*Excursão*. Fomos até Torrey Pines ver as ondas bioluminescentes."

O *humm* que ela faz é de pura desconfiança. Jess sabe exatamente onde isso vai parar.

"Bom, sem querer dar spoilers, a coisa terminou em beijos."

Jess leva as mãos ao rosto. "Fizzy."

Eu aponto um dedo acusador para ela. "Nós fizemos um acordo, e você prometeu não ficar brava!" Ela tira a mão da frente do rosto, revelando um sorriso amarelo. "Como eu ia dizendo, o beijo virou pegação, eu estava no colo dele e..." Arregalo os olhos e baixo meu tom de voz. "Jessica Marie, não posso dizer com certeza porque não *vi*, mas acho que Connor pode ter o maior pau que eu já conheci."

Depois de um silêncio, ela fica séria.

"Espera. Preciso de um vinho para ouvir isso." Ela desaparece por um instante e, quando volta, deixa duas taças de vinho tinto na mesa de centro e se senta diante de mim. "Eu não quero incentivar nada disso nem que você pense que não reprovo isso em todos os sentidos, mas de que tamanho estamos falando?"

Olho para trás para ver se não tem nenhuma menina impressionável de dez anos escutando.

Jess dá um gole apressado no vinho e balança a cabeça. "A Juno está na casa dos avós."

Mais tranquila por termos privacidade, estendo os indicadores e os afasto a uma distância significativa — mas precisa — e em seguida faço um círculo com os dedos das duas mãos para fazer uma estimativa da circunferência. "Hã... mais ou menos assim?"

Ela assobia. "Fizz, esse é o diâmetro do seu punho."

"Eu *sei*!" Dou um tapa na mesa. "Seria como enfiar o meu braço inteiro em mim!"

Jess apoia a testa na mão, com um suspiro, e só então percebo que River tinha acabado de entrar na sala com uma bandeja de petiscos para nós. Ele dá meia-volta sem deter o passo e se retira em silêncio.

"Espera, eu preciso falar com você", grito para as costas de River. "O timing dele é sempre preciso."

"Boa sorte em tentar trazer ele de volta pra cá depois dessa."

"Ah, qual é, como se ele ainda ficasse chocado com alguma coisa que eu digo ou faço. Lembra de quando ele teve que tirar a minha roupa?" Na nossa viagem para a Escócia, Jess estava entrando no chuveiro e, em resposta a uma mensagem minha dizendo *Socorro*, mandou River, sem se dar conta de que a minha emergência era que eu não conseguia tirar o vestido. Preciso admitir que River teve um comportamento impecável — entrou no quarto, tirou a peça de roupa teimosa por cima da minha cabeça sem hesitação e se retirou imediatamente depois. Esse homem é inabalável. "Enfim", eu continuo. "Como você pode imaginar, não vou conseguir pensar em mais nada enquanto não conseguir pegar ali de novo."

Ela começa a protestar antes mesmo de eu terminar de falar. "Mas agora o programa já começou!"

"Sim, mas isso não vai afetar o programa! Não tem nada a ver com sentimentos, é só uma distração. Eu peguei gosto por ele agora." Suspiro. "Eu sou uma caçadora."

Jess balança a cabeça. "Como James, em *Crepúsculo*."

"Exatamente como James em *Crepúsculo*", confirmo.

"Só que a Alice arrancou a cabeça dele."

Dou um tapa na mesa. "Por que você sempre desvirtua a questão?"

"Porque a *questão* é que isso vai ser um desastre!"

"Eu não acho, não mesmo. É um lance puramente sexual. Nós não vamos ficar apaixonados nem nada. Eu sou uma autora de livros de romance desbocada, aventureira e de personalidade forte. Ele é um homem branco, alto e atlético chamado Connor Prince III. É só questão de tempo até eu fazer alguma coisa escandalizadora demais ou até que ele faça alguma coisa que me irrite e/ou me deixe entediada."

Meu celular vibra sobre a mesinha entre nós. O rosto de Connor aparece na tela, e Jess consegue ver antes que eu possa pegar o aparelho e fingir que é meu irmão ligando.

"Você pôs até a foto dele nos contatos?" Essa indignação dela é totalmente fingida. Por baixo da blusa de moletom larga e dos sapatos confortáveis, está a rainha do drama. Jess adora esse tipo de babado.

Com um sorriso aberto, atendo. "Oi, chefe!"

"Olá. Você tem alguns minutos para uma dissecação?"

"Depende. O cadáver sou eu?" Diante de mim, Jess faz uma careta de reprovação. Bato com o dedo na testa para lembrá-la que esse tipo de coisa provoca rugas. Sou uma ótima amiga, e ela nunca me agradece por esse tipo de coisa.

A risada de Connor reverbera nas minhas partes íntimas. "É só um jeito de dizer, Fizzy."

Aperto o botão de emudecer a chamada e murmuro para Jess: "A voz dele é tão grossa. Será que eu nunca reparei nisso antes?". Voltando à chamada, digo: "Sim, tô brincando. E estou sempre disposta a dissecar o que quer que seja".

Ele ri de novo. "Legal. Você está em casa? Eu posso te buscar."

"Chego lá em dez minutos."

"Ótimo", ele diz baixinho, e então desliga.

Puta merda. Excluindo a possibilidade de que estou ansiosa para ver Connor, não existe uma explicação para a pressa com que começo a recolher as minhas coisas.

Jess me acompanha até a porta. "O que está acontecendo?"

"Ele está indo me encontrar lá em casa para uma reunião de produção." Eu enfio o celular na bolsa.

"Isso é uma boa ideia?"

"Nós discutirmos o trabalho que estamos fazendo juntos?" Finjo que estou refletindo a respeito. "É, acho que sim."

"Fazer isso na sua casa", ela retruca.

Abro a porta enquanto calço os sapatos. "É isso que nós vamos descobrir." A testa dela se franze ainda mais, então acrescento: "Certo. Eu prometo que não vou chegar nem perto do quarto".

"Como se você precisasse de um quarto pra isso", ela comenta.

Eu paro um pouco, com a mão ainda na maçaneta. "Isso é verdade. Bom, eu preciso ir!"

"O diâmetro do seu pulso!", ela grita enquanto eu desço correndo os degraus da frente da casa.

"Não preciso caminhar amanhã mesmo!"

"E a escrita, como anda, Felicity?"

"Esta é a minha fase de pesquisa!", grito de volta.

Quase consigo escutar o grunhido contrariado de Jess enquanto ela acena da porta da frente.

Vinte e sete

FIZZY

Connor chega antes de mim e está me esperando na varanda, com um dos ombros largos recostado em uma coluna no alto dos degraus da frente. Está com outra roupa, deixou de lado o estilo social e veio na minha versão favorita, o Connor tranquilão: camiseta mais velhinha, jeans gasto e tênis velhos. Sob a luz da lua e da lâmpada fraca da minha varanda, parece uma imagem de cinema.

"Como é que você está?", ele pergunta enquanto me aproximo.

"Estou ótima." Fico na ponta dos pés para beijá-lo no rosto e só então me dou conta de que não é isso que devo fazer com meu produtor e melhor amigo, com quem só posso ter uma relação platônica. A expressão dele quando me afasto é uma mistura de divertimento e preocupação.

"Desculpa", eu digo. Aliás, por que não ser sincera? "Fiquei feliz de ver você e infelizmente não consegui acionar o meu filtro a tempo."

O rosto dele assume uma expressão meio bugada entre o riso e a careta até se definir pela impassividade. "Sem problemas." O Connor tranquilão agora está rígido como uma tábua. "Eu só queria conversar com você sobre como foi a primeira semana de filmagem e saber se você precisa de alguma coisa."

"Eu?", pergunto, destrancando a porta da frente. Ele entra comigo. "Por mim está tudo certo."

"Da sua parte, correu tudo incrivelmente bem", ele continua, tirando os Vans dos pés. "Você tem um talento natural para as câmeras, Fizz. Hoje nós editamos o que queremos usar dos encontros, e agora à noite vamos terminar de montar as apresentações de cada um e os depoimentos."

"Então o episódio está pronto?"

"Praticamente. Vai ficar ótimo, e o mérito é todo seu."

Me viro para ele depois de guardar a bolsa e percebo como seus olhos se iluminaram. "Na verdade, é *seu*", eu insisto. "Foi você que aceitou o desafio dos arquétipos de heróis românticos e montou tudo em torno disso. O elenco é perfeito. Eles são perfeitos." Dou um soquinho de leve em seu ombro. "E bem gatinhos. Parabéns. Um verdadeiro banquete para os olhos."

Digo isso principalmente para elogiar Connor e seu trabalho, claro, mas minhas palavras acabam tirando o brilho dos seus olhos. "Bom", ele diz, com um tom mais sério. "Ótimo. Você gostaria de ver a estreia lá em casa? Com a equipe toda, não só comigo."

"Claro! Estou animada pra ver como a coisa ficou na tela. Não acho que tive muita química com o Arjun ou com o Tex..."

"Acho que a plateia vai notar isso também."

"... mas acho que com os outros foi legal. E um deles vai poder embarcar no Expresso Fizzy." Abro um sorriso e faço um gesto ridículo de apito de trem. "Vai ser divertido."

Connor desvia o olhar para seus tênis perto da porta, o que me permite observá-lo. Estou me sentindo leve, contente pelo sucesso da primeira semana de filmagens e excitada por estar sozinha com ele. O pensamento mais sorrateiro possível consegue se infiltrar na minha mente: *Por melhores que sejam esses heróis românticos, nenhum é ele.*

"Quer uma cerveja ou outra coisa?", ofereço, para me distrair dessa voz terrivelmente sincera na minha cabeça.

Ele assente de leve. "Pode ser."

Ele me segue até a cozinha, onde eu pego uma long neck para cada um e me recosto no balcão. "Quem é o seu favorito?", pergunto para ele.

"Meu herói romântico favorito?" Ele dá um gole na cerveja quando confirmo com a cabeça. "Eu não tenho nenhum."

"Qual é!" Faço um som de vaia para ele. "Sério mesmo? Eu imagino você como um fã do Isaac."

"São todos bons sujeitos. Foi por isso que foram escolhidos."

"Bom, até agora gostei do Nick, do Dax e do Isaac. O Jude é legal, mas não sei se deu liga."

"E o Evan?"

"Da primeira vez não deu certo, mas quem sabe?"

"Isso mesmo. É preciso manter a mente aberta."

"Ah, com certeza", eu digo, sem querer me prolongar muito. "Mas se está me perguntando por quem senti mais atração, a resposta é essa. Só isso."

Connor parece indeciso, até que enfim volta a abrir a boca. "Isso nos leva ao meu único porém, que é talvez maneirar um pouco nos olhares de vamos-para-a-cama."

O sorriso desaparece do meu rosto. "O... o quê?"

"Os espectadores querem ver você criando uma conexão de verdade."

"E por acaso isso não começa com o flerte? Então tenho feito isso errado a vida toda!"

"Estou falando da *forma* como você flerta", ele responde,

ignorando a minha tentativa de deixar a conversa mais divertida.

"A maneira como eu flerto", repito, e deixo a minha cerveja a uma distância mais segura. Posso ter que usar as duas mãos para estrangulá-lo.

"Só trinta e três por cento dos espectadores de *The Bachelor* acompanham *The Bachelorette*. Sabe por quê?"

Ah, essa eu sei, sim. "Patriarcado."

"Pois é. O público aceita muito melhor um homem saindo com várias mulheres do que uma mulher saindo com vários homens. Não estou falando que isso é certo, só que é assim que as coisas funcionam."

"Olha só quem de repente virou um especialista em cultura pop televisiva."

"Eu avisei que ia levar esse trabalho a sério."

"Então você quer que eu me faça de difícil? Os romances precisaram evoluir muito pra se afastar do ideal da heroína virginal, e essa luta não foi nada fácil. Se você acha que eu vou me encaixar nesse estereótipo no programa, está muito enganado."

"Não foi isso que eu disse."

"Então *o que* foi que você disse?"

Ele fica inquieto, com o pescoço vermelho. "Não estou dizendo que você não pode... Certo, escuta só", Connor tenta recomeçar. "Esquece. Está ótimo do jeito que está."

"Ah, sei. *Obrigada*."

Um silêncio recai sobre nós, e, como um fósforo que se apaga, a energia da conversa se esvai.

"Por que você ficou bravo comigo assim do nada?", questiono. "O que foi que eu fiz?"

"Eu não estou bravo." Ele balança a cabeça e, por um instante, parece bem infeliz. "Desculpa."

"Eu topei fazer o programa pensando no público, pra não deixar tudo nas suas mãos desajeitadas..."

Ele solta uma risada sarcástica. "Isso você deixou bem claro."

"... mas só é divertido porque é com *você*", complemento, estendendo o braço para segurar sua mão.

Por fim, ele ergue os olhos. E acho que entendo o que está acontecendo. Nossa, eu sou muito burra às vezes.

"Eu curto muito estar com você", digo para ele, puxando--o mais para perto. "A primeira semana no set foi ótima porque me sinto à vontade com *você*. Insisti pra gravarmos os depoimentos juntos porque gosto de conversar com *você*. Arrisquei a vida me dispondo a falar com o River porque acredito nas suas ideias incríveis. Você está fazendo muito bem o seu trabalho, e me desculpa se..."

Minhas palavras são interrompidas quando Connor dá um passo à frente e segura meu rosto entre as mãos. Sua boca encontra a minha, e, em um instante, todos os meus pensamentos se dissolvem.

É um beijo simples, lábios macios, pressão firme, e então ele me beija de um ângulo diferente antes de enfim se afastar. Os olhos verdes de Connor procuram os meus num movimento rápido em busca de uma resposta. Meus pensamentos gritam para eu não deixá-lo se afastar de novo, mas, antes que eu possa fazer qualquer menção de puxá-lo de volta para mim, ele já tomou essa decisão, se aproximando e dominando meu espaço. Fico na ponta dos pés quando ele flexiona os joelhos para chegar até mim, com a boca mais macia e faminta agora, buscando os ângulos que encontramos da última vez, mais profundos, com sua língua quente e tentadora. Connor solta um gemido, um som que faz com que eu me derreta toda de desejo, e só consigo pensar em ir mais fundo e tentar descobrir quanto mais dessa vontade em estado bruto ele está escondendo. Fico esperando que ele interrompa o beijo, que se afaste e se desculpe, que me lembre que não podemos fazer isso de novo, só que, quanto mais nos beijamos, mais a intensidade aumenta.

Connor me levanta, me coloca diante dele no balcão da cozinha e abre minhas pernas para poder se posicionar entre elas. Uma de suas mãos sobe pelas minhas costas, contorna minhas costelas e agarra meu peito enquanto a outra puxa meu quadril para si e cola meu corpo no seu. Sou recompensada com outro gemido, e com mais um quando me esfrego contra ele. Connor não faz nada para me impedir quando desabotoo sua camisa e a deixo toda aberta, colocando a mão em seu peitoral largo e firme.

A boca de Connor está no meu pescoço, e seus dedos se enroscam na alça da minha blusa, puxando-a para baixo do meu ombro, esgarçando o tecido e levando o sutiã junto para me expor a sua boca e seus dentes. A sensação da mordida e do beijo no meu mamilo é de prazer em alta concentração e faz a minha visão escurecer enquanto meu corpo suga para dentro cada molécula de oxigênio disponível.

Seu cabelo tem um toque macio nas minhas mãos, e ele parece gostar quando eu o puxo, me mordendo em uma retaliação deliciosa quando sou mais bruta. Quando puxo com ainda mais força, ele acompanha o meu gesto, fica de pé de novo e vem se concentrar na minha boca. Quero beijá-lo por horas. Nunca fui beijada desse jeito antes, com tanta iniciativa e confiança, com tanta energia que chega a ser uma coisa quase furiosa. Ele não mostra sinais de que vai parar esta noite, e a adrenalina faz um calor se espalhar pela minha corrente sanguínea.

Os dentes de Connor estão escancarados contra o meu

queixo, e suas mãos sobem pelas minhas coxas para arrancar a minha calcinha.

"Tá tudo bem?", ele pergunta com uma voz áspera contra o meu pescoço, e faço que sim com a cabeça várias vezes, porque, sendo bem sincera, ele tem permissão para fazer o que quiser comigo. Tento articular um pensamento coerente sobre a sensação que estou experimentando, com aquelas mãos colocadas de forma tão impositiva nas minhas coxas, com o calor e esse roçar dos seus dentes sobre a minha pele, mas só mais tarde vou conseguir processar de fato alguma coisa que não seja essa sobrecarga dos sentidos, a sensação de ser completamente consumida pelo meu desejo por ele. Somos como fios desencapados, nervos expostos, e nos movemos por instinto.

Suas palmas deslizam pelas minhas coxas, me provocando de leve, mas o beijo continua intenso e instigante, e ele prende meu lábio inferior entre seus dentes. Então as pontas dos dedos de Connor encontram a parte que já estava quente e umedecida para ele. Seus lábios amolecem junto aos meus antes de ele se afastar só um pouco, equilibrando o cuidado e o domínio sobre mim, me observando enquanto enfia um dedo, depois dois, entrando e saindo em um ritmo enlouquecedoramente lento. Fico olhando para sua boca, que parece formar palavras pela metade, para seus dentes, que ele crava no próprio lábio enquanto pressiona o polegar contra mim, fazendo movimento circulares, e o sorriso presunçoso que se abre em seu rosto quando solto um gemido involuntário.

Sob meus dedos impacientes, sua calça logo cai até os joelhos, e aquele lindo pau finalmente vem para as minhas mãos, e o puxo para perto de mim, provocando e subindo a temperatura até não aguentarmos mais, trocando beijos molhados e mordidas com a cabeça dele me pressionando e...

Nós fazemos uma pausa, em um momento de sensatez, procurando aquela camisinha perdida na gaveta de tralhas, rindo em meio a um beijo sobre a conveniência daquilo, sobre como ser bagunceira às vezes pode ser útil. É ele quem procura, porque as minhas mãos estão trêmulas e as suas, firmes, mas fico só olhando também porque sou esperta: Connor sem roupa é a coisa mais sexy que já vi na vida.

E, quando ele se aproxima de novo, digo seu nome com um ponto de interrogação na voz, mas Connor me beija e diz "Não", com a boca colada na minha. "Eu não vou recusar mais nada." E, com isso, ele entra em mim.

É como uma tortura, lenta e perfeita. A sanidade é tão frágil, eu penso, bastam alguns centímetros para me fazer perder a cabeça, um após o outro enquanto ele vai se ajeitando dentro de mim, cuidadoso, focado nas minhas expressões e nos ruídos que eu faço. Mas então ele passa de cuidadoso a faminto assim que entra por inteiro, como uma pedra deslizando sobre seda, e me torno um túnel de vento de pensamentos, com pequenas partículas e fragmentos voando depressa demais para que eu possa processá-los. Viro um monstro egoísta querendo sempre mais. Sou uma feiticeira manipulando o tempo para essa transa durar uma eternidade. Sou a primeira mulher a ter essa intimidade com um homem. Tenho certeza disso.

Ainda estou sentada sobre o balcão da cozinha, mas isso é só uma formalidade. As mãos dele estão sob a minha bunda, e seus braços me suspendem, me deixando no ângulo certo para ele conseguir se mover de um modo que deixa os dois ofegantes. Cada estocada vem com força, impulsionada por todo o desejo reprimido que se acumulou em nós dois. Apesar de gostar de falar sobre sexo, nunca fui escandalosa na hora do vamos ver, mas Connor está dominando as ações, e a inundação de sensações que me invade, poderosa demais para ser contida dentro de mim, precisa sair de alguma forma. Respirações rasas e ritmadas. Gritos de surpresa. O som da nossa pele suada grudando. Eu me ouço e fico impressionada, sentindo que estou perdendo o controle do meu corpo. Talvez esteja mesmo, e não estou nem aí. Não estou preocupada com nada, nem parando para me perguntar se está sendo bom para ele, porque a resposta está estampada em seu rosto contorcido. Com a boca entreaberta e os olhos voltados para o que está acontecendo entre nós, ele diminui o ritmo para desfrutar melhor da visão, estendendo o braço na minha direção, me acariciando com o polegar.

"Tá bom assim?", ele pergunta baixinho.

Faço que sim com a cabeça e murmuro "Vem aqui", colando seu rosto no meu.

Deveríamos ir mais devagar, mas é difícil quando tudo parece muito apertado aqui dentro de mim, pronto para estourar. Ele estende a mão, pressionando a palma no armário ao lado da minha cabeça, me aperta e me observa enquanto eu busco seu toque. Quase imediatamente, eu me entrego.

Eu deveria me segurar, mas já é tarde demais. O prazer chega como uma onda de euforia devastadora. Pensei que fosse ser só dessa vez; afinal, era o que eu achava que precisava. Só para tirá-lo da cabeça.

Mas isso foi antes. Já tive vários tipos de transa na vida. Essa foi diferente de tudo. Bem que eu gostaria de entender o que foi isso.

Vinte e oito

CONNOR

Uma análise do meu histórico de pesquisas no Google no sábado de manhã revela o seguinte:

- Por que sexo com colegas de trabalho é ruim
- O que fazer se tiver dormido com alguém com quem não deveria e tiver sido ótimo
- Como evitar dormir com alguém por quem você sente atração
- Como evitar transar com alguém de novo
- Como funcionam as rescisões de contrato de trabalho na Califórnia
- Empregos de produtor em San Diego
- Empregos de produtor perto de San Diego
- Empregos em San Diego
- Efeito da ausência da figura paterna em filhas
- Máquinas do tempo

Como era previsível, nada disso se revela muito útil.

Eu não fui à casa de Fizzy com a intenção de transar. Fui até lá porque queria celebrar uma ótima primeira semana de filmagens, para ver em que poderíamos melhorar, como tornar as coisas mais confortáveis para ela. Mas também fui até lá sabendo que, se a beijasse, meu gesto seria retribuído. E fui até lá ciente de que a desejava demais, que estava um pouco apaixonado por ela e que não sabia lidar muito bem com o ciúme. Eu queria tê-la para mim, é isso. Ela estava certa naquele dia na praia; eu não tinha me dado conta do quanto seria difícil compartilhá-la com alguém quando o programa começasse.

Olhando para trás, percebo que era inevitável que acabássemos transando. E que a transa seria inevitavelmente intensa, forte, carinhosa e espetacular. E agora estou fodido de vez, porque não consigo pensar em mais nada que não seja repetir a dose.

Algumas horas antes da estreia, encontro Nat na minha cozinha, onde ela está abrindo uma garrafa de vinho. Nenhum dos heróis românticos vai se juntar a nós hoje — eles não podem ter nenhum contato com Fizzy longe das câmeras —, mas a maior parte da equipe está aqui. Alguns já começaram a atacar a mesa repleta de comida trazida pelo serviço de buffet (mais um benefício de um orçamento generoso), e o restante do pessoal está conversando, na expectativa de saber se nosso programa vai ser um sucesso ou se todo mundo vai precisar procurar outro trabalho a partir de amanhã. Muito dinheiro foi investido nessa produção, então, sendo um sucesso ou um fracasso, as repercussões vão ser igualmente imensas.

Fizzy deve chegar a qualquer momento, e é por isso que estou impaciente, rondando a cozinha feito um maluco.

Nat deve ter sentido a minha presença, porque olha para trás. "E aí", ela diz, tirando a rolha de uma garrafa.

Vou para perto do fogão, sem saber ao certo se devo ter essa conversa, mas com a consciência de que vou acabar enlouquecendo se não contar para alguém. "E aí."

Ela pega uma taça no armário. "Onde está a menina?"

"No quarto." Stevie queria ficar esperando no jardim da frente até Fizzy aparecer, mas consegui convencê-la de que o trânsito na Ocean Beach sempre fica carregado a esta hora da noite, principalmente nos fins de semana. Ela cedeu, mas só depois que eu prometi que iria avisá-la assim que Fizzy chegasse. "Quem diria que uma visita de Felicity Chen era o que ia fazer ela arrumar aquela bagunça?"

Nat solta uma risadinha enquanto enche a taça de vinho. "Fizzy é ótima. E a idolatria a heróis e heroínas é uma tendência forte na nossa cria."

Esse lembrete me revira o estômago, porque não é só a minha vida que vai ser afetada se tudo der errado — a de Stevie também vai, e até a de Nat. Isso é uma novidade para nós, porque eu nunca me envolvi com outra pessoa antes. Não que seja um envolvimento *sério*, lembro a mim mesmo. Foi só uma transa. As pessoas transam todos os dias.

Mas... uma transa como aquela não acontece todo dia.

Meu silêncio rende mais um olhar na minha direção. "Está tudo bem?"

"Sim, sim." Mais um momento se passa, e eu mudo de ideia pelo menos cinco vezes antes de me virar e soltar a bomba. "Eu transei com a Fizzy ontem à noite."

Nat abre a boca; pisca algumas vezes. "Peraí, o quê?"

"Eu preciso mesmo repetir?"

"É que...", ela começa, mas fica compreensivelmente sem palavras. "Até onde eu sabia, você tinha rejeitado ela porque não ia dar certo. E isso foi semanas atrás." Eu faço uma careta, porque não contei para Nat sobre a praia. "Pensei que você tinha dito que ia ser uma relação exclusivamente profissional."

"E era." Isso não é exatamente verdade. Nossa relação foi profissional por mais ou menos um milésimo de segundo; os limites ultrapassados formam uma pilha gigantesca atrás de mim. "Só que deixou de ser."

Levanto os olhos quando escuto a voz de Ash, meu melhor amigo, retumbar no corredor. "Podem ficar tranquilos, os nachos chegaram!" Solto um grunhido quando Ash e Ella entram na cozinha com pelo menos uma dúzia de pacotes de nachos. Ele também está usando o suéter do avesso, mas no momento estou ansioso demais para achar graça no que quer que seja.

"Vocês sabem que só vão ser umas quinze pessoas, né?", pergunto. "Incluindo vocês dois."

"Eu estava tão empolgada que não lembro nem de ter passado no mercado!", Ella responde. "Saímos pegando o que víamos pela frente..." Ela faz de conta que está pegando tudo de uma prateleira. "Jogando tudo no carrinho!"

Ignorando a conversa que eles interromperam, ela larga os pacotes sobre a bancada da cozinha.

Mas, embora Ash seja incapaz de perceber os detalhes de um ambiente mesmo que seja uma questão de vida ou morte, é um exímio observador no que diz respeito às pessoas. Ele fica imóvel ao lado de Ella, olhando para mim e para Nat. "O que está acontecendo aqui? Nós interrompemos alguma coisa?"

Nat me olha de um jeito que me diz que a decisão é minha. Não era assim que eu pretendia fazer isso, mas eles vão acabar descobrindo de qualquer forma. Depois de uma rápida olhada para garantir que não havia ninguém por perto, murmuro: "Eu estava contando pra Nat que eu e a Fizzy transamos ontem à noite". O silêncio que se segue é tão prolongado e carregado que sou obrigado a pedir: "Alguém fala alguma coisa, por favor".

"Fizzy?", questiona Ella. "Tipo, a protagonista do programa de namoro a que nós viemos assistir aqui?"

Ash fala em seguida, sem rodeios: "Isso me parece uma péssima ideia, Connor".

"Não foi uma coisa intencional", explico.

Ele franze a testa. "Estou tentando imaginar como seria uma transa acidental, mas está difícil."

"Certo, vamos com calma", Nat diz. "Você é a pessoa menos impulsiva que eu conheço. E era totalmente contrário a essa ideia. O que foi que aconteceu?"

"Ainda não entendi direito", respondo. Foi como tirar a tampa de um ralo e, de repente, toda a minha objetividade e a minha sensatez foram por água abaixo. Eu não tinha nenhum direito de criticar o comportamento dela; Fizzy foi fantástica. Também não tinha o menor direito de sentir ciúme, e ainda não tenho. "Fiquei meio incomodado quando começamos a falar sobre os outros caras, e..."

"Os outros caras por acaso são os heróis românticos que você escolheu para o programa?", Ash pergunta com um tom de *você está sendo um puta de um babaca* perceptível na voz.

"Beleza, foda-se essa parte, a questão é que ela pareceu entender", eu respondo. "Sério, acho que ela consegue ler meus pensamentos."

Nat solta uma risadinha, e eu aponto o dedo para ela. "Isso não ajuda em nada."

"Desculpa, mas gostei dessa ideia de ela ler seus pensamentos."

"Bom, mas no fim isso acabou nos metendo numa puta de uma encrenca, né?"

"Não é possível que você esteja dizendo que enfiou seu pau na Fizzy só porque ela é uma pessoa perceptiva", Ash comenta, e Ella dá um soco no ombro dele.

"Não. Foi porque..." Eu não encontro as palavras. "A Fizzy é tão..." Sou obrigado a me interromper com um grunhido. "Fizzy."

"Connor", Natalia diz com um tom gentil. "Você *gosta* dela. E bastante."

"É isso." Meus ombros se encolhem como se eu tivesse levado um soco no estômago, porque agora a verdade veio à tona: meus sentimentos estão causando um problema e tanto, e simplesmente não tenho como me livrar deles de uma hora para outra. "E ainda por cima preciso encontrar a alma gêmea dela."

"O que você vai fazer?", Ella pergunta.

"O meu trabalho, ora", respondo, encolhendo os ombros. "Que escolha eu tenho? De jeito nenhum vou transar com ela de novo."

"A não ser que aconteça outro acidente", comenta Ash.

"Vai se foder."

Ele ri. "Bom, também tem chance de o programa ser um fracasso."

Ella dá outro soco no ombro dele. "Não vai fracassar nada", ela garante. "Pra que falar uma coisa dessas?"

"Porque pode ser a única escapatória para o Connor! Ele não queria fazer isso. Foi uma ideia da *chefia*. Se for um fracasso, é porque *não* era uma boa ideia, então a culpa não é dele, é do Blaine!"

"Blaine deixou bem claro o que eu preciso fazer. E eles investiram uma fortuna nisso, então não tenho nenhuma desculpa. Precisa dar certo."

Quando a campainha toca, todos ficam imóveis.

"Lá vamos nós", eu digo, me afastando da bancada da cozinha. Paro na porta e me viro para eles. "Por favor, não fiquem olhando pra nós o tempo todo. O clima já vai estar esquisito o suficiente."

"Claro, claro", responde Nat.

"Nem fiquem fazendo muitas perguntas", acrescento. "Fora tudo o que está acontecendo, ela também deve estar bem ansiosa."

"Você é que parece estar *bem ansioso*", Ash comenta.

"Vai à merda", eu murmuro.

Enquanto atravesso a casa, faço uma breve preparação mental. Tenho trinta e três anos. Sou produtor de um programa que está prestes a estrear em horário nobre em rede nacional. Já fui responsável por produções filmadas nas piores condições possíveis nos lugares mais inóspitos do planeta. Ajudei a manter uma criança viva por dez anos e não a perdi nem a deixei se machucar seriamente nem uma vez. Eu consigo fazer isso. Consigo controlar meus sentimentos por Felicity Chen.

Quando abro a porta, percebo de imediato que estou só enganando a mim mesmo. Ela está linda — como sempre —, mas me dou conta de que agora o mundo se divide entre pessoas que sabem qual é a sensação de fazer amor com Felicity Chen e outras que nem imaginam. Eu faço parte do primeiro grupo, o dos condenados a saber. Sei qual é o gosto de sua pele e como é beijá-la até fazê-la se derreter toda. Sei os ruídos que ela faz e a maneira como revira os olhos quando está prestes a gozar. Só não sei como vou viver o resto da vida fingindo que não a desejo com uma intensidade comparável à força das marés.

Ontem à noite, depois que nos vestimos, ela me acompanhou até a porta. Ficamos um de frente para o outro, como agora. Seus lábios estavam inchados, e o rosto, ainda vermelho. Eu me inclinei para a frente, e o que seria um selinho de despedida acabou virando uma coisa bem mais calorosa e sedenta. Foi como recuar no tempo. Imediatamente senti vontade de tê-la de novo, bem ali contra a parede, ou talvez no sofá, com as pernas dela envolvendo a minha cintura. Eu nem tinha ido embora ainda, a bobagem já tinha sido feita, então o que importava?

Mas importa, sim. Não existe espaço na minha vida — pessoal ou profissional — para um casinho. E Fizzy nunca deu a menor indicação de que quer alguma coisa além disso. Porra, eu mesmo não estaria envolvido com esse programa se Blaine não tivesse me obrigado, e ele só pôde fazer isso porque preciso muito desse emprego. Meus sentimentos por ela não mudam isso.

Segurando seu queixo com a mão, eu levei a boca até seu pescoço e subi até seu rosto para beijá-la. Depois me endireitei para olhá-la nos olhos e vi os mesmos sentimentos de desejo e incerteza que eu sentia. Nenhum de nós sabia o que dizer, então não dissemos nada. Em vez disso, eu fui para o meu carro, sabendo que, se não fosse embora naquele exato momento, não iria nunca mais.

"Oi", eu digo, dando um passo para trás e abrindo o caminho para ela entrar.

"Oi." Os cabelos dela estão presos em um rabo de cavalo, e sua calça curta e sua blusa são pretas, mas os pés estão calçando um sapato laranja de salto alto que a aproxima alguns centímetros da minha altura. Ela está usando delineador nos olhos e um batom de um vermelho vivo na boca. Minha vontade é ver essa cor espalhada pelo meu corpo todo.

Fico contente por estarmos sozinhos no hall de entrada, porque o ar por aqui está pulsando de desejo.

"Vamos falar logo sobre o que aconteceu ou deixar esse clima estranho continuar até chegar ao auge do desconforto mais tarde?", eu pergunto.

Ela solta uma risadinha de alívio. "Pelo bem de todo mundo, vamos expulsar o elefante da sala." Fizzy respira fundo. "Eu até ensaiei esse discurso."

"Então, por favor, eu quero ouvir."

"Ontem à noite foi uma maneira e tanto de encerrar um período de seca." Ela está perto o bastante de mim para ninguém na sala escutar o que estamos conversando, e os olhos dela exalam pura intimidade. "Mas também é uma complicação e tanto. Acho que nós dois sabemos disso."

Eu assinto com a cabeça. Ela está me dando uma brecha para sair dessa situação, e eu vou aproveitar. Vou agarrar essa oportunidade com todas as forças e enterrar a cabeça na areia, fazendo de tudo para ignorar quanto fomos ingênuos. "Com certeza."

"Nós íamos acabar deixando todo mundo louco com toda essa tensão sexual mal resolvida." Ela abre um sorriso. "Eu já escrevi sobre isso. Sou uma especialista, né?"

"Eu sei muito bem como esse tipo de livro termina."

"Então vamos considerar que é uma comédia sobre situações constrangedoras entre amigos, e não um romance." Com uma piscadinha e um leve aperto no meu braço, ela passa por mim. Percebo seus olhos percorrerem o ambiente e tento adivinhar o que ela está vendo. A casa é bacana, tem pé-direito alto, vigas de madeira aparentes no teto, jardim na frente e quintal grandes para os padrões do bairro, e uma ótima cozinha. Comprei o imóvel faz uns três anos e, apesar de não ter sentido necessidade ou vontade de decorar tudo, fiz um esforço para transformá-lo em um lar aconchegante para Stevie.

Fizzy para diante de uma foto minha aos vinte e três anos, com Stevie recém-nascida no colo. "Ah, assim é covardia", ela comenta, pegando o porta-retratos.

Eu pareço exausto e bem jovem, além de estúpida e ingenuamente feliz. Não tinha ideia do que estava fazendo nem do que significava ser pai, mas amei aquela garotinha no mesmo instante em que pus os olhos nela e de um jeito que nem sequer sabia que era possível. Meu relacionamento com Nat já estava dando sinais de desgaste, mas eu achava que ainda tinha solução. Que eu ia encontrar um jeito.

"Ninguém me avisou que a Fizzy já estava aqui!" Stevie aparece correndo de meias e dá um abraço apertado em Fizzy.

"Acabei de chegar!", ela responde. "E trouxe uma coisa pra você." Stevie se afasta só o suficiente para Fizzy enfiar a mão na bolsa e pegar um pacotinho com a logo do Wonderland em letras brilhantes. Stevie rasga o embrulho e constata que é o único DVD ao vivo do grupo que ela não tem.

"Obrigada!" Ela fecha os olhos com força e abraça Fizzy de novo.

"É pra assistir com o seu pai. Ele precisa ensaiar melhor alguns passos antes da próxima turnê." Fizzy olha para mim por cima da cabeça de Stevie e dá uma piscadinha.

"Pronto, já deu. Agora vamos lá." Pego Stevie e a jogo por cima do ombro, tentando controlar a estranha mistura de expectativa e temor que sinto em relação às próximas horas. Stevie solta um gritinho, eu olho para trás e vejo que Fizzy está rindo e vindo atrás de nós. "Vai começar daqui a pouco, e eu quero apresentar algumas pessoas pra você antes."

Assim que Fizzy entra na cozinha, fica claro que Nat e Ella não vão conseguir se controlar. Nat começa a falar sem parar sobre os livros de Fizzy, diz que já leu absolutamente todos eles e que mal pode esperar para saber o que vem a seguir. De uma forma gentil e casual, pergunta quando chega o próximo, e Fizzy dá uma resposta que claramente já usou várias vezes antes, um equilíbrio entre "vai demorar um pouco" e "estou bem empolgada com o que estou fazendo". Nat também conta que me pegou no flagra pesquisando sobre Fizzy no Google, mas nesse momento Ella interrompe para falar, mal parando para respirar, e diz que não é muito de ler, mas sabe cada detalhe de todos os programas de namoro que já passaram na televisão e que está ansiosa para ver o nosso. Ash basicamente mantém distância, recostado na bancada da cozinha, sorrindo e tentando não fazer contato visual.

Me deixei levar a tal ponto por toda essa situação com Fizzy que mal parei para pensar no programa. Mas, quando chega a hora e vão todos para a sala, o nervosismo finalmente se instala. E para Fizzy também, que recusa a comida e a taça de vinho, justificando que pode acabar pondo tudo para fora. Todo mundo se movimenta para acomodar Fizzy no sofá bem no centro do cômodo — ela é a protagonista, afinal de contas —, mas ela explica que isso só vai deixá-la ainda mais ansiosa. Ela precisa de espaço para se movimentar e fugir se for preciso. Todo mundo dá risada, e é assim que Fizzy acaba de pé atrás de todo mundo, ao meu lado.

A sala fica em silêncio quando os primeiros acordes da música de abertura começam a tocar. A logomarca vistosa de *O Experimento do Amor Verdadeiro* aparece na tela e, logo em seguida, nossa apresentadora. Como esperávamos, Lanelle Turner demonstra a mistura perfeita de humor e carisma quando se apresenta e explica a premissa do programa. Vamos conhecer nossa heroína romântica e seus oito heróis. Além de Fizzy, cada um dos pretendentes se submeteu ao famoso teste do DNADuo, e os resultados estão guardados em envelopes lacrados. Nem mesmo os produtores do programa sabem o resultado. Cabe ao público acompanhar todos os encontros e votar em quem considera ser a alma gêmea de Fizzy. A cada semana, os votos são apurados e dois heróis são eliminados. No episódio final, as compatibilidades apuradas pelo DNADuo serão reveladas e vamos descobrir se foi a plateia ou a ciência que fez a melhor previsão sobre quem é a alma gêmea de Fizzy. O herói escolhido pela votação do público vai ganhar um prêmio de cem mil dólares e, depois que os resultados forem revelados, Fizzy vai escolher com quem quer fazer uma viagem com todas as despesas pagas para Fiji. Se a experiência der certo, o público vai acertar na escolha sobre seu amor verdadeiro e os dois vão viver felizes para sempre.

Mas, primeiro, o público precisa conhecer River. Quando Lanelle menciona seu nome, todo mundo na sala aplaude, principalmente — com direito a gritinhos e assobios — Nat e Fizzy. Quando pergunto a Fizzy como conseguiu convencê-lo, ela me diz que usou seu cartão de crédito natural. Depois de esclarecer o que isso queria dizer — *Sexo, Connor. Ai, meu Deus, uma piada obscena não tem a menor graça se eu tiver que explicar!* —, ela me contou que seu argumento foi que, se explicasse a base científica do teste pessoalmente, ele teria controle sobre a narrativa e, portanto, sobre como as pessoas a enxergariam. Não seria necessariamente um endosso ao programa, e sim uma apresentação bem-feita de sua tecnologia.

Em seguida aparecem imagens de River circulando

pelos corredores do Instituto Salk e processando os testes em um laboratório, com uma narração em off explicando a ideia inicial e os anos e anos de pesquisa despendidos no desenvolvimento da tecnologia. Ele toma o cuidado de explicar que a ideia não é encontrar pessoas com DNA parecido. É o contrário: trata-se de uma previsão de compatibilidade calculada com base em centenas de avaliações genéticas e psicológicas de eficácia comprovada. Apesar da hesitação, ele se mostra atencioso, simpático e não emite opinião nenhuma sobre a ideia por trás do programa. Sua participação é perfeita.

Depois de esclarecido o formato, Fizzy é apresentada e, mais uma vez, a sala irrompe em aplausos, ainda mais ruidosos dessa vez. O programa exibe uma montagem que inclui seu discurso para os formandos da UCSD, um breve resumo de sua notável carreira literária e, então, uma entrevista com Fizzy no sofá de sua casa.

"Eu fui atrás do meu sucesso e da minha felicidade sozinha", Fizzy explica para a câmera. "Acho que o que estou procurando é alguém para ser meu melhor amigo e meu amor. Alguém com quem até as coisas mais bobas sejam divertidas, porque estamos fazendo elas juntos."

Ao meu lado, Fizzy solta um grunhido e cobre o rosto com as mãos. Quando se inclina para a frente, vejo uma leve marca de chupão atrás de sua orelha. Essa visão me deixa completamente excitado. "Fala sério!" Eu a cutuco para que olhe de novo para a tevê. "Olha só você. Está perfeita."

Na tela, os heróis românticos estão sendo apresentados. Como Fizzy não simpatizou muito com Arjun e Tex, os dois tiveram menos destaque na exibição de suas histórias de vida e de seus encontros com ela. Nem sempre vamos ser tão óbvios, mas com oito caras para mostrar para o público e um tempo limitado para isso, levamos as preferências de Fizzy em conta ao tomar a decisão. Aparecem rápidas imagens dos caras em casa e fotos de seu passado. Vemos Isaac com a mãe e a avó, e depois comandando uma reunião de especialistas em uma sala com paredes de vidro. Stevie logo anuncia que quer que Isaac seja o vencedor. A maior parte da apresentação de Nick acontece em sua clínica veterinária. Aparecem fotos dele com cachorrinhos e gatinhos, com a previsível reação de um *ahhhhhh* de quase todo mundo na sala. Dax é mostrado pulando de um avião, pendurado em um penhasco em algum lugar no Arizona e, então, à mesa na casa dos pais, falando sobre o que espera do programa. Depois vemos Evan no campus da UCSD, subindo correndo as escadas do prédio da faculdade de engenharia. Em seguida ele aparece no café onde trabalha em meio período, rindo com os colegas que pegam no seu pé por ele participar de um programa de namoro. Com apenas alguns minutos na tela, já ficou claro que todo mundo gostou dele.

Ao meu lado, Fizzy passa o programa todo com uma cara de quem está passando mal, mas, no terceiro intervalo, já relaxou o bastante para aceitar um pouco de vinho. É um bom sinal.

Ela me segue até a cozinha durante os comerciais. Na sala de estar só se ouve um vozerio danado, com todos gritando suas opiniões e mostrando sua empolgação com o programa. As dúvidas que eu tinha sobre o fator entretenimento e as possibilidades de sucesso são deixadas de lado à medida que o tempo vai passando e fica evidente que é um programa divertido. Brenna está monitorando as redes sociais e diz que as pessoas estão adorando. As hashtags citando o programa estão bombando. Posso respirar aliviado pela primeira vez depois de uma puta eternidade.

Fizzy se recosta na bancada enquanto abro uma garrafa de vinho.

"Como você está se sentindo?", pergunto.

"Melhor do que esperava. Ficou muito bom, Connor."

"Graças a *você*."

"É sério. Você pegou minhas sugestões — que, vamos ser sinceros, foram mais um teste pra ver se você ia levar essa ideia adiante — e criou uma coisa única. As pessoas vão assistir e vão adorar. Porra, até eu assistiria. Se outra pessoa fosse a protagonista, claro."

"Isso é um puta alívio, sério mesmo."

Lembrando que estou com uma garrafa de vinho na mão, estendo a mão para pegar uma taça atrás dela e fico paralisado. É um momento parecido demais com a noite passada: nossos corpos tão próximos, respirando o mesmo ar, minha mão no armário para me apoiar enquanto avançava com estocadas cada vez mais fortes.

A respiração de Fizzy acelera, e vejo que seu pescoço está arrepiado. Eu poderia beijá-la agora, e acho que o gesto seria retribuído. Se eu a convidasse para ficar depois que todos fossem embora, acho que ela aceitaria também.

Na sala de estar, a música reverbera no ar, sinalizando o fim do intervalo comercial. Eu vou com ela para lá no momento em que começam os depoimentos confessionais. Os caras fazem os seus sozinhos, e todos eles conseguem se mostrar simpáticos e obviamente interessados em Fizzy. Para ser bem sincero, a ideia de que qualquer um deles não ficasse louco por ela é absurda, mas nossa equipe de edição — incluindo eu mesmo — fez um belo trabalho para dar uma quebrada no entusiasmo de Tex e Arjun para ninguém se sentir muito mal quando eles forem eliminados pela votação do público nas próximas vinte e quatro horas.

E então começa a passar minha conversa com Fizzy, em que ela dá seu depoimento.

Eu não mencionei essa parte para ninguém da família, e quando meu rosto aparece na tela, a sala explode em ruídos de surpresa. Nat acha o máximo. Stevie começa a dançar no sofá e gritar que aquele é seu pai. E Ash avisa todo mundo que acabou de ganhar passe livre para me zoar à vontade por um bom tempo.

Ao meu lado, Fizzy está com uma expressão mais pretensiosa do que nunca. "Estão vendo esse carisma?", ela fala para todo mundo na sala, vidrada na tela. "Hollywood, por favor me contrate como diretora de elenco."

Quando todos ficam em silêncio, ela me dá um tapinha no ombro e aponta para a tevê. "É agora ou mais tarde que você me diz que eu estava certa?"

"Vamos devagar com as expectativas." A sala se esvaziou bastante durante o intervalo, e estão quase todos na fila do banheiro ou na cozinha, pegando mais bebida. "Os números de audiência chegam amanhã. Seu telefone deve estar bombando de tantas mensagens. O que as pessoas estão dizendo?"

Fizzy esvazia sua taça e se recosta no sofá. "Ainda não estou pronta pra esse choque de realidade. Quero ficar com esse sentimento de entusiasmo pelo menos até amanhã, quando acordar. Depois vou começar a colher uma opinião ou outra. Mas por agora" — ela aponta para a tevê — "o que importa é que eu estava certa sobre você. Pode admitir."

"Às vezes você acerta."

"Sempre."

"Na média."

"Pode falar que eu sou o máximo."

Eu abro um sorriso. "Fizzy, você é o máximo."

"Ai, obrigada. Eu não esperava um elogio desses, isso significa muito pra mim." Ela me entrega a taça vazia. "Agora mais vinho, por favor."

Vinte e nove

FIZZY

Entro no carro e ligo o motor, mas continuo estacionada junto ao meio-fio, olhando para a rua escura. Essa sensação que está me tomando agora — uma inquietação agitada e cheia de adrenalina — é a reação que a maioria das pessoas teria depois de se ver em um programa de namoro na tevê, de constatar que o trabalho de edição foi primoroso e, ao final da noite, receber uma ligação dizendo que aquilo que você fez está prestes a se tornar o grande sucesso da década entre os novos reality shows televisivos.

Mas eu me conheço, e sei que o motivo para essas palpitações no meu coração é o mesmo que me fez virar uma escritora: meu amor por histórias românticas. Adoro sentir aquele quentinho dentro do peito quando leio sobre um beijo gostoso, a respiração ofegante nas partes mais angustiantes e a alegria explosiva de um final feliz. Acabei de ver oito homens perfeitos disputando o meu coração, e não é por isso que estou com esse frio na barriga. É porque eu pude rever a minha pessoa favorita no mundo esta noite.

Me alongando um pouco, encontro o meu reflexo no retrovisor e olho feio para a vaca que está me encarando do outro lado do espelho. "Escuta só", eu digo a ela com um tom bem sério. "Foi pura sorte não ter dado uma merda muito, muito grande por você ter transado com o seu produtor. Agradeça por ter conseguido voltar a sentir atração por alguém. Agora isso já é página virada. Trate de tomar jeito e pare de ficar pensando nos olhos dele, no sorriso dele e no pau dele."

Me dando por satisfeita, arranco com o carro e vou para casa.

Não importa quanto você seja confiante, ninguém quer encontrar um conhecido quando está sem sutiã e de calça de pijama comprando vinho em lata em uma loja de conveniência. Mas quando saio do corredor de fermentados e destilados em um horário respeitável como o meio-dia de domingo, dou de cara com um peitoral largo e mais do que firme.

"Me desculpa", eu digo, me abaixando para recolher do chão minhas latas de vinho rosé.

"Fizzy?"

Olho para cima e, depois de percorrer quilômetros de pernas bem torneadas — interrompidas pela obstrução de um short de corrida preto —, meus olhos encontram um dos sorrisos mais bonitos que já vi na vida. "*Isaac?*"

Ele se ajoelha para me ajudar a recolher meu tesouro espalhado pelo chão, e fico meio sem graça com a quantidade de bebida que estou levando. Não sei nem como consegui equilibrar tudo isso no braço, aliás.

"Estou me abastecendo pra hibernar", brinco quando nos levantamos. Até eu sou capaz de reconhecer o desperdício de combinar um espécime masculino desse tamanho com uma mulher em tamanho de bolso, mas quem sou eu para questionar o universo?

Isaac abre um sorriso lindo. "Rosé: o melhor vinho para o inverno." Ele coloca cuidadosamente a última lata sobre o restante da periclitante pirâmide. "Qual era a possibilidade de nos encontrarmos justo aqui?"

"Com certeza você consegue calcular isso, Nerd Gato."

"*Touché*." Ele ri e examina a minha carga. "Abastecimento de bebidas de qualidade para um dia de diversão?"

Olho para a garrafa solitária de Gatorade em sua mão esquerda. "Cada um tem seu jeito de se hidratar." Ele ri de novo, e eu acrescento: "E pelo jeito você não está sofrendo da mesma forma, mas eu me senti mentalmente esgotada depois que o episódio foi ao ar ontem à noite. Estou um trapo hoje o dia todo".

Isaac assente com a cabeça. "Pois é, eu também me senti assim. Resolvi sair pra correr um pouco pra ficar bem longe de qualquer parente em um raio de oitenta quilômetros que resolvesse aparecer na minha casa hoje de manhã pra falar sobre o programa."

Eu solto um grunhido. "A minha mãe está me ligando sem parar desde ontem à noite. Esquecer deliberadamente o telefone em casa enquanto me abasteço de vinho foi como matar dois coelhos com uma cajadada só."

Ele ri de novo, mas desta vez de forma mais discreta e mais grave, como quem compartilha uma piada interna. Esse som faz um calor descer para a minha barriga e... é isso mesmo? *Para o meio das pernas?* Por causa de alguém que não é Connor? No meio de uma farmácia-barra-loja-de-conveniência? Puta merda. Eu estou de volta ao jogo *mesmo*!

"Esta foi a melhor parte de um dia completamente bizarro", ele diz com um sorriso. "E com certeza estamos quebrando um monte de cláusulas contratuais só por estarmos falando um com o outro."

"Ai, merda, você tem razão." Olho para os dois lados do corredor. Nós assinamos um contrato que estipula, entre outras coisas, que é expressamente proibida qualquer confraternização entre os participantes fora do âmbito do programa. Podemos ser multados, expulsos da produção ou até processados judicialmente. Mas mesmo assim eu continuo onde estou. "Eu meio que esperava que um alarme tocasse e Connor aparecesse com uma daquelas redes de caçador de desenho animado."

"Acho que eu conseguiria fugir", Isaac responde com um sorriso, dando um passinho para trás. "Estou com os meus melhores tênis de corrida."

"Não me subestime", eu aviso. "Sou mais ágil do que pareço."

"Eu aposto que é mesmo." Ele me olha de cima a baixo, sem a menor pressa. "Será que eu ganho alguma vantagem com você por frequentarmos a mesma loja de conveniência?"

"Não sou eu que vou decidir nada, esqueceu?"

Ele estala os dedos. "É mesmo. Certo, então é melhor eu cair fora daqui." Com uma piscadinha sexy, ele se vira e acena por cima do ombro. "Até amanhã."

Fico observando Isaac até ele ficar fora da minha vista, ainda com aquela sensaçãozinha por baixo das calças. "Como uma escritora profissional", eu murmuro para a bela parte posterior de seu corpo, cada vez mais distante, "eu gastaria todo verbo, adjetivo e substantivo que conheço com ele."

"Você é a Felicity Chen?"

Tenho um sobressalto ao ouvir uma voz à minha esquerda, onde duas meninas já no final da adolescência estão levando seus salgadinhos e Red Bulls. Agarro minhas latas de vinho junto ao peito e respiro fundo para acalmar meu coração. Já fui reconhecida antes, mas geralmente em um contexto mais relacionado ao universo editorial, como na livraria independente que frequento perto de casa, não quando estou vestida como uma escritora com um prazo quase estourando e comprando vinho suficiente para um time de futebol inteiro.

E é então que me dou conta. Será que elas me ouviram falando sozinha? Será que estou parecendo uma bebum tarada?

Um pensamento ainda mais inquietante me aflige: será que elas me viram falando com Isaac? Puta merda.

"Sou eu mesma!", enfim consigo responder.

Elas trocam um olhar de pura animação antes de se voltarem de novo para mim, com os olhos brilhando de alegria incontida. "Ai, meu Deus", as duas dizem em uníssono, e uma delas acrescenta com uma voz estridente: "Você foi tão incrível ontem à noite!".

A menina que disse isso é mais alta, usa um *hijab* verde-esmeralda e uma maquiagem tão impecável que transforma seu agasalho de ginástica preto e branco em uma peça de alta-costura.

"Você sabe se todos os episódios vão ficar disponíveis para streaming?", ela comenta. "Eu já vi o primeiro duas vezes e acho que vou morrer se precisar esperar mais uma semana."

"Vai ser só um por semana mesmo", respondo, não muito contente por ser a pessoa a acabar com a alegria delas. "Estamos gravando à medida que os episódios vão ao ar."

Ela solta um grunhido em tom de brincadeira, mas sua amiga, que está usando um moletom da UCSD, prolonga um pouco mais a conversa. "Eu adoro seus livros e fiquei de cara quando vi que você ia fazer esse programa. Já li *Parzinho básico* quatro vezes." Antes que eu possa dizer o que quer que seja, ela acrescenta rapidamente: "A gente pode perguntar uma coisa? Eu sei que você é superocupada".

"Foi a calça de pijama ou a pilha de latas de vinho no meu braço que denunciou a minha agenda caótica? Pode falar."

Ela ri, vira o celular para mim e aponta para a tela. "Você sabe se esse é mesmo o Instagram do Connor Prince?"

O assunto Connor aparece várias vezes naquele dia: à tarde, quando minha mãe me arrasta até um H Mart e uma mulher me reconhece no corredor de congelados e me elogia por um brevíssimo momento antes de perguntar se ele já fez alguma outra coisa na tevê, e de novo no início da noite, quando outra mãe pira completamente diante de mim e de Jess diante da apresentação de balé da Juno. Nas duas vezes, sinto vontade de mandar mensagem para ele e me gabar do quanto sou genial.

Acabo resistindo, mas dou uma espiada no Instagram dele mesmo assim. Na segunda-feira de manhã, sua quantidade de seguidores passou de sua mãe, Nat, Ash e um cara aleatório para vinte e duas mil pessoas. Aposto minha coleção de latas de vinho rosé que ele nem pensou em dar uma verificada no seu perfil.

Depois de fazer o cabelo e a maquiagem na segunda-feira, sou levada até uma cozinha industrial do hotel Hilton Bayfront. Gravamos a má notícia primeiro: conforme previsto, Arjun e Tex foram eliminados pela votação do público. Em seguida, os seis restantes — Dax, Isaac, Evan, Jude, Colby e Nick — são chamados um a um, com roupas casuais e sorriso no rosto para combinar.

Isaac me dá uma piscadinha, e preciso morder a parte interna da bochecha para não retribuir o gesto.

Lanelle apresenta as atividades da semana: eu posso escolher com quais heróis românticos vou fazer as atividades programadas, que incluem preparar uma refeição gourmet para minha irmã, que está em repouso na cama por indicação médica, plantar árvores no Balboa Park, ter uma aula de coquetelaria, pescar em alto-mar, fazer uma sessão de beleza com direito a manicure e pedicure, e um passeio de bicicleta em Coronado. O público vai ver uma compilação desses encontros na sequência em que aconteceram, claro — mas tudo vai ter que rolar nos próximos três dias, com os depoimentos confessionais e as entrevistas marcadas para quarta-feira.

O primeiro encontro, obviamente, é o que inclui a parte de cozinhar. Tenho dez minutos para planejar tudo antes que as câmeras sejam ligadas de novo para me filmar "pensando a respeito" e comunicando minhas decisões de forma bem espontânea. O clima, claro, é de aula de educação física — as pessoas vão achar que quem eu escolher primeiro é meu preferido —, mas também preciso ser estratégica para determinar qual é a melhor forma de conhecer cada um deles fora de sua zona de conforto.

Escolho Colby, o militar de unidade de elite, para cozinhar comigo. Em parte porque gosto da ideia de ver aqueles antebraços flexionados enquanto ele pica legumes para o almoço que vamos preparar para Alice, mas também porque em nosso encontro da semana passada ele me contou que sua mãe é dona da Querida, uma das minhas lanchonetes de comida mexicana preferidas no condado de San Diego. Aposto que ele sabe se virar bem em uma cozinha.

E sabe mesmo, mas infelizmente seu conhecimento se traduz em uma interminável explanação de macho palestrinha sobre como empunhar uma faca — uma habilidade condizente com o que o cara faz da vida, imagino — e como desossar um peixe inteiro. Eu fico flertando, fazendo piadinhas e dando indiretas para ele o tempo todo para ajudá-lo, porque tenho certeza de que boa parte dessa bravata toda se deve ao nervosismo, mas ele continua tagarelando e não me deixando falar. Nenhuma equipe de edição no mundo faria esse tipo de coisa pegar bem.

Jude e eu plantamos árvores naquela tarde no Balboa Park, e eu brinco que estou decepcionada por descobrir que ele não brilha no sol. Seu senso de humor deve ter tirado o dia de folga, porque o que ele faz em resposta é um longo monólogo sobre o efeito provocado por *Crepúsculo* na "literatura séria sobre vampiros". Fico me perguntando se, na hora de montar o episódio, Connor vai manter o olhar de tédio que eu lancei para a câmera.

Por falar em Connor, ele está aqui. Nossa, e *como* está. Todo alto e forte nos bastidores, ajudando a carregar equipamentos pesados com aqueles braços estupidamente musculosos. Soltando aquela risada grave quando eu seguro uma abobrinha e dou uma piscadinha para a câmera. Balançando a cabeça quando eu digo a Jude que nosso próximo encontro deveria ser em Volterra e ele concorda na mesma hora, claramente sem entender a referência.

Pelo menos *Connor* sabe que Volterra é onde vivem os vampiros que brilham no sol.

Durante a aula de coquetelaria com Nick — um desastre total que incluiu uma tentativa de jogar uma garrafa para o alto e um monte de caretas quando exagero no limão —, só Connor, Rory e um cinegrafista estão presentes. Sua presença faz o bar charmoso, cheio de vitrais coloridos, parecer ficar do tamanho de um armário de produtos de limpeza. Quando Nick me dá uma cereja na boca, em vez de olhar nos olhos dele, eu me viro por instinto para onde está Connor, atrás da câmera. Eles nos fazem repetir a cena.

Como se isso fosse possível, a questão da proximidade se torna ainda pior na pescaria em alto-mar com Evan. Connor está sentado bem abaixo dos meus pés, segurando o equipamento de captação de áudio, enquanto Rory vomita pela lateral do outro lado do convés e dois cinegrafistas tentam se manter de pé em meio a um mar mais agitado do que o esperado. Em determinado momento, Connor estende os braços para me equilibrar pondo as mãos nas minhas coxas, me segurando enquanto tento inutilmente puxar um atum enorme para bordo.

Evan percebe, tenho certeza, mas não tem tempo de questionar porque, assim que sente o cheiro de peixe aos seus pés, também põe para fora tudo o que comeu no almoço pela lateral do barco — o que, para minha diversão, foi captado pelas câmeras.

Quando Evan se recupera, nos sentamos lado a lado no barco, que agora está apenas oscilando suavemente enquanto a equipe troca as baterias do equipamento. A questão é que, quanto mais tempo passo com Evan, mais me lembro do quanto nos divertíamos juntos, do quanto nosso convívio era tranquilo, com piadinhas e provocações o tempo todo. Mas eu também me lembro que, com Bart Simpson ou não, nossa química era suficiente para provocar só fagulhas, e não explosões.

Só namoramos alguns meses, mas Evan jogou softball no time do meu irmão e chegou até a conhecer minha família. É uma loucura que, depois de tantos anos saindo com uma quantidade prodigiosa de homens, apenas alguns tenham chegado a esse ponto.

"Recebi o convite do casamento do Peter", ele conta.

"Espero que ele saiba que tive que recursar porque fui obrigado, né" — ele faz um gesto ao nosso redor, indicando a participação no programa —, "e não porque não quis ir."

"Não esquenta, ele sabe, sim."

"Você gosta da Kailey?"

"Acho que ele só pode ter usado algum tipo de feitiço, porque ela é incrível."

Evan dá risada. "Ouvi dizer que a lista de convidados tem setecentas pessoas."

Eu confirmo com a cabeça. "Acho que eu nem cheguei a conhecer setecentas pessoas na minha vida toda."

Ele põe sua vara de pesca no suporte e inclina a cabeça para olhar para o céu. "Parece que a comida vai ser sensacional."

"Foi por isso que eu perguntei se poderia usar uma calça de elástico em vez do vestido de madrinha."

Ele baixa o tom de voz. "Será que eu posso admitir que as coisas ficaram meio estranhas na minha vida desde que isso começou? Ser reconhecido na rua é um lance surreal."

"Estou só esperando pelas perguntas da minha família sobre o motivo de eu precisar participar de um programa de tevê para arrumar um marido."

"E com quem você vai? Imagino que não possa levar alguém do programa, mas é o casamento do seu irmão mais novo." Ele faz uma careta. "Você vai chamar bastante atenção lá, e por várias razões."

Eu encolho os ombros. Normalmente chamaria Jess, mas ela vai estar na Costa Rica com River para merecidas férias. Obviamente, não vejo problemas em ir sozinha a eventos familiares, mas Evan tem razão: esse casamento é diferente. Vão vir amigos e parentes até de Hong Kong para a ocasião. Alice vai estar em uma poltrona confortável, absurdamente grávida e muito bem casada. A noiva de Peter é uma dermatologista famosa na cidade que por acaso também é filha do maior cirurgião plástico de San Diego. Por mais que eu me sinta à vontade indo sem um par, as festas de casamento existem para agradar às famílias, e eu sei que a minha mãe gostaria de me ver com alguém.

"Acho que vou ter que encarar essa desacompanhada mesmo", respondo.

"Encarar o quê?"

Evan e eu nos viramos ao ouvir a voz de Connor, que me surpreendeu no único momento em que meus olhos não estavam grudados nele. "O casamento do meu irmão."

"É neste fim de semana, né?", Connor pergunta.

"É, sim", Evan responde. "Eu conheci a Fizzy por meio dele. Mas não vou, não, pode ficar tranquilo."

Connor olha por cima do ombro antes de se agachar e baixar o tom de voz. "Eu disse para Rory que não vamos fazer nenhuma filmagem no casamento, então nem toquem nesse assunto."

Bato continência para ele. "Entendido, chefe."

"Você não pode levar a Jess?", ele me pergunta.

"Ela está de férias." Faço um gesto com a mão, como quem diz que isso não é importante. "Não esquenta comigo. Eu posso muito bem ir sozinha. Sei que vou estar em um ninho de cobras, mas eu também sei ser uma."

Com a popularidade do primeiro episódio, sei que não vou passar despercebida. Nos últimos dois dias, fui abordada pelo menos umas oito vezes. Em sua maior parte, as interações foram legais. Algumas eram leitoras minhas, mas a maioria não. Algumas pessoas me perguntaram sobre os caras, sobre o DNADuo, ou só queriam alguma fofoca sobre alguma coisa que não foi ao ar, mas todo mundo, sem exceção, perguntou sobre Connor.

Inclusive, de acordo com o que Jess disse que Stevie disse para Juno, Connor está sendo bombardeado. Meninas de dez anos têm uma clara tendência ao exagero, mas, se está acontecendo comigo no banheiro da Barnes & Noble, deve estar rolando com ele também. E o tema é sempre o mesmo: a maioria quer saber como chegar até aquele pedaço de mau caminho.

A atenção de Connor me provoca um calor equivalente ao das lâmpadas de estúdio, e fico aliviada quando a filmagem recomeça. Prefiro ver Evan vomitando em um barco de novo a ter que continuar pensando no casamento de Peter.

Eu meio que esperava que, quando Dax tirasse as meias no spa, um dedo estivesse faltando ou que aparecesse uma tatuagem de mulher pelada — as duas coisas seriam intrigantes, mas por motivos bem diferentes —, só que infelizmente seus pés estão intactos e imaculados. Apesar da minha preocupação de que ele fosse ficar entediado ou inquieto, Dax se sai muito bem no nosso dia de beleza. Decide pintar as unhas de amarelo, sente cócegas quando a pedicure começa a alisar seus calos com a pedra-pomes e flerta descaradamente com a manicure — mas de um jeito fofo, porque ela tem idade para ser sua avó.

Quando Connor me disse ontem à noite na marina que passaria a manhã na sala de edição e que o diretor de fotografia comandaria a produção por algumas horas, senti uma onda de alívio, como se finalmente fosse conseguir respirar.

Mas estava enganada. Meu cérebro sabe que ele não está aqui, mas meus reflexos não. Fico olhando toda hora para o lugar vazio que ele normalmente ocuparia e me pego esquadrinhando os arredores com os olhos. É uma forma bem desagradável de me dar conta de que venho observando as reações dele o tempo todo.

"Está tudo certo?", Dax pergunta quando ainda estamos com os pés e as mãos para cima, esperando o esmalte secar. A equipe está recolhendo o equipamento, depois de filmar tudo o que era necessário, acho. Mas ainda nada de Connor. Ele vai estar em Coronado quando eu for até lá para o meu passeio de bicicleta com Isaac? Ou vai passar o dia todo editando imagens?

"Quê?", eu pergunto, distraída.

"Está tudo bem com você?", ele repete, com um sorriso simpático. "Está com pressa para ir embora?"

"Não, não." Eu devo estar olhando ao redor o tempo todo de novo, sem perceber. Por que eu não estou conseguindo entrar no jogo? Eu já fiz isso antes — dormir com alguém e depois sair com outro na mesma semana! É só sexo, não devia ter tanta importância!

Por outro lado, também não é uma coisa sem importância nenhuma.

Merda.

"Desculpa", respondo. "Só estou com sede."

Dax levanta a mão e acena para sua melhor amiga vovó. "Alguém pode trazer um copo d'água pra ela, por favor?"

A velhinha adorável traz um copo plástico com água, e Dax observa tudo, preocupado.

"Melhor agora?"

Faço que sim com a cabeça. "Obrigada."

"É muita pressão, né?"

"É mesmo."

"Eu tenho, tipo, um milhão de perguntas para fazer", ele diz, "sobre o seu trabalho, sobre a sua vida."

"Ah, é?" Eu sorrio para ele. É um cara atencioso e divertido. E um pensamento me atinge como uma porta repentinamente escancarada.

Dax poderia muito bem ser minha alma gêmea.

Mesmo com as câmeras desligadas, ele abre um sorriso absurdamente gentil para mim. "Estou torcendo muito pra ter a chance de um terceiro encontro."

Connor não está em Coronado à nossa espera. Mas a bicicleta dupla está, assim como Isaac, com seu sorriso de enrugar os olhos e sua risada contagiante. Pedalamos pela ilha com câmeras montadas no quadro da bicicleta e um cinegrafista à nossa frente, sentado de costas na garupa de uma Vespa. Isaac é claramente um gênio e me faz rir o tempo todo com aquele tipo de humor improvisado, afiado e perspicaz que considero tão sexy. É impossível ignorar que existe algo entre nós e, quando ele sai do roteiro e sugere uma parada para um milkshake, concordo na mesma hora. Quero mais tempo com ele, cara a cara, de perto. Lado a lado em uma mesa de piquenique diante do mar, contamos histórias da nossa infância e, pela primeira vez em qualquer um desses encontros, esqueço que as câmeras estão apontadas para nós.

Também percebo, quando chego ao fundo do copo de milkshake cheio de bolhas e Connor finalmente aparece, todo suado e ofegante, como se tivesse vindo correndo até aqui, que não pensei nele durante meu encontro com Isaac.

Isaac pode ser minha alma gêmea.

Mesmo assim, ainda quero Connor.

Se controla, Fizzy, penso, e volto minha atenção para Isaac, seu milkshake de caramelo e a cereja que ele está me oferecendo. Sem dúvida os espectadores vão comparar este momento com o que tive com Nick ontem. Fecho os olhos e como a fruta com um sorriso. Faço um nó no caule usando apenas a língua e abro a boca de um jeito provocante para mostrar o que fiz. A reação esperada vem em seguida — Isaac bate palmas e comenta: "Uau, gata" —, só que preciso me esforçar demais para não olhar para Connor para ver o que ele acha disso e para não imaginar se ele está pensando nessa língua deslizando em seu pescoço, em seu lábio inferior, em seu queixo.

Vamos fazer nosso depoimento confessional mais tarde, e minha ideia é dar no pé assim que Rory gritar "corta". Minha cabeça está uma bagunça e preciso refletir sobre os meus sentimentos: a atração por Isaac e a estranha sensação de que isso é uma traição a Connor, embora a ideia do programa seja literalmente criar uma conexão significativa com outro homem. Mas, depois que os depoimentos acabam e Isaac — que me esperou terminar — me dá um abraço carinhoso de despedida e um beijo suave no rosto (calafrio entre as pernas, que bom que você está de volta), a mão de Connor segura meu braço.

Acho que ele vai me perguntar por Isaac, me explicar por que chegou atrasado ou qualquer outra coisa.

O que eu não esperava era que ele discretamente se aproximasse de mim e dissesse: "Eu posso ir com você ao casamento do seu irmão. Seria mais fácil explicar a minha presença lá. Não quero que você tenha que encarar tudo isso sozinha".

Trinta

Transcrição do depoimento confessional do episódio dois

Connor Prince: Muito bem, aqui estamos nós de novo.

Fizzy Chen: Olá, Connor Prince. Você se ausentou de algumas das filmagens da semana. Foi meio esquisito.

Connor: Sim, eu sei, e peço desculpas. Infelizmente para mim, tive alguns assuntos relacionados ao programa para tratar. E, felizmente pra você e para os telespectadores, havia seis belos homens pra fazer companhia.

Fizzy: Será que posso dizer que senti sua falta? Porque eu senti, sim.

Connor: É muita gentileza sua.

Fizzy: Foi um dia de calor, e você é um cara bem alto. Nós bem que precisávamos de um pouco de sombra.

Connor: Ah, entendi. Brenna, por favor me lembre de pôr um som de bateria depois desse comentário na edição.

Fizzy: Não, então, espera. Na verdade, o que eu mais queria era uma trilha sonora glamorosa para anunciar a minha entrada em todos os lugares. Se eu soubesse que nós podíamos acrescentar efeitos sonoros, já teria feito todo tipo de loucura naquela cabine de edição.

Connor: É exatamente por isso que você não tem permissão para entrar na cabine de edição. Que tal falarmos sobre os encontros? Foi uma semana bem agitada.

Fizzy: Foi uma loucura, mas os heróis foram ótimos. E espero que vocês cortem a cena em que eu escorreguei na escada do Balboa Park e meu vestido foi parar no pescoço e todo mundo viu a minha bunda, mas desconfio que vocês pretendem incluir essa.

Connor: Sua desconfiança tem fundamento. Mas não tenha medo, Felicity, nós podemos inserir alguns elementos para proteger sua boa reputação. Você prefere um emoji de pêssego ou de uma mão acenando sobre o seu traseiro?

Fizzy: [fica de pé e olha diretamente para a câmera] Vocês estão vendo o que ele faz comigo?

Connor: [aos risos, puxa-a de volta para a cadeira] Vamos conversar um pouco mais sobre os encontros, que tal?

Trinta e um

CONNOR

Pode subir. Quarto 1402.

Meu cérebro trava.

Quando mandei uma mensagem para Fizzy avisando que tinha chegado, pensei que ela fosse descer para me encontrar no saguão ou me mandar esperá-la no salão de eventos. Mas ir até seu quarto é exatamente o tipo de problema para o qual me preparei quando passei um sermão para mim mesmo diante do espelho em casa.

"Seu papel é acompanhá-la", eu falei para o meu reflexo. "Você está cumprindo um papel, é o executivo responsável por ela. Não é um namorado. Não é um amante. Só está fazendo seu trabalho."

Eu posso esperar você aqui, digito, mas, se ela está lá em cima e me pedindo para subir, pode ser porque precisa de ajuda com alguma coisa.

Eu apago o que escrevi e digito um Tem alguém aí com você?, mas fica parecendo uma coisa possessiva e esquisita, então apago também.

Estou vendo você digitar, ela escreve para mim. Para de bobagem. Eu preciso da sua ajuda.

Aos risos, apago tudo de novo e digito apenas um Estou indo.

Aperto o botão para chamar o elevador e respiro fundo; minha pulsação está acelerada e parece que meu coração vai sair pela boca. O ideal era que o elevador demorasse meia hora até chegar ao andar de Fizzy. Para minha infelicidade, desconfio que hoje vou receber uma série de lembretes dos motivos pelos quais não deveria ter me oferecido para acompanhá-la no evento, porque não estou em condições de ficar sozinho com ela.

Quando me aproximo, vejo que a porta está destrancada, mas bato mesmo assim. Um "Pode entrar" animado vem de lá de dentro.

Empurrando a porta só o suficiente para enfiar a cabeça na abertura, digo: "Poderia ser qualquer um, e você já vai mandando entrar sem nem ver quem é?".

"É estatisticamente improvável que você seja um criminoso." A voz dela vem do banheiro. "Você acabou de me escrever avisando que estava vindo e, além disso, pelo menos metade das pessoas hospedadas neste andar é de amigos ou parentes meus."

"Bom, fico contente em saber que a chance de alguém me ver entrando no seu quarto é consideravelmente expressiva."

A voz dela fica mais alta quando sai do banheiro. "Eu posso dizer que você estava entregando o serviço de quar..."

Ela se interrompe para respirar fundo quando me vê, mas as palavras seguintes se perdem no vazio que se instala no meu crânio quando vejo o vestido tomara que caia que cobre seu corpo. É dourado, coberto com um intricado bordado com pedraria e justo até a cintura, onde se espalha em uma onda de tecido esvoaçante até seus pés. Os cabelos estão presos em um penteado todo trabalhado, com algumas mechas escuras soltas, roçando os ombros descobertos.

"Connor?"

Tenho um sobressalto, sem fazer a menor ideia de quanto tempo fiquei mudo. "Sim... é... estou aqui."

Quando com muito custo volto meu olhar para seu rosto, ela está segurando um sorriso. "Eu pedi pra você me ajudar."

"Hã, certo... com o quê, exatamente?"

"Meu vestido?"

Ela se vira para me mostrar do que está falando. Eu me dou conta do que está acontecendo, e essa visão é infinitamente mais perigosa. Um decote em V mostra uma enorme porção de pele cor de mel no espaço onde os botões estão abertos. Tento suprimir um grunhido, mas não tenho muito sucesso e solto um resmungo que preciso reclassificar como uma manifestação de caráter não sexual: "Uma primeira contagem está me dizendo que tem pelo menos oitenta mil botões aí".

"São quarenta", ela responde. "Eu deveria ter chamado alguma tia minha antes de você chegar, mas infelizmente agora está todo mundo ocupado, então aqui estamos nós. Por motivos óbvios — sendo o principal deles que mal consigo mexer a bunda com esta coisa, muito menos fechar os botões sozinha —, preciso de um outro par de mãos."

As palavras *mexer a bunda* atingem meus pensamentos com um impacto equivalente a um choque entre dois trens. Ponho a culpa nessa imagem evocada por estar com a voz trêmula quando me aproximo e digo em um tom causal: "Sim, claro".

Mas então faço uma coisa de que só me dou conta quando vejo um arrepio subir pelas costas dela — passo o nó de um dedo de leve por toda a extensão da sua coluna.

"Se for para fazer isso, é melhor nem fechar o vestido." Ela se vira e olha para mim por cima do ombro. "E eu sei o que você pensa a respeito de limites."

"É realmente exaustivo ser o único interessado em mantê-los de pé", resmungo.

Fizzy ri com gosto e vira a cabeça para a frente de novo.

"Chega a ser tranquilizador saber quanto você é previsível", digo.

"Bom, foi você que começou a me acariciar e a falar sobre manter as coisas *de pé*."

Eu solto um suspiro dramático. "Foi sem querer, e eu só rocei em você."

"Estou começando a me perguntar se deixar o vestido desabotoado foi um descuido lamentável ou um acaso feliz."

O primeiro botão não é fácil. As casas são bem justas, e os botões são minúsculos e forrados de cetim, o que os torna extremamente escorregadios. Mas, quando chego ao terceiro, meio que já peguei o jeito. Ficamos em silêncio enquanto vou manobrando com cuidado da curvatura da lombar até o espaço mais largo e macio das costas, entre as escápulas. E, pouco antes de fechar o último botão, ainda preciso me controlar para não beijar a pele que está sob os meus dedos.

Depois de finalizar o serviço, me permito um leve prazer, apoiando a mão em sua nuca e me inclinando para olhá-la. Ela está com as bochechas vermelhas e as pupilas dilatadas.

Minha nossa, ela está tão excitada quanto eu.

"Sua castidade está garantida", digo a ela. "Porque nós não vamos fazer aquilo de novo."

Fizzy sorri e limpa a garganta antes de se virar por inteiro e me olhar dos pés à cabeça. "Você está um gato."

"Obrigado. Você..." Eu engulo em seco, sentindo a minha voz um tanto estrangulada. "Você está maravilhosa."

Ela estende a mão para a minha gravata-borboleta. "Pensei que você fosse chegar todo atrapalhado, sem saber como amarrar isso, pra eu poder ajudar."

Com um sorriso, levo a mão à gravata e dou um puxão na ponta, desfazendo o nó.

O sorriso que Fizzy dá em resposta me aquece como um raio de sol.

"Achei que você me devia uma depois de todo o esforço que fiz pra te apertar inteira."

O duplo sentido não intencional na minha frase paira pesado no ar entre nós. Ela dá um passo na minha direção, ainda sorrindo, pega a gravata e a puxa para alinhar as duas pontas ao redor do meu pescoço. "Não fiquei com a impressão de que foi um sacrifício assim tão grande."

"Depois eu te mando a conta da medicação pra artrite."

"Humm", ela faz, e seu sorriso se suaviza. "Pronto pra hoje? Talvez seja uma experiência meio intensa demais."

"Espero que esteja. Já faz um tempo que não vou a um casamento chique."

"Desde o seu?"

Eu rio. "Não. Eu fui como acompanhante de uma pessoa depois disso."

"E nessa noite a *sua* castidade foi preservada?"

Solto uma boa risada. "Ah, sim. Era uma amiga de um colega de trabalho e tinha acabado de chegar aqui, transferida do Arizona. Percebi logo no momento em que fui buscá-la que tinha alguma coisa errada, mas ela garantiu que estava tudo bem."

"Ai, não."

"Pois é. Ela chorou durante a cerimônia..."

"O que é compreensível."

"Com certeza, mas também chorou no jantar e na primeira dança. Quando insisti e perguntei se estava tudo bem mesmo, ela me contou que tinha sido abandonada pelo marido, trocada pela assistente dele e pedido transferência no trabalho para ficar mais perto dos pais." A testa de Fizzy se enruga ainda mais enquanto ela se mantém concentrada na gravata. "Quando as pessoas foram convidadas a fazer brindes, ela levantou a taça e disse ao feliz casal para eles aproveitarem bem aquela noite, porque o amor é uma ilusão e os homens são incapazes de controlar o próprio pau."

"Você sabe que eu vou roubar essa história, né?"

Faço que sim com a cabeça. "Então as expectativas já são baixas, mas acho que, aconteça o que acontecer hoje à noite, vai ser melhor do que aquilo.

Fizzy dá risada. "O copo meio cheio, gosto disso. Mas você não faz ideia do tamanho da minha família. Estatisticamente falando, tem muita gente louca."

Com Fizzy ainda ocupada com a gravata-borboleta, aproveito a oportunidade para olhar à vontade para ela. "Evan me puxou de lado e me deu umas dicas."

As mãos dela param de trabalhar. "É mesmo?"

"O que dar de presente, as coisas que acontecem de manhã, como a cerimônia do chá..."

A gargalhada dela me interrompe. "Ele contou que o Peter ia participar de uma espécie de caça ao tesouro maluca?"

Faço que não com a cabeça, hipnotizado pelo modo como os lábios dela se franzem enquanto pensa em como me explicar tudo. "Na nossa comunidade, a cerimônia do chá é uma coisa importantíssima. Costuma acontecer de manhã, e o noivo e a noiva são separados um do outro. O noivo recebe uma lista de tarefas para executar e assim provar seu amor pela noiva antes de ter a aprovação total da família. É só um jogo, mas foram as três irmãs da Kailey que armaram a coisa toda, e nós tivemos que jogar *beer pong* às sete da manhã..."

"Com cerveja?"

Ela assente com a cabeça e sorrindo. "Depois ele foi obrigado a beber um negócio feito de coisas aleatórias tiradas da geladeira e batidas no liquidificador — todo mundo ficou com o estômago embrulhado. Ele precisou responder a um quiz sobre a Kailey e depois dançar e cantar para todo mundo."

"Essa parte de cantar e dançar na frente de todo mundo..."

"Estou descrevendo seu pior pesadelo?"

Quando estou abrindo a boca para responder que sim, em um impulso febril imagino um universo alternativo em que estou participando dessa cerimônia, provando meu valor para esta mulher que está aqui comigo. Minha hesitação desaparece. "Não", é o que digo em vez disso. "Se estivesse apaixonado, eu faria tudo isso."

"Transportar mais de trinta litros de água por meio quarteirão usando só baldes furados?"

Eu estendo a mão e afasto uma mecha de cabelo do lábio dela. "Claro."

"Beber uma batida de restos de geladeira?"

"Moleza."

"Moleza?" Ela estreita os olhos para mim. "Molho de hoisin, maionese, vinagre de arroz, leite de amêndoas, pasta de alho e suco de manga."

"Quem vê pensa que você está falando de cianeto." Eu dou risada. "Você acha que um homem que ama uma mulher perderia a chance de vê-la no altar só para não ter que beber uma coisa nojenta?"

Ela levanta a cabeça e me encara. Seu olho direito tem uma mancha dourada, como se ela tivesse olhado direto para o sol e um pedacinho de luz tivesse ficado preso ali. Mas logo essa mancha se torna menor, porque sua pupila se dilata.

Puta merda.

Ela desvia o olhar, piscando algumas vezes. "Você correria cinco quilômetros no meio da noite por essa mulher hipotética também?"

"Só cinco?" O sorriso dela desaparece, e olho para suas mãos. Ela não parece ter feito muito progresso com o nó da gravata. "Você sabe mesmo fazer isso?"

"Estou em um ângulo esquisito, porque você é um viking gigante."

"Na verdade, acho que você nunca fez isso antes."

"Você pode até ter razão", ela diz, franzindo a testa. "Mas eu não sou de desistir fácil."

Eu levanto o queixo para facilitar seu acesso, sentindo que passaria a noite inteira aqui de bom grado. "Certo, parece que isso vai demorar um pouco. Me conta mais sobre a cerimônia do chá."

"Bom", ela começa, desfazendo seu progresso anterior, fosse qual fosse, para recomeçar. "Depois de provar seu valor, o noivo recebe permissão para ver a noiva. Os dois vestem umas roupas tradicionais lindas, e o casal presta seu respeito aos membros da família — dos mais velhos aos mais novos —, e uma xícara de chá é oferecida para cada um deles. A família entrega os *lai see*, que são envelopes vermelhos com dinheiro, e os mais velhos dão seus conselhos..." Ela se interrompe. Inclinando a cabeça, Fizzy respira fundo. "Na verdade, eu adoro a cerimônia do chá."

Sinto um aperto no peito ao ouvir o tom desejoso em sua voz. Ela raramente se mostra vulnerável, então é ao mesmo tempo maravilhoso e devastador ver surgir aquela pequena fratura em sua armadura. "Estou vendo."

"Enfim", ela continua, endireitando-se com uma inspiração rápida, "nós fizemos isso na casa dos pais da Kailey hoje de manhã e viemos para cá correndo para trocar de roupa, e foi só então que me lembrei dos oitenta mil botões do meu vestido." Ela dá um passo para trás, analisa seu trabalho e franze o rosto. "Sendo bem sincera, a execução não ficou das melhores."

Olho para baixo, desfaço aquele nó torto e frouxo, e Fizzy me olha feio enquanto o arrumo com a maior facilidade. "Não precisa se exibir, seu grandalhão metido a besta."

"Eu estava tentando fazer você se sentir útil, mas acabei de ouvir que estamos sem tempo."

Ela passa a mão pelo meu peito, espalhando um calor sob a minha pele. Sua mão para no meu bolso, que ela apalpa. "Isso é o que eu estou pensando?"

Enfio a mão dentro do paletó e pego o envelope com dinheiro. "Como eu disse, Evan me deu uns toques sobre o que dar de presente."

Ela me encara. "Que amor."

"Eu gosto dele", admito a contragosto. "É um cara legal."

"É mesmo, mas eu estava falando de você. *Você* é um amor."

Eu faço uma careta ao ouvir isso. "Eu não sou um amor."

Fizzy estende a mão e belisca de leve a minha bochecha. "O pior é que você é, sim."

Trinta e dois

CONNOR

No tempo que levei para abotoar o vestido e ela para fingir que sabia o que estava fazendo com a minha gravata, o saguão do hotel virou uma loucura. Os convidados em black tie estão por toda parte, se abraçando, se apresentando uns aos outros e até chorando ao se cumprimentarem. Vendo a opulência que se espalhou do salão de eventos para o saguão, fico com a impressão de que a família da noiva é dona de uma fortuna difícil de estimar para nós, simples mortais.

"Setecentos convidados", Fizzy me diz baixinho, me conduzindo pelo meio da multidão. "Peter falou que reservaram vários andares do hotel para parentes das duas famílias, que estão vindo do mundo inteiro."

Solto um leve assobio ao ver a decoração feita no corredor de acesso ao salão principal — mesinhas com arranjos florais elegantes, tigelas de vidro cheias de chocolates e folhetos com a programação impressa do evento —, e do lado de dentro quase tropeço nos meus próprios pés, porque é uma coisa de uma magnitude que nunca vi antes: sedas cor de creme penduradas nas paredes; pelo menos setenta mesas, todas adornadas com vasos cheios de flores vermelhas e alaranjadas. Nosso destino é o lado de fora, onde a cerimônia vai ser realizada antes do que Fizzy promete ser uma noite de muita comida, bebida, dança e diversão. Mas somos parados a cada poucos passos por alguém que Fizzy conhece e cumprimenta de forma efusiva. As mulheres são abraçadas com gritos de alegria; os homens são recebidos com provocações e gracinhas. Sou apresentado a pelo menos cinquenta pessoas cujos nomes esqueço imediatamente, porque estou impressionado demais ao ver Fizzy em seu habitat: calorosa, amorosa, com histórias e piadas sempre na ponta da língua.

Algumas poucas pessoas comentam sobre a minha aparição no programa, e trato de direcionar a atenção de volta para Fizzy quando isso acontece. Ser abordado por desconhecidos e elogiado apenas por aparecer diante das câmeras é uma coisa a que ainda não me acostumei. Não que não goste de fazer as entrevistas; eu gosto. Esse pingue-pongue verbal com Fizzy se tornou rapidamente uma das minhas três atividades favoritas, e até eu consigo ver que somos bons nisso. Só não estava preparado para receber esse reconhecimento público.

Enquanto atravessamos a multidão, a impressão que Fizzy transmite é a de que cada pessoa com quem falamos é a mais admirável, interessante, aventureira ou criativa de todos os tempos. E então, quando saímos para o enorme gramado repleto de flores e laços de cetim, lá estão os pais dela, cumprimentando os convidados à medida que saem.

Ela me pega pelo ombro e me conduz até lá. "Connor, esta é a minha mãe, Lányīng Chen." Se eu tivesse que chutar, diria que ela tem sessenta e poucos anos, mas sua pele é iluminada e tem apenas algumas linhas de expressão ao redor dos olhos.

A mudança no comportamento de Fizzy é sutil, mas perceptível para alguém que não consegue tirar os olhos dela: perto dos pais, ela se torna mais atenciosa, assumindo mais o papel de filha do que o de centro das atenções, é mais uma cuidadora do que uma baladeira, e estende a mão para ajeitar o pingente do colar da mãe.

Fico esperando por um aperto de mãos, mas em vez disso recebo um abraço, que retribuo de forma cautelosa — ela é ainda mais miudinha que a filha. Quando me afasto e olho nos olhos sorridentes da sra. Chen, penso na minha mãe lá na Inglaterra, que parece sempre exausta e que sem dúvida se sentiria em pânico e desconfortável em um evento social como este.

Ao lado da sra. Chen está seu marido, Ming, o homem esguio e cheio de vitalidade que conheci na sessão de autógrafos de Fizzy, com o sorriso malicioso que pelo menos uma de suas filhas com certeza herdou. "Aqui está o meu novo amigo, que vai transformar minha filha em uma estrela."

Nós trocamos um aperto de mãos, e Fizzy se aproxima, fingindo uma cara de ofendida. "Alô, pai, eu *já* sou uma estrela."

"Quando eu vou andar no tapete vermelho com você, então?"

Os dois continuam se provocando enquanto a sra. Chen passa uma das mãos elegantes ao redor do meu antebraço. "Eu gosto do seu programa", ela me diz. "Você fica muito bonito na tevê."

"Obrigado", respondo com um sorriso. "Estou surpreso que Fizzy deixe a senhora assistir."

Felizmente, ela acha graça no comentário. "Você entende bem quem ela é, e eu sou grata por isso."

Fico momentaneamente sem reação. "Acho que a maior parte do crédito é da sua filha. É difícil encontrar alguém que se comporte de forma tão espontânea e natural diante das câmeras. Estou começando a achar que não existe nada que ela não seja capaz de fazer."

"Quando ela escrever um livro de verdade, você pode transformar em um filme, certo?"

Agora estou confuso por outro motivo. "Um livro..."

Fizzy faz um gesto para eu ignorá-la e entra na conversa. "Quando ele não está ocupado encontrando uma alma gêmea pra mim, está salvando o planeta, mãe! Não tem tempo pra adaptar romances!"

Uma mulher que parece ser a organizadora do evento olha para Fizzy e aponta para o relógio.

"Acho que está na hora", Fizzy me avisa.

Nós tomamos o caminho das fileiras intermináveis de cadeiras brancas com laços vermelhos. Quando uma mecha dos cabelos de Fizzy voa sobre sua testa, eu estendo a mão e a afasto sem nem pensar.

Nossos olhares se encontram, e sinto um aperto no coração ainda maior nesse lugar tão bonito e acolhedor.

"O que a sua mãe quis dizer com um livro 'de verdade'?"

Ela encolhe os ombros e se vira para ver enquanto os convidados se dirigem em grandes grupos para os assentos. "Um livro cheio de reflexões e sofrimentos."

"Interessante."

"Muita gente encara os livros de romance como uma espécie de hobby", ela explica, voltando o rosto para mim, sem nenhuma tensão, sem ressentimento. "Com certeza ela acha que eu estou só matando o tempo enquanto preparo a minha obra-prima."

Agora poderia ser um bom momento para admitir que eu era uma dessas pessoas ou então para refletir sobre essa coisa que temos em comum — a diferença entre a forma como encaramos a carreira versus aquilo que nossos pais acham que deveríamos fazer. Mas o primeiro pensamento que me vem à mente é: "Pra mim, *você* é a obra-prima".

Ela abre a boca, dando a impressão de que vai dar uma resposta engraçadinha, mas nada acontece. Contorcendo os lábios, ela balança a cabeça para mim. "Você não existe."

"Ah, existo, sim."

Ela aponta para as cadeiras. "O lado do noivo é o esquerdo. É onde você vai ficar. Pode ir pra lá fazer novas amizades."

"Certo."

"Vejo você depois da cerimônia." Ela ajeita o vestido e volta para dentro para se juntar ao restante das pessoas que vão subir no altar. "E trate de sentir a minha falta", ela grita por cima do ombro.

Enquanto a vejo se afastar, admito baixinho: "Já estou sentindo".

Trinta e três

FIZZY

Eu já estive em um número incontável de casamentos na vida. Fui madrinha duas vezes (Alice e Jess) e dama de honra outras catorze, oficiei três matrimônios e em duas ocasiões fiz leituras durante a cerimônia (em uma delas, um trecho de um livro meu, o que foi bem esquisito). Tenho certeza de que algumas pessoas vão a esses eventos só para ver o que dá certo e para dizer o que fariam diferente. Examinar a decoração, avaliar a comida, estimar o número de convidados. Sussurram entre si que jamais teriam colocado fulano e sicrano na mesma mesa. Podem inclusive pegar cartões de visita dos prestadores de serviço durante a festa.

Não é o meu caso. É bem possível que o brilho dos casamentos tenha se perdido depois de eu ter tido tantas experiências diferentes, mas a verdade é que acho a festa de casamento a parte menos romântica de um romance. Tem muito brilho, comida, bebida e a oportunidade de usar roupas extravagantes, claro. Mas também tem as intrigas familiares, estresse e o fato de que muita gente desembolsa o equivalente à entrada do financiamento de uma casa para uma celebração que dura um único dia. O amor não está em um arranjo floral de mesa de mais de um metro de altura nem em um bolo de chocolate de sete andares. O romance está nos detalhes mais discretos. Quem pede a mão de quem, e como. O jeito como o casal se olha quando um está longe do outro. A expectativa pela vida de casado, pelas noites passadas lado a lado, moldando a vida um do outro para sempre. O primeiro momento a sós depois que o compromisso é firmado. O dia seguinte, quando o casal finalmente embarca nessa aventura. E, obviamente, todas as trepadas que vêm pela frente.

Mas esse é o tipo de coisa em que é melhor não pensar quando o noivo é seu irmão. Eca.

Afasto os olhos de Peter e me volto para sua recém--declarada esposa, Kailey, no momento em que ela é beijada pela versão adulta de uma pessoa que mais de uma vez me imobilizou no chão e peidou na minha cara.

Ele se afasta com um sorriso e ali está — bem ali — o que eu queria ver: o olhar indisfarçável de fascínio. Aquele primeiro contato visual, que silenciosamente grita *Sério mesmo que estamos casados?* Peter muitas vezes se mostrou um babaca egoísta, e nunca vou perdoá-lo por ter cortado meu rabo de cavalo quando eu tinha treze anos, mas ele ama Kailey. Vai ser um bom marido para ela.

E com sorte vai engravidá-la rápido, mantendo o foco de todos longe de mim e do meu status permanente de solteira. *Isto é*, lembro a mim mesma, *a não ser que eu acabe vivendo feliz para sempre com um dos meus heróis românticos.*

Esse pensamento reverbera na minha mente, mas como uma bola de tênis quicando em paredes vazias. Vejo a multidão animada de convidados e meus olhos se cravam em Connor no meio de toda aquela gente, ele parece um arranha--céu no centro de um bairro residencial. E quem poderia imaginar? Ele também está olhando para mim.

Demoro dez minutos para atravessar a multidão e chegar até ele, nesse meio-tempo conversando com familiares, sendo parada para tirar fotografias e uma vez para indicar onde ficava o banheiro mais próximo. Consigo ver que ele está conversando com as pessoas ao redor. Nossa, adoro isso de poder encontrá-lo assim com tanta facilidade, de ele ficar tão bem em um smoking justinho e de seus cabelos estarem macios e soltos em vez de meticulosamente penteados com gel. Mas a aparência já deixou de ser a coisa mais interessante em Connor. Ele é muito caloroso no trato pessoal, tem um olhar muito sincero. Adorei vê-lo interagir com a minha mãe e a simpatia que demonstrou ao ser apresentado às pessoas que nos pararam no caminho até o jardim. Isso sem falar de seu jeito de se colocar por inteiro nas coisas que faz e de se permitir ser emotivo quando fala da filha. Connor Prince III deveria receber uma medalha de ouro em Escuta Ativa nas Olimpíadas do Romance. É até difícil acreditar que, meses atrás, olhei para ele e só vi um arquétipo artificial. Ele não é mais o Executivo Milionário Gostosão nem o Britânico Gostosão, nem o Lenhador Gentil, nem mesmo o Papai Gostosão... é apenas Connor.

Como eu pude considerá-lo tedioso e desagradável e clichê? Agora o meu maior problema é tentar não pensar nele como candidato a alma gêmea.

E que bom que estou conseguindo, porque, quando o encontro, ele está conversando com uma das amigas de Peter dos tempos de colégio, uma loira baixinha chamada — juro por Deus — Ashley Simpson. E, quando digo que Ashley está grudada em Connor, o que quero dizer é o seguinte: imagine um rochedo gigante, e então uma craca presa em sua superfície. Eu até gosto de Ashley — apesar de ter feito Peter de gato e sapato durante anos na época em que ele acreditava que a aparência era mais importante que a inteligência, e então começou a vir atrás dele quando o meu irmão finalmente entendeu que o conteúdo conta muito mais do que aparência —, mas acabo me aproximando por trás dos dois bem no momento em que ela pergunta se Connor lhe cederia a primeira dança, e minhas entranhas se reviram com uma raiva fervilhante.

Eu detenho o passo. Ele não me viu. E deveria aceitar. Sei que não vou gostar, mas seria uma boa forma de interromper essa coisa estranha, inapropriada e inviável que está rolando entre nós. Eu deveria gostar de Isaac, ou de Dax, ou de Nick. (Talvez de Jude. Acho que já dá para dizer que com Evan não vai rolar. Mas Connor *definitivamente* não está no jogo.)

Mas então ele diz, todo gentil: "Desculpa, mas esta noite estes pés de valsa estão à disposição da Fizzy", e sinto meu coração palpitar e um frio na barriga de congelar o estômago.

Na despedida de solteira de Jess, no meio da bebedeira, nós estávamos nos derretendo falando sobre todos os diversos motivos pelos quais River era perfeito para ela. Como todas as outras mulheres eram casadas, inevitavelmente o tema da conversa em um determinado momento acabou sendo eu e meu caso desastroso com Rob. Era um grupo pequeno — só meia dúzia de amigas —, mas todas fizeram questão de me garantir que eu era incrível, que merecia o melhor homem do mundo e que, fosse lá quem fosse esse ser humano mítico, ele está em algum lugar esperando por mim.

Naquela época não acreditei e, apesar de estar participando de um programa justamente com esse tema, ainda não me deixei convencer por completo. Nas últimas décadas, saí com um monte de gente. Nunca me considerei uma pessoa exigente; sempre me gabei de não ter um tipo. Foram vários primeiros encontros excelentes e alguns segundos encontros divertidos. E aí, fim de papo. Sinto atração por muita gente, mas quase nunca me envolvo emocionalmente. Olhando para trás, vejo que o que senti por Rob foi influenciado pelo encantamento residual que vivi ao acompanhar tão de perto a história de amor de Jess e River. Mas, na verdade, foi um relacionamento ridículo de tão superficial. Eu não sabia nada sobre a vida de Rob, não preciso nem dizer, e ele nunca me fez sentir nada sequer parecido com *isto*.

Puta merda, essa é uma boa reflexão. Abro minha bolsa de festa para pegar meu caderno, mas não encontro nada. Mesmo que eu tivesse voltado a andar com papel e caneta, nesta bolsa não caberia nada maior que uma barrinha de cereal.

Parada logo atrás de Connor, vendo ele rejeitar gentilmente, mas com firmeza, uma mulher sem dúvida maravilhosa, sabendo que ele não curte transas casuais e que me entende e admira o bastante para pôr sua carreira nas minhas mãos, e que, mesmo que sinta por mim só uma fração do que sinto por ele, também está se arriscando a uma desilusão amorosa fazendo esse programa comigo, percebo que aquilo que disse semanas atrás é mesmo verdade — eu não tenho um *tipo*.

Mas talvez eu tenha, sim.

Quem já cuspiu para cima e acabou levando na testa sabe como é essa sensação. Fecho os olhos, apertando-os com força, e torço para que o pânico vá embora. Se estivesse escrevendo esta cena, descreveria a percepção de que os sentimentos que eu vinha ignorando estavam aqui o tempo todo. Talvez eu fizesse a heroína tropeçar ou pegar uma taça de champanhe e virá-la de uma vez para aliviar um pouco o súbito ataque de ansiedade. Mas, na verdade, as epifanias são mais como a alma abrindo a boca e lamentando: "Ai, como eu sou *burra*".

Vou até os dois e engulo em seco por cima do nó na minha garganta. "E aí, vocês dois?"

Connor se vira, livra seu braço do toque de Ashley e põe a mão quente na parte inferior das minhas costas. Sua resposta, um simples "Ei", é baixa, calorosa e carrega milhares de significados. Olho em seus olhos e percebo que não pode ser minha imaginação. Com uma única palavra, ele diz: *Ei, aí está você*, e *Ei, você ouviu o que eu acabei de dizer?*, e *Ei, eu senti sua falta*, e *Ei, lembra quando a gente se pegou gostoso e transou até enlouquecer?*

Ashley aparece do outro lado dele, sorrindo para mim. "Oi, Fizzy."

Eu desvio os olhos de Connor. "Oi, Ashley. Obrigada por ter vindo."

"Aimeudeus, *claro* que eu viria. Acabei de conhecer seu *produtor*. Será que eu posso fazer um programa de namoro também, e com *ele*?"

Abro um sorriso amarelo e olho para Connor como quem diz: *E aí, vai responder o quê?*

Ele olha para mim com uma expressão divertida. "Eu já falei pra ela que me sinto mais à vontade atrás das câmeras, e que foi você que me obrigou a fazer essas entrevistas."

Ashley entra na conversa: "Não dá pra acreditar que você está fazendo isso, Fizzy. Eu tinha ouvido falar, mas não sabia que ia ser um negócio *dessa* dimensão. Connor falou que o segundo episódio vai ao ar hoje à noite."

"A coisa só ganhou essa dimensão porque o Connor está fazendo um trabalho incrível."

"Mas é engraçado." A risada dela é estridente como várias pequenas sinetas tocando ao mesmo tempo. "A gente estava comentando mais cedo que, como você escreve livros de romance, já deveria conhecer todos os lugares e as melhores formas de conhecer pessoas, não? Se justo você não consegue encontrar alguém pelos meios convencionais, então literalmente não existe esperança para o resto de nós, não é mesmo?"

Sinto meu sorriso murchando e não posso fazer nada para impedir. Deixo escapar uma risadinha constrangida. Em geral, sei muito bem como lidar com esses insultos disfarçados de elogios. E costumo ter uma resposta espertinha bem na ponta da língua.

Como uma especialista em romance como você ainda é solteira?

Eu preciso continuar disponível para fazer pesquisas de mercado, sabe como é.

É difícil encontrar o homem certo depois de criar o herói romântico perfeito.

Nem mesmo um simples "Eu não tenho tempo para me dedicar a relacionamentos" me vem à mente. Estou me sentindo paralisada diante dos holofotes em meio ao coquetel servido logo após o casamento do meu irmão mais novo. Com este vestido que Connor abotoou com tanto cuidado, e com a minha família inteira ao meu redor, e sobrecarregada por esses sentimentos novos e avassaladores, eu teria tudo para me sentir inabalável, mas... ah, é. Eu sou a irmã solteirona. Como é fácil derrubar e redefinir uma pessoa com apenas algumas palavras.

"Acho que não deve ser fácil para uma pessoa pública encontrar alguém", Connor intervém, sempre tranquilo. "É compreensível que Fizzy seja cautelosa."

Ashley solta um risinho de deboche. "Ai, meu Deus, você é tão fofo. Mas, tipo, a Fizzy já saiu com literalmente todo mundo."

"Claro", ele responde, com uma risada gostosa. "Quem não quer sair com ela?"

O rosto de Ashley se contorce em uma expressão mal disfarçada de *Hã, então tá, amigão*. Uma forma menos descarada de escárnio.

Connor continua sorrindo, mas agora não parece tão natural. "Você lê os livros dela?"

Ashley faz que não com a cabeça. "Ah, eu não leio livros que só tenham romance. Preciso de um bom enredo para me cativar também."

Ele fica bem sério. "Mas tem enredo de sobra também. E os da Fizzy são de primeira linha." Eu olho para ele com uma expressão carinhosa. Esse cara de pau continua fingindo que leu os meus livros.

"Ah, sim, claro..."

Ele continua falando, e de algum jeito consegue interrompê-la sem deixar aquela sensação de insulto no ar. "As pessoas acham que os livros de romance só têm sexo — e alguns são assim mesmo, e tá tudo bem —, mas eles também promovem transformações sociais e desafiam o statu quo, como a opinião das pessoas sobre quem merece, ou não, um final feliz."

"E piratas", eu acrescento, sentindo meu coração se acender como um letreiro de neon de Las Vegas dentro do meu peito. "Não vai esquecer dos piratas."

"E às vezes tem piratas também." Ele sorri para mim antes de se virar de novo para Ashley. "Fizzy é uma das melhores escritoras que já li, e tem milhões de leitoras." Sua mão acaricia de leve as minhas costas em movimentos circulares. Será que ele percebe que está fazendo isso? Está me deixando louca de vontade. "Foi uma sorte para a produtora poder contar com ela. Nossos índices de audiência estão altos por causa do carisma da Fizzy na tela com cada um dos participantes." Ele ri antes de complementar: "Nossa, eu estou falando como um produtor, né?". Em seguida, faz um gesto de desdém com a mão e sorri. "Enfim, vou parar de me gabar dela agora. Foi um prazer conhecer você, Amy."

Com uma mão firme, ele me conduz para longe dela.

Eu me deixo levar para dentro de novo, onde a banda está tocando enquanto o coquetel é servido. Connor pega duas taças de champanhe de uma bandeja que passa por nós e me entrega uma.

"Estou impressionada", digo a ele.

"Eu só peguei uma bebida de uma bandeja. Você poderia esperar um pouquinho mais de mim, não acha? Pra não se deixar impressionar por tão pouco?"

Dou um soco no ombro forte dele com a minha mão livre. "Não é isso. Estou falando daquela sua forma educadíssima de acabar com ela lá fora."

Connor dá um gole no champanhe sem tirar os olhos de mim. "Eu entendo essas ideias preconcebidas, porque também pensava assim. Só que não com base em fatos — eu nunca tinha lido um livro de romance. E imagino que ela também não."

"E o que aconteceu pra você mudar de ideia?"

"Nat me deu um puxão de orelha, e eu li os seus livros."

"Sim, mas, tipo, só um."

"Eu li *quase* todos." Ele sorri para mim. "E olha que não são poucos."

Fico parada, com a taça encostada nos lábios. As bolhas de champanhe pinicam minha pele. "O quê?"

"Eu disse que ia ler."

"Sim, mas as pessoas falam só por falar."

Ele balança a cabeça. "Eu não."

"E as suas ideias preconcebidas?"

Ele dá mais um gole, inclinando a cabeça e flexionando o pescoço. Depois de baixar a taça, volta a me encarar. "Eu sei admitir quando estou errado."

Minha pulsação ecoa nos meus ouvidos. É esse o tipo de coisa que faz com que a Fizzy de trinta e sete anos se atraia por um cara? Ser sincero, assumir os próprios erros e saber se comunicar? "Sabe aquela mulher lá de fora? O nome dela é Ashley, não Amy."

Ele abre um sorriso malicioso. "Eu sei."

Fico sem reação diante do calor que se espalha pelo meu peito. Essa bolha de alegria vai me arrebatar e me jogar no chão se eu não puder me agarrar a ele de alguma forma. Peter e Kailey ainda estão do lado de fora, tirando as fotos de casal pós-cerimônia. Temos uma longa noite pela frente, com o jantar e os brindes e as danças e o bolo, mas por ora vou tirar vantagem deste momento de tranquilidade. Pego a taça de Connor e a coloco sobre uma mesinha alta, e então o conduzo até a pequena pista de dança, onde alguns casais se balançam suavemente ao som da música.

Ele me encara com uma expressão de interrogação, mas seus braços enlaçam minha cintura quando subo com as mãos pelo seu peito e as posiciono atrás de seu pescoço. "Essa é uma posição meio sexy pra dançar", ele diz no meu ouvido.

"Bom, eu costumo pensar em coisas sexy quando estou com você."

"Mas em público?", ele pergunta.

"Dança só essa música comigo, seu Papai Gostosão."

Ele relaxa um pouco, suas mãos se acomodam na parte inferior das minhas costas, e eu apoio o rosto em seu peito. "Belos músculos."

"Obrigado."

"É como um muro de tijolos elegante."

Uma risada baixinha reverbera contra a minha têmpora. Eu fecho os olhos. "Você torna bem difícil essa minha tarefa de me apaixonar por outra pessoa."

O peso dessa verdade me puxa para baixo, como uma âncora.

Ele não diz nada, nem depois de cinco, dez ou trinta segundos. Fico esperando que o remorso bata ou que eu me sinta rejeitada por esse silêncio, mas em vez disso parece que estamos concordando. Ele está me abraçando bem forte.

"De repente podemos dar uma escapadinha mais tarde pra ver o programa," sugiro.

"Eu bem que gostaria."

"Mas nada de gracinhas", acrescento. "Apesar do que eu acabei de dizer, sei que podemos nos comportar como dois amigos vendo juntos a exibição do nosso trabalho." Percebo que ele não diz nada sobre *isso* também. E então me dou conta. "Espera aí. Você não devia estar na produtora ou, sei lá, disponível para o pessoal do programa hoje?"

"Não", ele responde. "Blaine está a cargo de tudo. Ele sabe que acompanhar você hoje era um trabalho importante."

"Um *trabalho*, é?"

"Eu finjo que você me dá um trabalhão. Pega bem com o chefe."

"Mas eu dou mesmo um trabalhão."

Isso o faz rir. "Felicity, você é a pessoa mais fácil que já conheci na vida." Eu olho para ele, esperando que se dê conta do que acabou de dizer. Uma vermelhidão sobe por seu pescoço e deixa as pontas de suas orelhas coradas. "Você entendeu o que eu quis dizer."

"Eu entendi, mas também sei que é mentira. Objetivamente falando, eu sou um tremendo abacaxi."

Ele me puxa para si e apoia o queixo na minha cabeça. "Não se subestime."

Eu rio com a boca colada à sua camisa e fecho os olhos. Porra, ele é perfeito. E isso é terrível.

Trinta e quatro

CONNOR

A dança com Fizzy é o último instante de sossego que temos nas próximas quatro horas, porque o que vem a seguir é o evento mais luxuoso e impecavelmente planejado do qual já participei. Há um opulento jantar com oito pratos, discursos surpreendentemente carinhosos, uma pista de dança animada, o corte do bolo, tudo isso em meio a uma procissão de pessoas querendo ver Fizzy, abraçá-la, tirar fotos com ela. Fizzy costumava se descrever em tom de piada como a ovelha negra da família, mas sempre pareceu que havia um fundo de verdade nessa brincadeira. Nesta noite, porém, essa autoimagem desconectada da realidade me deixa perplexo. Fica claro, enquanto a observo, que todo mundo a adora demais e, embora não seja seu casamento, a atenção que ela recebe faz parecer que existe um holofote andando atrás dela discretamente pelo salão.

Ou talvez seja só o meu olhar.

A verdade é que não consigo tirar os olhos de Fizzy. E, quando ela vem até mim mais tarde, com uma garrafa de champanhe ainda fechada e sinalizando com a cabeça o local para onde quer escapar, meu coração se comprime com força dentro do peito. Apenas quando a oportunidade surgiu eu me dei conta do quanto queria passar mais um tempo a sós com ela antes do fim da noite.

"Você tem que ir embora ou pode subir comigo pra ver o episódio de hoje à noite?"

Sei que a resposta deve ser que preciso ir para casa. E também sei que, quando o assunto é essa mulher, sempre existe a possibilidade de ir além dos limites, e que meus sentimentos por ela estão contidos atrás de uma barreira muito frágil. Eu deveria proteger melhor o meu coração.

Mas, com duas taças de vinho na cabeça e me sentindo inebriado por sua proximidade a noite toda, a resposta errada vem com a maior facilidade: "Eu não tenho mais nenhum outro compromisso hoje à noite. A Stevie está com a Nat".

As pessoas continuam em nosso encalço, e a conversa incessante no saguão nos envolve em uma bolha ecoante. Fizzy estende a mão para chamar o elevador, e nós olhamos ao mesmo tempo para a seta que aponta para cima se acendendo no alto da porta.

"Sua família é incrível."

Ela ri. "O mais engraçado é que eu acho que você está falando sério."

"Estou mesmo."

"Bom, se estiver procurando uma esposa, a minha tia Cindy está disponível, caso as trezentas vezes que ela disse isso não tenham sido suficientes para deixar essa questão bem clara."

Quando ela fala nisso, tiro do bolso um guardanapo com um número que imagino ter sido escrito com batom e o jogo na lixeira. "Não, obrigado."

"Esse era o telefone da Ashley?"

"Era."

Fizzy abre um sorriso, e, nesse momento, o elevador chega e nós entramos. "Você é a minha pessoa favorita."

"Acho bom mesmo."

"Já viu o episódio de hoje?", ela pergunta.

Eu olho para ela sem entender o motivo da pergunta.

"Fui eu que editei a melhor parte."

"Ficou bom?"

"Ora essa."

"Vou precisar que você abra os botões agora", ela diz, apontando casualmente para o vestido como se estivesse me pedindo para tirar um fiapo da roupa ou para buscar uma encomenda na lavanderia.

Minha boca fica seca. "Imaginei."

"Eu vou me comportar."

"Não vai, não", eu digo, aos risos.

"Prometo tentar, que tal?"

"Uma promessa vazia, mas eu aprecio o gesto."

As portas se abrem, e, ainda sorrindo, Fizzy me conduz pelo corredor até o quarto, passando o cartão na porta. O silêncio nos envolve quando ela larga a bolsa e a chave na mesa, e sou consumido por uma onda de pânico. Não sou idiota; sei que é exatamente assim que o sexo começa. Já transei com ela antes, já estou meio apaixonado a essa altura, e o champanhe e a animação da festa já subiram à nossa cabeça. Vir aqui foi uma péssima ideia.

Fizzy se vira de costas para mim. "Ao trabalho."

Por sorte — ou azar, dependendo do ponto de vista —, abrir o vestido é infinitamente mais rápido do que abotoá-lo. Mas, para o meu alívio, ela cumpre sua palavra e não o deixa cair imediatamente no chão para me encarar com a lingerie chique de seda que está escondendo ali embaixo. Ela se afasta segurando a frente do vestido e sorrindo por cima do ombro. "Vou me trocar no banheiro; você vai colocando o episódio."

Encontro o controle remoto, abro o aplicativo e deixo o

programa aberto, só esperando para dar o play. Com Fizzy ainda se trocando, vou até a varanda e ligo para Stevie. A brisa fresca do mar bate na minha pele quente, e respiro fundo antes de tirar o celular do bolso.

Quando Nat atende, ouço outra voz ofegante e carregada de adrenalina falando sem parar ao fundo.

"É da sede do fã-clube", Nat explica.

"De novo?", pergunto, aos risos. Não sabia se Stevie estaria acordada, mas deveria ter imaginado. O DVD ao vivo do Wonderland que ela ganhou de Fizzy já foi visto nada menos que dez vezes ao longo da semana.

"Ela está assistindo com o Insu e contando com detalhes o show que viu com você e a Fizzy. Você vai ganhar de lavada o prêmio de pai do ano com essa, seu babaca. Como está o casamento?"

"Incrível."

"E a Fizzy?"

Ah, chegamos à verdadeira pergunta. "Igualmente incrível", respondo com um suspiro doloroso.

"Entendi."

"Estamos no quarto dela no hotel pra ver o programa. Ela está se trocando."

Quase consigo ver as sobrancelhas de Nat se erguerem do outro lado da linha. "*Entendiiiiii.*"

Afasto a imagem das costas nuas de Fizzy antes de ela pegar o pijama da gaveta da cômoda e ir para o banheiro.

"Está tudo sob controle", digo para Nat. O que não conto é que guardei umas camisinhas na carteira hoje de manhã. Eu não vou transar com Fizzy. *Não vou.* Mas a minha lição sobre nunca ser pego desprevenido nessas situações faz onze anos em janeiro. Esse risco eu não corro nunca mais.

Me aproximo do gradil da varanda. Durante o dia, o quarto de Fizzy deve ter uma vista maravilhosa para o mar. Dá para ver um pouco agora, ainda que seja só uma massa escura de água se movimentando à distância. A proximidade é ressaltada pelo som estrondoso das ondas quebrando na praia. Essa turbulência incessante é um lembrete do que está acontecendo dentro do meu peito. "Enfim, liguei para dar boa-noite pra Stevie, mas, se ela está ocupada, posso falar com ela amanhã cedo."

"Tem certeza? Eu posso chamá-la."

"Não, não precisa interromper a aula do Insu. Ele precisa ver direitinho onde está se metendo." Eu me viro quando escuto Fizzy se movimentando pelo quarto atrás de mim. "Preciso desligar, aliás. E vê se assiste ao programa hoje. Eu preciso da sua audiência."

"Ela é toda sua!"

Eu sorrio, porque é verdade. "Diz pra pequena que papai ama ela e que desejo uma boa noite, Nat."

"Pode deixar. Te amo."

"Eu também te amo."

Começo a entrar no quarto e detenho o passo, com um pé para dentro e outro para fora. Fizzy falou que iria vestir uma coisa *confortável*. Na minha inocência, pensei que estivesse falando de um pijama de flanela de manga comprida, não um shortinho minúsculo e um moletom *cropped*. Isso é... muita pele exposta.

"Que porra é essa que você está vestindo?", eu pergunto, com meu sotaque britânico se acentuando ainda mais por causa do susto.

"É o meu pijama. Quer que eu durma de casaco?"

"Quero."

Ela aponta com o queixo para a varanda. "Está tudo bem?"

Eu consigo recompor meus pensamentos. "Ah, sim. Só liguei pra dar boa-noite pra Stevie."

"Ela deve ter sentido falta de passar o sábado com você."

"Na verdade, não." Ponho o telefone sobre a cômoda, solto o nó da gravata e o botão do colarinho, e então me dou conta do que disse. "Quer dizer, não é bem assim, nós nos divertimos juntos, mas ela não está sozinha, sofrendo. Está vendo o show do Wonderland com o Insu."

"O sonho de qualquer menina."

"Pois é." Jogando a gravata sobre uma cadeira, eu admito: "Todo mundo teve que se adaptar quando o meu cronograma de trabalho virou uma loucura. É muita sorte minha a Nat ter sido tão compreensiva e flexível, principalmente nos últimos meses."

Fizzy pega a garrafa de champanhe, tira a rolha com um estouro alto e sobe na cama, onde se senta com as pernas cruzadas. "Vocês são o casal divorciado mais bem resolvido que eu conheço." Ela dá um gole na bebida. "Tenho uma amiga que só fala com o ex através da advogada."

"Nós tivemos que aprender a conviver assim, para o bem de todos." Olho ao redor do quarto. Além da cama e da cômoda, só tem uma cadeira chique e de aparência nada confortável encostada em um canto. Eu vou ter que me sentar na cama com ela. Puta que pariu.

Fizzy deve ter notado minha hesitação, porque logo em seguida dá um tapinha no colchão. "Vem cá", ela chama. "Vamos assistir."

Mantenho a maior distância possível entre nós quando me sento — o que não é muita coisa, considerando que ela se acomodou bem no meio da cama. Com um brilho de divertimento nos olhos, ela me entrega o champanhe. Minha sensação é a de que sou a caça aqui. Dou um longo gole.

As bolhas aquecem meu estômago enquanto Fizzy aperta o play e a abertura do programa começa. A música é cativante, bem chiclete, sendo sincero, mas isso é um ponto a nosso favor. A melodia foi usada em diversos vídeos e memes publicados nas redes sociais — pelo menos é o que Brenna me diz. Fizzy se agita quando Lanelle aparece. "Porra, eu adoro essa mulher."

"Ela é ótima mesmo." Nossa, como eu adoro essa energia. Só nós dois, vendo uma coisa que criamos juntos.

Lanelle faz uma breve recapitulação do que aconteceu até aqui e vemos trechinhos curtos da participação dos pretendentes agora eliminados. Com uma transição sutil, Fizzy e os demais heróis românticos aparecem na cozinha industrial. Lanelle explica as atividades da semana, e a câmera dá um zoom em Fizzy enquanto ela decide qual herói vai participar de cada encontro. Ela é divertida, sexy e emana carisma.

"Você foi feita pra aparecer na televisão."

"É muito difícil não ser crítica demais comigo mesma", ela admite.

"Eu percebi." Antes de poder falar mais algumas palavras de incentivo, Colby aparece, amarrando o avental para a atividade de preparar uma refeição. Fica bem claro logo de cara que a química criada entre ele e Fizzy no primeiro encontro não se repetiu no segundo, mas fizemos um bom trabalho de edição para tornar o tempo que os dois passaram juntos menos desagradável do que na verdade foi.

O primeiro intervalo começa, e Fizzy pega a garrafa da minha mão para dar um gole. "Qual você acha que seria a reação de todo mundo se eu desse um soco na cara desse macho palestrinha?"

"Como seu produtor, eu não aconselharia isso."

"E como amigo?"

Pego a garrafa e sorrio ao levá-la à boca. "Diria que um soco é pouco."

Ela ri e se ajeita na cama, deitando de bruços com os pés apoiados na cabeceira da cama. Eu aprecio a visão daquelas pernas totalmente descobertas. Vê-la participar de encontros com outros homens na tevê com essa bundinha perfeita, pulando para fora do short, bem na minha cara, vai ser uma tortura.

Então faço a mesma coisa e me deito ao seu lado na mesma posição. "Aposto que o Colby não passa desta semana."

"Ou o Jude." Ela ergue o queixo apontando para a tela quando ele entra andando em sua direção no parque onde plantaram árvores juntos. "Sinceramente, fico impressionada com quanto você é bom no que faz."

"Como assim?"

"Esse encontro", ela diz, olhando para a televisão. "Parece uma coisa tão íntima, como se nós estivéssemos completamente sozinhos nesse parque. Você capturou as minhas expressões de um jeito que dá a entender que estou encantada por ele. E o Jude... olha só pra ele. Que filtro é esse? Preciso disso no meu rosto o tempo todo. Ele está um gato e não parece nem um pouco um bobalhão." Ela ri. "Na verdade, estava um calor de mais de trinta graus, um dia suarento e úmido, e o parque, lotado." Fizzy aponta para a tela. "Eu estava olhando pra ele ou pra você? Sou capaz de jurar que passei esse encontro inteiro olhando pra você."

"Acho que precisamos conversar sobre isso também", eu digo, batendo o meu ombro no dela. "Eu até gosto dessa levantada no meu ego, mas o público precisa acreditar que você está se apaixonando por um deles."

Fizzy revira os olhos voltados para a tevê. "Ninguém

ia acreditar que eu estou gostando de alguém que usa sem ironia a expressão *literatura séria sobre vampiros.*"

"Qualquer especialista em vampiros que se preze teria entendido sua piada sobre Volterra."

Fizzy se senta na cama e se vira para mim. "Eu sabia que você ia sacar essa!"

"Só os filmes faturaram mais de três bilhões de dólares no mundo inteiro. E a Nat arrastou nossa sala inteira na faculdade pra ver *Lua nova.*"

Fizzy volta a se acomodar na cama quando o programa é retomado. Fico me perguntando o que a audiência deve ter pensado depois de ver Jude se sair quase tão mal quanto Colby. Mas então Isaac aparece na tela.

Eu perdi boa parte desse encontro, então fiquei surpreso na cabine de edição ao ver as filmagens. Mesmo antes de serem editadas, as imagens dos dois juntos exalam tensão sexual. Quando Fizzy perde o sapato no meio do passeio, a coisa toda vira uma comédia, com os dois tentando recuperá-lo sem descer da bicicleta dupla, rindo o tempo todo. Em todos os closes no rosto de Isaac enquanto a ouve falar, ele parece hipnotizado. Fizzy também parece estar se divertindo, e não foi necessário nenhum truque de edição para isso. Ela está divertida, engraçada e parece genuinamente interessada em agradar-lhe. Como nunca tinha visto Fizzy tentar impressionar alguém antes, isso me atinge como um tapa na cara.

"Vocês dois ficam bem juntos", comento.

"Eu gosto dele."

Fico incomodado com o tom de afeto na voz dela. Claro que ela gosta dele, é um cara comprovadamente fantástico e, além de interessado, está *disponível.* Eu deveria incentivá-la, e não sentir essa vontade de gritar "*Corta!*" toda vez que ele a faz sorrir.

Tenho um sobressalto quando ela me cutuca com o indicador. "Você está parecendo meio emburrado agora."

"De jeito nenhum. Só estou assistindo tranquilamente a esse episódio muito bem editado."

"Ã-ham."

Meu olhar se volta para seus lábios depois de um gole de champanhe, e ela os limpa com o dorso da mão. Fico encantado com a gargalhada que ela solta quando se vê fazendo alguma coisa embaraçosa na tela. Sua total falta de inibição e pretensão acaba comigo. Assim como a forma distraída com que ela mexe os pés atrás de nós, com as pernas expostas roçando uma na outra, visivelmente macias e flexíveis.

Fizzy se vira de novo na minha direção depois de dar uma espiada rápida no que estou fazendo. "Você não para de me olhar."

"Porque você não desgruda do champanhe." Sei que é melhor pegar leve, mas agora já é tarde demais. "Passa pra cá."

Ela me entrega a garrafa com um sorrisinho malicioso e ajusta sua posição, apoiando o queixo sobre as mãos dobradas enquanto vê o depoimento confessional de Isaac, já perto do fim do programa, quando ele admite que Fizzy o deixa intimidado, mas que considera isso bom quando um homem gosta de verdade de uma mulher. "Ele é um cara legal."

O fogo volta a queimar dentro do meu peito. "É mesmo."

Ela olha para mim por cima do ombro. "Uau, você teve que pensar umas três vezes antes de admitir isso, hein?"

Aponto para a minha garganta. "Era o champanhe. Eu estava engolindo."

"Por que será que eu acho essas suas mentiras tão charmosas?"

Ignoro o comentário quando ela se deita de barriga para cima, com o rosto virado para mim e iluminado pela luz da tela da televisão. "Quem você acha que vai ganhar?"

"Não tenho a menor ideia."

"*Alguma* ideia você deve ter. Já vamos entrar na quarta semana."

"Acho que o Issac tem grandes chances. A Brenna me disse que a internet inteira adora o cara."

"A Brenna te disse? Você não fica on-line nunca?"

"Eu estou *sempre* on-line. Mas não entro em redes sociais, se é isso que você está querendo dizer."

"Isso explica muita coisa." Ela pega a garrafa da minha mão de novo. "Eu dei uma espiada no seu Insta. Tem uma foto dos pezinhos da Stevie no pedal da bicicleta e outra de um cachorro de, sei lá, quatro anos atrás. E mais nada."

Eu dou risada. "Eu não preciso mostrar pra todo mundo o que estou fazendo vinte e quatro horas por dia."

"Interessante." Ela me observa melhor. "Mas, como produtor, você não precisa saber o que está bombando e o que não está?"

"Nós precisamos de alguém que seja capaz de ver só o programa em si, isolado de todo esse contexto, pra que o arco narrativo de encontrar uma alma gêmea pra você continue sendo uma coisa consistente e verdadeira." Ela ergue as sobrancelhas como se eu tivesse acabado de confessar que sou vegano por uma questão de princípios. "Fizzy, eu não faço isso por altruísmo. Tem outras pessoas na equipe monitorando a votação. Eu só tenho acesso aos números finais. A coisa fica um caos até a hora do encerramento, e eu não gosto de ficar acompanhando isso em tempo real."

Ela se vira de lado, de frente para mim. "Então você quer que o Isaac ganhe?"

Não tenho como responder a essa pergunta com sinceridade sem soar possessivo, ciumento ou paranoico. "Acho que ele é o melhor entre os participantes que sobraram."

"Isso não responde à minha pergunta."

"Que pena, porque essa é a única resposta que você vai ter."

"Tem alguém que você não queira que seja eliminado?"

"O Jude — supondo que ele sobreviva a esta semana —, e só pelo fator cômico da coisa." Bato com o dedo na ponta do nariz dela. "E o Colby, porque gosto de ver você bravinha."

"O Jude não tem a menor ideia do que fazer comigo."

"Querida, *nenhum* desses pobres coitados tem a menor ideia do que fazer com você, e isso inclui até o sujeito que já teve uma chance antes."

Ela dá risada ao ouvir isso. "Mas você, sim."

"Claro que sim." Pego o champanhe e viro tudo até terminar. "Te aceitar do jeitinho que você é de dia e te comer até acabar com você de noite." Limpo a boca com a mão e estendo o braço para pôr a garrafa vazia em cima da mesinha de cabeceira.

Ao meu lado, Fizzy está em silêncio. É minha vez de olhar bem para ela; seus olhos estão semicerrados, e a boca, entreaberta. "Que foi? Eu disse alguma coisa errada?"

"Não."

Ela parece prestes a me devorar, e eu rio. "Não é possível que eu seja o primeiro a ter visto quem você realmente é por trás de todas as piadinhas e discursos fervorosos, Fizzy. Você iria gostar de um homem capaz de entender que você só quer alguém que seja como um melhor amigo que te faz rir e gozar com a mesma intensidade. Sendo bem sincero, não é tão difícil assim."

Ela se deita de barriga para cima, olhando para o teto.

"Que foi?" Eu me inclino na direção dela. "Eu fui desrespeitoso? Ofendi as profundezas ocultas do seu ser?"

"Gostar", ela diz.

"Como?"

Ela vira os olhos na minha direção. "Você disse gostar. 'Você iria gostar de um homem' assim. E não que eu *quero*, ou *preciso*, ou até *mereço* um homem assim." Em seguida, volta de novo sua atenção para o teto e sorri. "Você tem razão. Porra, eu iria gostar *muito* de ter um homem assim. Adorei esse jeito de colocar as coisas."

"Por que você se acha tão complicada, então?"

"Porque todas as outras pessoas acham."

Eu balanço negativamente a cabeça, me viro de lado e apoio a cabeça na mão. "Eu não. Para mim, você é um cubo mágico dois por dois."

Ela dá risada, se inclinando na minha direção para dar um tapa no meu peito. "Ei."

"Um labirinto com uma linha reta até o centro. O problema é que os homens são muito burros."

Percebo que ela quer ficar brava, mas o deleite em seus olhos é evidente. Fizzy estende a mão para afastar os cabelos do meu rosto. "Cuidado", ela diz.

"Cuidado com o quê?" Seus lábios macios estão úmidos, seu pescoço exposto parece estar todo estendido para receber a minha boca. Consigo ver o sangue dela pulsando sob seu maxilar e sinto vontade de colar o rosto ali e me deixar levar pela sensação de acender seu fogo com meu toque. "Vai brigar comigo só por ser sincero e dizer que você é a maior coração mole?"

Ela passa os dedos pela minha têmpora, descendo até o queixo. "Está tentando me fazer querer você?"

"Acho que o problema é esse", respondo, ajeitando melhor a cabeça sobre a mão. "Pelo jeito, não preciso nem tentar."

Fizzy abre um sorriso. "Porque você é assim tão sexy?"

"Obviamente."

Ela se vira de lado também, passando o polegar pelo meu lábio inferior, e nem mesmo diante de um perigo desses eu recuso seu toque. Também consigo ver em seus olhos que ela entendeu o que eu quis dizer com isso. Eu não preciso tentar porque tudo entre nós é fácil e tranquilo demais. Escancarado demais. Bom demais. A ideia de que ela possa acabar ficando com um Jude ou até mesmo com um Nick chega a parecer risível agora.

Mas a ideia de que possa acabar ficando comigo também.

Tentando dissipar da mente a névoa do álcool e do desejo, eu me afasto do toque dela. Seus olhos entram em foco, e ela pisca algumas vezes, deixando de olhar para os meus lábios.

"Ô-ou", ela murmura. "O feitiço se quebrou."

"Não é isso, é que já está tarde. Com certeza as celebrações do casamento vão continuar amanhã bem cedo. É melhor eu ir pra casa."

Fizzy franze a testa. "Vamos pôr um filme ou alguma coisa assim. Você estava bebendo."

"Eu chamo um carro." Faço menção de me levantar da cama, mas ela me segura pelo antebraço e não permite.

"Connor. Fica aqui. Eu sei me comportar. Prometo."

Eu dou risada. "Você não é a única que precisaria se comportar, querida. Normalmente, tenho mais autocontrole. Mas hoje acho que não."

Ela respira fundo e solta um suspiro trêmulo. "Eu me comporto por nós dois, então. Sei que não podemos dar bobeira."

"Por centenas de razões", eu continuo. "O programa é só a mais óbvia. A segunda, igualmente importante, é que pra você pode ser só uma transa, mas pra mim precisa ter algo mais. Não quero uma coisa sem a outra e, infelizmente, o 'algo mais' parece fora de questão."

"Será mesmo?", ela pergunta baixinho.

Fico olhando para ela, para sua expressão pensativa, vendo seus cílios descendo quando seus olhos se fecham, e ela suspira de novo. "O que você quer dizer com isso?", questiono.

"Eu não acho que tenha sido só um redespertar sexual."

"Ah, não?"

Ela balança a cabeça. "Acho que tenho sentimentos com S maiúsculo por você."

O efeito do vinho e do champanhe reverbera dentro do meu crânio, transformando meus pensamentos em um borrão, deixando meu sangue mais espesso. Ah, caralho. Caralho, caralho, caralho.

"É mesmo?", pergunto.

Fizzy assente. "Sabe na praia, quando eu falei que estava me sentindo reconectada com uma parte de mim que estava me fazendo falta?"

"Sim..."

"É por sua causa. A pessoa que a heroína escolhe é sempre aquela que a faz se sentir a melhor versão de si mesma. E eu me sinto assim com você."

"Mas isso não implica necessariamente uma relação romântica, Fizzy", digo com um nó na garganta. "Eu quero continuar seu amigo depois que tudo isso acabar."

"E se eu quiser que você seja o meu *melhor* amigo? Com quem também dou uns beijos?", ela pergunta baixinho.

Talvez o champanhe tenha obliterado minha inibição, mas fora isso nunca me senti mais sóbrio na vida. De repente,

306

tudo me parece inevitável. Não consigo me lembrar nem de querer resistir a ela. "É só pedir."

Ela baixa os olhos para os meus lábios, e sua boca se torna mais descontraída e faminta. "Me beija."

Segurando meu rosto com as mãos, ela me guia suavemente até colar minha boca na sua em um gesto demorado. Então eu me afasto.

"Mais", ela resmunga de um jeito adorável, e seu sorriso se torna malicioso. "De língua."

Eu dou risada ao ouvir isso. "Tem certeza de que é uma boa ideia?"

"Não, é uma péssima ideia, mas essa é a minha especialidade." Fizzy se espicha para o meu lado e passa os lábios no meu pescoço. "Puta merda, seu gosto é muito bom." Seus dentes roçam meus músculos, e ela chega mais perto, pressionando o corpo contra o meu. "Eu quero você o tempo todo, Connor."

Um fogo se espalha pela minha corrente sanguínea, e uma pressão se instala na região da minha virilha. Eu me rendo e deixo minha mão fazer o que quiser — passear por aquela coxa quente cor de mel, pela curvatura do quadril, sob o elástico do short inacreditavelmente curto e macio, e pela pele ainda mais macia logo abaixo. O tipo de sexo que temos a chance de fazer aqui leva minha imaginação a se perder em meio a um ruído branco.

"Escuta o meu plano", ela diz, mordendo de leve meu pescoço. "O que acontece neste quarto fica neste quarto."

"Acho que já ouvi isso antes." Minha voz está carregada de desejo. Meus dedos encontram a curvatura deliciosa da bunda dela.

"Nós começamos com uns beijos", ela continua, usando a perna para puxar uma das minhas para mais perto. Ela se esfrega em mim, prendendo minha coxa entre as suas. "Se estiver gostoso, de repente podemos tirar a roupa. Se não quiser transar comigo, tudo bem." Recuando um pouco, Fizzy sorri. "Você pode só me chupar e ir pra casa, e assim todo mundo fica contente."

Deixo uma risada escapar. Eu não conseguiria resistir a ela nem se estivesse acorrentado à parede pelos pulsos e tornozelos. Estou totalmente perdido nas mãos dessa mulher. Então faço a única coisa que me passa pela cabeça: resolvo ceder, virando meu rosto para ela e deixando a noite se dissolver entre nós.

Trinta e cinco

FIZZY

Eu costumava achar que o primeiro beijo era o mais poderoso de todos. Aquele primeiro contato, com todos os sentidos em alerta, com a pele suave reativa ao toque. A descoberta dos sons e sabores e desejos de outra pessoa. A revelação definitiva: tem paixão de verdade aqui? Mas eu estava enganada. Primeiros beijos são ótimos, mas os centésimos e os milésimos são melhores. Existem uma familiaridade e um conforto, a sensação de saciar uma necessidade, mas sabendo como provocar e brincar. A pessoa que inventou o beijo é a minha figura histórica favorita de todos os tempos.

"Eu quero beijar você pelo resto do fim de semana", resmungo com a boca colada à dele.

Com uma risada ele sobe em cima de mim, e sua mão desliza pela minha coxa, me apalpando e acariciando até eu me arquear ao seu toque, sentindo seus dedos no meu quadril, nas minhas costelas, no meu peito.

Eu poderia me satisfazer só com os beijos, mas quero todo o resto. Estar com Connor é como uma inevitabilidade arrebatadora. Tenho uma necessidade profunda de algo que não seja rápido e satisfatório, e sim demorado e pleno. Sinto esse mesmo tipo de entrega nele também. Está na forma como ele me beija, lenta e profunda, mapeando com as mãos o meu corpo, por cima das roupas, antes de arrancar uma peça de cada vez por cima da minha cabeça ou pelas minhas pernas com uma paciência deliberada.

"Você é tão linda", ele fala junto à pele sensível logo abaixo da minha orelha, e então repete baixinho junto ao meu pescoço, ao meu ombro, aos meus peitos.

Não é uma preliminar apressada. É como se o mundo todo tivesse sido pausado. Sinto seu corpo sólido e forte sobre o meu e me torno um aglomerado flexível e lânguido de membros e pele sob sua atenção. Seus lábios se detêm nos meus peitos, com a língua e os dentes me provocando com habilidade, me sugando. Isso me atinge como um raio: só alguém que me conhece por dentro e por fora pode me satisfazer e me torturar assim na mesma medida.

Nunca senti tanto desejo de ser *de alguém* como com Connor. Quero me alimentar de seus beijos possessivos e intensos. Quero que ele se lembre de ter beijado cada parte do meu corpo. Quero que as minhas mãos saibam moldar instintivamente o seu corpo. Quero que ele saiba pelo calor da minha pele e pelo tom dos meus gemidos quanto estou perto de chegar lá.

Connor me diz que não consegue parar de pensar em mim, que tudo o que quer é me tocar. Ele beija meu corpo e se acomoda no meio das minhas pernas, estendendo a mão e passando o polegar pelos meus grandes lábios, sentindo a forma dos meus ruídos à medida que me explora com a língua. Quero poder jogar a cabeça para trás sentindo os rodopios de sua língua enquanto ele me chupa, com firmeza e determinação, mas tenho medo de perder qualquer sensação que seja. Quando olho para baixo, vejo o topo da sua cabeça, os seus olhos fechados em êxtase. Agarro os seus cabelos macios com

310

as mãos, e, quando seu nome escapa da minha boca em um suspiro, ele olha para cima, ainda com a boca em mim, com os dedos lá dentro, emitindo sons que fazem minha espinha vibrar. Digo seu nome, querendo gravar na memória que é Connor quem está me provocando essa sensação, que deve ser ele a me conduzir ao limiar, cada vez mais perto, e mais perto, até a queda. Quando estou toda mole e exaurida, ele me vira e contorna cada curva minha com os dedos e os dentes, mordendo de leve as minhas pernas, a minha bunda, subindo pelas minhas costas e me provocando um calafrio. Com uma lenta esfregada na minha coxa, sinto quanto ele está duro, com a respiração trêmula contra a minha pele.

Olho por cima do ombro para ele, me sentindo inebriada pelos beijos. "Você por acaso tem camisinha?"

"Tenho, sim", ele sussurra em resposta, com a boca colada nas minhas costas, e fica de pé. "Na carteira."

"Por favor, me diz que não estão lá desde o seu divórcio."

Ele ri. "Só desde hoje de manhã."

"Quanta confiança."

"É o ABC da vida", ele responde, rasgando a embalagem. "Ande sempre preparado."

"É o ASP da vida, então."

Connor solta uma risada distraída. "Não tem muito sangue irrigando o meu cérebro no momento", ele comenta, e nós dois ficamos observando enquanto ele desenrola lentamente o preservativo, centímetro por centímetro.

"Estou percebendo."

Ele me puxa para me colocar de pé, se inclinando para me beijar, e consigo sentir a urgência com que as suas mãos apertam as minhas costelas e o autocontrole que precisa exercer quando me vira e se senta em um mesmo movimento, me puxando para o seu colo.

"Quero você no comando." Connor me puxa para mais perto. "Vai devagar."

Mas ir devagar parece uma péssima ideia. Quero empalar a mim mesma e ter uma morte feliz.

Ele acalma minha impaciência, e não sei como, porque parece tão ansioso quanto eu, todo vermelho e tenso. Quero ferir suas coxas, devorá-lo por inteiro. A galáxia dentro de mim se expande depressa demais, na velocidade do fim do mundo. Sentir Connor — suas mãos pacientes e trêmulas na minha cintura e sua boca escancarada nos meus peitos e seu corpo cheio de urgência me preenchendo — me leva a um transe eufórico. Começo devagar, mas com o tempo o instinto animal vai tomando conta, escorregadio e selvagem. Está tão bom que vira um sexo silencioso e ofegante. Que se espalha por toda a cama, com a cabeça pendendo da beirada, com os lençóis se soltando nas pontas do colchão. Com gritos na orelha dele, com beijos misturados com risos quando desaceleramos para conferir como o outro está. Com movimentos lentos, respirações sincronizadas, movimentos mínimos e também estocadas pesadas que fazem a cabeceira da cama tremer. Quando ele finalmente goza — atrás de mim, debruçado sobre as minhas costas e me prendendo em uma jaula feita de sua carne tenra —, o quarto volta a ficar imóvel depois de uma eternidade. Seu corpo enorme está ofegante, com os punhos trêmulos sobre o colchão, ao lado dos meus.

"Puta merda", ele murmura, com a boca colada às minhas costas. Sua testa está suada quando ele a apoia entre os meus ombros. "Puta merda."

Meus ouvidos estão zunindo, e minha pele, arrepiada pela consciência de que assumi uma nova forma. Consigo sentir minha pulsação no pescoço; meus pensamentos estão perdidos em uma onda de euforia, prazer e percepção aguda de que o quero perto de mim a cada segundo a partir de agora. Quero tatuar meu nome na pele dele e gritar o seu centenas de vezes até me certificar de que todo mundo ouviu.

Ele se afasta e fica de pé na beirada da cama. Nunca tinha me sentido assim, fisicamente exaurida e emocionalmente plena ao mesmo tempo. Desmorono sobre o colchão quente e me deito de barriga para cima, olhando para o teto.

Connor analisa o cenário ao meu redor. "Essa cama está um desastre."

"Vamos arrumar só pra desfazer tudo de novo."

Ele dá risada. "Acho que preciso de um minutinho."

"Certo." Eu cubro meu rosto com o braço. "Mas só um."

Ele vai descalço até o banheiro. Escuto um farfalhar silencioso. E depois a torneira ligada.

Me sinto como se estivesse flutuando.

Connor volta e toca de leve com a ponta dos dedos a parte interna da minha coxa antes de colocar um pano quente e molhado ali, levando-o até onde estou latejando de prazer e me limpando com gestos lentos e cuidadosos.

"Está pronta?", pergunta.

Eu me apoio sobre um cotovelo. "Estou. E você?"

Ele faz que não com a cabeça, mas me beija, me distraindo com o já familiar roçar dos dentes no meu lábio inferior, e então põe outro pano molhado, mais frio, no meio das minhas pernas. O choque térmico traz uma deliciosa sensação de alívio.

"Nós ficamos na cama um bom tempo. Achei que você pudesse estar dolorida."

Eu dou um beijo em sua boca, soltando um gemido. "É uma dorzinha gostosa."

A luz do banheiro lança um brilho dourado sobre seus braços e dedos, e a sensação que tenho é a de que ele está me pintando com a luz das estrelas. É loucura, mas quero ele de novo. É como uma sensação sufocante de pânico. Estou encantada, impressionada com tudo o que ele faz. Quando ele se levanta para levar as toalhas de mão de volta para o banheiro, eu o agarro pelo braço, tirando tudo da mão dele e jogando de lado, para longe da nossa vista.

"Não vai embora."

"Eu só estava..."

"Não importa. Eu não quero que você saia da minha vista."

Com um sorriso, ele sobe de novo em cima de mim.

"Olha só você", ele murmura junto ao meu pescoço. "Toda carente. Quem diria?"

"Geralmente eu não sou assim."

"Ah, não?"

"O que você fez comigo, Connor Prince III?"

Ele ajeita o corpo ao lado do meu, me puxando para si, passando a perna por cima do meu quadril. "Só uma fração do que pretendia."

"Você pensa em mim quando está sozinho?", pergunto.

Connor confirma com um gemido grave e rouco. "O tempo todo."

"Eu também."

Ele se afasta um pouco, sorrindo para mim. "Ah, é?"

"Claro que sim", admito, e ele prende uma mecha dos meus cabelos bagunçados atrás da minha orelha. "Às vezes são coisas sexy, mas tem horas que eu só queria a sua companhia. Eu gosto de você."

"Eu também gosto de você." Sua mão acaricia a lateral do meu corpo até a coxa. "Nossa, como você é macia."

Parece absurdo que eu nunca tivesse vivenciado um elemento tão básico da intimidade — esse ficar à toa depois do sexo, com beijos e toques sem pressa, que, de alguma forma, consegue despertar ainda mais os sentidos e ser ainda mais inebriante —, mas agora estou percebendo quanto fui babaca por nunca ter permitido nenhum tipo de conexão pós-coito. Esses beijos mais suaves que não levam a nada, as palavras ditas com a boca colada à pele, falando sobre a transa que acabou de acontecer com vulnerabilidade e sinceridade e leveza. Alguma coisa se abre dentro de mim, uma porta para um lugar secreto.

"Foi a melhor transa da minha vida", digo.

Ele não parece surpreso nem desconfiado. Ele diz apenas "Pra mim também", em meio a uma trilha de beijos no meu pescoço.

"Eu quero de novo."

Ele ri. "Você não tá vendo como estou suado?"

"Humm, sim." Eu passo as mãos pelos seus ombros.

"Vamos tomar banho juntos."

Nós nos levantamos, e eu vejo que ele estava certo: a cama está mesmo um desastre. Connor me leva pela mão até o banheiro, apesar de ser do lado, e é bom que ele faça isso, porque minhas pernas estão surpreendentemente bambas. Ele me protege com o corpo enquanto esperamos a água esquentar, envolvendo minha cintura com os braços. Ele é como um planeta atrás de mim, um sol.

Debaixo do chuveiro, trocamos beijos molhados e carícias espumadas, e não demora muito para ele ficar inquieto também. Ele deixa marcas de pés molhados no piso do banheiro quando vai correndo buscar a segunda camisinha. Fico impressionada com a confiança desse homem, que resolveu vir prevenido para cá hoje.

Desta vez estou com a parede fria do boxe às minhas costas e a pele quente dele à minha frente. Tudo começa lento e cuidadoso e depois se torna frenético, com seus dedos encravados na minha coxa deixando marcas e estocadas tão fortes que sufocam qualquer outra sensação que eu pudesse ter. Não respondo por mim se precisar sair deste quarto e agir normalmente depois disso. Não sei como vou fingir que não sinto um desejo febril por ele toda vez que nos encontrarmos.

Faço ele gozar na cama, com as minhas mãos e a minha boca, os dedos dele no meio dos meus cabelos bagunçados e molhados. Connor solta palavras roucas e sujas que reverberam pela parede enquanto ele goza. Em seguida há um longa e silenciosa pausa, com o meu rosto encostado em seu abdome e o seu coração disparado sacudindo todo o seu tronco.

"Sou louca por você", digo.

A voz dele sai como uma vibração grave que ressoa por todo o corpo. "Eu perdi totalmente o juízo."

"Vou querer você amanhã, e no dia seguinte também, e literalmente todos os dias depois disso."

Connor fica em silêncio por tanto tempo que chego a achar que ele cochilou, mas então sua voz se eleva na escuridão.

"Nós vamos conseguir fingir?", ele pergunta, por fim. "Estou deitado aqui me perguntando se vamos conseguir fazer as duas coisas, isto aqui e aquilo lá."

"Eu prometo a melhor atuação da minha vida, e fui o sol na peça de teatro do quinto ano, então posso garantir que sou boa."

Aos risos, ele se apoia sobre o cotovelo, olhando para mim inebriado de prazer. "O sol?"

"Eu só fiquei lá parada." Dou um beijo em seu umbigo. "Você me conhece. Pode acreditar em mim, tive que me segurar com todas as forças pra não entrar na dança da órbita."

Ele sorri, mas não com o divertimento que eu esperava.

"Vou ter que esconder o meu ciúme."

Ah.

"Eu não vou me apaixonar por nenhum deles, Connor."

Ele me puxa para junto dele na cama. Nossos corações batem em sincronia, acalmando-se. "E se for preciso, para o programa não virar um fiasco? É com isso que eu me preocupo o tempo todo. Sua química com Isaac. Eu deveria incentivar isso. Essa coisa entre nós dois parece uma péssima ideia, mas eu te quero demais. Não consigo dizer não pra você."

"Vamos pensar em um dia de cada vez, certo?"

Eu nunca senti isso antes. É uma declaração bem simples, mas que neste momento só consigo fazer para mim mesma. Todas as mentiras que falei sobre levar tudo numa boa, sobre ser capaz de me concentrar só no programa, viraram pó. Tem um universo se expandindo dentro do meu peito, estrelas e planetas e todos os tipos de detritos perigosos que podem acabar me destruindo. Estou sendo consumida por uma necessidade, um desejo agudo, um desespero por isso tudo que já tenho nas mãos. E sei bem o que é, apesar de nunca ter sentido antes. Eu estou me apaixonando.

Trinta e seis

FIZZY

Estou me apaixonando, mas também estou caindo no sono, no calor de seus braços, com a rigidez de seu corpo de alguma maneira formando um colchão perfeito. Acordamos com um sobressalto quando alguém que bebeu bem mais do que deveria bate em uma porta do outro lado do corredor.

Me sentindo quente demais, me desencosto do corpo de Connor e deslizo para os lençóis frios e desarrumados. Ele solta um grunhido, se vira para pegar uma garrafa de água e me oferece um pouco antes de dar um longo gole.

"Que horas são?", eu pergunto.

"Umas três."

Dormimos menos de vinte minutos, mas parece que foram horas, de tão profundo que foi o sono.

"Será que alguém reparou que nós sumimos?", questiono.

"Com certeza."

"Vão me encher de perguntas no brunch de amanhã."

"Principalmente sua irmã", ele diz, e dou risada. Connor se vira para pôr a garrafa de volta na mesinha de cabeceira e aproveito a oportunidade para acariciar suas costas, mapeando sua larga extensão. Ele se volta para mim, e, de bom grado, passo as mãos também pela parte da frente do seu corpo. "A resposta é bem simples, né?", ele diz. "Nós viemos ver o episódio da semana juntos."

"Humm, eu sei que você está falando alguma coisa", respondo, traçando o contorno das suas costelas, "mas só consigo ver você pelado."

Ele põe o dedo sob o meu queixo, inclinando meu rosto para me obrigar a olhá-lo nos olhos. "Eu ia perguntar como foi o casamento pra você, mas acabamos nos distraindo."

Meu primeiro instinto é desviar o olhar e fazer uma piadinha sobre encontrar alegria arruinando as expectativas da família, mas um novo instinto, mais forte, me leva a ser sincera com ele. "Não foi tão difícil quanto o da Alice", admito. "No casamento dela, ficou todo mundo com pena de mim, o que me pegou totalmente de surpresa, porque eu estava lá para comemorar e só o que recebi foram olhares de preocupação e pena porque a irmã mais nova estava se casando primeiro. Pelo menos ontem o fato de eu ser solteira foi tratado mais como um meme do que como uma fofoca."

Ele observa minha expressão por alguns instantes silenciosos antes de fazer um "Humm" baixinho.

"Pode ser que eu me case, pode ser que não", digo a ele. "Isso não deveria fazer diferença para a vida de ninguém. Mas eu sei que não é assim tão simples. Os meus pais se preocupam porque me amam. Querem que eu me case porque *eles* têm um casamento feliz; querem que eu tenha filhos porque adoraram ter os deles. Apesar de me incomodar, no fundo eu sei que minha mãe vive falando sobre eu escrever um 'livro de verdade' porque me considera a melhor escritora do mundo e sabe que os livros de romance são vistos com preconceito pelas pessoas. Ela não quer me ver em uma posição em que não sou valorizada pelo que faço. Não é porque ela não valoriza meu talento, e sim porque entende que a ficção literária é a forma mais ambiciosa de mostrar do que sou capaz."

"Sei lá", Connor diz baixinho. "Pra mim parece bem difícil escrever um livro envolvente quando a pessoa já sabe como vai terminar."

Ele é perfeito, penso. *Perfeito*. Preciso mudar de assunto ou vou acabar montando em cima dele de novo, e acho que não tinha mais de duas camisinhas naquela carteira.

"E o seu pai?", pergunto. "Agora ele já deve saber a respeito do programa, não?"

"Ele conversou com a Stevie. Ela contou."

"E então? Ele ficou impressionado por ter um filho que está sendo stalkeado nas redes sociais?"

"Não exatamente." Ele pega uma mecha dos meus cabelos e começa a enrolar distraidamente no dedo. "Sua mãe pode não entender a relevância dos livros de romance, mas tem orgulho de você. A preocupação dela é por amor, com uma boa intenção por trás. O problema é que eu não sou o que o meu pai quer que eu seja."

"Isso não pode ser verdade."

"Eu pensei que fosse uma coisa mais profunda, uma questão não resolvida dentro dele, mas, na verdade, pra ser bem sincero, acho que ele é só uma pessoa de merda mesmo." Ele franze a testa, eu abaixo sua cabeça e a beijo até dissipar sua tensão. Só de pensar que alguém é capaz de olhar para ele e não ver todas essas qualidades maravilhosas sinto as minhas entranhas ferverem. "Mas eu tenho a Natalia e a Stevie", ele diz com um sorriso. "Isso dá e sobra."

"Como foi o seu casamento?"

"Com a Natalia?"

"Hã... sim?", eu digo com um sorriso. "A não ser que você tenha outra mulher escondida no sótão."

Ele ri. "Foi no fórum. Tudo bem simples."

"Quantos anos vocês tinham?"

"Quando nos casamos? Vinte e dois."

"Ah. Eram bebês.

"Pois é. E com um bebê." Ele sorri para mim. "Ela tava grávida."

"Ah."

Connor balança a cabeça, deitando-se de barriga para cima e apoiando a cabeça sobre um dos braços. Um bíceps aparece, e finjo que não estou morrendo de vontade de tocá--lo, porque estamos tendo uma conversa séria. "Nós éramos bons amigos fazia alguns anos, mas namorados mesmo fazia só uns seis meses. Acho que eu até sabia que não combiná-vamos muito em termos românticos, mas nossa relação era divertida e descomplicada. Eu sabia que ela era a fim de mim praticamente desde que nos conhecemos. Pensando bem, acho que eu tinha medo de cagar toda a dinâmica do nosso grupo de amigos se terminasse com ela."

"Que situação."

"Então ela descobriu que estava grávida e resolveu ter a criança — o que, aliás, era uma escolha dela, eu jamais questionaria a decisão que a Nat achasse que era a melhor pra ela. Mas, como meu pai foi um cara ausente e" — ele suspira — "um tremendo filho da puta, pra dizer a verdade, eu quis fazer a coisa certa e pedi a Nat em casamento."

"Ah", eu digo.

Ele se vira de lado e começa a mexer nos meus cabelos de novo. "Pois é." Sinto que é uma história que ele não cos-tuma contar com muita frequência, porque está escolhendo as palavras com mais cuidado do que o habitual. "No começo foi bom. A Stevie foi uma bebê bem tranquila. Eu amava a família que a Nat e eu tínhamos construído juntos. Sabia que nós seríamos bons pais."

Faço um ruído de compreensão.

"Mas eu não era apaixonado por ela de verdade, e foi ficando cada vez mais difícil fingir que era. Ter que decidir se era melhor ficar ou ir embora e correr o risco de cometer os mesmos erros do meu pai foi uma coisa que me deixou doente. Eu nunca quis que a Stevie se sentisse como eu me senti."

"Entendi."

"Bem que eu queria dizer que conversamos sobre tudo isso", ele continua, "mas não foi bem assim. Eu amava a Nat, mas não era apaixonado por ela e, olhando pra trás, percebo que só estava procurando uma forma de fazer ela parar de me amar. Eu era imaturo e um tanto distante."

Quando ele diz isso, acho que entendo. Mas o calor de seu corpo e a sensação de seus dedos passeando pelo meu ombro fazem parecer que suas próximas palavras foram ditas com uma espécie de tinta invisível.

"Eu traí ela."

Ele deixa essa frase pairando no ar, e meu corpo reage a essa informação como se fosse um veneno, primeiro com um ardor na pele e depois com uma queimação que se instala dentro de mim como uma úlcera.

"Nada justifica o que eu fiz." Sinto seu olhar sobre o meu rosto, mas não consigo retribuí-lo e me concentro na pequena cicatriz que ele tem no ombro. Meu coração está tão apertado que mal consigo engolir. Estou toda travada por dentro. "Nós brigamos quando eu estava no trabalho e simplesmente... não voltei pra casa. Saí, conheci uma mulher em um bar... enfim, é aquela velha história. Eu sabia que, se passasse a noite toda fora, não teria como me justificar na manhã seguinte. Fiquei sentado no carro até amanhecer. A Nat soube assim que bateu os olhos em mim. E, sim", ele complementa baixinho, "esse foi o fim."

Ainda não consigo recuperar a voz. Balanço a cabeça me sentindo entorpecida.

"Talvez tivesse acontecido de qualquer jeito, em algum momento. Não dá pra saber. Foi a pior coisa que eu fiz na vida", ele continua. "Precisei me esforçar pra aprender a ser uma pessoa melhor. Fui fazer terapia. A Nat me perdoou, mas levou um bom tempo." O ombro para o qual estou olhando se encolhe. "Acho que é por isso que não tolero mais envolvimentos casuais. Tipo, eu não me lembro nem do nome ou do rosto daquela mulher. Que coisa mais podre." Ele solta um suspiro. "Esse sentimento nunca saiu de mim."

Eu escuto o que ele está dizendo; consigo escutar até o peso emocional dessas palavras, o arrependimento e a autorecriminação e a sinceridade. Mas a contradição entre a ideia de ele se casar com Nat para fazer a coisa certa e depois terminar tudo fazendo a coisa mais cruel possível parece estrangular minha garganta como uma corda.

De repente eu me sento, então fico de pé e começo a vasculhar minha bolsa atrás de roupas.

Calcinha, calça de moletom, camiseta. Minhas articulações se movem por memória muscular, como se estivessem pré-programadas para encontrar tudo no escuro e me vestir de forma automática.

Connor se levanta. "Fizzy."

"Acabei de me dar conta de que ainda deve ter gente lá no bar." Eu rio, como quem diz: *Dã, como eu sou tonta!*

Seu breve silêncio parece profundo como um abismo. "São três horas da manhã."

"Eu sei, mas sou a irmã mais velha e fui embora do casamento sem me despedir da minha família."

"Você se despediu."

"Não de todo mundo!"

Ele fica calado, e não consigo nem olhar para a sua cara. Meus pensamentos são um emaranhado confuso de confiança traída e medo e raiva e tristeza. Estou me sentindo nauseada e agitada, mas consigo ver também a maluquice que isso deve estar parecendo. O estranhamento que meu comportamento deve estar causando nele.

A voz de Connor se mantém firme. "Isso é por causa do que eu acabei de contar, eu sei. E entendo totalmente por que você está chateada. Mas preciso que você volte aqui e converse comigo sobre isso."

Eu tropeço quando calço o sapato. "Juro pra você que não tem nada a ver com isso. E sei que deve ter sido superdifícil se abrir desse jeito. Me desculpa por fazer isso justo agora, mas preciso ver se ainda tem alguém lá embaixo pra quem eu talvez precise fazer sala."

O cartão que abre a porta do quarto está sobre a cômoda, e eu o pego e enfio no bolso da blusa de moletom que visto.

"Fizzy. Para com isso, *por favor*."

Respiro fundo para encará-lo. Connor está sentado, coberto até a cintura com um lençol. Seu cabelo está um desastre, mas o brilho nos olhos é perceptível mesmo no quarto quase às escuras. Ele está devastadoramente lindo. E acho que estou apaixonada. Mas também acho que, se alguém consegue se convencer a trair uma vez, pode muito bem fazer isso de novo. Ou você é do tipo que trai ou não é.

"Fizzy. Volta aqui."

"Não posso."

"Fala comigo sobre o que você está pensando. Eu era um moleque idiota. Não sou mais aquela pessoa."

"Tudo bem. Não é essa a questão."

"É, sim. E tudo bem. Eu também não aprovo o que fiz, mas quero poder assumir minhas cagadas pra você e que você se sinta à vontade pra fazer a mesma coisa. Quero que a gente possa ter esse tipo de conversa."

Eu desvio os olhos para o papel de parede horroroso com estampa de bambu, mas sinto como se não estivesse mais no quarto com ele.

Estou em um restaurante lotado com a mulher de Rob olhando feio para mim. Estou notando a confusão do meu acompanhante naquela noite enquanto monta as peças do quebra-cabeça do outro lado da mesa. Estou de volta à minha casa, sozinha, arrasada por descobrir que sou o pior tipo de pessoa: uma destruidora de lares.

Antes de Rob, eu me considerava invencível. Achava que sempre seria autossuficiente, que homem nenhum seria capaz de abalar minha autoestima. E então a situação com Rob me fez questionar tudo. Prometi a mim mesma que jamais me sentiria assim novamente.

E agora vejo que Rob deixou só uma ferida superficial. Connor seria capaz de me aniquilar por dentro, e sem nem ao menos precisar de algo tão drástico como uma traição.

Eu olho para ele. "Quer que eu seja bem sincera?"

Ele assente com a cabeça em um gesto firme. "Sempre."

"Então tá", eu digo, cerrando os dentes e falando a primeira mentira que me vem à mente. "Acho que estamos os dois inebriados pelo sexo e pela bebida, e acabamos indo longe demais. Eu não sei onde estava com a cabeça. Nós mal nos conhecemos."

Connor solta um suspiro de incredulidade. "Nós nos

conhecemos, *sim*. Esse foi o nosso *foco principal* durante *meses*."

As palavras saem da minha boca antes de que eu me dê conta: "Então me enganei a seu respeito. Você não é o homem que eu pensava que fosse".

Ele não responde nada, e eu viro as costas e vou embora.

Trinta e sete

CONNOR

Fico olhando para a porta, esperando ouvir o som do cartão acionando a fechadura e Fizzy voltando com a cabeça mais fria para conversar e resolver as coisas. Mas o hotel está tão silencioso que os únicos sons que escuto são do elevador apitando no corredor e o som mecânico da descida.

Que porra foi essa que acabou de acontecer?

Desabo de novo na cama, olhando para o teto. Sei que Fizzy pode ser muita coisa — impulsiva, corajosa, confiante, assertiva, intensa —, mas não sabia que também era evasiva dessa maneira. Ela é a heroína romântica que enfrenta o perigo de peito aberto. Não é a mulher que dá desculpinhas esfarrapadas antes de escapulir porta afora. Agora estou sozinho e totalmente despido em uma cama toda bagunçada pelo sexo, ainda ouvindo o eco do que fizemos entre essas quatro paredes.

Eu me sento e afasto os lençóis. O lembrete da época de terapia ressoa na minha mente: *Você não precisa resolver isso neste exato momento, mas precisa resolver, sim.* Vou estender a Felicity Chen essa mesma cortesia. Ela não precisa se resolver comigo agora, mas em algum momento vamos ter que encarar essa questão.

Com uma paciência deliberada, tomo outro banho e

me visto. Na medida do possível, deixo o quarto arrumado, ignorando as imagens que surgem na minha cabeça enquanto estico os lençóis — *seu pescoço comprido quando ela joga a cabeça para trás e solta um gemido* —, enquanto penduro as toalhas — *a água escorrendo de seus lábios quando ela olha para o espaço entre nós enquanto transamos no chuveiro* —, enquanto jogo a garrafa de champanhe na lixeira de material reciclável — *a visão de seus lábios passando por toda a extensão do meu pau.*

E então me sento na cadeira junto à janela e conto lentamente até cem, e depois de volta até um. Durante todo esse tempo, imagino que ela esteja voltando.

Deve estar chegando aqui — agora mesmo.

Ou talvez agora. Ela vai entrar, eu vou deixar de lado essa raiva e vamos esclarecer tudo, tim-tim por tim-tim.

Mas quando saio, pouco depois das quatro da manhã, os corredores estão vazios; o bar lá embaixo está previsivelmente apagado e silencioso. Não tenho ideia de onde ela possa estar, mas não vou procurá-la, mandar mensagem nem ligar. Foda-se. O sonolento manobrista pega meu canhoto e traz meu carro. Que situação de merda.

Trinta e oito

FIZZY

"Quero que você me conte tudo de novo", Jess me pede, segurando a caneca de chá quente e enfiando os pés sob o cobertor. "Preciso que você escute a loucura do que está dizendo."

"Eu admito que tenho sentimentos por ele", repito roboticamente, andando de um lado para o outro pela sala. "Nós fizemos o melhor sexo da minha vida. Durante horas. Duas vezes. Depois ele me contou que seu casamento acabou porque traiu a mulher. Então eu caí fora."

"Certo, mais especificamente a próxima parte."

"A parte em que eu fiquei sentada no chão do salão de eventos vazio do hotel por uma hora?"

Ela assente e então leva o chá até os lábios para dar um gole, deixando minhas palavras ricochetearem no silêncio da sala de estar. Foi isso mesmo que fiz. Deixei Connor nu na minha cama no hotel enquanto desci correndo e me escondi no salão às escuras por uma hora, com os pensamentos girando a mil.

Mandei um bat-sinal-de-melhores-amigas às cinco da manhã, pedindo para Jess vir me ver assim que voltasse da Costa Rica e eu retornasse do brunch do domingo. Mas, por causa da quantidade de coisas que era preciso guardar nos carros, da quantidade de prestadores de serviços a pagar, além da quantidade de parentes precisando de carona para o aeroporto, agora já são quase dez da noite. Estou me sentindo nauseada e em pânico, mas não sei se é arrependimento, resignação ou exaustão pela falta de sono.

"Ele tentou resolver as coisas conversando com você", ela diz em meio à névoa que sai da caneca.

Não preciso que ela me lembre disso. Cada segundo lamentável e dramático da minha reação desproporcional está gravado na minha mente como uma tatuagem horrorosa feita em uma bebedeira.

Chego até a extremidade da minha sala de estar e começo a andar na outra direção pela milésima vez. "Eu sei que sim. E sei que tudo isso aconteceu oito anos atrás, e que ele ficou magoado, e que está mais velho e mais maduro, mas ter decidido não só acabar com o casamento, mas implodir a relação desse jeito..."

"Fizzy, todo mundo faz bobagem quando é jovem. Vamos fazer um paralelo aqui: eu engravidei por transar sem proteção com o Alec no banheiro de uma festa. O Connor pisou na bola, mas depois compensou a cagada. Foi fazer terapia; se mudou pra cá pra continuar presente na vida delas. A Juno mal e mal vê o Alec uma vez por ano."

Uma sensação dolorosa me atravessa, paro de andar e me viro para ela com uma careta. "Puta merda. Eu sei. Como eu sou idiota... Fui querer falar disso logo com você."

"Não, qual é, eu sou a pessoa certa pra falar sobre isso. Ser magoada, se sentir traída? Isso provoca reações estranhas em nós. Sei que esse é o seu gatilho e que não é culpa sua ter reagido assim."

Eu volto a andar de um lado para o outro, dando meia-volta na ponta da sala, sentindo seu olhar sobre mim.

"Mas nós precisamos acreditar que as pessoas que fazem parte da nossa vida são conscientes e responsáveis", ela continua. "O fato de ele ter contado e de ter se esforçado pra ser alguém melhor... A maioria dos homens não tem essa maturidade aos trinta e três anos, vamos ser sinceras."

Solto um grunhido, me virando para andar na direção oposta de novo. "Eu *sei*."

"Se você fosse quem era aos vinte e quatro, estaria saindo com um cara diferente a cada semana e não teria o menor interesse em encontrar uma alma gêmea — nem em um programa de tevê, nem na vida real."

"Nem *toda* semana."

"Agora para de andar de um lado pro outro e me conta o que aconteceu depois."

Eu detenho o passo de forma abrupta, desabando na outra ponta do sofá. "Quando me acalmei, disse pra mim mesma que, se ele estivesse no quarto quando eu subisse, ia me desculpar e conversar."

Ela se ajeita no assento. "E?"

"Ele não estava mais lá." Jess murcha. "Foi embora antes de eu voltar. E talvez tenha sido melhor assim", eu explico, "porque a outra parte do trato que fiz comigo mesma dizia que, se o Connor não estivesse lá me esperando, seria um sinal de que ele não é o cara certo pra mim e que era melhor seguir em frente."

"Você não acredita em sinais."

"Acredito, sim."

"Lembra quando tinha um gato preto sentado no capô do seu carro quando você tava saindo do Twiggs e, uns dois segundos depois de pôr o bicho pra dentro, você leu aquela resenha horrorosa no *New York Times*?"

"Eu realmente não estou gostando do rumo dessa conversa."

"Depois de levar o gato pra casa, você me ligou pra reclamar, toda chocada e indignada porque aquele arauto da desgraça ainda destruiu suas cortinas em, tipo, meia hora?"

"Acho que...", começo a dizer, levantando um dedo como se estivesse auferindo a direção do vento. "Sim, acho que está na hora de encontrar uma nova melhor amiga."

Ela ri. "E será que eu posso perguntar sobre o Isaac? Você disse que talvez ali tivesse um futuro."

"Você sabe que triângulo amoroso não é a minha!" Eu olho para o teto. "Parece até que não me conhece."

Ela se estende para o meu lado do sofá e me puxa para junto de si. "O Connor fez uma bobagem aos vinte e poucos anos. Você deveria entender isso melhor do que ninguém, Fizzy."

Jess não diz isso como uma provocação. É um reconhecimento das minhas cicatrizes de guerra, das minhas medalhas de honra ao mérito pelas minhas aventuras, do meu repertório de vivências sexuais. E eu relembrei tudo isso também, quando estava lá, sentada no escuro. Primeiro fiquei indignada e em pânico porque o cara por quem eu sentia tanto afeto e tesão revelou sua infidelidade. Mas então meu sangue esfriou e as outras coisas que ele disse começaram a ecoar mais alto. Que aquela foi a pior coisa que fez na vida. Que se esforçou para ser uma pessoa melhor, fez terapia. Que Nat o perdoou.

Mas, apesar de conseguir enxergar o passado dele sob outra perspectiva, meu instinto de fugir me deixou insegura, arrependida e ansiosa. Como as heroínas românticas dos meus livros conseguem confiar com tanta *convicção* nas pessoas por quem se apaixonam? É tudo tão arriscado. Quem tem coragem de mergulhar seu coração em um abismo de incerteza, na esperança cega de que alguém vai estar lá para não deixá-lo se estilhaçar em mil pedaços?

"A questão é a seguinte", eu digo, apoiada no ombro dela. "Eu assinei um contrato me comprometendo a não sair com ninguém durante o programa. E estão me pagando uma bela grana pra isso. Então não é uma mentirinha qualquer. Se fosse pega com ele, eu poderia ser acionada na Justiça por quebra de contrato. Tipo, um litígio judicial sério. Ele poderia ser demitido. Eu não escrevo um livro há mais de um ano, estou fugindo dos telefonemas da minha agente como se estivesse me escondendo da máfia e estou começando a achar que nem esse lance casual de sair com os caras eu consigo fazer direito. Mas nada disso me importava, porque tudo o que eu queria era ficar com ele."

"Humm", ela faz, escutando.

"Eu nunca senti isso... essa vontade insaciável, sabe? Quero estar com ele o tempo todo. Se como alguma coisa gostosa, quero oferecer um pedaço pra ele. Se vejo alguma coisa bonita, quero mostrar pra ele. Se escuto alguma coisa engraçada, imediatamente quero ligar pra ele e contar tudo."

"Ah, querida."

"Mas se eu saísse do programa ou não conseguisse fazer meu papel direito, isso bagunçaria a vida dele, e a minha também." Eu engulo em seco ao chegar à pior parte. "Eu sei de tudo isso, e mesmo assim não fez a menor diferença."

"Todo mundo faz loucuras quando se apaixona, Fizz."

"Sim, mas sabe o que foi que me deixou assustada a ponto de simplesmente não aguentar ficar naquele quarto?"

"O quê?"

"Saber que, mesmo que por algum milagre tudo dê certo, eu posso acabar magoada de qualquer jeito."

Ela solta um suspiro.

"E, se o Connor me magoar, não sei se vou conseguir escrever outra história de amor algum dia na vida."

Fico à espera da piada. Uma de nós precisa fazer isso; o clima está pesado demais.

Acho que você estava falando sério mesmo quando mencionou que o pau dele é mágico.

Eu levantei a bola, e agora ela só precisa cortar.

Mas Jess diz a última coisa que eu esperava ouvir: "Essa é a maior prova de que ele é o cara certo pra você, Fizzy".

Eu pego no sono, e Jess deve ter se retirado discretamente, porque não é ela se erguendo debaixo da minha cabeça que me acorda, sou eu caindo do sofá e me esborrachando no chão.

Não me mexo imediatamente porque quero que o sonho que eu estava tendo se prolongue só mais um pouquinho. Os braços de Connor estavam bem aqui, me envolvendo no sofá. Eu estava me sentindo quentinha, contente. Estávamos respirando juntos, sem fazer nada, só conversando e rindo e desfrutando de um silêncio tranquilo. Enquanto meu corpo desperta lentamente, os vestígios de uma sensação profunda de conexão e intimidade permanecem até a névoa do sono se dissipar e eu me dar conta do que estava acontecendo nesse sonho: Connor e eu morávamos juntos.

Essa é a maior prova de que ele é o cara certo pra você.

Eu nunca quis morar com ninguém. Será que Jess tem razão? Será que isso resume tudo? Essa sensação de ser compreendida, de ser amada, de me sentir segura nesses momentos de tranquilidade com ele? Mas por que esse sentimento de segurança e conexão precisa ser permeado pelo terror absoluto de me entregar de uma forma tão absoluta, de deixar meu coração e meu bem-estar nas mãos dele?

Penso em como seria se eu nunca mais pudesse tocá-lo,

e uma pontada aguda atinge meu peito. Suas mãos, seus lábios, seu riso, seu peso, sua voz grave e melodiosa, seu olhar intenso e — claro — sua magnífica... presença. Sinto vontade de cravar as unhas na madeira do piso só de imaginar a ideia de abrir mão disso.

É meia-noite, mas as minhas veias são invadidas por uma sensação de urgência quando pego o celular na mesinha de centro. Nenhuma chamada perdida nem mensagens dele. Eu vou em frente para não ficar pensando muito no que isso pode significar.

Você tá acordado?, escrevo para ele. Espero que sim, porque estou indo aí.

Não espero por uma resposta. Não paro para pensar. Enfio o celular na bolsa, os pés nos sapatos e não me dou ao trabalho nem de trancar a porta.

Diante da casa dele, desço do carro e vejo a varanda e as janelas às escuras.

Tô aqui, escrevo.

Nada.

Eu ligo, mas a chamada cai na caixa de mensagens depois de vários toques.

Só então tenho um breve colapso mental. É domingo à noite. Acho que Stevie está com Nat, porque Connor foi ao casamento comigo, mas e se ele tiver passado lá para buscá-la hoje? Não quero acordá-la com o meu lance de heroína-romântica-batendo-à-porta, mas se o celular dele simplesmente estiver no silencioso posso passar a noite inteira plantada na frente da casa dele que Connor jamais vai saber que estive aqui. Como as pessoas nos livros e nos filmes são capazes de fazer suas declarações de amor grandiosas no meio da noite quando existe a possibilidade de haver crianças dormindo em casa?

Olho para o céu, gemendo. A vida real é muito mais difícil!

Não me resta nada a fazer a não ser mandar outra mensagem. Oi. Sim, eu realmente vim até aqui no meio da noite. Por favor me diz que você tá acordado.

Finalmente, depois que passo uns bons trinta segundos sem tirar os olhos da tela do celular, os três pontinhos aparecem. Meu coração vai parar na boca.

Só vi suas mensagens agora. Tô acordado.

A luz da varanda se acende, e atravesso correndo o jardim até a casa. Connor abre a porta e apoia o ombro no batente. Como é que ele sabe que é tão bom nisso? Ninguém se recosta em uma porta como ele: sem pressa e com confiança, uma das mãos enfiadas no bolso, um pé cruzado na frente do outro.

Ele está com os cabelos caídos sobre a testa, do jeito que eu gosto, uma blusa cinza de gola careca, calça jeans gasta e desbotada e pés descalços. Mas, acima de tudo, o que importa é *ele*, o pacote inteiro: o corpo volumoso e forte, e os olhos gentis, e os lábios cheios, e o nariz reto. Nossos olhares se encontram, e, apesar de notar uma certa cautela nele, acho que seria preciso aparecer um caminhão sem freio invadindo a calçada para me fazer desviar o olhar.

Connor diz um "Oi" baixinho antes de dar um passo para trás e me deixar entrar.

"Oi", eu digo quando ele se vira para mim, fechando a porta atrás de nós. O ar ao nosso redor parece carregado de calor. Sinto vontade de ficar de joelhos e mostrar minha idolatria por ele. Nunca tinha sentido tamanha atração ou devoção na vida.

"Que bom que você está acordado", digo, ofegante — e espero que seja de emoção, e não por ter subido correndo os oito degraus de entrada da varanda.

"Desculpa, meu celular estava no silencioso."

"Tudo bem." Não consigo recuperar o fôlego. Me curvando para a frente, ponho as mãos nos joelhos e tento respirar mais fundo. "Desculpa, acho que estou meio nervosa." Fico de pé, finalmente me recompondo. Escrevi cenas como essa mil vezes, mas, uau, é bem mais assustador quando a protagonista sou eu. "Queria dizer só duas coisinhas", aviso.

"Tudo bem." Ele engole em seco e ergue o queixo. "Vamos nos sentar."

Um plano excelente: primeiro um pedido de desculpas, depois uma declaração e, por último, sexo.

Vou até a sala de estar e me sento no meio do sofá, dando um tapinha no lugar ao meu lado. Ele fica parado por um momento antes de se sentar, mas fica claro que está tentando manter o maior distanciamento possível entre nós.

"Desculpa pelo jeito que eu fui embora", digo imediatamente. Fico ainda mais desesperada para tirar esse assunto da frente por causa da sua linguagem corporal toda tensa. Connor é alto e musculoso, mas sempre se porta como se fosse bem menor. E eu nunca estive mais consciente do seu tamanho do que agora.

Bom, agora e quando ele estava *em cima de mim* com seu gigantesco...

Foco, Fizzy. "Eu surtei", digo quando me recomponho. "Você viu, você entendeu. A infidelidade é uma questão difícil pra mim."

Só tem um abajur aceso na sala, atrás dele, projetando uma sombra sobre seu rosto. "Eu sei."

"Mas eu não devia ter ido embora daquele jeito. Devia ter ficado e pensado em uma forma de dizer o que queria, que é o seguinte: eu fiquei me sentindo muito mal pela

Natalia. Mas também por essa mulher desconhecida que nem sabia que estava fazendo parte da missão camicase de um cara. E que provavelmente achou que tinha tirado a sorte grande naquela noite."

"Eu penso bastante sobre ela."

Meu coração se derrete um pouco. "Eu fui essa mulher um dia, e isso não só me deixou com o coração partido, mas também me tornou responsável pelo sofrimento de outra mulher."

Ele poderia dizer *Só para deixar claro, ela não sabia que eu era casado*, mas não faz isso. E, mesmo se for esse o caso, eu até prefiro que ele nem tente se defender. Connor se limita a ouvir, absorvendo o que tenho para falar.

"Me desculpa por ter reagido daquele jeito", eu digo.

Connor assente com a cabeça. "Eu não sou mais aquela pessoa, Fizzy. Estou quase uma década mais velho. A infidelidade virou uma questão delicada pra mim também."

"Eu sei. E queria não ter fugido daquele jeito. Me desculpa por ter feito isso depois do que você fez. Depois de ter se aberto comigo." Eu respiro fundo. "Passei um bom tempo lá embaixo, pensando."

Connor se limita a um "Humm", me incentivando a continuar a falar.

"No início, eu estava em pânico", eu conto, sentindo minha ansiedade aumentar por causa do silêncio dele. Em qualquer outra situação, Connor, sempre paciente e comedido, diria alguma coisa para amenizar a situação, para facilitar as coisas para mim, mas ele permanece calado, como se estivesse se preparando para sofrer um baque. "Mas então processei melhor o que você me disse e me dei conta de uma coisa. Do que eu sinto por você."

Ele olha para o chão e fico observando aquele rosto lindo,

esperando alguns instantes para me acalmar. Dizer essas palavras é como espremer meu corpo inteiro a ponto de poder passá-lo por um canudo. E a parte seguinte é algo que nunca falei. "Eu fui volúvel a minha vida toda", admito. "Nunca fui capaz de fechar os olhos e me imaginar vivendo com uma pessoa pra sempre. Pensei que estava agindo como de costume quando saí daquele quarto no meio da madrugada, mas..."

"Fizzy..."

"Não, me deixa dizer isso."

"Eu acho melhor..."

"Prometo que não vou agir assim de novo."

"Não, a questão não é..."

"Eu me dei conta de uma coisa importante hoje."

"Fizzy, escuta só..."

Eu sei como esse diálogo seria marcado em uma transcrição. *Falas simultâneas*. Palavras se embolando umas nas outras, preenchendo o ar e nos envolvendo em um ruído quase ininteligível. Eu rio, ignorando o fato de que ele não quer ouvir o que tenho a dizer.

Então falo logo de uma vez, e em alto e bom som para me fazer ouvir: "Eu tô apaixonada por você".

E só um instante depois eu percebo que as minhas palavras saíram junto com as dele: "Eu não posso continuar com isso".

O silêncio que se instala é como o de um inverno nuclear. A imobilidade no ambiente é absoluta. E então o som que ele faz para limpar a garganta parece ensurdecedor.

"Ai, meu Deus", digo com uma risada constrangida, mas por dentro estou me contorcendo de humilhação. "Você acabou de dizer o que eu estou pensando que disse?"

Seu olhar se suaviza, mas sem deixar de ser firme. "Eu sinto muito."

"Se é por causa do programa", eu me apresso em dizer, "nós podemos voltar pro nosso plano original. Podemos manter tudo em segredo se for preciso." O desespero vai tomando cada vez mais conta de mim diante dessa versão fria e impassível de Connor. "Não vou deixar que nada atrapalhe se você estiver disposto a tentar. Lembra o que eu falei no hotel sobre ser louca por você? É verdade. E tô nessa pra valer. Nós podemos fazer tudo às escondidas. Eu sou pequena; e sei ser discreta. Na verdade, minha orientadora vocacional na época do colégio me indicou duas possíveis carreiras: autora de livros de romance ou agente secreta."

Espero ver um sorriso, mas não obtenho nenhuma reação. Em vez disso, ele interrompe o contato visual e se volta para a lareira apagada. Com seu perfil agora iluminado pelo abajur, percebo quanto ele parece cansado. Seu rosto de feições marcantes parece emaciado, e percebo que é porque não há um sorriso em seus olhos.

O medo faz meu estômago se contrair. É óbvio. Eu acabei com tudo. A maneira como saí do quarto de hotel, como revelei meu lado volúvel e impossível... foi exatamente o que eu não poderia ter feito com Connor. Eu sabia que ele era uma pessoa cautelosa, que só fazia as coisas depois de refletir bastante. Ele confiou em mim para revelar algo que não deve ter contado para muita gente, e eu destruí a marretadas essa intimidade conquistada a duras penas.

"Eu estraguei tudo, né?", digo baixinho. "Ter deixado você falando sozinho ontem à noite mandou tudo pro espaço."

Ele solta um suspiro profundo. "Eu falei desde o início", Connor responde, olhando para baixo, "que não queria uma coisa que fosse só sexo."

"Eu sei."

Quando ele levanta o rosto para mim, o distanciamento em seu olhar me provoca um calafrio.

"O que nós tínhamos parecia bem mais profundo do que só sexo, Felicity, mas ao primeiro sinal de que nem tudo era perfeito você fugiu. Passei as últimas vinte e quatro horas sentindo raiva e mágoa, me achando um tremendo idiota por ter confiado em você. Isso torna bem difícil acreditar no que você está me dizendo agora."

O sentimento de derrota não chega como um soco no estômago; é como uma lenta injeção de água fria nas veias. Não consigo imaginar qual é a opinião de Connor sobre mim nesse momento — me pergunto se ele está arrependido de ter feito os heróis do programa terem aberto seu coração para mim, e ainda mais o seu. Concordei em participar desse reality show no meio do pior e mais intenso bloqueio de escrita que já tive, sob a justificativa de que estava fazendo isso para o público. E agora estou pedindo para ele namorar comigo em segredo, colocando seu emprego e sua possibilidade de continuar vivendo perto da filha em risco, depois de ter fugido de um quarto de hotel como uma idiota por ele ter confessado que não era um ser humano perfeito. Era para sermos nós contra o mundo, e eu estraguei tudo.

Nunca na minha vida me senti tão fracassada.

Trinta e nove

CONNOR

Dessa vez, quando Fizzy vai embora, sinto apenas um vazio por dentro. Queria me agarrar a essa raiva — depois de passar o dia alternando entre indignação, mágoa e decepção —, mas, quando vi a expressão de empolgação desaparecer de seu rosto e a esperança de tirar o fôlego ser substituída por uma dura compreensão, toda a minha fúria se foi, e eu só me senti... exaurido. Agora meus pensamentos são só silêncio, ecoando o som seco da porta se fechando — literal e metaforicamente.

Eu deveria sentir alívio por tudo ter finalmente acabado e eu poder me concentrar no que me trouxe até aqui para começo de conversa — meu emprego e minha família. Mas não consigo. Estou me sentindo um merda.

E ela me disse que está apaixonada por mim.

Blaine é a última pessoa que quero ver na segunda de manhã, mas ele entra na minha sala bem na hora em que estou recolhendo tudo o que preciso para ir para o set.

"Estou vendo que você está de saída, mas nós precisamos conversar", ele avisa, fechando a porta.

"Os números da audiência chegaram?" A mensagem de

texto que recebi de Brenna mais ou menos às seis da manhã mostrava números melhores que os da primeira semana, rumo a um novo recorde.

"Foda-se a audiência", ele responde. "O que eu quero saber é se vou ter que lidar com algum escândalo relacionado à sua produção."

Eu fico imóvel, deixando a chave do carro sobre a mesa. A possibilidade de que tenham vazado fotos minhas e de Fizzy juntos... "Do que você está falando?"

"A equipe do Trent e o *Smash Course* estão sendo detonados nas redes sociais por causa daquela porra de história de doping."

Minha primeira reação é de alívio. Então enrugo a testa, me inclinando para a frente como se tivesse que ficar mais próximo das palavras dele para conseguir entendê-las. Eu estava tão envolvido com meu drama com Fizzy no fim de semana que não pensei em mais nada além dela, e de nós, e d'*O Experimento do Amor Verdadeiro*. "Que história de doping? Trent jamais faria uma coisa dessas." Porra, o cara trabalhava com documentários sobre bibliotecas e seriados de baixo orçamento.

"Como assim, que conversa de...?", Blaine questiona, se interrompendo no meio da pergunta, incrédulo. "Connor, o cara está afundado até o pescoço em conversas com o departamento jurídico há semanas. Essa merda de história está em todo lugar da internet."

Direciono meu olhar para um ponto mais distante, tentando lembrar. Trent veio a San Diego para uma reunião com o jurídico. Nem me passou pela cabeça perguntar o motivo. "Eu ainda não entrei na internet", respondo. "Só estou aqui de passagem antes de ir para o set."

Blaine me faz um resumo da situação: a gerência de um

dos locais usados pelo programa de Trent exibiu um vídeo em que duas pessoas da produção do programa davam anabolizantes para um participante.

"É, isso é foda, uma merda mesmo", comento. "Mas é um programa de entretenimento, não são as Olimpíadas."

"Ah, é? Não são as Olimpíadas? É isso o que vamos dizer para os executivos da SuperHuman e da Rocket Fuel? Eu vou ligar para os nossos dois principais patrocinadores e dizer que estamos recebendo um dinheirão pra promover os suplementos deles durante os intervalos comerciais, mas dopando os participantes por baixo dos panos? Tá bom pra você?" Ele não me deixa responder a sua pergunta retórica, e eu também não diria nada, de qualquer forma. "Pois bem, ainda tem mais: uma pessoa da produção também andava *trepando* com esse participante no banheiro do ônibus da turnê, então me diga você se isso é um problema qualquer."

Sinto um frio na barriga. "Minha nossa."

"Você é a galinha dos ovos de ouro, Conn, mas o programa do Trent é líder de audiência no horário dele. E você sabe como o público leva a sério esse tipo de reality show. As pessoas se envolvem e, quando têm direito a votar, se sentem as donas da porra toda. Com todo esse poder nas mãos dos espectadores, basta um deslize que a coisa toda já era. Nós investimos tudo nesse maldito programa e não podemos perder público porque a equipe do Trent tá infringindo a lei e transando com os participantes."

"Certo." Eu me recosto na mesa, levando a mão à nuca. "E o que você quer que eu faça?"

"Quero que você me garanta que a sua produção está em ordem. Quero ouvir que esses heróis românticos do elenco são *cavalheiros de conduta impecável*. E que Fizzy pode se candidatar até à presidência da República se quiser. Quero ouvir que *ninguém* da sua equipe tem mão boba, nem mania de bater punheta à vista de todos." O medo pesa no meu estômago como se fosse chumbo. "Quero uma garantia de que a única coisa que vai acontecer daqui até o final dessa porra é a Felicity Chen fazer essa porra dessa viagem a Fiji que vai custar uma puta de uma grana pra nós!"

Com um sentimento pesado de derrota, solto uma risadinha. No fim, foi bom termos terminado tudo; eu ia ter que fazer isso agora de qualquer forma. Como eu odeio essa merda toda.

Blaine dá um passo à frente, com uma expressão irada. "Connor? Eu preciso de uma resposta."

Eu passo a mão no rosto. "Sim. Está tudo sob controle."

"Isso é sério, Connor", ele complementa, recobrando a compostura. "Você é tudo o que nos resta agora, e, se o seu programa der errado, nós estamos ferrados. E acho que não preciso nem dizer, né? *Você* também vai estar ferrado."

Quarenta

CONNOR

Ash se inclina sobre a mesa e ajeita meu colarinho. "Você tá parecendo comigo hoje."

Olho para baixo para entender do que ele está falando. O suéter que vesti quando saí do escritório está ao contrário, com a etiqueta aparecendo na parte da frente do meu pescoço. E as duas mulheres que me abordaram para pedir uma foto comigo antes de Ash chegar não fizeram nem a gentileza de me avisar. Tiro o suéter por cima da cabeça e o visto do lado certo desta vez. "Eu ando meio aéreo."

"Dá pra imaginar." Ele fica me observando por um instante. "Não foi pro set hoje?"

Eu encolho os ombros, remexendo a comida no prato. "Estava indo quando o Blaine me abordou. Eu só precisava colocar os pensamentos em ordem. Vou pra lá daqui a pouco. A filmagem começa lá pelas três. A Rory e a Brenna têm tudo sob controle."

"Ah. Você está evitando encontrar com ela."

Dou uma mordida no meu melão em vez de responder.

"O melhor que você pode fazer é ir pra casa e dormir um pouco. Você está um trapo."

Solto um grunhido em resposta, apesar de saber que deveria tratá-lo melhor. Ash ganhou um dia de folga para um treinamento voltado a professores que só começa à tarde e, em vez de ficar na cama com a mulher, veio aqui me encontrar para um brunch, para me ouvir *mais uma vez* reclamar que a minha vida está indo por água abaixo.

Eu sei que foi melhor ter rompido minha relação com Fizzy, mas uma parte de mim meio que torcia para que Ash dissesse o que no fundo eu também já sei — que era preciso ter pegado mais leve e dado mais um tempo para ela se preparar para a coisa mais difícil que poderia ouvir da minha boca. Infelizmente, depois de escutar a história toda — o drama no hotel, a declaração de Fizzy e a situação do programa produzido por Trent —, Ash concorda que eu fiz o que tinha que fazer.

Mas nunca, nenhuma vez na minha vida, eu me senti assim, nunca estive tão envolvido com uma mulher a ponto de arriscar meu ganha-pão para ficar com ela. E detestei o que aconteceu ontem à noite, que agora Fizzy não se abra mais comigo sem entrar em pânico, que ela sinta que não tem o direito de pisar na bola também. E, acima de tudo, o que mais me irrita é que nada disso importa agora, depois do ultimato que recebi de Blaine.

Ash se agacha na cadeira, tentando chamar minha atenção. "Conn."

"O quê?", eu digo baixinho, olhando para ele.

"Sabe o que a Fizzy diria neste momento?"

"É o que eu mais gostaria de saber."

"Que só é bonitinho o herói romântico ficar sofrendo por, tipo, no máximo uns três quartos do livro."

Eu caio na risada. "É exatamente isso o que ela diria."

Ele sorri ao ouvir o elogio. "E você está ignorando o lado bom da situação, que aliás é bem óbvio."

"E qual seria?"

"Agora você tem certeza de que está pronto para um novo relacionamento."

Solto outra risada, mas desta vez de sarcasmo. Eu entendo o que ele quer dizer. Conhecer Ella foi a melhor coisa que já aconteceu com Ash. "Não dá pra dizer que existem provas disso, Ash. Fizzy e eu tivemos um lance ocasional que durou só algumas semanas e terminou antes mesmo de começar."

"Mas você estava *disposto* a tentar."

Levo a colher à boca. "Eu gostei dela apesar de não querer", murmuro antes de levar a comida à boca. "Mas é, acho que sim."

"De repente desta vez você pode usar o DNADuo", ele sugere, cortando sua omelete em pedaços simétricos. "O sistema tem muito mais usuários agora, e parece que as pessoas então encontrando uns níveis de compatibilidade bem altos. Um *match* Ouro não é mais uma raridade — um professor lá da escola teve dois desses! Ele pode conhecer as duas e ver com quem se dá melhor. Dá pra imaginar ter uma lista?" Ash leva um pedaço da comida à boca e me olha com uma curiosidade indisfarçável. "Eu adoraria conhecer alguém que tem uma compatibilidade perfeita com você."

Afasto a imagem de Fizzy dos meus pensamentos e solto um ruído de concordância sem muita convicção. Alguns meses atrás, eu a descreveria como uma pessoa tagarela e implacável. Agora não consigo ver nenhuma das duas coisas como um defeito.

"Além disso, você é famoso agora, Connor." Ele dá mais uma garfada e mastiga.

Ainda estou devaneando sobre a tagarelice de Fizzy e sobre como ela usa isso a seu favor, então demoro alguns segundos para registrar o que ele está dizendo. "Você tá falando dos depoimentos confessionais? Ah, aquilo não é nada."

"Esse *nada* é provavelmente o motivo para Blaine querer meter medo em você."

Fico imóvel olhando para ele. "Do que você tá falando?"

Ash parece fazer todo um malabarismo mental antes de baixar o garfo e a faca. Ele leva o guardanapo à boca, batendo de leve nos lábios. "Você não tá sabendo do que tá rolando na internet?"

"Você tá falando da nossa audiência?" Eu balanço positivamente a cabeça, porque Brenna me manda os números todas as manhãs. "Está ótima mesmo."

"Não, tô falando das suas fãs."

"Algumas pessoas já me pararam na rua, mas isso acontece com todo mundo que aparece na tevê."

"Algumas?", ele retruca, e eu sigo seu olhar para um grupo de mulheres sentadas a uma mesa do outro lado do restaurante. Assim que me veem, elas voltam seu olhar de volta para a comida às pressas. "Estou falando de um fã-
-clube inteiro."

Eu faço que não com a cabeça. "Não tem nada disso."

Com uma risadinha condescendente, ele pega o celular, resmungando consigo mesmo: "Eu falo que o celular não serve só pra mandar mensagens e ler notícias, mas você me escuta? Não". Ash dá alguns toques na tela e a vira para mim. "Em primeiro lugar, o seu Instagram. Você tem quase trezentos mil seguidores."

Eu pisco algumas vezes, confuso. Não posto nada ali há anos. "Quê?"

Ele solta um suspiro de irritação e mexe mais um pouco no celular antes de colocá-lo de novo na minha frente sobre a mesa. "Olha aí."

Começo a rolar a tela, tentando me orientar. "O que é isso aqui?"

"É o Twitter." O dedo dele aparece no meu campo de visão, apontando para um monte de letras aglomeradas. "O que essa hashtag diz?"

"Ela diz..." Demoro um tempo para decifrar as palavras, porque estão todas coladas umas às outras, sem espaço. "'Papai Prince O Experimento do Amor Verdadeiro'?" Eu olho para ele. "Quem é Papai Prince?"

"Você. É assim que o *fandom* do *Experimento* te chama."

"O... *fandom*...?" Eu me interrompo, cada vez mais confuso. "*Papai Prince?*"

"O Twitter vai à loucura sempre que começam os depoimentos confessionais."

"Eu nem apareço tanto na tela. O programa tem homens mais bem-sucedidos, mais bonitos e, sendo bem sincero, mais agradáveis do que eu para as pessoas se empolgarem."

"Isso eu não discuto", ele diz com um sorriso. "Mas as pessoas estão elegendo você de qualquer maneira. Pelo jeito, *Papai Prince*, elas adoram sua voz grave e seu sotaque sexy, além das suas interações brincalhonas com a Fizzy." Ele levanta os olhos ao ouvir meu som de choque. "Ah, qual é, não precisa ficar horrorizado também. 'Papai Prince' é até bonitinho perto de outras coisas que tem aqui." Enquanto Ash continua rolando a tela, seu sorriso se torna uma testa franzida e ele pergunta em voz alta: "Eu nem imaginava que 'me engravida' fosse uma frase tão comum".

Eu ignoro este último comentário. "Como assim, me elegendo? O público só pode votar nos participantes, certo?"

"Você não teria como saber porque é um analfabeto em redes sociais, mas não é bem assim. Pelo jeito como sua equipe configurou a coisa, se a hashtag do programa é marcada, o mecanismo de rastreamento considera isso como um voto e soma à votação. Pode ser uma coisa tipo

'#PauGigante_OExperimentoDoAmorVerdadeiro', e o Pau Gigante ganha um voto."

Fico olhando para Ash, incrédulo. "Como é que é?"

"Não esquenta com isso. A maioria leva a coisa a sério. Marcam Colby ou Isaac ou sei lá quem. É uma forma inteligente de fazer a coisa, na verdade; várias premiações musicais fazem isso. Acho que até o Oscar começou a fazer, pra determinar qual é o filme favorito dos espectadores ou a cena favorita em um filme. É uma ótima maneira de criar engajamento, porque as hashtags ficam visíveis pra todo mundo, você pode tuitar — ou seja, *votar* — quantas vezes quiser, o que significa que os tuítes e retuítes aparecem no *feed* de todo mundo. Não tem dinheiro que pague uma exposição desse tamanho. Tá tudo aí no aparelhinho no seu bolso se quiser se dignar a acompanhar."

Me sinto cada vez mais desnorteado enquanto absorvo o que Ash está me falando. O público está votando em mim? Blaine pelo jeito não está tão inteirado das coisas quanto deu a entender, já que, se ele soubesse alguma coisa sobre isso — ou pior, sobre meu lance com Fizzy —, teria mencionado na nossa conversa, certo? De qualquer forma, eu preciso ser muito, muito cauteloso nas próximas semanas.

"Tem gente escrevendo tudo quanto é tipo de coisas, claro", Ash complementa. "Um monte de *Sua Mãe* e outros negócios aleatórios. Acho que o Capitão América teve uma bela votação em uma dessas semanas."

"Que ótimo", eu comento em um tom irônico. "Um sistema à prova de falhas."

"Existem idiotas em todo lugar", Ash responde, empurrando o prato de lado e se inclinando sobre a mesa. "Por enquanto, Isaac é o mais votado toda semana. Mas você está ganhando terreno."

Eu me recosto na cadeira, soltando o ar com força e sentindo a atenção de Ash concentrada em mim enquanto processo todas essas informações. "Com certeza a Brenna sabe disso. Por que ninguém me contou?"

"Acho que o pessoal preferiu ignorar essa parte." Ele pega o copo d'água e dá um gole. "Afinal, você não tem como ser o vencedor dessa coisa."

Essas palavras ficam martelando a minha cabeça.

Afinal, você não tem como ser o vencedor dessa coisa.

Ele tem razão, claro. Não sou um participante. Mas mesmo assim me bate um pouco de tristeza. Eu *não tenho como* ser o vencedor.

Acabo preso em um estado mental em que tenho muitas coisas para pensar e pouco tempo para isso. Poderia passar uma semana inteira refletindo sobre a sensação de chegar de braço dado com Fizzy ao casamento do irmão dela, isso sem falar do que aconteceu mais tarde naquela noite. Mas acrescentando a isso a declaração de Fizzy, a conversa com Blaine na minha sala e tudo o que Ash me contou sobre a votação... minha mente virou um borrão.

Mas tudo isso precisa ser deixado de lado, porque tenho um trabalho a fazer. E, de alguma forma, Fizzy e eu conseguimos manter o profissionalismo. Depois da somatória dos votos do fim de semana, restam quatro heróis românticos: Isaac, Nick, Dax e Evan. Não sei se é um alívio ou uma tortura o fato de estar correndo tudo bem com a produção e minha presença não ser necessária nos jantares íntimos de Fizzy com seus heróis, seguidos de longas caminhadas na praia, de encontros no boliche e da saída para colher maçãs e fazer aulas de surfe, mas aproveito para manter esse distanciamento, porque provavelmente é uma coisa de que nós dois precisamos. A única vez que a vejo na semana é para a gravação de um depoimento confessional esquisito e forçado. Fora isso, fico entocado na sala de edição e crio uma narrativa para cada possível casal, ouvindo música nos fones de ouvido em todos os momentos de folga para me livrar do eco de Fizzy me dizendo que está apaixonada por mim. Consigo montar o episódio mais instigante até aqui, a maior audiência da emissora na semana. Mas, para mim, é uma conquista vazia.

Depois de um muito necessário fim de semana com Stevie, volto ao set para as gravações do episódio seguinte. Eu esperava que fosse ser mais fácil ver Fizzy, mas não é. Na segunda-feira ocorre a eliminação de Dax e Nick, e Fizzy reaparece depois de passar o fim de semana fazendo sabe-se lá o quê e sabe-se lá com quem. Não acho que ela tenha ido para a cama com o primeiro que viu na frente — principalmente porque acredito nos seus sentimentos por mim, mas também por causa da proibição contratual —, só que a parte racional do meu cérebro não consegue falar mais alto quando a vejo entrar no restaurante para a filmagem da manhã. Fico extremamente possessivo ao vê-la com um short jeans apertado e um top branco de tecido fino. Minha vontade é de sentir seu corpo com as mãos e sua pele com a boca, imprensada contra uma parede, arrancando dela mais uma declaração de amor.

Mas eu mantenho minha máscara firme no lugar. Os últimos dois encontros vão servir para os espectadores elegerem um vencedor, e hoje à noite Isaac vai jantar com Fizzy e os pais dela. Eu estava com ela ao lado dos dois uma semana atrás, com o orgulho correndo nas minhas veias. Agora estou atrás de uma câmera, vendo Liz passar pó na testa da sra. Chen, vendo o sr. Chen brincar com Rory sobre seus melhores ângulos e ciente de que os pais de Fizzy vão conhecer o homem bonito, bem-sucedido e merecedor que provavelmente vai ser o eleito. Se eu bem conheço Fizzy — e de verdade sinto que sim —, ela vai se resignar com a minha rejeição e fazer de tudo para seguir em frente. Vai fazer a viagem com Isaac e se esforçar para desfrutar o máximo que puder. Quando os dois estiverem sozinhos em Fiji, será que ela vai se esquecer da sensação de estar nos meus braços? Será que vai dormir com ele simplesmente porque ele vai estar lá, ao seu lado? Ou a conexão dos dois vai se aprofundar e se fortalecer até se tornar maior do que a que existiu entre nós dois?

As duas alternativas são igualmente detestáveis, mas, para ser sincero, não consigo imaginar algo *mais forte* do que isso que existiu entre nós. Quando vejo Fizzy com esses homens, preciso reprimir o tempo todo o instinto de mostrar que ela é minha com gestos sutis e também intensos. E esse instinto está de volta agora, em outra configuração, mas mesmo assim inegável, enquanto vejo as duas pessoas que quero que sejam os *meus* sogros se preparando para conhecer outro homem.

"Está tudo bem?", Rory pergunta ao voltar para onde as câmeras estão posicionadas.

O *não* já está se formando nos meus lábios quando caio em mim, piscando várias vezes, com força. "Ah, sim. Tudo ótimo."

Me levanto da mesa no momento em que Fizzy sai do camarim improvisado nos fundos da casa e entra na sala de jantar. Seus cabelos estão presos em dois coques, com algumas mechas soltas emoldurando seu rosto. Seus olhos estão escurecidos com um delineador preto, e ela veste uma camiseta cortada e uma calça jeans rasgada, além de botas pesadas nos pés. Hoje, Fizzy veio preparada para a batalha. Por uma fração de segundo, em uma vibração febril, sinto que nunca desejei nada da forma como a desejo. E essa sensação não vai embora, nem mesmo depois de eu sair por um bom tempo para tomar um ar fresco.

Quarenta e um

FIZZY

Como o universo é um gato entediado e eu sou apenas um ratinho indefeso, Connor não está com o habitual terno impecável hoje, e sim com uma camiseta preta justa e calça jeans. Apesar de ter colocado toda essa armadura para tentar esconder minha fragilidade interior, só o que posso fazer é não atravessar a sala e atacá-lo. Eu mal o vi durante a semana passada e senti tanto a sua falta que passei o fim de semana inteiro de pijama assistindo aos três primeiros episódios de *O Experimento do Amor Verdadeiro* várias vezes só para ver os depoimentos confessionais com ele. Agora seus cabelos despenteados, seus bíceps e seu peitoral marcado pelo contorno da malha macia da camiseta estão bem diante de mim. Connor exala a paciência e a tranquilidade que são sua marca registrada enquanto conversa alguma coisa com Rory e... *Ai, minha nossa*, olha só pra ele. Estou apaixonada, e isso dói demais, demais mesmo.

Portanto, cheguei à conclusão de que odeio o amor.

Esbocei a ideia para um livro novo ontem à noite. É basicamente sobre uma mulher que se apaixona por um homem, mas ela é encrenca certa, e ele a rejeita, o que a leva a pular de um penhasco. Só que no fundo do penhasco tem um colchão cheio de travesseiros — porque o meu lance não é ficção literária nem terror —, e então ela tenta se sufocar com os travesseiros. Mas não consegue, só fica rolando na cama sentindo pena de si mesma até o Uber Eats chegar com seu pedido de donuts da Krispy Kreme.

Esse esboço também foi parar no lixo.

E então tentei dormir, porque esta semana talvez seja a mais importante das filmagens, mas "dormir" praticamente se resumiu a ficar deitada de bruços na cama chorando com a cara enterrada no travesseiro.

Quero ir até ele, puxá-lo de lado e dizer que nunca mais vou fazer aquilo, que nunca mais vou fugir daquele jeito. Será que ele sabe quanto admiro esse seu lado cauteloso? Ele é a calmaria da minha tempestade, a sombra do meu sol intenso, o Styles do meu Harry.

O encontro com Isaac sai às mil maravilhas. Ao menos vendo de fora, claro. Por dentro, me sinto como uma marionete que só é capaz de emitir discursos motivacionais. Meu pai faz suas piadas bobas e incríveis; Isaac fala sobre seu trabalho com pesquisa em IA, e vejo minha mãe surtando por dentro ao imaginar um trio de netos superinteligentes. Dou um gole na minha Perrier com limão. O programa está fazendo merchandising de um monte de coisas, desde água com gás e protetor solar até lojas de roupas, então tomo o cuidado de manter o rótulo virado para a câmera. Está vendo, Connor? Eu sei jogar em equipe também.

Meus pais falam sobre como foi se mudar de Hong Kong para os Estados Unidos aos vinte anos e sobre as dificuldades de criar três filhos com personalidades tão diferentes. Material incrível e autêntico, perfeito para a televisão. Em meus momentos discretos de dissociação, consigo ver a coisa à distância e sei que estamos todos fazendo um ótimo trabalho.

Me sinto satisfeita em fazer pelo menos uma coisa direito, acho — estou fingindo como uma profissional enquanto ignoro o gigante gostosão atrás das câmeras. Isaac é maravilhoso e inteligentíssimo — minha mãe está quase apaixonada por ele antes mesmo de servirem os pratos principais, e meu pai está me lançando aquele olhar como quem diz *E então? Ele é incrível, hein?*, o que significa que vai ficar me perguntando sobre Isaac por vários meses. É exatamente por isso que nunca apresentei meus pais para nenhum cara antes. Bastaria um encontro para motivar seis meses de questionamentos sobre quando eu acho que vai vir o pedido de casamento. Fico com medo de que eles não tenham entendido ao certo a premissa do programa — que estamos só encenando um encontro, que não é uma apresentação formal à família —, mas não posso me preocupar muito com isso porque já me sinto triste demais e estou dedicando todas as minhas energias a sobreviver a esta noite.

"Gostei dele", minha mãe pronuncia diante do microfone ainda ligado assim que nos levantamos. "É quem você deveria escolher. Imagina que filhos lindos e inteligentes vocês teriam." Eu sabia.

Ouço os risos da equipe ao fundo e estendo o braço para remover cuidadosamente o microfone da gola de sua blusa. "É a audiência que decide o vencedor, mãe."

"Mas ele deveria ser seu namorado", ela continua, sem perceber que estou me enrolando para desligar o equipamento. "Vocês ficam muito bem juntos."

Por instinto, meus olhos se voltam para as câmeras. Connor tira os fones da cabeça e os põe na cadeira ao seu lado antes de pegar uma prancheta e anotar alguma coisa com o gesto mais casual do mundo. Nenhuma reação, e com certeza nenhum tipo de incômodo. Ele nem ergue a cabeça como costuma fazer, com o ciúme faiscando nos olhos. Agora é só o Connor tranquilão, sem a menor preocupação com a perspectiva de outro cara virar meu namorado.

Tudo bem. Eu não ligo.

Eu sempre posso me jogar de um penhasco sobre uma cama cheia de travesseiros.

Dou um abraço nos meus pais, observo quando os levam para o trailer dos depoimentos confessionais com Connor e me sento para esperar a minha vez.

Meia hora depois, meus pais vêm se despedir de mim.

"Nós dissemos para o Connor que achamos que você deveria se casar com o Isaac!", meu pai murmura em um tom nada discreto e me dá um beijo no rosto.

Ofereço para eles o melhor sorriso de que sou capaz. "Que ótimo. Aposto que ele adorou ouvir isso."

Isaac vai dar seu depoimento, e, sinceramente, eu pagaria uma boa grana para ser uma mosquinha voando ali dentro. Aposto que o trailer deve estar parecendo minúsculo com a combinação de dois corpos volumosos, com a intensidade silenciosa de Connor e o charme encantador de Isaac.

Ou talvez esteja tudo bem. Talvez não haja frieza nenhuma e Connor não seja nem um pouco esquisito com Isaac, apesar de uma das minhas partes preferidas do corpo dele ter estado dentro do meu corpo há uma semana e quarenta e oito horas e de um observador casual talvez poder afirmar que estamos sendo dramáticos demais em relação a nossos sentimentos. Só que, assim como nunca me apaixonei antes, também não sei como é me desapaixonar. Talvez aconteça em um estalar de dedos com algumas pessoas — como um interruptor que é desligado, um palito de fósforo que se apaga.

Sinto uma movimentação atrás de mim e percebo que a equipe está começando a recolher o equipamento. Meu coração golpeia meu peito como uma marreta. A qualquer instante uma das pessoas tão queridas da equipe de assistentes de produção vai me chamar para a minha entrevista. Vou recapitular o encontro, falar do que gostei, do que me pareceu meio estranho — apesar de mal me lembrar e de ter certeza de que vou falar um monte de coisas monótonas e confusas, mas não estou nem aí, pelo menos vou estar perto dele. Essa foi a única coisa que tornou a semana passada minimamente suportável, apesar de termos feito contato visual por no máximo cinquenta milésimos de segundo durante os dez minutos de conversa. Estou sofrendo de abstinência; quero tanto ficar a sós com Connor que parece que uma planta espinhosa está envolvendo e comprimindo o meu coração.

É Brenna quem vem falar comigo, com os olhos voltados para a tela do celular. "Ao que parece, você está liberada!"

Eu balanço negativamente a cabeça. "Ainda não gravei meu depoimento."

Ela lê em voz alta a mensagem que recebeu no celular: "Connor está dizendo que vamos liberar você hoje e conversar sobre os dois encontros de uma vez amanhã".

"Espera aí... por que isso?" No meu cronograma está previsto um depoimento confessional para cada noite da semana.

Ela simplesmente dá de ombros. "Foi o que ele me disse." Ela lê mais algumas mensagens. "Parece que ele até já foi embora."

O sono é um amante volúvel. E o fato de eu ter passado a maior parte da noite traindo-o com uma neurose chamada Mil Coisas que Eu Fiz para Foder Tudo também não ajuda muito. Esqueço de programar o despertador, então foi bom ter dormido com o celular debaixo do travesseiro (para o caso de Connor me ligar no meio da noite dizendo que mudou de ideia e que me ama também), e é isso que começa a vibrar sob a minha cabeça.

É Jess. Eu atendo com o som aleatório que minha boca emite quando se aproxima do receptor de voz.

"Ora, bom dia", ela responde.

"Que horas são?"

"Oito e pouco."

Me sento na cama e olho ao redor do meu quarto todo iluminado. Nem me dei ao trabalho de fechar a cortina ontem à noite, e o sol entra pelas janelas como se houvesse alguma coisa para celebrar aqui. "Merda."

"A que horas você precisa estar no set hoje?"

Espremo os olhos voltados para a parede, tentando pensar. "Às dez, eu acho."

"Você ainda tem bastante tempo."

"Eu sei." Estendo o braço e esfrego o rosto. "O que eu quis dizer foi *Merda, vou precisar passar mais um dia fingindo que tá tudo bem.*"

"Você tá esquecendo de uma coisa."

"O quê?"

Jess fala em um murmúrio eufórico ao telefone: "Quem é que vai te acompanhar no seu encontro com o Evan?".

Com um grunhido de alívio, eu me jogo de novo na cama. "Ah, é, graças a Deus." Apesar da nuvem negra que anda me seguindo por toda parte, dou uma risadinha. O encontro com Evan originalmente seria com o meu irmão e a mulher dele, mas ao analisar o cronograma nos demos conta de que eles estariam em lua de mel. Minha irmã era a segunda opção mais óbvia, mas sua orientação médica passou de "pegar leve" para não sair mais da cama. Tenho mais ou menos um zilhão de tias que poderia escolher, mas sinceramente isso transformaria a coisa toda em um circo e, apesar da raiva que estou sentindo de mim mesma no momento, eu não me odeio *tanto* assim.

"O que o River está achando de aparecer na tevê de novo?"

"Está resmungão, mas estoicamente resignado."

"Minha versão favorita dele."

Jess dá risada. "Até daqui a pouco. Bora pra cima deles, gata."

Eu solto um miado patético em resposta.

Obviamente, a primeira coisa que acontece quando saio do ambiente ensolarado da rua para a elegância à meia-luz do restaurante é dar de cara com o paredão de músculos chamado Connor Prince III. E não é muito diferente de dar de cara com um muro — em termos físicos, emocionais e espirituais.

Nós fazemos aquela dança constrangedora em que os dois tentam se esquivar para o mesmo lado antes de seguir cada um em sua direção: eu para a estação de cabelo e maquiagem nos fundos, e ele para trás das câmeras que estão sendo montadas para o dia de filmagens.

O restaurante está em silêncio; sou a primeira a chegar. No salão, só estão Connor e Rory, debruçados sobre as câmeras. Juro que sou capaz de ouvir cada murmúrio grave de sua voz, que parece reverberar pela minha espinha. Liz precisa pedir o tempo todo para eu levantar o queixo e virar o rosto em sua direção, porque, sem me dar conta, fico me voltando o tempo todo para a frente do restaurante, atraída por ele de uma forma inconsciente e dolorosa.

Durante a vida toda, meu ponto de equilíbrio sempre foi quem eu sou e o que quero ser, mas ultimamente... nessas últimas semanas parece que não tenho mais uma identidade. Não sou uma escritora, não sou uma mulher divertida com quem sair, não sou nem uma melhor amiga pentelha ou uma tia desbocada. E, em meio ao silêncio da minha mente, é esse *quem eu sou de verdade?* que grita mais alto. Uma das minhas coisas favoritas em Connor era que ele não precisava que eu fosse coisa nenhuma. Podia ser tonta e escandalosa ou reflexiva e contemplativa que tudo isso era simplesmente... eu. Ele me disse que eu era mais do que minha persona brincalhona, sexy e aventureira. Disse que eu tinha profundidade e várias camadas de sensibilidade. Parecia que ele tinha um abridor portátil de Fizzy (e não estou falando do pau dele).

(Mas o pau ajudou também, claro.)

Evan chega de terno e gravata, e é inegável que está bonito. Estou no meio de um tremendo conflito interno. Por um lado, eu poderia escolhê-lo para a viagem. Não vai rolar nada entre nós — acho que os dois sabem disso — e talvez uma viagem com um ex-que-virou-amigo para Fiji seja do que eu preciso. Mas, por outro, considerando o sucesso do programa, não quero ser a "corta-barato" do público, não quero ter que fingir que me apaixonei e me desapaixonei em seguida.

Mas, se eu escolher Isaac, farei um desserviço para nós dois. Isaac é exatamente aquele por quem eu esperaria me apaixonar, mas, na realidade nua e crua, só tenho sentimentos platônicos por ele. E os dele, será que são realmente românticos? Uma viagem com ele não significaria dez dias de constrangimento e desconforto? Será que eu conseguiria aprender a gostar dele?

Solto um grunhido, e Liz me belisca bem de leve, só para me lembrar de ficar imóvel enquanto ela aplica o delineador.

"O que tá acontecendo?", ela pergunta, com seu hálito doce e mentolado bem próximo do meu rosto. "Você parece estressada."

"E estou."

"Você tá com medo de que o público não escolha quem você quer?"

Liz nunca me perguntou nada sobre o programa. Eu sempre presumi que houvesse uma diretriz do tipo não-pergunte--e-não-conte-nada, mas talvez nem todo mundo seja uma intrometida como eu. Uma mulher inteligente diria que sim. Uma estúpida — no caso, eu — responde: "Acho que não quero nenhum dos dois".

Ela fica imóvel, e sua voz sai em um sussurro: "De qual você gosta mais?".

Resolvo abrir o jogo: "O que tem dois metros de altura e uma estrutura óssea digna de um deus".

Ela dá risada, mas não parece nem um pouco surpresa. "Pois é, vocês dois são uma coisa."

A princípio não entendo muito bem o que ela quer dizer com isso, mas fico vermelha de vergonha. Porque então *me dou conta*. Ela está se referindo ao que eu também sinto, que a verdadeira história aqui é a amizade que surgiu entre mim e seu chefe, Connor Prince. As câmeras não capturaram o mais lindo dos arcos narrativos: como esse homem enorme vindo de outro país e uma mulher baixinha e caótica em um primeiro momento entraram em atrito, mas depois desenvolveram uma admiração mútua que evoluiu para algo muito parecido com amor. Havia uma história real acontecendo o tempo todo diante de mim, e eu estraguei tudo.

"Ele anda tão pra baixo", Liz comenta, interrompendo os meus pensamentos. "Todo mundo percebeu."

Estas últimas palavras me trazem de volta para a superfície com uma atenção redobrada. "Como assim?"

Ela encolhe os ombros, passando uma última pincelada de blush no alto das minhas bochechas. "Ah, você sabe." Não posso continuar insistindo no assunto sem que pareça esquisito demais.

Liz dá um passo para trás, avalia seu trabalho e tira o avental que protege a minha roupa. "Você está pronta", ela avisa. Em seguida, aponta com o queixo na direção de um assistente de produção que está a postos.

"Vamos lá?", ele pergunta, apontando para o trailer do lado de fora. O pânico se espalha pelas minhas veias. "Rory quer fazer um depoimento confessional primeiro. Você já pode ir. Connor está lá te esperando."

Quarenta e dois

FIZZY

Estive neste trailer mais de uma dezena de vezes nas últimas semanas, e até hoje era o meu lugar favorito. É pequeno mas confortável, e equipado com câmeras posicionadas de forma a garantir a consistência da gravação das entrevistas, não importa onde seja montado o set do dia. Há dois sofás: um para Connor, outro para quem ele vai entrevistar. As cortinas estão fechadas, e a iluminação é suave e projetada para criar um ambiente privativo e íntimo. Garrafas de água (com rótulos voltados para as lentes!) e uma caixa de lenços de papel estão sempre à mão. É aqui que eu expresso minhas impressões sobre como estão indo as coisas, como estou me sentindo, o que penso sobre os heróis românticos. Também é o único momento em que o público pode ver Connor, enquanto conversamos sobre os encontros da semana. Não sigo as hashtags relacionadas ao programa, porque não sou masoquista (e, além disso, faz parte de um código de honra implícito não acompanhar a votação para saber quem está ganhando), mas Jess me disse mais uma vez outro dia que Juno contou que Stevie disse que as pessoas estão adorando Connor. Nossas meninas têm a eficiência de um serviço de entregas expresso, só que de fofocas.

E eu entendo a mulherada da internet. Quem conseguiria ver um homem como esse na tevê e *não* se interessar por ele? Na melhor das hipóteses, isso serve para mostrar a Blaine que Connor é um ativo valioso, o que pela primeira vez pode dar a Connor um pouco de vantagem na negociação com a chefia.

Quando me acomodo no sofá, Connor entra, abaixando a cabeça. Sua presença faz o espaço parecer diminuto e claustrofóbico.

Ele não diz *oi* nem *olá*. Apenas: "Teste seu microfone, por favor".

Então hoje não vamos ser amiguinhos. Entendi.

Connor vai para o seu assento e alisa a calça social. É necessário um esforço realmente hercúleo para não me jogar de cabeça em seu colo. "Um, dois. Um, dois. Abaixo o patriarcado, viva o romance, que as mulheres possam amar quem e aquilo que amam."

Ele faz uma pausa enquanto aguarda a confirmação em seu fone de ouvido. "Seu som está bom."

Demora um tempo para nossos olhares se encontrarem e ele assumir uma expressão mais agradável — mas não *muito*. "Como está se sentindo hoje para seu último encontro?"

"Não vai me perguntar sobre ontem à noite?"

Ele faz uma pausa e limpa a garganta. "Ah, sim. Certo. Vamos começar por aí. Como foi a noite passada para você?"

"Bem difícil", respondo.

Ele fica à espera de que eu diga algo mais, apreensivo por saber que eu sou um fio desencapado. Eu deveria começar a tagarelar sobre o meu encontro de ontem; essa é a minha função, falar. Mas me sinto vazia por dentro.

Por fim: "Difícil por quê?".

Sinto vontade de dar risada. *Ora, Connor, ontem à noite*

foi difícil porque você quase não olhou pra mim, e eu quero que esse programa seja incrível, pra fazer a sua carreira decolar e você voltar a se apaixonar por mim. Mas a tristeza é uma dor que estou tendo que engolir o tempo todo, e isso dificulta um pouco as coisas.

Pego uma garrafa de água, tiro a tampa e dou um gole. *Conte até dez, dê mais um gole e faça a porcaria do seu trabalho, Fizzy.*

"Ontem à noite foi difícil porque pode ter sido meu último encontro com Isaac."

Pronto. Ali está. Um leve tique no queixo de Connor. "A não ser que ele vença, e ao que parece seus pais iriam gostar muito disso." Ele está falando com um tom de voz caloroso e amigável, se valendo do sotaque e da simpatia, mas eu o conheço. Estou vendo a tensão em sua expressão.

A gente realmente se conhece, foi o que ele me disse. *Esse foi o nosso* foco principal *durante* meses.

Tento abrir um sorriso natural. "Sim, meus pais gostaram muito dele."

Connor engole em seco. "Nós tivemos uma longa conversa ontem à noite sobre Isaac ser a pessoa perfeita pra você."

"É mesmo?"

Connor pega sua água, tentando esconder uma expressão indecifrável. "Eles já conheciam o Evan, não é?" Fico sinceramente impressionada — e irritada — por ele ter inserido isso na conversa tão depressa. Mas na verdade desejo esse ciúme. Quero senti-lo até os ossos.

"Sim", eu respondo. "Ele é amigo do meu irmão."

"E o que acharam dele?"

"Acho que ele não causou uma boa impressão na época. Mas é com certeza um cara incrível. E um gato."

"Bom, como produtor do programa e parte da equipe que o escalou para o elenco, eu encaro isso como um elogio, e agradeço", Connor fala sem se alterar, com um brilho nos olhos que me diz que entende exatamente o que estou fazendo. "Como 'alguém do passado', ele vai participar de um jantar com a Jessica, sua melhor amiga, e o marido dela, River Peña, que por acaso também é o inventor da tecnologia do DNADuo."

"Isso mesmo. E vê se trata de mencionar isso *várias vezes*. River adora esse tipo de atenção."

Connor ri, e seus ombros relaxam. "Você está afiada hoje, pelo que estou vendo."

"É a noite do meu último encontro. Não seria uma decepção pra todo mundo se eu fosse contida e bem-comportada?"

"Todos nós ficaríamos bem decepcionados." Seu sorriso me esquenta por dentro até a medula. Será que ele não vê quanto nos damos bem juntos? "Como está se sentindo antes do início do seu último encontro?"

"Aliviada."

"Aliviada por quê?"

"Porque em breve vou poder parar de fingir que quero alguma outra pessoa que não seja você."

Connor fica em silêncio, olhando ao redor, para as câmeras voltadas para nós. "Fizzy... você não pode dizer isso."

"É só cortar na edição, então."

Ele se inclina para a frente e desliga discretamente uma câmera, depois a outra. Nós dois levantamos os braços e desligamos nossos microfones. Ele tira o retorno do ouvido e solta um longo suspiro. "Puta merda."

"Estou sentindo sua falta", digo quando me certifico de que estamos realmente a sós. "Queria dizer quanto sinto muito.

Sei que falei que você não é o homem que eu pensava ser, mas foi porque fiquei assustada."

"Eu sei."

"Você é exatamente quem preciso."

Ele não diz nada, mas a luz bate nos seus cabelos quando do ele apoia o rosto nas mãos.

"Que raiva de tudo isso", eu digo, respirando fundo. "Que raiva pensar em ter que ficar com alguém que não seja você. Eu sou volúvel em tudo, menos nisso, Connor. Me desculpa por ter te magoado. Eu fui sincera quando falei que..."

"Eu sei." Seu tom de voz é tranquilo, mas resoluto, e percebo o que vem pela frente quando ele me olha nos olhos. Ele vai arrumar outra maneira gentil de me dispensar. Quantas vezes eu vou pedir para esse homem me rejeitar? "Me desculpa por ter colocado você nessa posição", ele diz. "Me desculpa por ter agravado o seu sofrimento. Me desculpa por obrigar você a fingir que tem interesse nesses participantes que restaram. Mas você se saiu muito bem nesse programa, Fizzy. Todos os dias eu me sinto o homem mais inteligente do mundo por ter escalado você pra isso." Nós nos encaramos por um bom tempo. Em silêncio, repito sem parar que o amo. Estou compensando uma vida inteira sem nunca ter dito essa frase, e, mesmo que ele não sinta a mesma coisa, é muito bom poder gritá-la através do meu olhar.

Por fim, ele suspira. "Se você quer saber, tá sendo difícil pra mim também."

Um silêncio estranho me toma. Não sei por que ter ouvido ele dizer isso me ajuda a seguir em frente, mas é isso o que acontece. "Eu precisava ouvir isso. Você parecia tão tranquilo. Parecia... ter desencanado de mim."

"Eu *não*..." Ele se interrompe. "Não estou nada tranquilo." Connor fecha os olhos e engole em seco. "Eu não sou feito de pedra." Ele estende a mão, hesitando por um momento antes de ligar a câmera, como se estivesse pedindo minha permissão, que eu concedo. "Pode ligar. Desculpa a interrupção. Estou pronta."

O rosto carrancudo de River quando chega e é abordado por um pincel de maquiagem e pela bajulação do restante da equipe ajuda a melhorar o meu humor. Quando Brenna pede um autógrafo na palma da mão, a risada que solto ao ver a expressão horrorizada dele ecoa pelo salão, tornando a atmosfera mais leve de alguma forma. *O que você vai fazer com uma mão autografada?*, sua expressão parecia perguntar silenciosamente. *Tirar um molde? Tatuar? Nunca mais lavar?* River não parece gostar de nenhuma das hipóteses, então em vez disso assina seu nome em guardanapos e porta-copos e cartões de visita para os figurantes e membros da equipe, enquanto Jess e eu colocamos a conversa em dia, aos cochichos.

"Nós estávamos no trailer dos depoimentos agora mesmo", digo no ouvido dela. "Foi perfeito — só *nós dois* juntos —, e começamos a relaxar um pouco, e eu falei que sinto falta dele e que ia detestar ficar com outra pessoa, e ele admitiu que está sofrendo também!"

Ela solta um suspiro de susto. "Quê?"

"Pois é!" Eu cochicho quase gritando. "Ele falou: 'Eu não sou feito de pedra'."

Jess solta um assobio. "*Uau.*"

Infelizmente, não temos mais tempo para discutir o que isso significa, porque Brenna vem nos chamar, levando também Evan e River para uma mesa no centro do salão, que está com uma iluminação perfeita. Que sensação mais estranha: estar empacada em todos os outros aspectos da vida e ainda assim sentir que existe essa coisa que está se movendo rápido demais ao meu redor.

Quando encontro o olhar da minha melhor amiga, sinto o nó de tristeza e arrependimento se aliviar na minha garganta.

Eu tô do seu lado pro que der e vier, seus olhos dizem.

Eu sei, e amo você, os meus respondem.

É sério, os dela dizem, *eu tô aqui só pra esse lance do seu jantar, você tá me devendo uma.*

Seu marido é uma figura.

Ela estreita os olhos. *Ele reclamou o dia todo.*

River reclamando por ter que ir a um evento social? Não acredito!

River limpa a garganta. "Parem com isso."

"Isso o quê?", Jess questiona.

"Esse negócio de ficar conversando sem dizer nada", ele murmura.

Jogo meu guardanapo na direção dele quando, por trás das câmeras, Connor pigarreia para chamar nossa atenção. "Estamos gravando."

Uma parte da conversa é roteirizada e nos obriga a falar sobre a aparição anterior de River no programa, sobre a GeneticAlly e sobre a tecnologia envolvida, e a lembrar os espectadores do envolvimento dele na concepção da coisa toda. Mas então o jantar engrena e vira uma coisa tranquila, em que esquecemos por alguns momentos que estamos sendo filmados e contamos histórias do passado que já devemos ter contado uma centena de vezes antes — e tudo bem; mesmo não tendo nenhum interesse romântico em Evan, eu gosto dele. Sei que as câmeras estão captando essa intimidade tranquila que existe entre nós. Se pega bem para Evan, Connor vai gostar também.

Mas, nossa, como eu queria que fosse Connor aqui do meu lado.

Quarenta e três

CONNOR

A mensagem de Natalia é simples e direta, mas fico olhando para cada palavra por uns bons dez segundos.

"Caralho", eu digo em voz alta no silêncio confinado do meu carro, estacionado diante da casa dela.

Ela está com a Juno na Fizzy.

No meio da loucura da produção do programa, meus fins de semana com Stevie se tornaram esporádicos, para dizer o mínimo. Hoje era a noite perfeita para levá-la para passar um tempo tranquilo e relaxante comigo em casa. Mas não existe nada de relaxante na perspectiva de ir até a casa de Fizzy. Sei que provavelmente não é esse o caso — e que não é justo pensar assim —, só que parece que minha ex-mulher está me forçando a encontrar Fizzy quando não tenho certeza de que as minhas barreiras emocionais são fortes o bastante para suportar a turbulência que mais um tempo a sós com ela significaria. Hoje foi um dia difícil. O depoimento confessional foi torturante, e ver aquele jantar de casais com outro cara no lugar que eu gostaria de ocupar foi ainda pior.

Mas Nat não tinha como saber de nada disso, claro.

Mesmo assim, não desço do carro para dizer um oi para ela, apesar de saber que seria ótimo desabafar com alguém que sabe tão bem quanto eu o que está em jogo aqui. Em vez disso, dou meia-volta com o carro no fim da rua e tomo o caminho da casa florida pintada de bege e azul a pouco mais de três quilômetros dali. E, quando paro no meio-fio, me sinto travado de novo, apesar de a minha filha estar lá dentro. Inclusive, o que eu mais quero no mundo é pegar Stevie, comprar uma pizza, construir um forte de travesseiros no sofá e ficar vendo tevê com ela. Não quero pensar no programa, na mulher que não sai dos meus pensamentos nem no olhar dela hoje mais cedo, quando declarou seus sentimentos de novo. Eu cheguei bem perto de desmoronar. Nunca senti isso antes, meu coração pesado e ao mesmo tempo flutuando dentro do peito. Porra, estou tão apaixonado que não consigo nem respirar direito.

Desço do carro e subo os degraus da frente da casa. Fecho os olhos diante da porta e respiro profundamente para me acalmar antes de bater, cumprimentar todo mundo, pegar minha filha e ir para casa.

Proteger meu coração. Proteger Stevie. Seguir em frente.

Depois da minha batida, três vozes gritam alegremente "Pode entrar!", eu abro a porta e as encontro no sofá sob uma montanha de cobertores felpudos.

"Eu poderia ser um bandido", digo, franzindo a testa.

"Nós vimos sua sombra na varanda pela janela", Stevie justifica.

Juno balança a cabeça. "Você é mais alto que qualquer um."

Fizzy faz uma cara de quem diz *Erradas elas não estão*, mas não posso entrar nesse jogo. Percebo isso assim que ponho os olhos nela. Existe tanto desejo reprimido no meu peito que, se eu falar mais alguma coisa, vai acabar saindo como um berro. E, se der mais um passo para dentro desta casa, vou querer arrastá-la para o quarto, trancar a porta e transar no chão mesmo.

"Pega as suas coisas, querida." Aponto com o queixo para onde está a mochila dela no chão, com papéis, lápis de cor e borrachas coloridas espalhadas por toda parte.

A sala fica em silêncio; toda aquela energia murcha. Que ótimo, agora eu sou o babaca mal-humorado que estragou a festa.

"Tá tudo bem, pai?", Stevie pergunta, saindo cautelosamente do emaranhado de corpos e cobertas. "Você tá bravo com alguém?"

Eu finjo estar tranquilo, mas exausto, passando a mão no rosto. "Não, malandrinha, só tô cansado."

"Tem certeza?" Ela fica me olhando. "Você tá com aquela cara que a Fizzy diz que vai precisar de Botox mais tarde."

Eu ignoro o comentário e tento me concentrar na tarefa que tenho em mãos. "Você pega as suas coisas?"

"Porque, se você estiver bravo", ela continua, "não esquece do que me disse, que as pessoas não são que nem frutas. Você não sai procurando outra se aquela que escolheu primeiro não estiver perfeita." Eu já pedi centenas de vezes para essa menina recolher as toalhas molhadas do chão e parar de usar glitter na minha cama, mas é *disso* que ela se lembra?

Juno franze o nariz. "Eu não gosto de banana quando a casca fica escura e cheia de manchas", ela comenta.

"Bom, agora estou cansado *e* com fome", eu digo, colocando as mãos nos ombros de Stevie e tentando puxá-la para a porta. "Vamos lá comer alguma coisa."

"A Fizzy comprou pizza!", Stevie exclama, apontando toda animada para a cozinha. "E sobrou um monte, porque ela sempre pede mais do que precisa."

"Esse é um dos meus superpoderes", confirma Fizzy, e, pela maneira como está me olhando, sinto que está desejando atrair meu olhar, mas não posso fazer isso. Não depois do soco no estômago que foi o depoimento confessional de hoje.

"Não precisa, obrigado." Eu balanço as chaves no bolso. "Vamos lá, malandrinha."

"Connor", Fizzy diz naquela voz mais grave que parece uma tentativa de sedução. É um tom familiar e íntimo demais. "Não precisa sair correndo assim. Tem bastante comida. Vem se sentar um pouco, você teve um dia cansativo."

"Obrigado, mas não precisa", repito.

Juno fica de pé e vai com Stevie até onde ela está, enfiando as coisas em sua bolsa. Sua vozinha rouca é comicamente incompatível com um sussurro: "Seu pai é um dos caras que estão saindo com a minha tia Fizzy no programa?".

Preciso me segurar para não soltar um grunhido e finjo que não ouvi. Com os olhos de Fizzy sobre mim, pego o celular do bolso e abro o primeiro aplicativo que meu dedo encontra na tela inicial, apenas para fazer alguma coisa. É a calculadora. Digito alguns números aleatórios e divido tudo por dois.

"Não." Minha nossa. A tentativa de sussurro de Stevie também é péssima. Em qualquer outra situação, Fizzy e eu trocaríamos olhares e cairíamos na gargalhada. "Ele é o produtor."

"O que isso quer dizer?", Juno questiona.

Tentando parecer preocupado, multiplico tudo aleatoriamente por quatro e subtraio quinze.

"Ele faz o programa", ela cochicha quase gritando. "É o *chefe*."

Obrigado, Stevie, mas não me sinto o chefe de absolutamente nada neste momento. É como se eu estivesse no meio de uma tempestade em formação, sentindo a pressão subir e prestes a desmoronar.

"Eles se gostam ou se odeiam?", Juno pergunta, e eu sinto um frio na barriga.

Antes que Stevie possa responder, eu a chamo da porta.

"Vamos lá, baixinha."

Finalmente, Fizzy se levanta do sofá e resolve vir até mim. Está de calça de moletom, uma blusa de capuz do Wonderland e parece um brunch, um feriado e uma sensação de euforia pós-sexo em forma de ser humano. Meu corpo e meu cérebro já tinham começado a pavimentar o caminho que tínhamos pela frente, e é muito difícil reverter a operação a essa altura. Eu já estou comprometido demais.

Ela inclina a cabeça para me olhar e, depois de um breve contato visual preocupante, volto minha atenção para a tela.

"Você tá..." Fizzy vem até o meu lado e olha para o meu celular. "Por que você tá fazendo contas?"

Com uma careta, guardo o celular de volta no bolso. "Só precisava ocupar os dedos."

"Você chega aqui todo mal-humorado e do nada começa a fazer contas", ela comenta, e o divertimento em sua voz me faz querer beijá-la e lamber seus lábios doces.

Finalmente, Stevie vem correndo até mim, sorrindo. Vejo o questionamento em seus olhos e tento colocar todo meu amor no sorriso que abro para mostrar que estou bem. "Agradeça à Fizzy."

"Brigada, tia Fizzy."

Tia Fizzy.

Eu sorrio para Juno enquanto Fizzy beija a testa de Stevie e conduzo minha filha porta afora. A má notícia: essa dor

no coração parece ser uma sombra nublando permanente-
mente meus pensamentos. A boa notícia: só mais alguns
dias e nunca mais vou precisar ver Fizzy de novo.

Quarenta e quatro

FIZZY

Fico olhando para Connor e Stevie enquanto eles entram no carro, me perguntando se esse silêncio tenso vai ser a nossa nova vibe daqui em diante. Sou obrigada a admitir que isso não me agrada nem um pouco. Eu me viro, fecho e tranco a porta antes de encarar a bagunça que fiz com as meninas. Sei que tem um par de olhos me acompanhando quando começo a dobrar as cobertas. A maioria das crianças nem sequer repara nos adultos ao seu redor, muito menos no clima que existe entre eles. Mas Juno Merriam é uma criança incrivelmente perspicaz. De jeito nenhum vou conseguir encerrar esta noite sem algum tipo de interrogatório.

"A mamãe me disse que vai me deixar ver seu programa de tevê quando terminar", ela comenta, espremendo os olhos para uma borracha colorida em sua mão, como se precisasse examiná-la criteriosamente.

Lá vamos nós.

"Ah, é?" Faço um sinal com a cabeça para ela me acompanhar até a cozinha. "É uma coisa bem-comportada. A Stevie assiste. Por que ela pediu pra você esperar o final?"

Ela corre atrás de mim e pega um cookie antes que eu possa guardar a caixa no armário. "Ela quer saber como vai acabar primeiro."

"Eu também queria saber, lindinha."

Juno dá uma mordida e mastiga, esperando como um velocirraptor. "Então, quem ganhar este fim de semana vai ser seu namorado?"

"Só se ele e eu quisermos isso." Puxo uma cadeira da pequena mesa da cozinha e praticamente desmorono. De repente percebo quanto estou exausta.

Ela se senta diante de mim e começa a traçar espirais sobre a mesa com a ponta do dedo. "Você gosta dos meninos que sobraram?"

"Gosto..." Minha voz falha, e o *Mas não nesse sentido* que vem a seguir acaba saindo como pouco mais que um eco.

Juno assente e espera mais alguns longos segundos. "Como eles se chamam?"

"Evan e Isaac."

"Você gosta mais de um do que do outro?"

Sua pergunta totalmente normal me deixa triste de novo. "Do Isaac, eu acho."

"Como ele é?"

"Legal", respondo, olhando para o teto e pensando. "Bonito." Minha nossa, se liga, Felicity. Isaac é um homem incrível, e você está descrevendo o cara como se ele fosse um sofá novo. Olho para Juno e respiro fundo, tentando infundir algum entusiasmo nas minhas palavras. "Ele é um cientista, como o seu pai."

"Ele é geneticista também?", ela pergunta, espremendo os olhos, um tanto cética.

Essa menina é mais esperta do que eu. "Não, acho que ele faz robôs ou garante que os robôs não dominem o mundo, ou alguma coisa do tipo que me faz sentir que preciso tratar bem a minha Alexa."

Juno dá risada. "Isso não é a mesma coisa que genética, tia Fizzy."

Jogo um guardanapo amassado nela. Juno consegue se esquivar e, no meio da risada, faz sua próxima pergunta, totalmente traiçoeira: "Você acha que o pai da Stevie quer que o Isaac ganhe?".

Eu seguro meu sorriso, me aproximando dela. Juno é uma interrogadora habilidosa. Um orgulho e um desconforto se espalham pelas minhas veias. "Eu não acho que o pai da Stevie se importe com isso, desde que o programa seja um sucesso."

"Acho que ele se importa, sim, com quem vai ganhar." Ela resolve abrir o jogo: "Acho que ele gosta de você".

"Ah, é?"

"Ã-ham. Sabe lá no show? Deu pra perceber que ele gosta de você. Ficou te olhando o tempo todo."

"É porque eu sou uma pessoa fascinante, Juno. Presta atenção."

Ela dá uma risadinha. "Aposto que ele não gosta de ver esses outros meninos saindo com você."

"Humm." Eu olho bem para ela, que não pisca e nem recua um milímetro.

"E... hã, você conhece o Aiden R.?", ela continua. Faço que sim com a cabeça, porque existem, tipo, uns quatro Aidens na sala dela. "Ele gosta da Stevie, e eles sempre se sentam juntos no almoço, mas hoje ela foi escolhida para representar a Indonésia na Feira das Nações com o Eric, e o Aiden ficou todo triste e sério, igualzinho o pai da Stevie estava hoje."

"Ah, é? Como assim?"

Ela aponta para o próprio rosto. "Sabe quando os meninos apertam os dentes assim?" Juno faz uma imitação bem convincente. "Ele estava fazendo isso e, tipo, ignorando a Stevie no almoço. Mas ela não tinha escolha, porque era a Feira das Nações. Não foi ela que escolheu a dupla."

"Entendi", digo, compreensiva. Argh, essa metáfora na verdade é ótima. Decido mudar de assunto. "E quem foi sua dupla?"

"Kyle Pyun", ela responde, com uma careta. "Ele é todo hiperativo, mas pelo menos tira notas boas."

"Isso é bom." Eu me inclino para a frente com um sorriso. "Ele é gatinho?"

Juno faz uma cara de nojo genuíno. "Tia Fizzy, a gente está no quinto ano."

"Não estou perguntando se você quer se casar com ele, querida. Só quero saber se o garoto tem potencial."

"Minha mãe diz que até o ensino médio os meninos são uns tontos."

"Uau, até que ela foi generosa."

"Então, se o Isaac ganhar", Juno retoma, tomando ela mesma a iniciativa de mudar de assunto, "ele recebe algum dinheiro ou coisa do tipo?"

"Em tese, ele fica comigo."

Ela ri como se fosse a coisa mais engraçada do mundo. "Sim, mas... sabe como é. Estou falando de um prêmio de verdade."

Eu contraio os lábios e respondo apenas: "Eu posso escolher quem vai viajar para Fiji comigo, e tem um prêmio em dinheiro para o herói romântico escolhido pela votação popular, se é disso que você está falando."

Os olhos dela se arregalam. "Uma viagem juntos?" Eu faço que sim com a cabeça. "Dormindo no mesmo quarto?"

"Nós podemos pedir quartos separados sem problemas."

Juno abre um sorrisinho. "Você ia querer dividir um quarto com ele?"

"Eu não tenho nada contra dividir um quarto, mas ainda não sei se quero isso com ele. Só vamos decidir quando chegarmos lá."

Ela balança a cabeça, olhando para o lado, pensativa. Olho para o meu celular. São quase nove horas. Daqui a pouco River chega para buscá-la e para me salvar desse interrogatório.

"E se o Lucas Ayad fosse um dos participantes?", ela pergunta.

Eu finjo que fecho a cara ao ouvir o nome do meu membro favorito do Wonderland. "Obviamente, se o Lucas fosse um participante e não conseguisse ganhar dentro das regras, eu inventaria uma máquina do tempo para voltar ao começo e falsificar os resultados."

"A gente devia fazer um abaixo-assinado pra ele se inscrever", ela sugere. "E dizer pra todo mundo começar a marcar o Lucas Ayad nas hashtags com os votos."

"Você só quer garantir que eu não roube o Suchin de você."

Juno abre um sorriso. "O Suchin é meu, só não sabe disso ainda."

Essa menina me mata de rir. "Por que você consegue falar do Suchin desse jeito, mas se recusa a me contar se o Kyle da Feira das Nações é gatinho?"

"Porque eu conheço o Kyle da vida real, e ele é... nojento." Ela se inclina mais para a frente. "Mas e se a gente votar no pai da Stevie?"

Eu sabia que o xeque-mate estava próximo, mas mesmo assim sou pega de surpresa.

"Eu sabia que você estava armando alguma pra cima

de mim, sua mer..." Eu me interrompo bem a tempo e digo "menina danada", mas não tem jeito. Juno dá uma risadinha toda alegre e estende a mão.

"Um dólar, por favor."

Eu me recosto na cadeira, abro a gaveta de tralhas e busco uns trocados. Depois de colocar quatro moedas de vinte e cinco centavos em sua mão, comento: "Prefiro falar sobre o Lucas e o Suchin".

"Porque você também gosta do pai da Stevie?"

"Juno Merriam, cuida da sua vida."

"Algumas meninas da minha classe e as mães delas gostam do pai da Stevie."

Para o fim da fila, mulherada.

Faço um som de concordância e uma nota mental para usar essa informação para atormentá-lo, e então lembro que na verdade ele não quer ouvir mais nada de mim. E fico triste de novo.

"Meu pai diz que, se você quiser uma coisa, por mais que esteja com medo, precisa tentar."

Fico olhando para ela, admirada pela centésima vez com a esperteza dessa menina. "Seu pai disse isso, é?"

Ela assente com a cabeça. "Ele disse que no começo a minha mãe metia medo nele. Mas que depois ele ficou com ainda mais medo de nunca mais poder falar com ela." Juno sorri para mim de novo. "Então, se é assim que você se sente sobre o pai da Stevie ou... como é o nome dele mesmo?"

Eu me limito a encará-la. Juno nunca se esquece de nada. Essa garota sorrateira é uma bela de uma espertinha. "Isaac?"

"Ah, é", ela fala, com um tom de malícia. Juno está ficando cada vez mais parecida com a mãe. "Se é assim que você se sente sobre o Isaac, então não deixa o medo atrapalhar as coisas entre vocês."

Ouço três batidas na porta na hora certa. Abrindo um sorriso sarcástico para Juno, me levanto e vou para a sala de estar.

"Você não poderia ter chegado três minutos antes e me salvado da Inquisição Espanhola?", pergunto.

River dá risada. "Ah, nossa. Antes você do que eu."

"Quando elas começam a ficar mais espertas que eu, passo a cobrar quarenta e cinco dólares a hora pelo serviço de babá."

Com a mochila apoiada em um dos ombros, Juno se junta ao pai na porta. "Obrigada pelo jantar, tia Fizzy."

"Tá bom, tá bom, eu te amo, agora dá o fora daqui."

Ela ri e me dá um abraço, e eu fico observando enquanto eles vão embora.

Mas River para antes de descer da varanda. "Ei", ele diz, estranhamente inseguro. "Eu queria perguntar uma coisa pra você."

"Isso não me parece um bom sinal." E essa impressão só se intensifica quando ele se inclina para perto do ouvido de Juno e pede para ela esperá-la perto do carro.

"Foi tudo bem lá no programa hoje? Com o Connor?", ele esclarece.

"Como assim?"

"Com o outro programa da North Star indo por água abaixo na semana passada por causa do escândalo de doping, com a demissão do produtor e..."

"Espera aí. Que outro programa?"

Ele franze a testa. "Eu não assisto, mas ao que parece a produtora tem um outro programa baseado em desafios atléticos."

Tenho uma vaga lembrança de Connor mencionando outro programa voltado para um público mais jovem e masculino. "Ah, é. *Big Mouth*, ou *Smash Face*, sei lá."

"*Smash Course*", ele corrige. "Acho que a produção estava dando anabolizantes para o principal competidor. E ao que parece uma pessoa da equipe estava transando com ele na turnê também, e a coisa vazou na internet."

"Puta merda."

"Pois é. O programa foi cancelado." River estende a mão para coçar o pescoço, adoravelmente constrangido por estar se metendo nos assuntos dos outros. "Considerando tudo o que aconteceu entre você e o Connor, eu só queria saber se estava tudo bem."

Foi como se uma névoa tivesse se dissipado e agora eu conseguisse ver claramente tudo o que aconteceu desde a minha declaração na casa de Connor. Se a North Star perdeu uma de suas galinhas dos ovos de ouro por causa de um escândalo, deve estar pressionando Connor para garantir que está tudo sob controle. Se a história de que estávamos juntos vazasse, o que transformaria o nosso programa basicamente em uma farsa, isso não só arruinaria sua carreira, mas também poderia quebrar a produtora.

E Connor ainda levaria a culpa.

Quarenta e cinco

CONNOR

O penúltimo episódio de *O Experimento do Amor Verdadeiro* consegue a maior audiência em horário nobre para qualquer reality show em mais de uma década. Em uma reunião preliminar com a equipe inteira, fica claro que são números inacreditáveis. Se tivéssemos uma garrafa de champanhe no escritório às nove da manhã, com certeza a estouraríamos.

Enquanto volto para a minha sala, Brenna vem correndo atrás de mim toda empolgada, falando sobre as tendências no TikTok, os trechos editados e os cortes que viralizaram — e me manda alguns, mas acho que a essa altura ela sabe que ver as evidências de uma verdadeira histeria na internet só vai servir para intensificar ainda mais a pressão para o episódio final. E o fato de o furor em torno de *Smash Course* ainda não ter passado também não ajuda muito. O ciclo ininterrupto de notícias de hoje em dia significa que a memória das pessoas é muito curta para esse tipo de coisa, mas parece que o tempo inteiro surgem novos detalhes para deixá-las exaltadas outra vez. Tudo isso é tão próximo da situação que vivi com Fizzy que poderia me servir como um consolo de que estou fazendo a coisa certa e ainda tornar o fato de estar longe dela mais fácil de suportar. Mas não.

Quando Blaine chega, pouco depois das dez, parece um

cachorro hiperestimulado, andando em círculos sem parar, passando de sala em sala. Está se gabando do fato de as pequenas produtoras independentes estarem mostrando a Hollywood como é que se faz, sobre sua escolha inteligente de ter me escalado para isso e sobre ser preciso confiar nele sem hesitação da próxima vez. Essa adulação toda não tem só um lado bom: claro que estou contentíssimo por ter criado com Fizzy algo que repercutiu tão bem entre os espectadores, mas o óbvio conflito causado por ter me apaixonado por ela é uma sombra que paira sobre a minha sensação de triunfo. Meu casamento fracassado foi uma relação fácil de manter viva — uma coisa sem paixão, mas conveniente e amigável —, mas construir algo sólido com a mulher que realmente amo se mostrou impossível.

Talvez, em alguns meses, depois que os holofotes apontarem para outra coisa e o mundo se interessar pela novidade da vez, a gente possa tentar. Mas não é assim que uma história de amor funciona. Não importa o que os poetas digam, o amor nem sempre é paciente; é urgente, faminto e ocupa todo o espaço disponível dentro da minha cabeça.

Meu refúgio é a sala de edição, onde, na esperança de deixar de lado todo o resto, passo o dia montando as retrospectivas de todos os heróis românticos do programa na recapitulação a ser exibida no episódio final ao vivo no fim de semana. Mas é nesse retiro tranquilo que Blaine me encontra e põe um pedaço de papel sobre a ilha de edição.

"Blaine..."

"Desde que você não faça nenhuma cagada até o fim da semana", ele diz, sem perceber que acabou de apagar a montagem em que estávamos trabalhando, "aqui está o seu contrato para produzir e apresentar a segunda temporada de *O Experimento do Amor Verdadeiro*."

Sentindo a tensão que se forma no ar, Pat, nosso produtor de edição, se afasta do computador e sai de fininho. "Acho que vou lá pegar um café."

A porta se fecha atrás dele, e eu olho para o papel.

Eu sabia que isso iria acontecer — sendo bem sincero, seria uma estupidez da nossa parte não pensar em uma nova temporada —, mas ver tudo daquele jeito, preto no branco, me deixa momentaneamente sem reação. Tenho certeza de que, com a estrutura e a equipe que montamos, eu conseguiria repetir a dose com outro herói ou heroína como protagonista e, mesmo que só faça metade do sucesso da primeira temporada, renderia um bom dinheiro para a produtora. E para mim.

Só não consigo imaginar como fazer isso sem Fizzy ao meu lado. Isso sem contar que uma nova temporada me manteria sob os olhos do público e tornaria a possibilidade de um relacionamento entre nós ainda mais distante.

"Posso pensar a respeito?", pergunto.

"*Pensar a respeito?*" Blaine bate várias vezes com o dedo no terceiro parágrafo, apertando um monte de botões no painel logo abaixo. "Rapaz, você não está vendo o que está sendo oferecido aqui? Mais dinheiro, mais tempo de exibição, mais gente na equipe, mais verba de produção."

Eu estou vendo, sim. E isso é mais um motivo para encarar esse contrato com muita cautela.

Com cuidado, afasto sua mão do equipamento e giro minha cadeira para encará-lo. "O incentivo financeiro é óbvio, e sei que seria possível repetir a fórmula do programa sem problemas. Mas, por mais que isso possa parecer loucura — porque eu sei que somos o maior sucesso televisivo do momento —, o dinheiro não é a única coisa que me interessa. Eu gostava do que fazia antes. Não sei se estou disposto a abandonar de vez a produção de documentários."

Ele faz um gesto de desdém com a mão. "Tudo bem. Nós podemos dar quarenta mil dólares para o seu lance da vida marinha. Você pode fazer um filme e uma temporada do programa a cada ano. É essa a sua condição para assinar?"

"Não era esse o nosso acordo, Blaine."

"Estou te oferecendo uma oportunidade e tanto. Você tem um talento natural para esse tipo de programa."

"Eu só preciso pensar um pouco", respondo. "Não é um não e nem um sim, é um 'vamos conversar sobre isso depois do episódio final'."

Blaine solta uma risadinha e estreita os olhos na minha direção. "Entendi. Tudo bem. Você está tentando arrancar o máximo possível de nós. Eu respeito isso, inclusive."

"Não é isso. É que..."

Ele dá uma piscadinha e um tapa no meu ombro. "Vou ver o que posso fazer por você."

Preciso me esforçar para me livrar dos pensamentos sobre dinheiro, pressão, Blaine, minha carreira, minha família e — acima de tudo — Fizzy, para me concentrar apenas na tarefa que tenho em mãos. Somando todas as tomadas de câmeras, temos mais de duzentas horas de filmagens para produzir as sequências e as retrospectivas de que vamos precisar para o episódio final. É o tipo de situação que exige a convocação de todas as tropas. Queremos exibir imagens de todos os heróis como são na vida real — sem pose, sem filtros e mostrando o que têm de melhor. Sinto que capturamos a essência de algumas pessoas realmente interessantes — e sem nenhuma intenção irônica ou zombeteira da nossa parte —, e isso parece uma realização monumental. Talvez seja esse o elemento que mais agradou a tanta gente, a autenticidade da coisa toda. Quero que esse último episódio seja emocionante e divertido, genuíno e inspirador.

Mas, como estamos editando trechos de filmagens com Fizzy ou sobre ela, é impossível escapar de sua presença. E, o que é ainda pior, tenho horas e horas de evidências inegáveis de que ela estava falando a verdade: Fizzy não quer nada com nenhum desse caras. A essa altura, já conheço seus sorrisos, e os que aparecem na tela são simpáticos e sinceros, mas transmitem apenas um sentimento platônico. Conheço suas risadas e sei que não são fingidas, mas os heróis do programa não conseguem extrair aquelas que vêm das profundezas do seu ser, as gargalhadas que a fazem se entregar ao momento. Conheço seus toques também — puta que pariu, e como — e, embora ela seja afetuosa, não há fogo em seus olhos ou na ponta de seus dedos. Não há nada minimamente sexual aqui.

Precisamos editar um monte de sequências, mas, puta merda, a única coisa que vejo aqui é Fizzy se apaixonando por mim. Seus olhos buscam as câmeras a todo momento — para ver minha reação, para fazer uma alusão silenciosa a uma piada interna nossa ou, de forma involuntária, quando seus pensamentos voam longe e se deixam levar naturalmente até *mim*. Mas isso também é o que eu quero ver.

Não tenho mais como fazer esse trabalho. Perdi a minha condição de observador imparcial.

Tiro os fones de ouvido e os jogo em cima da ilha de edição. E justo neste momento Rory aparece.

"Está tudo bem aqui?"

Esfrego o rosto com as mãos antes de assentir com a cabeça. "Porra, eu perdi completamente a objetividade. Já editamos os segmentos de Arjun, Tex, Colby e Dax para a retrospectiva. E ficaram bons. Mas estou empacado com Nick,

Isaac e Evan. Sério mesmo, Ror, estou começando a duvidar de que vamos conseguir criar um final aceitável. Fizzy é ótima, mas eu estou maluco ou não existe nenhuma história de amor aqui?"

Rory me encara por um longo instante. "Sério mesmo que você não está vendo?"

"É sério."

Ela olha para a imagem pausada de Isaac sorrindo na tela. "Não esquenta, *bróder*, está tudo aí nas filmagens."

"Eu não quero cagar tudo logo agora no final."

Ela dá risada. "Porra, isso seria impossível."

"Que bom que você tá tão confiante."

"Acho que o problema é que você tá vendo a coisa sem o devido distanciamento."

Ora, Rory, não me diga.

Quarenta e seis

FIZZY

Na quinta-feira à tarde, a sineta da porta do Twiggs toca e tudo — a altura do toque da sineta, os passos que se seguem, o som de um molho de chaves balançando em uma bolsa — é tão familiar que não preciso nem erguer os olhos para saber quem chegou.

"Fizzy?", Jess pergunta.

Eu entendo o motivo de tanta surpresa em sua voz; eu também estou surpresa.

Digito o fim da frase e só então olho para ela, estendendo a mão para pegar meu latte. "Oi, amiga."

"Oi. O que eu estou vendo aqui? Um notebook? Cadernos cheios de anotações?" As sobrancelhas dela vão parar no meio da testa. "Você está... escrevendo?"

"Tive uma ideia hoje de manhã." Na verdade, acordei com uma cena de sexo ardente na cabeça e pensei que... poderia ser bom registrar por escrito. Para ser bem sincera, é uma fantasia obscena envolvendo a boca de Connor, mas a inspiração surgiu da mesma forma que antigamente — como uma espécie de excitação febril —, e eu não queria deixar esse momento passar.

Peguei meu notebook, vim para cá e, obviamente, o que estava tão claro e perfeito na minha mente se tornou uma maçaroca de palavras na página, mas estou me esforçando para lembrar que não tem problema nenhum o primeiro esboço sair uma porcaria. É melhor do que nada, e já estou cansada de não ter nada. Um texto ruim pode ser retrabalhado.

Jess se senta à minha frente. "Que maravilha."

"Na verdade, está um lixo", eu respondo, "mas estou feliz só de conseguir digitar palavras que não sejam um monte de ofensas a mim mesma." Eu encolho os ombros e então me lembro de uma coisa. "Ai, meu Deus, eu escutei uma conversa incrível aqui hoje."

Ela se inclina mais para a frente. "Então me conta logo, que estou seca por uma boa fofoca."

"Tinha duas mulheres sentadas nessa mesa aí da frente que tem a perna bamba..."

"Eu detesto essa mesa."

"... e uma delas contou que o marido demitiu a babá porque viu uma foto dela em um site de acompanhantes."

"Espera aí", diz Jess. "Ele estava fuçando em um site de acompanhantes?"

"Pois é! Isso não seria uma ótima abertura de livro? Um marido canalha vê um rosto conhecido em um site de acompanhantes e é tão burro que nem se dá conta de que não pode comentar a respeito com a própria esposa? A mulher dá um pé na bunda dele e se apaixona pelo homem que vem dar um jeito na privada que o ex nunca quis saber de consertar." Bato com o dedo no queixo, refletindo sobre a ideia. "Ou melhor, ele conserta o telhado, porque assim pode trabalhar sem camisa."

Estendo a mão para anotar a ideia no caderno antes que acabe esquecendo.

Quando me dou por satisfeita, me volto para Jess. "E o que *você* está fazendo aqui, afinal?"

"Trabalhando." Ela faz uma careta. "Estou entediada demais em casa. O River está planejando uma nova startup com o Sanjeev e... eu senti falta de ter o que fazer. A ideia de parar de trabalhar é meio deprimente pra mim. Não escolhi a matemática porque dá dinheiro, mas porque é uma coisa *divertida*."

"Será que estamos recuperando nossa inspiração?"

Ela sorri. "Porra, espero que sim." Nossos olhares se cruzam, e o sorriso de Jess vai se desfazendo, pelo que percebo, quando ela nota o toque de tristeza nos meus olhos. "Ei." Ela estende o braço para segurar a minha mão. "Eu sinto muito que as coisas não tenham dado certo com o Connor. Que merda aquele outro programa ter ido pelo ralo justo agora."

Eu balanço a cabeça, porque não tenho nada a acrescentar. Realmente, que merda.

"Mas não é melhor saber que não foi por causa do que aconteceu no hotel, e sim porque tinha outras coisas envolvidas?", ela pergunta. "Acho que ele não tinha muita escolha, né?"

"É, né?" Eu solto uma risada que sai meio chorosa; não tinha percebido que estava com lágrimas nos olhos. "Eu sei que a situação dele é complicada. Que ele tem outras responsabilidades e está sendo pressionado. Coisas mais importantes do que eu e os meus sentimentos."

"Olha só o amadurecimento dessa personagem. Cinco estrelas por isso", ela diz com um sorriso. Jess se levanta e me diz: "Vou pegar um café. Quer alguma coisa?".

"Não, obrigada." Estou prestes a encerrar esse documento horroroso que estou escrevendo. Provavelmente nunca vou mostrar para ninguém, mas a questão não é nem essa.

Duas horas atrás, minha agente ligou e contou que vários dos meus livros devem aparecer na lista de mais vendidos da semana. Ao que parece, tem gente nova descobrindo os meus livros, e postando fotos, e desafios divertidos, e vídeos, e resenhas. Ela me mandou algumas coisas do tipo, e eu ri muito enquanto via, com os olhos marejados. Quem escreve nunca sabe quando uma história vai encontrar seu público. Saber que as minhas palavras exercem um efeito real sobre as pessoas me fez querer retomar a escrita imediatamente. As pessoas que leem são as melhores, eu garanto. E ela também me deu uma bronca (com razão) por não atender suas ligações, mas disse que se importa acima de tudo *comigo* e que, se eu nunca mais escrever um livro, não tem problema. Eu não vou decepcioná-la por isso, e ela não vai levar a coisa para o lado pessoal. Só preciso fazer o que é melhor para mim. Quatro meses atrás, ouvir isso teria sido um alívio, um peso tirado dos meus ombros, mas, assim que Amaya disse que eu poderia desistir da minha carreira se quisesse, a única coisa que senti foi uma sensação de desolação devastadora.

Isso me fez perceber que não estou disposta a desistir da escrita. Participei desse programa para me encontrar, não para ficar famosa, e, já que preciso abrir mão de Connor, quero pelo menos manter aquilo que define o que *eu* sou. E eu sou uma escritora. Mesmo que todas as palavras desse documento aberto na minha tela sejam um lixo, eu não vou parar de escrever.

E amanhã vou ignorar todo o resto e me sentar para trabalhar e tentar transformar um pedaço de carvão em um diamante. Porque amanhã vou fazer tudo o que for possível para não pensar em Connor, no programa e no fato de que daqui a quatro dias vou embarcar em uma viagem com um homem que não é o que eu gostaria que fosse comigo.

Quando meu telefone vibra sobre a mesa, minha primeira esperança é que seja ele. Preciso parar com isso. Mas então o aparelho vibra de novo. E de novo. Eu viro a tela para cima, e meu coração dispara por um motivo bem diferente. As mensagens são de Alice.

Fizzy
Fizzy ai meu deus
Vem pro hospital
Estou em trabalho de parto

Todo mundo diz que recém-nascidos são feios, que parecem velhinhos ranzinzas ou que têm cara de joelho. Que são umas coisinhas enrugadas e inchadas; resmungões e peludos. Que não fazem nada além de dormir e mamar e chorar e cagar.

Isso pode ser verdade para todos os outros bebês, mas, com apenas seis horas de vida, Helena Ying Kwok já é de longe o ser humaninho mais lindo e divertido a aparecer neste planeta. A bebê Lena — eu escolhi o apelido — tem o nariz arrebitado da mãe e a testa sempre franzida do pai. Tem os lábios cheios da avó materna, o pescoço comprido do avô paterno e a flatulência do avô materno. Mas a covinha na bochecha esquerda é toda minha. Essa aí vai ser da pá virada. Deste momento em diante, não tenho escolha a não ser me dispor até a morrer por ela se for preciso.

Acariciando sua mãozinha fechada, abro com cuidado seus dedinhos e beijo cada um deles. O formato de lua crescente de suas unhas minúsculas é como um milagre. Meu coração não dá conta de tantos sentimentos; a sensação sufocante de felicidade, de mal conseguir respirar, se torna perceptível em cada respiração minha. "Eu sou a titia Fizzy", murmuro. "Nunca vou deixar você sofrer com um sutiã apertado. Vou avisar quando você estiver com comida no dente. Vou ser quem você vai procurar quando precisar de conselhos sobre moda ou dinheiro para gastar com porcarias. Só o que peço em troca é que você me deixe entrevistar todas as pessoas que quiser namorar."

"Certo, certo. Já deu."

Solto um ruído de irritação quando devolvo a bebê para os braços estendidos de Alice. Estou neste quarto há mais de quarenta e oito horas e dormi no máximo três, mas nunca me senti mais energizada na vida. Alice, por sua vez, parece prestes a desmoronar. O processo do parto foi uma coisa intensa. Minha irmã mais nova passou vinte e seis horas andando de um lado para o outro em dilatação, depois mais quinze em trabalho de parto ativo, e a anestesia peridural não pegou. Seu marido, Henry, que é obstetra, estava prestes a sugerir uma cesariana para a equipe médica, mas, como se tivesse ouvido seu pai, a pequena Helena decidiu que já estava na hora de vir ao mundo e, com mais um empurrãozinho, apareceu com os olhos abertos e apenas um chorinho discreto de protesto. Ela não tem nem um dia de vida, mas o quarto já está cheio de gente, flores, presentes e balões.

Minha mãe se aproxima de mim e me abraça por trás enquanto observamos a bebê Lena nos braços de Alice.

"Ela é perfeita", minha mãe murmura.

"Ela deu um novo sentido à palavra *perfeição*", eu concordo.

"Lembro de quando peguei você no colo", ela continua, "e senti uma sensação diferente de tudo, que me fez esquecer todo o resto. Naquele momento, eu tinha tudo de que precisava no mundo. E ainda me sinto assim sempre que olho pra você."

Um sentimento ambíguo me invade. Me sinto mais amada do que nunca quando estou com a minha família... mas detesto saber que talvez nunca proporcione para a minha mãe um presente dessa magnitude: um neto ou uma neta, mais alguém para amar incondicionalmente de um jeito que só ela sabe.

Mas, por ser quem é, minha mãe sabe o que estou pensando e me vira para encará-la. "Você era perfeita quando nasceu e continua sendo até hoje."

Lacrimejando, eu rio. "Você é suspeita pra dizer isso."

"Eu sou a *única* que pode dizer isso. Conheço você desde o seu primeiro segundo de vida."

Não tenho barreiras emocionais para conter mais nada dentro de mim. Fiquei segurando a mão da minha irmã durante o último dia inteiro, acompanhando sua experiência de dor brutal e alegria inigualável. Com quase todo mundo que eu amo apinhado neste quarto para ver Alice, Henry e Helena, eu sinto tudo à flor da pele. "Talvez eu nunca consiga fazer o que a Alice acabou de fazer", lembro à minha mãe. "Talvez eu nem me case. Talvez eu nunca escreva o tipo de livro que você quer ler. Talvez continue sendo sempre exatamente assim."

"E daí?"

"E daí?", repito. "E daí que eu não quero decepcionar você."

Minha mãe segura o meu rosto entre as mãos. "Você se olha no espelho e só vê o que acha que me decepciona. Eu olho pra você e vejo tudo o que eu sempre quis que você fosse. É da admiração que vem todas as expectativas, *dai leu*, não da decepção. E, se quero essas coisas pra você, como um casamento ou um bebê, é porque foi o que me fez feliz mais do que tudo na vida. Você dedica muito tempo à felicidade dos outros, mas pra mim o que importa é a *sua* felicidade."

Essas palavras trazem o rosto de Connor ao primeiro plano da minha mente de uma forma até assustadora. Ele é, sem dúvida nenhuma, a atual base da minha felicidade, e, se tem alguma coisa que me entristece com o fim desse programa, é o fato de que não vou mais vê-lo todos os dias.

E nesse momento outro pensamento me atropela.

"Mãe, que dia é hoje?", pergunto.

Ela me encara, piscando algumas vezes, confusa. "Quinta--feira."

Olho para o relógio. São quinze para as cinco da tarde e, se for mesmo quinta-feira, estou a uma hora de distância da festa de encerramento do programa, que começa em quinze minutos.

Me curvo sobre Alice e beijo sua testa. "Eu volto mais tarde."

"Aonde você vai?", ela pergunta, sem tirar os olhos da recém-nascida.

"À festa de encerramento."

Por fim, ela volta os olhos escuros e cansados para mim. "Fala logo que você é apaixonada por ele."

Estava começando a me virar para ir embora, mas paro ao ouvir isso. "Quê?"

"Você sabe do que eu tô falando."

Olho para ela. Não comentei sobre Connor com nin-guém além de Jess por medo de que a informação vazasse, por medo de deixar minha irmã gestante preocupada, por medo de que o programa já estivesse distraindo demais a atenção de todos do casamento do meu irmão, por medo de que isso se tornasse mais uma mancha vergonhosa no meu currículo, na visão da minha família. Mas, no fim, as pessoas que nos amam são capazes de enxergar tudo o que existe por trás dos nossos subterfúgios.

"Não é assim tão simples", digo a ela. "Bem que eu queria que fosse, mas é uma coisa que vai muito além de mim."

"Mesmo assim." Minha irmã exausta ergue a mão. Eu me inclino para a frente, esperando um carinho no rosto, mas, em vez disso, recebo um tapinha de leve. "Você precisa falar do mesmo jeito."

Quarenta e sete

CONNOR

Embora seja imprevisível, Fizzy nunca se atrasa. Inclusive, sua pontualidade foi o primeiro indício de que sua persona "caótica" era só uma encenação. O segundo foi a lista de exigências bastante detalhada que sua equipe me mandou, e desde então ela tem se mostrado totalmente confiável. Por isso, o fato de Fizzy estar quarenta e cinco minutos atrasada para a festa de encerramento me preocupa.

E, pelo jeito, não sou o único. Brenna se materializa ao meu lado com os olhos fixos nas escadas que levam ao espaço que reservamos na Stone Brewery para o evento de hoje à noite. A equipe circula pelo local, bebendo, comendo e conversando. Mas, apesar de já estarmos aqui há tempo suficiente para que a conversa seja barulhenta e agitada, existe uma percepção inegável de que a festa ainda não começou.

"Cadê ela?"

Eu balanço a cabeça. "Sei lá."

"Você mandou mensagem?"

"Não", respondo. E não mesmo, mas sem nenhum bom motivo para isso. Pelo menos, não um motivo que eu possa revelar para a minha assistente. Não escrevi para Fizzy porque, quanto mais ela demora para aparecer, mais preocupado eu fico que possa ter acontecido alguma coisa com ela e, quanto mais tempo eu fico sem saber exatamente o que é, mais sou capaz de manter minha sanidade intacta.

Percebo que Brenna se aproximou para dar uma boa olhada em mim no momento em que estou vigiando a escada que leva ao espaço da festa como um *sniper* em busca de um alvo. Respirando fundo, levo meu copo de cerveja aos lábios.

"Está tudo bem?", ela pergunta.

"Tudo."

"Você parece meio tenso."

"Não."

"Tem certeza?"

"Sim."

"Então tá, porque acho que acabei de ver ela entrando no restaurante."

Eu chego ao gradil em dois passos, agarrando o ferro fundido com uma das mãos e observando o salão movimentado. Quase imediatamente, vejo seus cabelos presos em um coque e seu sorriso aberto enquanto ela passa pela aglomeração perto do bar. Tudo dentro de mim relaxa; a adrenalina me invade, quente e frenética. Enquanto Fizzy atravessa o salão, é abordada por uma mulher que quer tirar uma foto com ela.

"Ela está bem", Brenna comenta, mais uma vez se materializando em silêncio do meu lado.

"Como assim? Claro que está", eu resmungo, distraído, fechando a cara quando dois homens aparecem, esperando sua vez. Eles chegam perto demais.

"É que", ela comenta, batendo no dorso da minha mão com a ponta do dedo, "você vai acabar quebrando o gradil."

Eu afrouxo o aperto, mas não tiro os olhos do que está acontecendo lá embaixo no bar. Não que esteja preocupado; Fizzy sabe se virar muito bem sozinha. Quando eles conseguem atrair sua atenção, ela permite que tirem uma foto, mas depois balança a cabeça para o que perguntam a seguir e aponta para a escada. Não tiro os olhos dela enquanto a vejo correndo até nós.

Quando Fizzy aparece, todo mundo se vira para ela, um aplauso ruidoso começa e então meio que... vai perdendo força quando reparamos em sua aparência. Não é uma festa formal — não é aquele tipo de evento com taças de champanhe servidas em um coquetel elegante. Mesmo assim, Fizzy costuma andar mais arrumada do que qualquer um de nós. Hoje seus cabelos, além de presos em um coque improvisado, também parecem embaraçados. As roupas parecem ser as mesmas que ela usou para dormir. Seu rosto está pálido e cansado. Murmúrios de preocupação começam a se espalhar pelo grupo.

Pelo menos até ela abrir um sorriso que ilumina o ambiente como o sol e gritar: "*Agora eu sou tia!*".

Os aplausos são retomados, uma gritaria, na verdade, e todo mundo corre para cercá-la. Fizzy desaparece no meio de um monte de gente, e tento absorver este momento porque estou neste ramo há tempo suficiente para saber que nem toda equipe é assim tão unida, nem todo projeto tem esse clima tão mágico e, quando esse tipo de química surge, é preciso saber valorizar. Além disso, eu sei que essa magia toda se deve a *ela*, que transformou um grupo de pessoas desconhecidas em uma família. Isaac está aqui, Evan também, é verdade — mas também Dax, Nick, Jude e Colby. Os participantes eliminados decidiram comparecer porque, apesar de não estarem mais no programa, ainda fazem parte de tudo isso que nós criamos.

Vejo Fizzy abraçar todo mundo e mostrar uma foto da criança recém-nascida no celular, e o impulso de me enfiar lá no meio e monopolizar seu tempo se transforma em uma vontade de curtir o orgulho que sinto ao vê-la se tornar o centro das atenções e ser tão adorada. Talvez a gente encontre um jeito depois que tudo terminar. Talvez não seja um escândalo se aparecermos juntos daqui a alguns meses; talvez o fato de termos nos apaixonado não prejudique a credibilidade de uma eventual segunda temporada. Sei que nada disso é verdade, mas meu desejo por ela chega a ser doloroso — por essa mulher pequena, teimosa e birrenta que dominou completamente meu coração, minha mente e o meu corpo inteiro.

Quarenta e oito

FIZZY

Sei que Connor está logo ali. Consigo sentir seus olhos em cima de mim, como um pai orgulhoso que observa tudo de longe, e não como o criador dessa coisa toda. Quero que ele se aproxime, que assuma seu lugar nessa aglomeração carinhosa. Ele não sabe que o único motivo para tudo ter funcionado tão bem foi ele mesmo? Foi sua visão. Sua competência enérgica e sua presença relaxante, seu gerenciamento ativo de toda a equipe, sua escalação precisa do elenco. Isso sem mencionar sua aparência tentadora e o impacto inesperado provocado por sua condução das entrevistas no trailer dos depoimentos confessionais.

Mas, com as minhas emoções exaltadas como estão e minha adrenalina a mil, talvez não seja o melhor momento para Connor se aproximar. Acho que Alice tem razão, e esta pode ser minha última chance de declarar meu amor, seja qual for o resultado no sábado, mas eu me conheço. No meu estado emocional atual, eu perderia as estribeiras e falaria tudo o que sei sobre a North Star e mandaria à merda todo mundo que acha que tem direito de se meter na nossa vida.

E é justamente por isso que ele não me contou nada.

Mas há duas conversas importantes que eu *sei* que preciso ter esta noite, e ambas são com homens com quem não posso ter contato até sábado. Um deles vai sair vencedor, e suspeito que será Isaac, mas, se não for, preciso deixar tudo bem claro para Evan também. Eu topo fazer a viagem para Fiji com qualquer um dos dois, mas, seja quem for meu acompanhante, não vai dormir comigo.

Se eu fosse direto falar com cada um deles, acabaria chamando muita atenção, então passo um tempo conversando com todo mundo. Dax e eu fazemos planos para jantar um dia desses — só por diversão, ele garante, um lance totalmente platônico —, quando a poeira tiver baixado. Jude me diz que entendeu a piada sobre Volterra, mas que simplesmente não achou graça.

"Tudo bem, Jude", respondo com um sorriso. "Gosto não se discute."

Colby volta a dar uma de macho palestrinha para dizer que não estava palestrando para mim na cozinha, mas, depois que rimos da situação, sinto que, longe das câmeras, ele é um cara bem mais tranquilo. Todo mundo tem seu palpite sobre quem vai vencer, sobre quem *deveria* vencer e sobre um dos dois participantes que restaram ser meu verdadeiro *match* Ouro.

É uma noite mais fria que o normal para esta época do ano, então todo mundo permanece dentro do restaurante, bebendo sem parar, e o clima vai ficando cada vez mais barulhento, nostálgico e sentimental. Sei que é contra as regras chamar Isaac para uma conversa a sós no pátio, mas ele aceita de bom grado e com uma expressão de certo alívio no rosto.

"Quer minha jaqueta?", ele oferece, fazendo menção de tirá-la.

Faço que não com a cabeça, fechando o zíper da minha

blusa com capuz. "Mas obrigada. Eu ainda estou surfando na empolgação de ter sido coroada a melhor tia do mundo."

"Eu imagino", ele diz, aos risos, apoiando os braços no gradil e olhando para a parte externa do bar. "Lembro quando minha irmã mais nova teve o primeiro bebê. Eu nunca tinha convivido com bebês antes, sabe?" Isaac olha para mim. "Não entendia qual era a graça. Mas é diferente quando eles são da família."

"Eu sempre adorei crianças, mas essa sensação é outra história. É uma loucura ter uma pessoinha tão pequena ligada a mim dessa forma. Eu não quero estragar tudo."

Ele ri. "Você não vai."

O silêncio se instala e percebo quanto é estranho estar a sós com ele. Fora nossa conversa casual na loja de conveniência, nunca tivemos a chance de ficar sozinhos; na verdade, nós nem nos conhecemos direito. Existem programas que colocam os participantes para morar juntos, submetendo-os a horas e horas de proximidade forçada. E alguns até proporcionam privacidade suficiente para que as pessoas durmam juntas. Eu gosto do fato de este programa ser diferente, gosto que trate as questões de personalidade e energia de uma forma parecida com a do mundo real, mas também acho que é preciso conhecer a pessoa a portas fechadas para que uma química de verdade se estabeleça. Fico me perguntando se Isaac e eu teríamos conseguido nos entender nesse sentido se tivéssemos nos conhecido por acaso.

Ele vira a cabeça e apoia o queixo no ombro para olhar para mim. "Eu sei por que você me chamou aqui fora, aliás."

Imitando sua postura corporal, pergunto: "Ah, sabe?".

"Ã-ham." Ele sorri. "E já digo pra você: sem problemas."

"Como assim?"

"Tudo bem as coisas não terem dado certo entre nós, mesmo se eu ganhar."

"Por que você acha que era isso que eu ia dizer?"

Ele se vira e se recosta no gradil, virado para mim. "Qual é, Fiz. Está na cara que você não está me dando nenhuma abertura."

Eu concordo balançando a cabeça e olho bem para ele. "E por que eu tenho a sensação de que isso vale pra você também?"

Isaac respira bem fundo e olha para o céu. "Uns três dias depois que gravamos nosso primeiro encontro, recebi uma mensagem da minha namorada da época do colégio. Ela se mudou de volta pra cá."

Um alívio tremendo toma conta do meu corpo. "Ah."

"Nós ainda não nos vimos. Eu não vou desrespeitar as regras." Ele ri. "Mas estamos conversando por mensagens e... pois é. Acho que pode rolar, sabe?"

"Que incrível, Isaac."

"Então, se eu estiver certo e você não estiver mesmo me dando nenhuma abertura, eu queria dizer que não tem problema." Eu faço que sim com a cabeça. "E, se eu estiver errado e houver algum sentimento da sua parte, é bom colocar tudo em pratos limpos. Não quero magoar ninguém." Ele estende a mão e passa o polegar no meu rosto. "Sinceramente, você é uma das pessoas mais legais que eu já conheci na vida. Essa é talvez a única mulher no mundo inteiro que me faria desistir de tentar de tudo pra te conquistar."

Ele explica tudo de um jeito perfeito. Eu gosto muito de Isaac. Em um universo paralelo onde Connor não existisse, ele poderia ser perfeito para mim. "Eu entendo totalmente", respondo.

"Eu sei que sim."

"O que está pegando aqui, amizades?"

Isaac e eu nos viramos e vemos Evan chegando com três copos cheios equilibrados nas mãos. Ele entrega um para Isaac, um para mim e faz um brinde. "À minha chance remota de ganhar essa coisa, e à mulher mais linda com quem já saí."

Nós caímos na risada, batemos nossos copos e damos um gole. Em seguida, limpo a espuma que fica na minha boca. "Acho que a disputa entre os dois está pau a pau."

"Sem chance." Evan dá um gole apressado na cerveja. "Ele vai ganhar, e eu queria te dizer que, por mim, tudo bem."

"Evan..."

"Não, é sério mesmo, Fizzy. Nós já tentamos uma vez e não rolou. Estou contente por ter você de volta na minha vida. E por ter removido a laser aquela tatuagem horrenda. Goldschläger é a ferramenta do diabo", ele se explica, erguendo o copo para mais um brinde. "Aconteça o que acontecer, foi uma loucura bem divertida."

Quando volto para dentro, não é difícil localizar Connor, um gigante cercado por seu fã-clube — estou falando da equipe técnica, mas, sendo bem sincera, sei que todo mundo está pelo menos oitenta por cento apaixonado por ele. Como se ele sentisse que eu voltei, seus olhos encontram os meus do outro lado do salão. É impossível ignorar o alívio na expressão dele, é como se ele não gostasse de me perder de vista.

Mas talvez isso seja só minha esperança falando mais alto.

E estou fazendo o possível para manter essa esperança sob controle. Eu o magoei, e, mesmo que Connor decida confiar em mim de novo, meu lado racional sabe que isso não muda nada. Se ele foi advertido a não correr nenhum risco de estragar tudo, isso vai continuar valendo amanhã, e depois de amanhã, e na semana que vem, e daqui a três meses, porque os holofotes lançados sobre nós pela popularidade do programa não parecem estar nem perto de nos deixar em paz. No fim, eu preciso me conformar com a ideia de que talvez tenha sido melhor não termos ido para a cama de novo, porque provavelmente eu teria arranjado um jeito de arrastar seu pau grande para Las Vegas e de enfiar uma aliança no dedo de Connor para oficializar a coisa.

Ajeitando a minha postura, me preparo para uma conversa que tem tudo para ser difícil e faço um gesto com a cabeça para chamá-lo para um bate-papo a sós. Com um leve aceno de cabeça, ele se inclina para murmurar alguma coisa para as duas mulheres com quem está falando e acompanha com os olhos meu movimento pelo salão até um canto mais isolado onde há uma mesa vazia quase perdida nas sombras.

Me sento de costas para a parede e o observo enquanto ele caminha na minha direção. É tão estranho eu só ter experimentado esses sentimentos escrevendo a respeito deles, e nunca na vida real. Quando digo que meu coração está apertando e parece estar sendo puxado em diferentes direções por dois punhos fechados, constato que não é só uma hipérbole. Amar dói.

Ele se senta à minha frente, colocando o copo de cerveja pela metade sobre a mesa. "Oi."

Fico em silêncio por um momento, hesitante em responder ao cumprimento porque existem muitas outras palavras querendo vir à tona. No fim, devolvo outro "Oi".

"E aí?"

Decido ir direto ao assunto. "Eu ouvi falar sobre o que aconteceu no *Smash Course*."

Suas pálpebras tremem, e vejo um espasmo em seu maxilar. "Ah, é?"

"É. Eu sinto muito. O clima deve estar bem estressante pra todo mundo lá na North Star."

Ele assente com a cabeça, levantando o copo de cerveja e franzindo a testa. "Pois é, a coisa tá feia mesmo." Connor dá um longo gole.

"Como não vamos nos ver muito mais, e provavelmente não seria uma atitude muito profissional ligar pra você depois do fim do programa, eu queria dizer algumas coisas."

"Fizzy", ele começa, se apoiando sobre os antebraços.

Mas eu levanto a mão para interrompê-lo. "Não vou pedir pra você mudar de ideia. Eu entendo. Só que nunca tinha me declarado pra ninguém antes e, quando tentei — lá na sua casa —, fui interrompida pela sua rejeição. Então só queria desabafar tudo isso que está preso no meu peito, porque acho que vai me fazer bem." Eu levanto as sobrancelhas. "Tudo bem pra você?"

Ele assente com a cabeça, fazendo força para engolir. Isso atrai meu foco para seu pescoço comprido, e vejo a vermelhidão subindo sob o colarinho da camisa até seu maxilar.

"Eu te amo", digo para seu pescoço, e enfim crio coragem para procurar seu olhar. Seus olhos verdes estão escondidos na sombra; ele está iluminado por uma luz que vem de trás, mas, mesmo assim, sinto que posso vê-los brilhar, à procura de algo nos meus. "Nunca senti isso antes na minha vida. Por ninguém. Na época da escalação do elenco do programa, você perguntou o que eu buscava em um parceiro, e falei que queria alguém que valorizasse as coisas que valem a pena, que fosse gente boa, reconhecesse o valor do trabalho e que não se levasse muito a sério. Você se encaixa em tudo isso e muito mais. É gentil e esforçado. É paciente e sincero. E fiel. Eu te admiro demais."

Seu olhar sobre mim é intenso, e eu o conheço bem o bastante para saber que ele não vai me interromper, não vai se inclinar sobre a mesa para me dar um beijo enlouquecedor, apesar de secretamente ser isso o que eu desejo. Adoro o fato de ele ser respeitoso mesmo quando isso é a última coisa que quero da sua parte.

"Eu também disse que teria que ser alguém por quem eu fosse completamente louca", lembro, "e nunca quis ninguém da mesma forma que quero você."

Ele engole a cerveja de novo, só que desta vez interrompendo o contato visual e olhando para o copo.

"Não vou entrar em detalhes sobre isso", digo a ele, "porque estamos em um lugar público e também sei que não tem nada a ver tentar engatar um sexo verbal com alguém que já deixou bem claro que não quer nada comigo."

Connor ri um pouco com isso, voltando seu olhar intenso para o meu. Percebo uma expressão de desafio ali. E espero que signifique algo como *Eu não me lembro de ter dito que não queria nada com você*.

"Mas estou dizendo que te amo", continuo, "porque às vezes acho que nós, como sociedade, somos reprimidos demais. Temos medo da rejeição, ou de parecer vulneráveis, ou de parecer esquisitos, ou de dizer alguma coisa que ninguém mais pensa. E tudo bem. Mas, com você, eu não tenho medo de nada disso. Eu *sei* que estou sendo rejeitada, *sei* que estou sendo esquisita e tenho certeza de que ninguém concordaria exatamente com o que estou dizendo agora, porque ninguém te conhece como eu. E ninguém te ama desse mesmo jeito perfeito e intenso."

"Fizzy", ele diz baixinho, contorcendo os dedos sobre a mesa. Com cautela, ele estende uma das mãos e roça as pontas dos dedos no dorso da minha.

"Então, quando você chegar em casa mais tarde e pensar sobre essa conversa — seja lá o que for, se sentindo incomodado, feliz, triste ou confuso —, quero que saiba que existe uma pessoa neste planeta que te ama profundamente de forma incondicional por você ser quem é, da forma como você é. Fico muito feliz de ter te conhecido, Connor."

Ele baixa os olhos de novo e respira bem fundo. "Eu não sei o que dizer."

"Eu sei. O que eu falei não foi pouca coisa. Você não precisa..."

"Não", ele se apressa em dizer. "Quer dizer, eu tenho *muita* coisa pra dizer, mas acho que não sei como."

Eu mordo o lábio, me esforçando para não interrompê-lo.

"Se você sabe o que aconteceu no *Smash Course*", ele começa, inseguro, "então imagino que entenda por que eu precisei me afastar."

A esperança ressurge, quente e agitada sob as minhas costelas. "Ah, sim."

Connor me lança um olhar confuso. "Pensei que você fosse dizer que isso é bobagem."

"Mas *é* bobagem", respondo. "Só que não sou eu quem tem que dizer como você deve lidar com as coisas. Você sabia que eu não daria a mínima para o que o Blaine ou qualquer outra pessoa dissesse e tomou sua decisão de acordo com a sua consciência. Por que eu ficaria chateada com isso?"

Ele me encara, surpreso.

"Você não entendeu, Connor?", eu questiono. "Estou dizendo que te amo. Quero o que for melhor pra você, mesmo que isso signifique não ficar comigo."

Connor abre a boca para responder, mas Brenna aparece atrás dele. Eu o interrompo. "Brenna está vindo pra cá."

Connor se vira na cadeira e sorri para ela. "Pois não?"

Ela parece abalada. "Você tem um minutinho?"

"Senta aqui com a gente." Eu dou um tapinha no lugar ao meu lado.

Mas ela balança a cabeça. "Desculpa, eu... eu acho que preciso tratar disso com o Connor a sós." Ela abaixa o tom de voz. "O resultado chegou."

Eu me inclino para a frente. "O *meu* resultado?"

Nenhum dos dois olha para mim, mas Brenna confirma com a cabeça para ele. "Eu queria...", ela começa, mas então abre um sorriso inseguro. "Você e a Rory vão ter que rever a estratégia de edição, só isso."

"Ah, tudo bem." Connor se volta de novo para mim.

Tento ler em sua expressão o que vem pela frente. "Tá tudo bem?"

"Tudo ótimo." Seu sorriso é apenas um lampejo em seus lábios. "Vamos precisar interromper essa conversa agora, mas podemos fazer isso em outro momento?"

Essa mudança brusca de clima me deixa toda tensa e desconfortável. "Ah, sim, claro." Eu fico de pé.

"Fizzy", diz Connor.

"Tudo bem." Eu passo por ele, que me segura pelo antebraço.

"É sério. Nós precisamos terminar essa conversa."

Faço que sim com a cabeça, mas não digo mais nada. Sairia tudo torto e engasgado de qualquer jeito. Fico contente por já ter dito tudo o que queria, mas não estou me sentindo melhor como eu esperava. Na verdade, estou me sentindo ainda pior, principalmente com a perspectiva de terminar *de vez* a conversa.

Quarenta e nove

FIZZY

Não estou nada surpresa por não ter recebido nenhum contato de Connor até o episódio final ao vivo, mas estaria mentindo se dissesse que o último dia e meio não foi solitário e estressante. Todo mundo que faz parte da minha vida presumiu que eu estaria ocupada com alguma coisa ou alguém, mas na verdade fiquei fechada no meu quarto, tomando sorvete direto do pote, repassando a conversa com Connor na Stone sem parar na minha mente e vendo reprises de episódios de *Breaking Bad* para me sentir melhor com a minha vida. Declarei meu amor por um homem sem obter nenhuma resposta pela terceira vez, é verdade, mas pelo menos não tenho um cadáver na banheira para desovar.

No sábado ao meio-dia, na hora marcada, apareço no estúdio para fazer o cabelo e a maquiagem, me agarrando à esperança de que pelo menos vou conseguir ver Connor em algum momento — mesmo que do outro lado do estúdio, sem a ambição de um contato mais próximo e muito menos de uma conversa a sós. Mas, se ele está presente, não dá as caras em nenhum momento.

Só vejo Brenna, Liz, Isaac, Evan e todos os outros heróis românticos que foram eliminados, mas que vão aparecer na parte da retrospectiva do programa. Somos levados de uma sala a outra para fazer maquiagem e cabelo e para receber instruções sobre as entrevistas. Estar no estúdio faz a coisa parecer mais importante; os dias de cafeteria aconchegante, de passeios no parque e de ilusão de que estávamos participando de uma pequena produção independente ficaram para trás. O programa é uma grande atração. De alguma forma, mesmo com todos os novos seguidores nas redes, com as abordagens em público, com as listas de livros mais vendidos e os pedidos de entrevistas, eu nunca tinha me dado conta da *dimensão* que a coisa tinha tomado. Somos acompanhados por seguranças ao passar de um estúdio para o outro. A energia no ar é palpável, e a fila de pessoas tentando conseguir ingressos para a grande final ao vivo se estende por vários quarteirões.

Tenho quatro escolhas de figurino, mas a verdade é que não estou nem aí para o que vou usar. Estou me sentindo estranhamente entorpecida quando entro no camarim e escolho um vestido evasê vermelho que sei que minha mãe vai adorar, porque me dou conta de que encarar a minha vida depois de tudo isso não vai ser fácil. Participei desse programa como uma espécie de tratamento de choque, em busca de inspiração e de uma mudança de perspectiva. Encontrei algo novo dentro de mim — um sentimento de paixão e amor genuíno —, mas, sem ser correspondida, sinto que isso está se transformando em uma coisa dolorosa que vai atormentar meus pensamentos. Em nenhuma das formas como imaginei que o programa seria me vi saindo ainda mais triste do que antes.

Quando recebemos as instruções, somos informados de que o programa vai ser mais ou menos assim: os heróis vão ser entrevistados em conjunto, depois da exibição de alguns vídeos curtos de cada um. Em seguida, eu vou ser chamada para falar das minhas experiências com eles. Por fim, o voto do público vai ser revelado, assim como as pontuações no DNADuo. O vencedor será coroado e me levará do estúdio nos ombros para pegarmos um avião para Fiji.

Ok, esta última parte eu posso ter ficcionalizado um pouco.

Brenna me posiciona na lateral do palco para eu poder ver a primeira parte dos bastidores através de um monitor montado ali perto. Do outro lado do set, os participantes entram sob aplausos ruidosos, e Lanelle faz uma breve apresentação do programa, explicando como começou e como ganhou uma popularidade que jamais esperávamos.

Dentro do meu peito, meu coração parece um brinquedo de corda com o mecanismo forçado para além de sua capacidade máxima.

Nick, Dax, Colby, June, Arjun e Tex estão sentados em sofás posicionados em ambos os lados de Lanelle, com Isaac e Evan nas posições mais próximas dela.

"Nossos oito heróis românticos foram convidados a participar do programa para estabelecer uma conexão com a populariíssima autora de histórias de amor Felicity Chen." Os aplausos recomeçam, e dou uma espiada na plateia e vejo Jess, River, Juno e toda minha família em meio à massa de corpos. "O objetivo não era tirar ninguém de sua rotina, e sim ver quem se dava bem com ela, quem estabelecia uma conexão... e com quem a coisa não iria para a frente. Toda semana, vocês — os espectadores — votaram em qual herói parecia ser a alma gêmea da Fizzy. E hoje reunimos o elenco inteiro para discutir suas experiências, suas esperanças e, principalmente, suas impressões sobre *O Experimento do Amor Verdadeiro!*"

A música de abertura começa, há um show de luzes meio brega, e o programa vai para o intervalo comercial. Quando voltamos, o segundo segmento começa com uma montagem apresentando todos os arquétipos de heróis românticos e mostrando os participantes em seu dia a dia, no programa, e falando sobre mim. Ouço assobios quando Colby aparece se exercitando sem camisa, algumas risadas quando Arjun é mostrado usando os serviços de um engraxate na rua, gritos femininos quando Dax se joga de um avião e sons estridentes quando o vídeo mostra Isaac atravessando um corredor com um equipamento robótico na mão que provavelmente é só acessório de cena para acentuar seu lado nerd gato.

A plateia ri quando Dax sai do café depois do nosso primeiro encontro e solta um "[bipe], como ela é sexy."

Eu levo a mão à boca para conter a gargalhada.

"Fizzy tem uma certa aura, sabe?", Nick diz no vídeo. "Confiante, forte, centrada. Mas [bipe prolongado] como é gostosa."

Mais risos, e depois ainda mais quando Arjun comenta: "É, acho que não rolou uma conexão entre nós".

A plateia aplaude quando Isaac aparece. "Fizzy é o tipo de mulher que um homem passa a vida toda esperando conhecer. Você olha pra ela e pensa 'Nossa, que gata', e quando começa a conversar percebe que está totalmente envolvido e nem se deu conta disso."

"Eu sabia já da primeira vez que namoramos que ela era especial", Evan declara. "Mas um conselho: não faça uma tatuagem do Bart Simpson."

A plateia gargalha. Esse vídeo me deixa com um nó na garganta, um emaranhado de diferentes sensações. Por que não me apaixonei por nenhum deles?

Quando a exibição termina, Lanelle espera o fim dos aplausos para abordar a parte mais suculenta do programa.

Com um sorriso no rosto, ela faz algumas perguntas um tanto constrangedoras aos primeiros heróis eliminados — Tex não achava um tanto machista ter me perguntado o que meu pai pensava de eu ser uma autora de livros de romance? Por que Colby achava que tinha sido eliminado? Arjun tinha visto seu episódio? E como achava que havia se saído?

Mas em seguida ela começa a jogar seu charme sobre Dax e Nick, flertando descaradamente enquanto pergunta se mudariam alguma coisa que fizeram ou falaram no programa e se participariam de um reality show como esse de novo no futuro. E então vem o anúncio surpresa: tanto Dax como Nick vão voltar como os protagonistas na segunda temporada.

"Puta merda", murmuro para mim mesma. "*Puta* merda!"

Fico me perguntando se o produtor vai ser Connor, ou se ele está livre a partir de hoje. Se vai poder fazer o que quiser sem medo de perder o emprego e a vida que tem em San Diego. Sinto vontade de perguntar para ele, mas não faço ideia de como vão ser as coisas entre nós depois de hoje à noite.

"Oi", uma voz grave murmura à minha direita e tomo um susto, levando a mão à boca antes de me virar. Tinha desistido por completo de pensar em Connor nesta noite, imaginando que ele estaria vendo tudo lá de cima, da sala de controle. O instinto de lançar os braços em torno de seu pescoço é forte, mas o desejo de devorá-lo inteiro com os olhos é ainda mais. Ele está com os cabelos soltos, caídos sobre a testa, mas com um terno preto impecável e uma gravata preta fina. Parece ao mesmo tempo tranquilo e diabólico, gentil e poderoso. É tudo em um único homem, todos os arquétipos reunidos bem diante de mim, e preciso me valer de toda a minha força de vontade para não declarar inutilmente meu amor pela quarta vez.

"Que notícia incrível essa do Dax e do Nick."

Ele assente com a cabeça. "Eu também acho."

"Você vai ser o produtor-executivo de novo?"

"Ainda não decidi." Sua voz é firme, mas percebo algo nos seus olhos, uma tensão que nunca vi nele antes.

Chego um pouco mais perto. "Tá tudo bem?"

"Tá, sim." Ele puxa a manga do paletó, alisa o peito e depois os cabelos. Ver Connor inquieto é um tanto surreal. Seu olhar pousa rapidamente sobre mim antes de se desviar de novo. "E com você?"

"Eu diria que estou relativamente calma. O que está acontecendo com você?"

"É o episódio final", ele se limita a dizer. "Só estou nervoso."

"Está todo mundo se saindo muito bem", digo a ele. "Você não estava assistindo?"

"Estava... é que..." Connor respira fundo e solta um suspiro trêmulo. "A parte mais difícil vem agora."

Eu me viro para ele e ponho a mão em seu peito. De uma coisa tenho certeza: "Vai dar tudo certo", garanto. "Você não tem com o que se preocupar. Eu não vou te decepcionar."

Ele assente, e seu olhar se volta para a minha boca, vagando sem foco.

Meu coração decide evaporar de dentro do meu corpo.

"Aconteça o que acontecer", murmuro, me forçando a conseguir falar, "nós fizemos uma coisa espetacular, brilhante e única juntos, e eu nunca vou me arrepender disso. Nunca vou me arrepender de *você*."

Antes mesmo de eu terminar de falar, ele já está se abaixando e colando os lábios aos meus em um beijo caloroso e urgente, segurando o meu rosto entre as mãos. A surpresa faz um gritinho escapar da minha garganta, mas então o instinto toma conta, eu agarro as lapelas de seu paletó e fico na ponta dos pés, sedenta por sua boca, desesperada pelo equilíbrio viciante de dominação e ternura de seu toque. Não sei o que está acontecendo, mas também não sou tonta. Vou aproveitar tudo o que esse homem quiser me dar.

Com um grunhido discreto, Connor inclina a cabeça, aprofundando o contato em um deslizar sensual da língua e passando uma mão cobiçosa pelo meu corpo, agarrando a minha bunda e me puxando com força para perto de si. Seus outros dedos passam pelos meus cabelos até encontrarem a minha nuca, que ele segura enquanto me beija com tudo o que tem. É o equilíbrio perfeito de suavidade e força, com lambidas e sucções quentes e molhadas. Ele prende meus lábios inferiores entre os dentes e se afasta devagar. Eu busco mais contato, mas ele me impede, levando o polegar aos meus lábios.

Ele fica olhando para o próprio dedo, com um ar de indecisão, antes de retirá-lo para um último e longo beijo.

"Connor."

"Você está certa", ele me diz.

"Sobre o quê?"

Mas os aplausos explodem logo atrás de mim. O programa voltou dos comerciais, e a luz que avisa o momento da minha entrada se acende.

Connor vira meu corpo e me empurra de leve para a frente. Atordoada, eu entro no palco — com os cabelos bagunçados, o batom retirado da boca — para descobrir com quem estou destinada a passar o resto da minha vida.

Cinquenta

FIZZY

O rugido da plateia reverbera como um enxame de abelhas dentro da minha cabeça. Olho para fora, tentando estimar quanta gente tem aqui, mas as luzes do palco são ofuscantes demais. Não consigo enxergar nada.

O que foi que aconteceu?

Connor acabou de me dar um beijo de despedida?

O set foi rearranjado com uma namoradeira colocada ao lado da poltrona de Lanelle, e os dois sofás com os heróis românticos foram afastados para os lados, um deles perto do que presumo ser a minha namoradeira, e o outro atrás, em uma plataforma, para que eles possam se sentar em duas fileiras de quatro participantes cada. Acredito que o vencedor pela votação do público venha se sentar ao meu lado, mas, assim que assumo meu lugar na namoradeira, me sinto estranhamente exposta e intimidada.

Meus lábios ainda estão formigando por causa dos beijos quentes de Connor.

Tenho alguns minutos para recobrar a compostura enquanto um vídeo sobre a minha vida é exibido: no palco às escuras, a equipe de cabelo e maquiagem entra correndo para consertar o estrago. Na tela, apareço escrevendo (ha!), correndo (escuto uma gargalhada solitária na primeira fileira;

nós conversaremos mais tarde sobre isso, Jessica Marie Peña) e pegando onda de *bodyboard* na Pacific Beach (ops, meu biquíni acabou mostrando demais nessa cena). Minha nossa, pensando bem, por que eu topei fazer essas cenas? Um retrato mais realista da minha vida seria eu enfiando um nacho em uma tigela gigante de guacamole vendo *Pousando no amor* na tevê pela septuagésima vez enquanto meu notebook junta poeira em um canto. Mas acho que isso não pegaria bem para uma heroína romântica.

Quando o vídeo termina, falamos sobre o que todo mundo já sabe: que eu já havia saído com Evan e detestava sua tatuagem; que Arjun e eu não tivemos nenhuma química; que Tex e Jude não combinaram muito comigo; que Dax e eu parecíamos interessadíssimos um no outro, mas não temos muita coisa em comum; e que me dei muito bem com Nick, Isaac e Evan.

Todos nós fazemos brincadeiras e provocações inofensivas. Vamos para os comerciais e, enquanto todo mundo está fazendo piadinhas e conversando, sinto minha pulsação começar a acelerar. Estamos quase lá. Quase. Existe uma boa chance de que eu não vomite na frente das câmeras.

Quero acabar logo com isso, mas ao mesmo tempo quero que nunca termine. Não sei como vou conseguir manter uma relação com Connor depois que o programa terminar, nem se devo fazer isso. É estranho ter trinta e sete anos, mas só agora estar aprendendo a declarar meus sentimentos, a ir atrás do que e de quem eu quero na minha vida romântica, a lidar com a rejeição. Eu nunca esperei que fosse virar o tipo de pessoa que demora para virar a página.

As luzes se acendem, sinalizando que estamos de volta ao ar. Minhas mãos estão suadas, mas resisto à vontade de secá-las no vestido porque ficaria óbvio demais que estou surtando no momento. Vamos ser informados do resultado da votação do público. Vamos descobrir as nossas porcentagens de compatibilidade. Vamos saber quem é minha alma gêmea.

Mas então Lanelle me surpreende.

"Na verdade, vocês oito não são os únicos heróis românticos com fãs entusiasmados", ela conta. "Também surgiu um queridinho surpresa; não é mesmo, Fizzy?"

A plateia enlouquece.

Eu pisco algumas vezes, confusa, mas consigo me recuperar da surpresa. "Imagino que você esteja falando do produtor gostosão, Connor Prince III."

Lanelle ri. "Exatamente ele. Antes de fazermos as grandes revelações, vamos dedicar um tempinho à mente brilhante por trás do programa. Connor, pode vir."

Se eu achava que a plateia estava barulhenta antes, não era nada em comparação com a saudação que ele recebe. A reação aos heróis também foi animada; mas agora, além de animada, é acompanhada por *gritos* do público, o tipo de histeria estridente que ouvi pela última vez no show do Wonderland.

Connor entra no palco com um sorriso tímido, com mais de um metro e noventa de humildade, e me sinto uma grande idiota, porque só agora me dou conta de que o lugar na namoradeira é reservado para ele.

Durante o tempo todo que ele leva para atravessar o palco, seu olhar está fixo no meu.

Ele se senta e me olha sorrindo. "Olá."

Sua coxa musculosa está colada à minha, e, sem querer ser dramática, essa é a sensação mais erótica que já experimentei na vida.

"Olá pra você também", eu respondo, mergulhando de

cabeça no contato visual intenso que fazemos. "Eu não sabia que íamos fazer você passar vergonha em rede nacional."

Os olhos verdes de Connor brilham. "Eu precisava fazer esse último agrado pra você antes que a temporada terminasse."

Lanelle entra na conversa. "É dessa química que estamos falando", ela diz, apontando para nós. "Fizzy, ouvi dizer que Connor só fez a gravação dos depoimentos confessionais por uma exigência contratual sua?"

"Em certo sentido", respondo, ainda sorrindo para ele. "No nosso primeiro dia de filmagens, eu disse que iria embora do programa se ele não topasse."

Lanelle franze a testa dramaticamente. "Isso parece bem radical."

"E também é mentira", Connor retruca, aos risos. "Ela só está dizendo isso pra fingir que é durona."

"E pelo menos isso você podia deixar!" Dou um empurrão de brincadeira nele, e o público cai na risada. "Ele nunca me deixa fazer nada do meu jeito."

"Sendo bem sincero, a lição que aprendi aqui foi nunca duvidar da Fizzy", Connor comenta, e a plateia se derrete toda.

"Mas escutem só", Lanelle diz. "Vocês dois mostraram uma dinâmica incrível em suas interações na tela."

Um desconforto se instala sob a minha pele. Não quero expor Connor dessa maneira. "Até um cadáver conseguiria estabelecer uma química com esse homem, Lanelle. Fala sério."

As fãs de Connor na plateia vão à loucura.

"Não, não, isso é diferente, especial. Deem só uma olhada." Ela aponta para o telão, onde uma montagem de fotos começa a ser exibida e me deixa sem fôlego: Connor e eu no set, olhando para o monitor; nós dois lado a lado no café naquela primeira semana, ele segurando seu café gelado enquanto eu tomava um gole no canudinho. Uma imagem em que ofereço a ele um pouco da minha massa na pausa para o almoço em uma filmagem; outra em que estou atrás dele fazendo careta e chifrinhos enquanto Connor e Rory leem alguma coisa em uma prancheta.

Olho para ele, me perguntando que diabos é isso e *o que* está acontecendo aqui, mas ele está sorrindo para a tela e não sente o meu olhar sobre seu rosto.

Então na tela surge uma foto que pedimos para uma pessoa desconhecida tirar de nós dois no Broad...

Meu coração rasteja até a minha garganta, procurando algum tipo de proteção emocional.

E depois vem uma selfie no *Rocky Horror Picture Show*, e uma foto minha pendurada na parede de escalada, enquanto Connor cai na gargalhada com os dois pés firmemente plantados no chão. Então vem uma imagem do dia em que tentamos comer tacos no set com uma só mordida (ele ganhou o desafio), e outra de quando ele teve que me carregar até o trailer dos depoimentos confessionais porque eu estava envolvida demais em uma conversa com Liz e Brenna. E outra de um momento que nem lembro, em que estamos vendo as versões brutas das filmagens do dia e Connor está atrás de mim, com as duas mãos nos meus ombros. Quando surge na tela uma foto de nós dois com Juno e Stevie pouco antes do início do show do Wonderland, os aplausos da plateia ganham outro tom. As pessoas estão começando a entender o que está acontecendo — e eu também.

Estão mostrando como nos apaixonamos um pelo outro.

Os rostos das meninas não aparecem borrados, o que significa que Nat, Jess e River assinaram uma autorização para elas aparecerem no programa, e sinto minha surpresa mergulhar em um abismo de confusão dentro de mim. O que é isso? Olho para a plateia, procurando por eles, que estão nas primeiras fileiras, mas só vejo uma massa escura. Minha pulsação está disparada como uma metralhadora no meu pescoço e não dá nenhum sinal de arrefecer.

"Uma amizade de verdade", Lanelle comenta quando a montagem para em uma foto em que estou às gargalhadas no Balboa Park e, ao meu lado, Connor me olha com uma adoração indisfarçável. "Alguns fãs do programa inclusive acham que temos uma história de amor *de verdade* surgindo aqui."

A plateia irrompe em gritos. A voz de uma mulher se destaca entre as demais: "Beija ela, Papai Prince!".

Eu me viro para Connor, que move a cabeça lentamente na direção do meu olhar.

"Vocês sabem quantos fãs têm na internet?", Lanelle pergunta.

Demoro um instante para me dar conta de que ela está falando comigo. Desvio meu olhar do rosto dele, me virando em câmera lenta para Lanelle, balançando a cabeça. Meu crânio parece pesar uma tonelada. "O combinado foi que eu não acompanhasse o burburinho sobre o programa na internet, o que me deu o pretexto perfeito para não precisar entrar no Twitter." Risos divertidos se espalham pela plateia.

"Connor, o que você achou de tudo isso?"

"Bom, obviamente a ideia não era eu aparecer diante das câmeras." Ele passa uma das mãos pelos cabelos macios. "E confesso que não é onde eu me sinto mais confortável."

Um coro de manifestações solidárias se espalha pela plateia.

"Mas a Fizzy tinha razão", ele complementa, levantando as mãos como que para me defender. "Deu certo. E foi *divertido*, não foi?" Ele se vira para mim, e seu olhar se volta para a minha boca. "Todo mundo já percebeu que a Fizzy é inteligente, divertida e faz todo mundo se sentir à vontade." Ele suspira. "Ninguém sabe criar um clima como ela."

A plateia simplesmente vai à loucura ao ouvir isso, e eu olho para ele como quem diz: *Sério mesmo, o que você está fazendo?*

"Eu mal entro nas redes sociais", ele me diz como se não houvesse mais ninguém presente no estúdio. "Mas até eu comecei a perceber que as pessoas estavam gostando da nossa dinâmica." Connor sorri. "Eu também gosto."

Puta que pariu, meu coração.

"E, ao que parece", Lanelle complementa, "tem um monte de gente aqui no auditório shippando o casal Cizzy!"

"*Cizzy?*", faço com os lábios para Connor, que só encolhe os ombros. E, no microfone, eu digo: "Eu não fazia nem ideia de que estavam nos shippando com esse nome, Lanelle".

"Nós podemos diminuir um pouco as luzes?", Lanelle pede, o que nos permite ver a plateia sob uma iluminação suave. "Levante a mão quem aqui shippa o casal Cizzy", ela grita.

Surpresa, eu pisco várias vezes ao ver todos os braços que se erguem e então me viro para uma movimentação ao meu lado. Tex, Colby e Dax levantam a mão também.

Lanelle se vira para eles, aos risos. "Até vocês três?"

Dax assente com um sorrisão no rosto. "Foi mais fácil aceitar a derrota sabendo que na verdade nunca tive chance."

"Eu votei neles", Tex admite.

"Eu também", afirma Colby.

"Nós ainda nem sabemos o resultado!", eu grito, ainda tentando entender qual é a intenção por trás de tudo aquilo. "O que está acontecendo aqui?"

Olho para Connor, que segura minha mão entre as suas.

Um silêncio se espalha pelo amplo auditório. "O que está acontecendo é que eu estou entrando na disputa."

Um pandemônio se eleva ao nosso redor. A maioria das pessoas nas primeiras filas inclusive fica de pé.

Nos bastidores ele avisou: *A parte mais difícil vem agora.* Então entendo o que isso quer dizer: se colocar sob os holofotes por minha causa, se apresentando não só como um herói, mas como O Herói, arriscando tudo por nós. Um sentimento de devoção faz meu coração se comprimir.

"Isso não vai dar problema?", pergunto baixinho, me referindo a seu emprego, sua vida aqui e tudo o mais.

Ele se inclina para a frente e murmura no meu ouvido: "Eu disse lá nos bastidores que você estava certa". Connor leu meus pensamentos e se afasta apenas o suficiente para sorrir para mim. "E obrigado por me lembrar: vai dar tudo certo *mesmo*."

A percepção me atinge como um baque físico: ele confia em mim na mesma medida que confio nele. Connor me procurou nos bastidores em busca da confiança que sempre extraí da presença dele. De alguma forma, diante de milhões de pessoas, encontramos um porto seguro um no outro.

Eu acho que não vou aguentar, meu coração não vai aguentar. Se isso for uma espécie de gesto grandioso, é algo que eu jamais poderia ter escrito, nunca teria imaginado esse sentimento que me domina de um jeito que me deixa incapaz de falar e até de *pensar*.

Connor aperta a minha mão e se vira a para a plateia. "Nós achamos que eu deveria ter um tempo de exposição equivalente ao dos demais, mas obviamente isso não é possível. Então eu elaborei uma coisinha pra vocês." Ele aponta com o queixo para a tela de novo, e as luzes voltam a diminuir. A abertura da minha música favorita do Wonderland, "Joyful", começa, e sinto uma onda de emoção que não sei se vou conseguir conter.

O vídeo mostra nós dois rindo e brincando no set, e eu jogando um guardanapo amassado nele. Nós almoçando juntos, sempre alguns metros afastados do restante da equipe; em outra imagem, estamos sentados à mesa sozinhos, mexendo no celular, mas inequivocamente juntos. Nós tentando aprender uma dancinha do TikTok juntos e morrendo de rir, e então uma compilação em cortes rápidos em que eu o cutuco nas costelas toda vez que passo por ele, o que faz a plateia rir até não poder mais.

Nas imagens seguintes, Connor passa instruções no set, enquanto eu o acompanho com os olhos vidrados, assentindo. Meu amor é sutil como uma tijolada na cara, e eu ficaria envergonhada de me mostrar tão apaixonada se o sentimento não fosse tão obviamente recíproco. Quem capturou a imagem em que ele me vê preparar aquele prato na cozinha industrial com Jude é um gênio; Connor parece estar assistindo a seu programa favorito na vida.

A música termina, a tela escurece e penso que esse é o fim do clipe, mas então sou surpreendida pelo som da minha própria voz: "Você não vai querer falar sobre ontem à noite?".

A plateia ri maliciosamente, e *ai, meu Deus*. Eu sei o que é isso. Foi no primeiro dia de filmagens, quando o microfone estava ligado. A vergonha se espalha pelo meu corpo como água gelada. Bato a mão na testa, e a plateia vibra de empolgação com a expectativa do que sente que está por vir.

A tela ainda está escura, mas a pausa que Connor faz e a resposta que ele dá não deixam dúvidas de que ele está tentando acobertar o verdadeiro assunto: "Sobre as orientações que eu passei sobre a programação de hoje?".

E a minha resposta estridente — "É! Sobre isso, *claro*! Do que mais eu poderia estar falando?" — faz a plateia cair na risada.

Brenna aparece na tela, sentada ao lado de Rory no sofá do trailer dos depoimentos confessionais. "Sinceramente, estava na cara desde o começo que esses dois estavam loucos um pelo outro."

E Rory complementa: "Nossa. Ela olhava para ele o tempo *todo*".

Depois disso, vem uma montagem com cortes rápidos de todas as vezes em que me voltei para Connor durante as filmagens. Sentada à mesa do café, na cozinha industrial, no parque, no spa, mesmo sabendo que ele não estava lá. O vídeo se acelera, mostrando as dezenas de ocasiões em que espiei por cima do ombro à sua procura. Isso aconteceu mais do que eu imaginava, e eu sabia que tinha sido *bastante*.

É hilário.

Eu me abaixo e escondo o rosto atrás das mãos, e a plateia aplaude.

Quando endireito a minha postura, escuto a voz de Brenna. "Pois é, mas Connor não era muito diferente."

Então aparece uma montagem com as reações de Connor toda vez que um herói do programa encostava em mim, chegava mais perto, me fazia rir, flertava comigo. A compilação é engraçadíssima — Dax e eu no primeiro encontro, e um corte rápido para Connor olhando feio para o monitor; Nick me dando uma cereja, e Connor parecendo respirar fundo, olhando para o teto; Evan se posicionando atrás de mim no barco de pesca, e Connor fulminando o cara com o olhar. A plateia se diverte, e os gritos deixam isso bem claro. Os heróis do programa também estão às gargalhadas.

Isaac aparece na tela. "Acho que todo mundo percebeu, mas no começo ninguém achou que rolasse alguma coisa entre eles, só que eram bons amigos."

E então Dax: "Esses dois com certeza estão transando".

A plateia vai ao delírio.

Nick diz: "Acho que ele tentou se segurar, mas está na cara que gosta dela". E Colby, ao lado dele em uma noite que não sei quando foi, confirma: "E a Fizzy não queria nada com nenhum de nós porque estava a fim dele. Mas é difícil ficar bravo quando você vê duas pessoas se apaixonando bem na sua frente".

Olho para Connor e percebo que ele está me observando. Claro que sim. Ele mesmo disse que é o autor desse vídeo, não precisa olhar para a tela para ver o que está acontecendo. E é então que me dou conta: eu já vi Nick e Colby com essas roupas antes. Eram as que estavam vestindo na festa de encerramento.

"Foi você que fez isso?", pergunto baixinho. "Na quinta-feira mesmo?"

Ele assente, e então aponta com o queixo para a tela, me pedindo para ver o que vem a seguir.

Estamos no trailer dos depoimentos confessionais, um de frente para o outro. Os dois parecem tristes, e meu coração se encolhe dentro do peito. É a primeira parte daquela agoniante entrevista no último dia de filmagens.

A que nunca foi ao ar.

"Como está se sentindo antes do início do seu último encontro?", Connor pergunta.

"Aliviada", respondo, olhando bem para ele. Eu me lembro de como estava me sentindo, expondo toda a minha devoção naquele espaço entre nós, tentando fazer ele entender quanto eu o amava. Está escrito na minha cara.

A expressão de Connor fica tensa, e seus olhos procuram os meus. Quando o vejo assim, não sei como consegui me controlar.

Ele volta a pôr sua máscara sobre o rosto. "Aliviada por quê?"

"Porque em breve vou poder parar de fingir que quero alguma outra pessoa que não seja você."

"Fizzy", ele diz, olhando em pânico para a câmera, "você... não pode dizer isso."

Eu ergo o queixo. "É só cortar na edição, então."

Com um longo suspiro, Connor estende a mão para desligar a câmera. A tela fica escura.

As luzes do estúdio se acendem, e um silêncio mortal se instala antes de a plateia irromper em aplausos estrondosos, ficando de pé.

Minha mão está tão suada entre as de Connor que sinto vontade de puxá-la de volta e secá-la, mas não ouso fazer isso; ele a vira sutilmente, colocando-a sobre sua perna. Os gritos recomeçam quando o público vê minha mão em sua coxa.

Essas pessoas teriam um ataque cardíaco se vissem do que esse homem é capaz na cama.

"Bom, Connor, parece que você entrou oficialmente na competição", Lanelle diz com um tom malicioso, e meu coração fica apertado quando volto a me lembrar do motivo por que estamos aqui. "Acho que está na hora de descobrir em quem os espectadores votaram."

Ela explica que a votação foi feita pelas redes sociais, onde foi rastreada por uma empresa independente, e se gaba ao informar quantos votos foram computados na última semana em relação à primeira. Os números são impressionantes. As luzes diminuem e vão assumindo uma coloração vermelha para criar suspense, eu acho. E então Lanelle anuncia: "Com 41,2 por cento dos votos... o público escolheu Isaac!".

Há um instante de silêncio e, em seguida, aplausos — ruidosos, mas contidos.

"No entanto", Lanelle continua, sorrindo para a plateia, e percebo que rumo a coisa vai tomar aqui também. "Nós tivemos uma surpresinha. Querem saber qual é?" O público grita centenas de coisas ininteligíveis ao mesmo tempo antes de ela pedir silêncio e mostrar que está lendo os cartões em sua mão. "De forma completamente inesperada, Connor Prince recebeu 38,6 por cento dos votos, apesar de nem sequer ser um participante." O caos toma conta do estúdio, e ela precisa gritar para ser ouvida. Até a equipe atrás das câmeras está vibrando.

Não preciso da matemática complexa de uma nerd como Jess para saber que 38,6 por cento dos votos são *milhões* de pessoas. Milhões de pessoas querem que Connor fique comigo. Mas a única coisa que importa é que estamos juntos neste sofá. Eu olho para ele; seu sorriso é tímido e presunçoso na mesma medida, além de completamente emocionado.

Eu chego mais perto, o que só faz a barulheira ao nosso redor se intensificar. "Você sabia disso?"

Connor encolhe um dos ombros, e seu sorriso se amplia. Meu coração não cabe mais no peito.

"Muito bem, muito bem", diz Lanelle, tentando impedir que o programa se transforme em um caos absoluto. "Mas a grande pergunta ainda precisa ser respondida: o público — ou seja, todos vocês — conseguiu acertar quem é a alma gêmea de Fizzy, determinada pelo método científico do DNADuo?"

Ela informa os resultados por ordem de eliminação. Para a surpresa de ninguém, Tex é um *match* Básico. No entanto, Arjun se revela um Prata. Jude e Colby são um *match* Básico; Nick e Dax também são Prata. Infelizmente, Evan é um *match* Básico, mas a plateia vibra, porque sabe o que isso significa: Isaac é meu *match* Ouro. Como recebeu 41,2 por cento dos votos, isso significa que os espectadores acertaram.

Lanelle confirma o resultado, e confetes são lançados de canhões de ar escondidos no palco. As lâmpadas da logomarca em formato retrô piscam e giram no ritmo da música; a cacofonia de um pequeno show pirotécnico nos envolve. As câmeras se concentram em Isaac, cujo rosto bonito aparece na tela. Ele levanta os braços em triunfo, acena para o público e troca cumprimentos com os demais heróis. Eu fico de pé para ir abraçá-lo. Até Connor está aplaudindo.

Mas, no meio do caos da comemoração, surge mais uma pergunta.

Connor também fez o teste do DNADuo? Eles sabem a nossa pontuação?

A plateia volta a se sentar, e um clima de expectativa toma conta do auditório. Nós reassumimos nossos lugares, e Lanelle se vira para mim e para Connor no sofá. "Como vocês devem saber, ainda resta uma questão a ser esclarecida: Connor também forneceu uma amostra para o teste do DNADuo."

Meu coração parece que vai saltar pela boca. "Eu bem que desconfiei que esse era o rumo que as coisas estavam tomando."

"Então, aqui estamos nós", ela diz com um sorrisinho. "O momento da verdade. Como estão se sentindo?"

Minha resposta é simples e dirigida apenas a Connor: "Eu não me importo com o resultado".

"Eu também não." Mas ele sorri depois de dizer isso.

"Você já sabe?"

Ele assente com a cabeça.

"E eu vou querer saber?"

A plateia dá risada.

"Isso eu não tenho como dizer", ele responde. "A escolha é sua, querida." Connor segura minha mão e a põe de novo sobre sua perna. "E eu certamente não vou te forçar a descobrir isso ao vivo na televisão."

O público protesta com veemência, e sei que, apesar de não ser obrigada, eu tenho que fazer isso. Não sou idiota. Se insistir em fazer mistério, corro o risco de ser esfaqueada no beco atrás do estúdio.

"E se a nossa compatibilidade for baixa?", eu questiono.

Connor estende o braço e acaricia o meu rosto com o polegar. Ele sorri, concentrado apenas em mim e em um auditório enorme lotado de gente, e, em todo gesto grandioso e clímax emocional que já escrevi nos meus livros, é *essa* a expressão que tentei descrever no rosto do herói romântico. Mas ser olhada desse jeito é muito melhor na vida real. "Uma mulher muito inteligente me explicou que a probabilidade de encontrar uma alma gêmea com um *match* Básico é milhares de vezes maior do que a de conhecer um *match* Diamante."

Percebo que isso significa que ele conversou com Jess, que a procurou em busca de uma contextualização do resultado ou simplesmente para se tranquilizar, e sinto uma luz se acender dentro de mim.

Minha mente se volta para a minha última lista de *matches* no DNADuo e lembro como eu tinha certeza de que saber a taxa de compatibilidade influenciaria a maneira como eu me sentiria. Mas mesmo que Lanelle me dissesse que nosso resultado foi o único zero da história do aplicativo, eu ainda escolheria Connor todas as noites pelo resto da minha vida.

"Sinceramente, qualquer pontuação serve, desde que eu possa ter você."

"Isso você já tem." Ele enfia a mão no bolso do paletó e pega o envelope. "Quer descobrir?"

Pego o envelope com uma mão que treme feito uma pena em meio a um furacão.

Connor engole em seco e diz baixinho, mas com um tom fervoroso: "Seja qual for o resultado, quero deixar bem claro que eu te amo demais".

E então, em meio aos gritos enlouquecidos da plateia, ele se aproxima e cola os lábios aos meus.

É um beijo que começa discreto, já que estamos na televisão, compartilhando o momento com milhões de pessoas. Mas um turbilhão de emoções surge dentro de mim — paixão, alívio, euforia e desejo —, e não consigo me segurar. Levo a mão ao seu pescoço e sinto minha boca se suavizar junto aos seus lábios cheios, sentindo um sorriso se formar. Sem sombra de dúvidas, todo mundo que está vendo vai ter certeza de que já fizemos isso antes.

Assim que abrimos os olhos, um sorriso radiante toma conta do meu rosto. "Eu também te amo."

Em seguida, respiro fundo e abro o envelope.

Cinquenta e um

Transcrição do depoimento confessional pós-episódio final

Connor Prince: Muito bem, Felicity Chen. Aqui estamos nós.

Fizzy Chen: Aqui estamos nós.

Connor: Como você está se sentindo?

Fizzy: Estou me sentindo como se tivesse sido obrigada a atravessar a cidade para gravar um depoimento confessional quando deveria ter sido levada até sua casa para gravar nosso primeiro filme pornô caseiro.

Connor: [risos] Estou falando desta noite, do episódio final e da revelação da nossa compatibilidade, sua boba.

Fizzy: Ah, sim, foi a melhor noite da minha vida. As surpresas, a celebração com todo mundo no palco, a festa depois.

Connor: Nossa, vai ter gente com uma ressaca *forte* amanhã de manhã.

Fizzy: Tex estava bebendo cerveja no chapéu.

Connor: Acho que Nick não conseguiu encontrar os sapatos.

Fizzy: É verdade, algumas pessoas fizeram péssimas escolhas, mas nós não.

Connor: Com certeza. E a nossa noite só vai melhorar.

Fizzy: Isso é uma promessa?

Connor: Ah, pode acreditar.

Fizzy: Nesse caso, acho bom que a nossa compatibilidade tenha se encaixado na categoria Titânio [dá uma piscadinha para ele].

Connor: Pelo que entendi, foi uma piada sobre ereção, então é melhor mudar de assunto.

Fizzy: Você sempre acha que eu estou sendo safada. Pode ser só uma piada sobre a força dos nossos laços.

Connor: E foi?

Fizzy: Não, foi sobre ereção mesmo.

Connor: Você está fazendo de tudo para que esta entrevista nunca seja exibida, não é?

Fizzy: Quando isso ia ser exibido, aliás? O episódio final foi ao vivo!

Connor: Acho que existe uma demanda para um episódio de reencontro ou coisa do tipo. Brenna disse "bombando" e "viral" umas setecentas vezes hoje.

Fizzy: Certo, então encobre a minha piada sobre pinto na edição com uns bipes e uns emojis de berinjela; é tão duro assim?

Connor: Preciso lembrar de colocar um som de bateria aqui.

Fizzy: Está vendo, não foi nem um trocadilho proposital! Você é tão sacana quanto eu.

Connor: Vai ver essa é a maior prova de que o nosso amor é verdadeiro.

Fizzy: Com uma pontuação de oitenta e oito, acho que existem *muitos* motivos para ser um amor verdadeiro.

Connor: Por que você não vem até aqui e me mostra um deles?

[Nota da edição: Os minutos três a vinte e sete da filmagem foram deliberadamente apagados.]

Connor: Certo. Vamos cortar essa parte.

Fizzy: Você está com uma mancha de batom... isso, bem aí.

Connor: Ah, obrigado. Certo. Onde é que nós estávamos?

Fizzy: Amor verdadeiro.

Connor: Amor verdadeiro.

Fizzy: Nosso final feliz.

Connor: A única coisa que você promete para as leitoras dos seus livros. Você entende a importância de um final feliz melhor do que a maioria das pessoas que estão assistindo a isto.

Fizzy: Bom, uma coisa que me deixa meio triste é que todas essas pessoas que viram o programa e queriam que ficássemos juntos não vão poder ver como as coisas vão ser daqui pra frente. Nós vamos ter um futuro incrível [olha para a câmera]. Mas eu não estou me oferecendo para um outro reality show aqui, Blaine, pode esquecer.

Connor: Bom, você pode contar tudo para os espectadores agora mesmo.

Fizzy: Sobre o nosso final feliz?

Connor: Claro. Como você imagina que vai ser?

Fizzy: Humm. Certo, primeiro vamos encerrar aqui, ir pra minha casa e passar as próximas vinte e quatro horas na cama.

Connor: Já estou gostando desse futuro.

Fizzy: A próxima semana nós vamos passar com os amigos e a família. Isaac pode curtir seu prêmio em dinheiro, e eu escolho você para a viagem a Fiji.

Connor: Não sei se a chefia da North Star vai aprovar isso.

Fizzy: Tecnicamente, sou eu quem escolho meu acompanhante.

Connor: Não duvido da sua capacidade de convencer Blaine.

Fizzy: Quando nós voltarmos, vai ser melhor do que poderíamos imaginar. Vamos ter privacidade e tirar alguns meses de folga antes de nos prepararmos para a segunda temporada do programa.

Connor: Nos prepararmos?

Fizzy: Eu sou a nova coprodutora, você não sabia?

Connor: Ah, bom saber.

Fizzy: Você vai de Luke Skywalker na próxima Comic-Con, e eu vou como sua mochilinha de Yoda.

Connor: Parece um sonho virando realidade ter que carregar você no meio de uma multidão densa e suada.

Fizzy: No próximo verão, nós vamos morar juntos.

Connor: Quando chegar a hora, vou perguntar pra Stevie como ela se sentiria tendo uma superfã do Wonderland como madrasta.

Fizzy: Eu aceito seu pedido de casamento antes mesmo de você abrir a boca pra tocar no assunto.

Connor: Nossa festa de casamento vai ser a melhor de todos os tempos.

Fizzy: Ostentação é minha marca registrada.

Connor: E todos os dias da minha vida, deste momento em diante, vou poder dizer com toda a sinceridade que vou amar e valorizar você com todas as fibras do meu ser.

Fizzy: Minha nossa, isso vai ser demais. Podemos começar esse futuro agora mesmo?

Connor: Sim, amor. Podemos.

Agradecimentos

Quando terminamos de escrever *A equação perfeita do amor*, em 2022, achávamos que já tínhamos explorado tudo o que queríamos naquele universo. Jess, River e Juno tiveram seu final feliz e ponto-final. Mas vocês, queridas leitoras, tinham outros planos. O livro foi lançado em maio de 2021, e, enquanto fazíamos os eventos (virtuais) de divulgação, sempre ouvíamos a mesma pergunta:

Fizzy vai ter um livro só dela?

Ficamos um tanto perplexas. Nós criamos personagens secundárias por uma série de razões — para inserir um elemento de humor em passagens tensas, para desafiar a heroína romântica em sua jornada ou para criar um segundo arco narrativo interessante —, mas quase nunca elas se tornam estrelas por si sós. Nós nunca tivemos uma boa resposta para essa questão, mas, quanto mais as pessoas perguntavam, mais percebíamos que precisávamos de uma; dizer "Nunca diga nunca" não bastava para muitas de vocês. E então, um dia, a ideia certa apareceu. Provavelmente não aconteceu como uma luz se acendendo na nossa cabeça, mas, olhando para trás, é como se tivesse sido, como se o começo da história de Fizzy tivesse surgido do nada em uma conversa entre nós duas: ela havia perdido sua alegria e a reencontra no lugar mais improvável — com um homem que consegue se esquivar de todas as suas tentativas de rotulá-lo, que é capaz de enxergar suas muitas camadas de profundidade e que encontra a própria felicidade através da extravagância contagiante dela.

Para sermos sinceras, se a ideia fosse criar uma escritora de livros de romance para ser a protagonista de uma história, é bem provável que a Fizzy de *A equação perfeita do amor* fosse um pouco diferente. Nós, autoras de histórias românticas, sem meias-palavras, ouvimos muita merda sobre o que fazemos. Em entrevistas, perguntam se estamos descrevendo nossas fantasias; perguntam o que nossos pais e maridos pensam a respeito de nossa carreira; perguntam se já fizemos tudo aquilo que narramos nos nossos livros. Então, por motivos óbvios, no começo achamos difícil definir quanto deveríamos nos concentrar na positividade sexual e na vida amorosa agitada de Fizzy. Não queríamos validar esses estereótipos sem fundamento. Mas, no fim, tudo acabou se revelando tão fácil quanto digitar a palavra *Prólogo*. Fizzy fluiu de dentro de nós como se estivéssemos soltando o ar dos pulmões. Ou seja, o verdadeiro problema veio de onde não esperávamos: que tipo de herói romântico faria por merecer alguém como ela?

Demoramos um bom tempo para descobrir Connor nestas páginas. Ele é o tipo de herói silencioso, uma presença firme e constante. Nós o escrevemos em camadas, inserindo-o com cautela na história a cada reescrita, até que se tornasse tão plenamente estabelecido e multidimensional quanto nossa ousada e brilhante Fizzy. E hoje, quando lemos o livro pela última vez antes de ele ser publicado, achamos que é a melhor coisa que já escrevemos. *O experimento do amor verdadeiro* é o trigésimo livro que escrevemos juntas e nossa carta de amor para a comunidade de fãs de livros de romance de todas as partes do mundo.

E, como sempre, apesar de termos sido nós que colocamos as palavras no papel, foi necessário o esforço de uma enorme equipe formada por pessoas maravilhosas e seu trabalho incansável nos bastidores para levar o livro até suas mãos.

Holly Root, nosso *match* Diamante, você está sempre em primeiro lugar. Foi você que nos encontrou em meio a uma pilha de manuscritos esquecidos quase onze anos atrás; vinte e nove livros depois, nossos olhos ainda têm coraçõezinhos estampados quando te veem. Você é inteligente e generosa, divertida e intuitiva, incansável e brilhante — perfeita para nós em todos os sentidos. Kristin Dwyer é nossa assessora de relações públicas, nossa Preciosa, nosso porto seguro. Obrigada por espalhar nossos livros pelo mundo, por usar chapéus ridículos conosco na Disneylândia e por sempre estar disposta a encarar o café da manhã dos hotéis nas turnês de lançamento dos livros. *Dracarys.*

Jen Prokop é uma das editoras freelancers mais brilhantes com quem já trabalhamos; ela encontra os pontos fracos em nossos manuscritos como se isso fosse seu superpoder. Obrigada por suas leituras cuidadosas, por suas sugestões sensacionais e por sempre ter à mão as melhores recomendações de livros.

Já dissemos isso antes, mas vamos dizer de novo: a Gallery, da Simon & Schuster, se mostrou a melhor casa editorial para todos os nossos livros. Jen Bergstrom é um tipo raro de editora: consegue equilibrar o papel de mentora, defensora, conselheira, amiga e executiva sem perder nada de seu profissionalismo. Sempre ficamos impressionadas com a equipe que você montou. Hannah Braaten, pensar em Fizzy junto com você foi mais do que divertido; obrigada por nos representar com perfeição em todos os lugares e por nos ajudar a transformar este livro exatamente no que queríamos. Um enorme agradecimento ao restante da brilhante equipe editorial: Abby Zidle, Aimée Bell, Andrew Nguyên, Sarah Schlick, Mia Robertson, Frances Yackel; às incríveis experts em vendas Jen Lon e Eliza Hanson, e a todos os representantes a quem prometemos nossos primogênitos — esperamos que eles estejam se comportando (HAHAHA); à nossa incrível equipe de assessoria de imprensa, Lauren Carr e Sally Marvin; às gênias do marketing Mackenzie Hickey e Anabel Jimenez; aos sempre pacientes diretores de arte Lisa Litwack e Jonh "Bigode" Vairo (você nunca pode raspá-lo; pense em todos os agradecimentos que precisaríamos corrigir). Nossos brilhantes preparadores de texto corrigem nossos erros e garantem que o mundo nunca descubra que não sabemos colocar as vírgulas no lugar certo e nem mesmo usar um calendário. A coordenadora de produção Christine Masters é chamada de "a incrível Christine" em quase todos os nossos e-mails — e merece isso. A equipe da Simon Audio tem um time de estrelas. Sarah Lieberman, Chris Lynch, Louisa Solomon, Tom Spain, Desiree Vecchio, Gaby Audet, Taryn Beato e Sophie Parens. Um agradecimento a todas as pessoas que trabalham nos nossos livros, seja no computador ou fazendo o trabalho físico de encaixotá-los e enviá-los para onde precisam ir.

Heather Baror-Shapiro, nosso agradecimento por levar nossas palavras às mãos de leitoras e leitores do mundo inteiro. Mary Pender-Coplan, você é pura magia. Suas ligações são as nossas favoritas. Matt Sugarman, agradecemos por representar nossos interesses com tanto comprometimento; você é demais. Molly Mitchell, nosso agradecimento até o fim dos tempos por cuidar da nossa agenda e manter tudo organizado. Você vale OURO.

Às amigas, colegas e autoras que nos inspiram, compartilham de nossos gritinhos de *fangirls* ou nos garantem uma boa exposição na internet, nós amamos vocês: Erin Service, Katie Lee, Kate Clayborn, Sarah MacLean, Ali Hazelwood, Susan Lee, Jennifer Carlson, Jessica McLin, Brie Statham, Amy Schuver, Mae Lopez, Laura Wichems, Kian Maleki, Bianca Jimenez, Jori Mendivil, Cathryn Carlson, Ysabel Nakasone, Adriana Herrera, Katherine Center, Jen Frederick, Diane Park, Kresley Cole, Erin McCarthy, Sally Thorne, Sonali Dev, Alisha Rai, Christopher Rice, Sarah J. Maas, Sarah Wendell, Tahereh Mafi, Ransom Riggs, Stephanie Perkins, Helen Hoang, Tessa Bailey, Rachel Hawkins, Rosie Danan, Rachel Lynn Solomon, Rebekah Weatherspoon, Leslie Phillips, Alexa Martin, Jillian Stein, Liz Berry, Brittainy C. Cherry, Andie J. Christopher, Candice Montgomery e Catherine Lu.

Para as Blue Flowers de Lo: eu adoro todas vocês.

Agradecemos às leitoras beta do Reino Unido que nos ajudaram a aprimorar a voz e o vocabulário de Connor: Lindsey Kelk, Katy Wendt, Lia Louis e Paige Thompson. Esperamos que ele soe como um bom rapaz do norte da Inglaterra, mas, se isso não aconteceu, a culpa é toda nossa.

Depois de publicar *A equação perfeita do amor*, ficamos felicíssimas em saber que tanta gente torceu tanto para que Fizzy ganhasse um livro próprio e, ao mesmo tempo, temos consciência de que histórias sobre identidades culturais e jornadas de autodescoberta de pessoas racializadas devem ser narradas por suas próprias vozes. Para nós, é de extrema importância que nossos livros reflitam o mundo ao nosso redor, e esperamos ter sido capazes de equilibrar essas duas prioridades: contar uma história de amor para Fizzy que parecesse autêntica, mas não uma apropriação cultural da identidade sino-americana. Se você é parte dessa comunidade, agradecemos por ter dado uma oportunidade a nosso livro. Nossa gratidão profunda a nossas leitoras beta sino--americanas: Jennifer Yuen, Patty Lai, Eileen Ho, Kayla Lee e Sandria Wong. Elas responderam a todas as perguntas que tínhamos e leram as diversas versões deste livro. Compartilharam seu tempo, suas lembranças e, acima de tudo, sua dedicação. Jen, Patty, Eileen, Kayla e Sandria: somos gratas para todo o sempre. Esperamos ter deixado vocês orgulhosas. O que quer que tenha saído errado é culpa nossa.

A essa altura, nossos familiares já conhecem tão bem quanto nós o processo editorial. Nos viram passar pelo processo de escrita, edição e publicação de mais de duas dezenas de livros, compareceram a centenas de eventos e testemunharam inúmeros fracassos e celebrações. Não conseguiríamos fazer nada sem eles. Agradecemos muito a vocês, K e R, por celebrarem nossos triunfos com tanto fervor, por se solidarizarem com nossas dificuldades e por serem maridos orgulhosos e feministas para suas exuberantes esposas *fangirls*. E também a C, O e V, por serem filhos incríveis, mas principalmente por saberem quando é necessário preparar o jantar no nosso lugar. Nós amamos vocês mais do que somos capazes de expressar.

Caso vocês não tenham reparado, Fizzy é apaixonada por suas leitoras, assim como nós. Nossas personagens quase nunca falam por nós, mas, quando Fizzy fala do impacto de seus livros sobre as pessoas, de ver seus posts no TikTok e seus Reels e todas as suas fotos lindas, está compartilhando a nossa opinião. Nós não somos nada sem vocês; não importa se você nos descobriu no primeiro ou no vigésimo nono livro, se é uma leitora, uma blogueira, uma BookTokker, uma Bookstagrammer ou uma podcaster, ou se simplesmente adora comentar sobre nossos livros por mensagem: nós somos gratas do mesmo jeito. Se você trabalha em uma livraria ou em uma biblioteca, tem nosso amor eterno. Que sua pele esteja sempre ótima e que você nunca tenha que perder um tempão na fila virtual da Ticketmaster. Agradecemos pelo seu trabalho e por ajudarem nossos livros a chegarem a novas pessoas.

Se você nos segue, nos conhece ou compareceu a algum evento nosso, sabe que tratamos a tietagem como um esporte profissional. É uma coisa que está no nosso sangue, e, quando amamos uma coisa, fazemos isso com cada fibra do nosso ser. O grupo favorito de Fizzy e Stevie oficialmente não é o BTS, mas a alegria eufórica que essa banda leva às pessoas com certeza nos inspirou. Nós já agradecemos ao BTS em quatro dos nossos livros, mas a alegria e a inspiração que eles nos trazem está presente em cada uma destas páginas. Kim Namjoon, Kim Seokjin, Min Yoongi, Jung Hoseok, Park Jimin, Kim Taehyung e Jeon Jungkook, vocês nos inspiram a amar mais, a ser mais gentis, a trabalhar com paixão e a crescer como pessoas. Nossos agradecimentos por seu trabalho, por se dedicarem uns aos outros e por compartilharem seus talentos sem limites com o mundo. O BTS e seu ARMY podem estar temporariamente separados, mas nós sempre estaremos aqui, prontas para o que quer que venha a seguir.

Christina, um raio de sol em forma humana. Você é a cobertura do meu donut, a covinha do meu sorriso, o Namjoon do meu Jungkook, o ponto de exclamação no fim de cada um dos meus gritos de *fangirl*. Adoro esta vida que criamos juntas, e às vezes ainda nem consigo acreditar em tudo isso. Trinta livros e ainda somos capazes de escrever mais um que encheu nosso coração de amor. Que jornada.

Para a minha Lolo, neste último ano você me deu mais orgulho do que nunca de ser sua melhor amiga. Você lançou um livro seu (*Escandalizados*, de Ivy Owens, disponível em todo lugar que venda livros), e é a melhor coautora/amiga/esposa/filha/BFF que alguém poderia ter. Dizer que eu te amo não basta para expressar o que sinto, mas acho que você sabe. Espero escrever outros trinta livros, ir a mais quinhentos shows e encontrar um total de zero esquilos sem cabeça com você. IYKYK. Você vai ser para sempre minha parceira de aspas.

TIPOGRAFIA Adriane por Marconi Lima
DIAGRAMAÇÃO Vanessa Lima
PAPEL Pólen Natural, Suzano S.A.
IMPRESSÃO Gráfica Bartira, dezembro de 2023

A marca FSC® é a garantia de que a madeira utilizada na fabricação do papel deste livro provém de florestas que foram gerenciadas de maneira ambientalmente correta, socialmente justa e economicamente viável, além de outras fontes de origem controlada.